PREDATOR

Patricia Cornwell

EDICIONES B
GRUPO ZETA

Barcelona • Bogotá • Buenos Aires • Caracas • Madrid • México D.F. • Montevideo • Quito • Santiago de Chile

Título original: *Predator*

Traducción: Cristina Martín

1.ª edición: julio 2009

© 2005 by Cornwell Enterprises, Inc.
© Ediciones B, S.A., 2009
    Bailén, 84 - 08009 Barcelona (España)
    www.edicionesb.com

Printed in Spain
ISBN: 978-84-666-4225-5
Depósito legal: B. 24.909-2009

Impreso por Encuadernaciones Balmes

PREDATOR

Patricia Cornwell

Traducción de Cristina Martín

Para Staci

AGRADECIMIENTOS

El McLean, adscrito a la Facultad de Medicina de Harvard, es el hospital psiquiátrico más importante del país y goza de fama mundial debido a sus programas de investigación, sobre todo en el campo de las neurociencias. La frontera más significativa y que más retos plantea no es el espacio exterior, sino el cerebro humano y el papel biológico que desempeña en las enfermedades mentales. El McLean no sólo fija las normas para la investigación psiquiátrica, sino que además ofrece una alternativa compasiva al sufrimiento que debilita a la persona.

Les estoy sumamente agradecida a los extraordinarios médicos y científicos que tan amablemente han compartido conmigo el notable mundo en que se desenvuelven:

De forma especial
al doctor Bruce M. Cohen,
presidente y jefe de psiquiatría,

y también
al doctor David P. Olson,
director clínico del Centro de Imágenes Cerebrales,

y más que a nadie,
a la doctora Staci A. Gruber,
directora adjunta del Laboratorio de Imágenes
Neuronales Cognitiva

1

Es domingo por la tarde y la doctora Kay Scarpetta se encuentra en su despacho de la Academia Nacional Forense, en Hollywood, Florida, donde empiezan a formarse nubes que presagian otra tormenta. No es corriente que llueva tanto y haga tanto calor en febrero.

Suenan disparos por todas partes y se oyen voces que gritan cosas que no consigue entender. Durante los fines de semana son muy populares los combates de ficción. Los agentes de Operaciones Especiales pueden correr de acá para allá vestidos con sus trajes negros de faena, disparando a diestro y siniestro. No los oye nadie más que Scarpetta, que apenas les presta atención. Sigue repasando un parte de urgencias de un médico forense de Luisiana, el examen de una paciente, una mujer que asesinó posteriormente a cinco personas y afirma no acordarse de nada.

Scarpetta, vagamente consciente del ruido cada vez más estentóreo que está haciendo una motocicleta en el recinto de la Academia, llega a la conclusión de que lo más probable es que el caso no sea un candidato válido para la investigación de Psico-Reguladores de Agresividad Total Reactiva, conocida como PREDATOR.

Escribe un mensaje electrónico al psicólogo forense Benton Wesley: «Sería interesante contar con una mujer para su estudio pero, ¿de qué servirían los datos? Tenía entendido que PREDATOR es un estudio sólo con varones.»

La motocicleta se acerca rugiendo al edificio y se detiene justo al pie de la ventana del despacho de Scarpetta. Ya está acosándola otra vez Pete Marino, piensa irritada mientras Benton le envía un mensaje instantáneo: «Es probable que Luisiana no nos deje incluirla en el estudio. Por aquí les gusta mucho ejecutar a la gente, aunque se come bastante bien.»

Scarpetta se asoma a la ventana y ve que Marino apaga el motor, se apea de la moto y mira a su alrededor con el habitual gesto de macho, siempre atento a quien pueda estar mirando. Scarpetta está guardando bajo llave varios expedientes de casos PREDATOR en el cajón de su mesa cuando Marino entra en el despacho sin llamar y toma asiento en una silla.

—¿Sabes algo del caso de Johnny Swift? —le pregunta, con sus enormes brazos tatuados sobresaliendo aparatosamente de una camisa vaquera sin mangas que lleva el emblema de la Harley en la espalda.

Marino es el jefe de investigación de la Academia e investigador de defunciones a media jornada en la Oficina del Forense del condado de Broward. Últimamente parece una parodia de motero macarra. Deja el casco sobre la mesa de Scarpetta, un cacharro negro lleno de rozaduras y con calcomanías de orificios de bala por todas partes.

—Refréscame la memoria. Este casco no es más que de adorno. —Lo señala—. Pura fachada. No te servirá de nada si tienes un accidente con esa motocicleta de pacotilla que llevas.

Él arroja un expediente sobre la mesa.

—Un médico de San Francisco con consulta aquí, en Miami. Él y su hermano tenían un piso en Hollywood, en la playa, no muy lejos del Renaissance, ya sabes, esas dos torres de pisos que hay al lado del parque John Lloyd. Hará como unos tres meses, el Día de Acción de Gracias, su hermano lo encontró tumbado en el sofá del piso, muerto a causa de un disparo de escopeta en el pecho. A propósito, acababa de operarse de las muñecas y la intervención no había salido bien. A primera vista, lisa y llanamente un caso de suicidio.

—Yo no estaba todavía en la Oficina del Forense —le recuerda Scarpetta.

Aunque por aquellas fechas ya era la directora de ciencia y medicina forense de la Academia, no aceptó el puesto de patóloga forense de la Oficina del Forense del condado de Broward hasta el mes de diciembre pasado, cuando el doctor Bronson, el jefe, empezó a reducir horario y a hablar de jubilación.

—Recuerdo haber oído algo acerca de ese caso —admite, incómoda en presencia de Marino, a quien ya rara vez se alegra de ver.

—De la autopsia se encargó el doctor Bronson —dice Marino mirando lo que hay encima de la mesa, fijando la vista en cualquier cosa menos en ella.

—¿Tú colaboraste?

—No. Estaba fuera de la ciudad. El caso sigue pendiente porque a la policía de Hollywood le preocupaba que pudiera haber algo más. Sospechaban de Laurel.

—¿Laurel?

—El hermano de Johnny Swift. Son gemelos idénticos. No había nada que probara nada, de modo que todo el asunto quedó en agua de borrajas. Entonces, el viernes, a eso de las tres de la mañana, recibí una llamada telefónica muy rara en casa. La hemos rastreado y sabemos que se efectuó desde una cabina de Boston.

—¿Massachusetts?

—Otra que has adivinado.

—Creía que tu número no figuraba en la guía.

—Pues figura.

Marino se saca de un bolsillo trasero de los vaqueros un papel marrón doblado y lo despliega.

—Voy a leerte lo que me dijo ese tipo, porque lo anoté palabra por palabra. Se llamaba a sí mismo Puerco.

—¿Cerdo? ¿A eso se refería? —Scarpetta mira fijamente a Marino, preguntándose si no estará engañándola, intentando dejarla en ridículo.

Porque eso es lo que ha estado haciendo últimamente.

—Se limitó a decir: «Soy Puerco. Habéis enviado un castigo que era una burla.» A saber qué quiere decir eso. Y después añadió: «Hay un motivo para que faltaran varios objetos del lugar del crimen de Johnny Swift, y si tuvieras algo de cerebro, echarías un buen vistazo a lo que le ha sucedido a Christian Christian. Nada sucede por casualidad. Harías bien en preguntar a Scarpetta, porque la mano de Dios aplastará a todos los perversos, incluida esa asquerosa sobrina lesbiana suya.»

Scarpetta no permite que lo que siente se le note en el tono de voz cuando responde:

—¿Estás seguro de que eso es lo que dijo exactamente?

—¿Tengo pinta de ser un escritor de ficción?

—Pero ¿Christian Christian?

—Vete tú a saber. A ese tipo no le interesaba precisamente que me pusiera a preguntarle cómo se deletrea una palabra. Hablaba con voz suave, como una persona que no siente nada, en un tono más bien inexpresivo, y después colgó.

—¿Llegó a mencionar a Lucy por su nombre o simplemente...?

—Te he repetido exactamente lo que dijo —la corta Marino—. Es la única sobrina que tienes, ¿no? Por lo tanto es obvio que se refería a Lucy. Además, el nombre de Puerco podría significar «mano de Dios»,* por si no has caído en la cuenta. Resumiendo, me he puesto en contacto con la policía de Hollywood y me han pedido que echemos un vistazo al caso de Johnny Swift lo antes posible. Por lo visto, hay algo en las pruebas que demuestra que le dispararon desde cerca y desde lejos. Digo yo que será lo uno o lo otro, ¿no?

—Si sólo hubo un disparo, sí. Tiene que haber algún error de interpretación. ¿Tenemos idea de quién es ese Christian Christian? Es más: ¿estamos hablando de una persona?

—Hasta ahora no hemos dado con nada de utilidad en las búsquedas por ordenador.

—¿Y por qué me lo cuentas ahora? Llevo aquí todo el fin de semana.

—He estado ocupado.

—Si obtienes información sobre un caso como éste, no deberías esperar dos días para decírmelo —replica ella con tanta calma como le es posible.

—Tú no eres precisamente la más adecuada para hablar de guardarse información.

—¿Qué información? —pregunta Scarpetta, confusa.

* Mano de Dios, en inglés *hand of God*, cuyas iniciales forman la palabra *hog*, «puerco». (N. de la T.)

—Deberías tener más cuidado. No digo más.

—Poniéndote misterioso no eres de mucha ayuda, Marino.

—Casi se me olvida. En Hollywood sienten curiosidad por saber cuál podrá ser la opinión profesional de Benton —agrega como si acabara de ocurrírsele, como si le importara un comino.

Como de costumbre, se le da muy mal ocultar lo que siente por Benton Wesley.

—Desde luego, pueden pedirle que evalúe este caso —responde Scarpetta—. Yo no puedo hablar por él.

—Quieren que averigüe si la llamada que recibí de ese tal Puerco es una excentricidad, y yo les he dicho que eso va a resultar más bien difícil teniendo en cuenta que no se grabó y que lo único con que van a contar es mi versión particular en taquigrafía escrita en una bolsa de papel.

Se levanta de la silla y su enorme presencia parece aún más enorme, y Scarpetta se siente todavía más pequeña que de costumbre. Él recoge su inútil casco y se pone las gafas de sol. No ha mirado a Scarpetta una sola vez a lo largo de toda la conversación y ahora ella no le ve los ojos. No ve qué hay en ellos.

—Le dedicaré toda mi atención. De inmediato —dice ella al tiempo que él se dirige hacia la puerta—. Si quieres que volvamos a hablar del asunto más tarde, podemos.

—Bueno.

—¿Por qué no vienes a casa?

—Bueno —repite él—. ¿A qué hora?

—A las siete.

2

En la sala de resonancias magnéticas, Benton Wesley examina a su paciente a través de un tabique de plexiglás. La iluminación es tenue, hay varias pantallas de vídeo encendidas a lo largo del mostrador que recorre toda la pared. Ha colocado el reloj de muñeca encima del maletín. Tiene frío. Al cabo de varias horas dentro del Laboratorio de Imágenes Neuronales Cognitivas se ha quedado helado hasta los huesos, o al menos ésa es la sensación que tiene.

El paciente de esta tarde lleva un número de identificación, pero tiene nombre. Basil Jenrette. Es un asesino compulsivo de treinta y tres años, inteligente y con una ligera ansiedad. Benton evita el término «asesino en serie», tan manido que ya no significa nada y que nunca ha servido para otra cosa que para insinuar vagamente que un criminal ha asesinado a tres personas o más dentro de un determinado período de tiempo. El calificativo «en serie» sugiere que algo ocurre de manera sucesiva. No indica nada acerca de los motivos ni el estado mental de un agresor violento, y cuando Basil Jenrette estaba ocupado en matar, actuaba de manera compulsiva. No podía parar.

La razón por la que se está explorando su cerebro mediante un aparato de obtención de imágenes por resonancia magnética de 3 teslas cuyo campo magnético es sesenta mil veces más potente que el de la Tierra es ver si hay algo entre su materia blanca y su materia gris y si sus funciones pueden explicar su comportamiento. Durante las entrevistas clínicas Benton le ha preguntado numerosas veces por qué lo hizo.

—La veía y ya está. Tenía que hacerlo.

—¿Tenía que hacerlo precisamente en aquel instante?

—Allí mismo, en la calle, no. A lo mejor tenía que seguirla hasta que se me ocurría un plan. A decir verdad, cuanto más lo calculaba más lo disfrutaba.

—¿Y cuánto tiempo le llevaba eso? Seguirla, calcular la situación. ¿Puede darme un plazo aproximado? ¿Días, horas, minutos?

—Minutos. Quizás horas. A veces días. Depende. Eran todas unas idiotas. Me refiero a que, si usted se diera cuenta de que iban a secuestrarlo, ¿se quedaría sentado en el coche sin intentar huir siquiera?

—¿Era eso lo que hacían ellas, Basil? ¿Se quedaban sentadas en el coche y no intentaban escapar?

—Las dos últimas no. Ya sabe usted quiénes son, porque ésa es la razón por la que estoy aquí. No se hubieran resistido, pero es que se me averió el coche. Qué tontas. ¿Usted preferiría que lo mataran ahí mismo, dentro del coche, o esperar a ver qué iba a hacerle cuando lo llevara a mi rincón especial?

—¿Dónde estaba ese rincón especial suyo? ¿Era siempre el mismo?

—Y todo porque se me averió el maldito coche.

De momento, la estructura cerebral de Basil Jenrette no revela nada de particular salvo el hallazgo accidental de una anomalía en la zona posterior del cerebelo, un quiste de aproximadamente seis milímetros que puede haber afectado un poco su sentido del equilibrio, pero nada más. Lo que no es del todo normal es el modo en que funciona su cerebro. No puede serlo. Si lo fuera, no sería un sujeto candidato para la investigación PREDATOR, y probablemente no habría dado su consentimiento. Para Basil todo es un juego y, además, es más inteligente que Einstein, se cree la persona más superdotada del mundo. Jamás ha sentido el más leve remordimiento por lo que ha hecho y es lo bastante ingenuo para asegurar que, si tuviera ocasión, mataría a más mujeres. Por desgracia, Basil cae bien a la gente.

Los dos guardias de prisiones presentes en la sala de resonancias magnéticas se debaten entre la confusión y la curiosidad mientras observan fijamente el tubo de más de dos metros de largo, el hueco del imán, situado al otro lado del cristal. Van vestidos de uniforme pero no llevan pistola. Allí dentro no puede haber armas, nada que contenga hierro, ni siquiera las esposas o los grilletes, de modo que Basil lleva los tobillos y las muñecas sujetos por abrazaderas de plástico mientras permanece tumbado en la camilla dentro del aparato, escuchando el desagradable golpeteo y los chirridos de los impulsos de radiofrecuencia que suenan como si alguien emitiera una música infernal por cables de alto voltaje... o por lo menos así le parece a Benton.

—Acuérdese, lo siguiente son los bloques de colores. Lo único que quiero que haga es nombrar el color —dice por el intercomunicador la doctora Susan Lane, la neuropsicóloga—. No, señor Jenrette, le ruego que no afirme con la cabeza. Recuerde que tiene la cinta encima de la barbilla para acordarse de que no debe moverse.

—Diez-cuatro —suena la voz de Basil a través del intercomunicador.

Son las ocho y media de la tarde y Benton está inquieto. Lleva meses inquieto, no tanto por la preocupación de que los Basil Jenrette del mundo vayan a tener un arrebato de violencia entre las elegantes paredes de ladrillo antiguo del hospital McLean y asesinen a todo el que encuentren a su paso, sino más bien por la posibilidad de que el estudio de investigación esté condenado al fracaso, que sea un despilfarro del dinero de las subvenciones y una insensata pérdida de valioso tiempo. El McLean está asociado a la Facultad de Medicina de Harvard y ni el hospital ni la universidad se toman con elegancia los fracasos.

—No se preocupe por acertarlos todos —está diciendo la doctora Lane por el intercomunicador—. No esperamos que los acierte todos.

—Verde, rojo, azul, rojo, azul, verde. —La voz segura de Basil llena la habitación.

Un investigador marca los resultados en una hoja de datos mientras el técnico que maneja el aparato comprueba las imágenes en su pantalla de vídeo.

La doctora Lane pulsa de nuevo el botón para hablar.

—Señor Jenrette, lo está haciendo de maravilla. ¿Lo ve todo bien?

—Diez-cuatro.

—Muy bien. Cada vez que vea esa pantalla negra, quédese tranquilo y sin moverse. No hable, sólo concéntrese en el punto blanco de la pantalla.

—Diez-cuatro.

La doctora suelta el botón de comunicación y le pregunta a Benton:

—¿Por qué habla con la jerga de los policías?

—Porque ha sido policía. Seguramente por eso conseguía meter a las víctimas en su coche.

—Doctor Wesley —dice el investigador girándose en su silla—. Es para usted. El detective Thrush.

Benton toma el teléfono.

—Qué hay —le pregunta a Thrush, un detective de homicidios que trabaja para la policía estatal de Massachusetts.

—Espero que no tuviera pensado irse temprano a la cama —dice Thrush—. ¿Se ha enterado de lo del cadáver que han encontrado esta mañana junto a la laguna de Walden?

—No. Llevo todo el día encerrado aquí.

—Mujer blanca, sin identificar, de edad difícil de calcular. Tendrá unos treinta o cuarenta años. Presenta un disparo en la cabeza y le han metido la escopeta por el culo.

—No lo sabía.

—Ya le han practicado la autopsia, pero se me ha ocurrido que tal vez usted quisiera echarle un vistazo. Esta víctima no es del montón.

—Dentro de menos de una hora habré terminado —dice Benton.

—Nos veremos en el depósito.

La casa está en silencio y Kay Scarpetta pasea de una habitación a otra encendiendo todas las luces, nerviosa, atenta por si oye el motor de un coche o de una motocicleta, por si llega Marino; se está retrasando y no le ha devuelto las llamadas.

Se acerca ansiosa a comprobar que la alarma contra intrusos esté activada y que los focos estén encendidos. Se detiene junto a la pantalla de vídeo del teléfono de la cocina para cerciorarse de que las cámaras que vigilan la parte delantera, lateral y trasera de la casa funcionan correctamente. En la pantalla de vídeo la casa aparece en sombras y se aprecian las formas oscuras de los naranjos, las palmeras y los hibiscos meciéndose al viento. El embarcadero que hay detrás de la piscina y, más allá, la superficie del agua son una mancha negra salpicada de luces difusas procedentes de las farolas del espigón. En unas cazuelas de cobre que tiene al fuego remueve una salsa de tomate y champiñones. Vigila cómo va subiendo la masa y cómo se embebe la mozzarella fresca que ha puesto en unos cuencos tapados en el fregadero.

Son casi las nueve; y se supone que Marino tendría que haber llegado hace ya dos horas. Mañana estará liada con casos y clases y no tiene tiempo para aguantar su mala educación. Se siente engañada, está hasta la coronilla de él. Ha estado tres horas trabajando sin parar en el caso del presunto suicidio de Johnny Swift y Marino ni siquiera se toma la molestia de aparecer. Se siente dolida y, después, furiosa. Es más fácil estar furiosa.

Cada vez más enfadada, va hasta su habitación sin dejar de escuchar, por si oye un coche o una moto, por si lo oye a él. Recoge del sofá una Remington Marine Magnum del calibre doce y se sienta. Sintiendo el peso de la escopeta niquelada en el regazo, introduce una llave en el seguro, la gira hacia la derecha, tira del seguro y lo libera. A continuación desliza el cañón hacia atrás para cerciorarse de que no hay ningún cartucho en la recámara.

3

—Ahora vamos a leer palabras —le dice la doctora Lane a Basil por el intercomunicador—. No tiene más que leer las palabras de izquierda a derecha, ¿de acuerdo? Y recuerde que no debe moverse. Lo está haciendo muy bien.

—Diez-cuatro.

—Eh, ¿quieren saber cómo es en realidad? —les pregunta el técnico a los guardias.

Se llama Josh. Se graduó en Física en el MIT, trabaja como técnico mientras prepara otra carrera, es listo pero excéntrico y tiene un sentido del humor algo retorcido.

—Ya sé cómo es. Resulta que esta mañana lo he acompañado a las duchas —contesta uno de los guardias.

—¿Y luego qué? —pregunta la doctora Lane a Benton—. ¿Qué les hacía a las víctimas después de meterlas en el coche?

—Rojo, azul, azul, rojo…

Los guardias se acercan un poco más a la pantalla de vídeo de Josh.

—Llevarlas a algún lugar, acuchillarlas en los ojos, mantenerlas vivas un par de días más, violarlas repetidamente, degollarlas, arrojar por ahí sus cadáveres, colocarlos de manera que impresionaran a la gente —le dice Benton a la doctora Lane en tono práctico, con su estilo clínico—. Así son los casos que conocemos. Sospecho que ha matado a más. En la misma época desaparecieron en Florida varias mujeres. Se las da por muertas, aunque no han encontrado sus cadáveres.

—¿Dónde las llevaba? ¿A un motel, a su casa?

—Esperen un segundo —les dice Josh a los guardias al tiempo que selecciona la opción de menú 3D y a continuación SSD, o sea, Visualización con Sombreado de Superficie—. Esto es verdaderamente genial. Nunca se lo enseñamos a los pacientes.

—¿Y eso?

—Les da pánico.

—No sabemos dónde —está diciendo Benton a la doctora Lane sin quitar ojo a Josh, preparado para intervenir si el otro se pasa de la raya—. Pero es interesante. Los cadáveres que dejó abandonados, todos, contenían partículas microscópicas de cobre.

—¿De qué me estás hablando?

—Mezclado con la tierra y todo lo demás que se les quedó adherido, en la sangre, la piel, el pelo.

—Azul, verde, azul, rojo…

—Eso es muy extraño.

Oprime el botón para hablar.

—Señor Jenrette, ¿qué tal vamos? ¿Se encuentra bien?

—Diez-cuatro.

—A continuación va a ver palabras impresas en un color distinto del que significan. Quiero que nombre el color de la tinta. Diga solamente el color.

—Diez-cuatro.

—¿A que es pasmoso? —exclama Josh mientras su pantalla se llena con una especie de máscara mortuoria, una composición de numerosas rebanadas de alta resolución de un milímetro de grosor que forman la imagen escaneada de la cabeza de Basil Jenrette, pálida, sin pelo y sin ojos, que termina bruscamente por debajo de la mandíbula, como si el sujeto hubiera sido decapitado.

Josh hace rotar la imagen para que los guardias puedan verla desde diferentes ángulos.

—¿Por qué parece que le han cortado la cabeza? —inquiere uno de ellos.

—Ahí es donde se ha interrumpido la señal de la bobina.

—La piel no parece de verdad.

—Rojo, er… verde, azul, quiero decir rojo, verde… —La voz de Basil llega a la sala.

—No es piel auténtica. Cómo se lo explico... Verán, lo que hace el ordenador es reconstruir el volumen, describir la superficie.

—Rojo, azul, er... verde, azul, quiero decir verde...

—Sólo lo usamos con PowerPoint, casi siempre para superponer lo estructural a lo funcional. No es más que un paquete de análisis de imágenes obtenidas por resonancia magnética con el que se puede juntar datos y examinarlos como uno desee, divertirse con ellos.

—Dios, sí que es feo.

Benton ya no puede más. El sujeto ha dejado de nombrar colores. Lanza una mirada fulminante a Josh.

—Josh, ¿estás listo?

—Cuatro, tres, dos, uno, listo —contesta Josh y, acto seguido, la doctora Lane da comienzo al test de interferencia.

—Azul, rojo... quiero decir... Mierda, esto... rojo, quiero decir azul, verde, rojo... —La voz de Basil irrumpe con violencia en la sala al equivocarse en todos los colores.

—¿Alguna vez le ha dicho por qué? —pregunta la doctora Lane a Benton.

—Perdona —responde él, distraído—. Por qué, ¿qué?

—Rojo, azul, ¡mierda! Esto... rojo, azul-verde...

—Por qué les sacaba los ojos.

—Dice que no quería que vieran lo pequeño que tiene el pene.

—Azul, azul-rojo, rojo, verde...

—Esta vez no lo ha hecho tan bien —comenta ella—. De hecho, ha fallado en casi todos. ¿En qué departamento de policía ha trabajado, para que me acuerde de no provocarles y evitar que me pongan una multa por exceso de velocidad en esa parte del mundo? —Pulsa el botón del intercomunicador—. ¿Todo bien ahí dentro?

—Diez-cuatro.

—En el del condado de Dade.

—Lástima. Siempre me ha gustado Miami. De modo que así es como te las has arreglado para sacarte a éste de la chistera. Gracias a tus contactos en el sur de Florida —responde la doctora volviendo a pulsar el botón para hablar.

—No exactamente.

Benton observa a través del cristal la cabeza de Basil, situada en el extremo más alejado del imán, y se imagina el resto de su cuerpo vestido como el de una persona normal, con vaqueros y una camisa blanca.

A los reclusos no se les permite llevar mono de presidiario dentro del recinto del hospital; da mala imagen.

—Cuando empezamos a solicitar a las penitenciarías estatales que nos facilitaran sujetos para nuestro estudio, Florida pensó que éste era justo el tipo adecuado. Estaba aburrido. Se alegraron de librarse de él —dice Benton.

—Muy bien, señor Jenrette —anuncia la doctora Lane por el intercomunicador—. Ahora va a entrar el doctor Wesley para darle el ratón. A continuación verá unas caras.

—Diez-cuatro.

En cualquier otro caso la doctora Lane sería quien entrara en la sala de la resonancia magnética y tratara con el paciente. Pero en el caso del estudio PREDATOR no se permite a las doctoras ni a las científicas que tengan contacto físico con el sujeto. Los médicos y científicos varones también deben tomar precauciones mientras se encuentran dentro de la sala. Fuera de ella, corresponde al internista decidir si debe poner restricciones a los sujetos de estudio durante las entrevistas. Benton entra acompañado de los dos guardias de prisiones, enciende las luces de la sala y cierra la puerta. Los guardias se quedan cerca del imán y prestan atención mientras Benton enchufa el ratón y lo coloca en las manos esposadas de Basil.

Físicamente, Basil no es gran cosa: un individuo bajo y menudo de cabello rubio que empieza a ralear y unos ojos pequeños y grises, un poco juntos. En el reino animal, los leones, los tigres y los osos —los depredadores— tienen los ojos muy juntos. Las jirafas, los conejos, las palomas —las presas— tienen los ojos más espaciados y orientados hacia los lados de la cabeza, porque necesitan la visión periférica para sobrevivir. Benton siempre se ha preguntado si ese mismo fenómeno evolutivo es aplicable a los humanos; una investigación que nadie va a financiar.

—¿Se encuentra bien, Basil? —le pregunta Benton.

—¿Qué clase de caras? —La cabeza de Basil habla desde el extremo del imán, lo que hace pensar en un pulmón de acero.

—Ya se lo explicará la doctora Lane.

—Tengo una sorpresa —dice Basil—. Ya se la contaré cuando hayamos terminado.

Tiene una mirada extraña, como si a través de sus ojos estuviera observando una criatura maligna.

—Genial. Me encantan las sorpresas. Sólo unos minutos más y ya está —responde Benton con una sonrisa—. Luego tendremos una charla para comentar la sesión.

Los guardias acompañan de nuevo a Benton fuera de la sala y regresan a sus puestos mientras la doctora Lane empieza a explicar por el intercomunicador que lo único que quiere que haga Basil es pulsar el botón izquierdo del ratón si la cara que ve es de un varón y el derecho si es de una mujer.

—No tiene que decir ni hacer nada, sólo pulsar el botón —insiste.

Son tres tests, cuya finalidad no es averiguar la capacidad del paciente para distinguir entre los dos géneros. Lo que miden en realidad estos escaneos funcionales es el procesamiento afectivo. Las caras de hombre y de mujer aparecen en la pantalla detrás de otras caras que se muestran demasiado rápido para que las detecte el ojo, pero el cerebro lo ve todo. El cerebro de Jenrette ve las caras enmascaradas, caras de alegría, enfado o miedo, caras que provocan una reacción.

Después de cada tanda, la doctora Lane le pregunta qué ha visto y, si tuviera que asociar una emoción a las caras, cuál sería. Las caras masculinas son más serias que las femeninas, responde Jenrette. Dice básicamente lo mismo de cada tanda. Aún no significa nada; nada de lo que ha sucedido en estas salas lo significará hasta que se analicen los miles de imágenes neuronales. Entonces los científicos podrán visualizar qué áreas de su cerebro han estado más activas durante las pruebas. Se trata de saber si el cerebro de Jenrette funciona de modo distinto del de una persona a la que se supone normal y de descubrir algo más aparte del hecho de que tiene un quiste que no guarda absolutamente ninguna relación con sus tendencias depredadoras.

—¿Hay algo que te haya llamado la atención? —pregunta Benton a la doctora Lane—. Y a propósito, gracias, como siempre, Susan. Eres una buena persona.

Procuran programar otras exploraciones de internos para última hora del día o para el fin de semana, cuando haya poca gente.

—Basándonos sólo en los localizadores, parece estar todo bien. No veo anormalidades de importancia, aparte de que no para de hablar, de su locuacidad. ¿Alguna vez se le ha diagnosticado un trastorno bipolar?

—Sus evaluaciones y su historial me han hecho preguntarme eso también. Pero no; nunca se le ha diagnosticado. No ha recibido medicación por desórdenes psiquiátricos, sólo estuvo un año en prisión. Es el sujeto perfecto.

—Bueno, pues tu sujeto perfecto no ha hecho muy bien lo de suprimir los estímulos de interferencia, ha cometido un montón de errores en la prueba. Yo diría que no se centra en nada, lo cual, en efecto, concuerda con el trastorno bipolar. Más adelante sabremos algo más.

Pulsa otra vez el botón para hablar y dice:

—Señor Jenrette, ya hemos terminado. Lo ha hecho usted estupendamente. Enseguida volverá a entrar el doctor Wesley para sacarlo de ahí. Quiero que se incorpore muy despacio, ¿de acuerdo? Muy despacio, para que no se maree. ¿De acuerdo?

—¿Eso es todo? ¿Simplemente estas pruebas estúpidas? Enséñeme las fotos.

La doctora Lane mira a Benton y suelta el botón.

—Usted dijo que estaría viendo mi cerebro cuando yo estuviera viendo las fotos.

—Se refiere a fotografías de las autopsias de sus víctimas —explica Benton a la doctora Lane.

—¡Me prometió las fotos! ¡Me prometió que recibiría mi correo!

—Está bien —le dice la doctora a Benton—. Es todo tuyo.

La escopeta es pesada y resulta engorroso tenderse en el sofá y apuntar el cañón hacia su pecho mientras intenta apretar el gatillo con el dedo del pie izquierdo.

Scarpetta baja la escopeta y se imagina intentándolo después de haberse sometido a una intervención quirúrgica en las muñecas. Su escopeta pesa aproximadamente tres kilos y medio y empieza a temblarle en las manos cuando la sostiene por el cañón, que mide cuarenta y cinco centímetros. Baja los pies al suelo y se quita la zapatilla deportiva y el calcetín del pie derecho. Su pie izquierdo es el dominante, pero tendrá que intentarlo con el derecho, y se pregunta cuál sería el pie dominante de Johnny Swift, si el derecho o el izquierdo. Habría diferencia, pero no necesariamente significativa, sobre todo si estaba deprimido y decidido. Sin embargo, no está segura de que se sintiera de un modo ni de otro, no está demasiado segura de nada.

Piensa en Marino, y cuanto más vuelve a él su pensamiento, más se altera. Marino no tiene derecho a tratarla así, no tiene derecho a faltarle al respeto igual que hacía cuando se conocieron, y eso fue hace muchos años, tantos que le sorprende que Marino incluso se acuerde a estas alturas de tratarla como la trataba antes. El aroma de la pizza casera llega hasta el cuarto de estar. Llena la casa y el resentimiento le acelera el corazón y le causa una opresión en el pecho. Se tumba sobre el costado izquierdo, apoya la culata de la escopeta contra el respaldo del sofá, sitúa el cañón en el centro de su pecho y acciona el gatillo con el dedo del pie derecho.

4

Basil Jenrette no va a hacerle daño.

Está sentado, desesposado, al otro lado de la mesa, frente a Benton, en la pequeña sala de exploración, con la puerta cerrada. Permanece callado y en actitud cortés. Su arrebato dentro del imán ha durado quizás unos dos minutos y, cuando se ha calmado, la doctora Lane ya se había ido. No la ha visto cuando lo han acompañado afuera y Benton se asegurará de que nunca la vea.

—¿Seguro que no se siente aturdido o mareado? —le pregunta Benton a su manera tranquila y comprensiva.

—Estoy estupendamente. Las pruebas han sido geniales. Siempre me han gustado los exámenes. Sabía que iba a acertar en todo. ¿Dónde están las fotos? Me las prometió.

—En ningún momento hemos hablado de nada parecido, Basil.

—He acertado en todo, he sacado un sobresaliente.

—Así que ha disfrutado de la experiencia.

—La próxima vez enséñeme las fotos, tal como me prometió.

—Yo no le he prometido eso, Basil. ¿Le ha resultado emocionante la experiencia?

—Supongo que aquí no se puede fumar.

—Me temo que no.

—¿Qué aspecto tiene mi cerebro? ¿Tenía buena pinta? ¿Ha visto algo? ¿Es capaz de decidir lo inteligente que es una persona mirándole el cerebro? Si me enseñara las fotos, vería que coinciden con las que tengo dentro del cerebro.

Ahora habla deprisa y en voz baja, con los ojos brillantes, casi vidriosos, refiriéndose continuamente a lo que los científicos podrían encontrar en su cerebro suponiendo que fueran capaces de descifrar lo que hay en él, y lo hay, sin duda alguna, repite una y otra vez.

—¿Lo hay? —inquiere Benton—. ¿Puede explicarme a qué se refiere, Basil?

—A mi memoria. A si usted puede ver ahí dentro, ver lo que hay, ver mis recuerdos.

—Me temo que no.

—No me diga. Seguro que cuando estaban haciendo todos esos ruiditos y golpecitos aparecieron toda clase de imágenes. Seguro que las ha visto pero no quiere decírmelo. Eran diez y usted las ha visto. Ha visto esas imágenes, diez, no cuatro. Yo siempre digo diez-cuatro en broma, para reírme un poco. Usted cree que son cuatro y yo sé que son diez, y lo sabría si me enseñara las fotos, porque entonces vería que coinciden con las imágenes que tengo en el cerebro. Vería mis imágenes al meterse en mi cerebro. Diez-cuatro.

—Dígame a qué fotos se refiere, Basil.

—Sólo estoy metiéndome con usted —replica él con un guiño—. Quiero mi correo.

—¿Qué fotos podríamos ver en su cerebro?

—Las de esas mujeres idiotas. No quieren darme mi correo.

—¿Está diciendo que ha matado a diez mujeres? —Benton formula esta pregunta sin dar muestras de sorpresa ni hacer juicios de valor. Basil sonríe como si se le hubiera ocurrido algo.

—Oh. Ahora sí que puedo mover la cabeza, ¿eh? Ya no tengo una cinta en la barbilla. ¿Me sujetarán la barbilla con una cinta cuando me pongan la inyección?

—No van a ponerle ninguna inyección, Basil. Eso forma parte del trato. Su sentencia ha sido conmutada por cadena perpetua. ¿No se acuerda de que ya hemos hablado de eso?

—Porque estoy loco —comenta él con una sonrisa—. Por eso estoy aquí.

—No. Vamos a hablar otra vez de esto, porque es importante que lo entienda. Está aquí porque ha accedido a participar en nuestro estudio, Basil. El gobernador de Florida dio permiso para que usted fuera trasladado a nuestro hospital estatal, Butler, pero Massachusetts no quería dar su consentimiento a menos que le fuera conmutada la sentencia por cadena perpetua. En Massachusetts no tenemos pena de muerte.

—Sé que usted desea ver a las diez mujeres. Desea verlas tal como yo las recuerdo. Están dentro de mi cerebro.

Sabe que no es posible ver los pensamientos y los recuerdos de una persona con un escaneo. Jenrette está comportándose como el tipo inteligente que es. Quiere ver las fotografías de las autopsias para alimentar sus fantasías violentas y, tal como ocurre con los sociópatas narcisistas, opina que es un tipo bastante divertido.

—¿Es ésa la sorpresa, Basil? —le pregunta Benton—. ¿Que ha cometido diez asesinatos en vez de los cuatro de los que le han acusado?

Jenrette sacude la cabeza y responde:

—Hay una acerca de la que usted desea tener información. Ésa es la sorpresa. Especial para usted porque ha sido muy amable conmigo. Pero quiero mi correo. Ése es el trato.

—Me interesa mucho esa sorpresa.

—La mujer de la tienda de artículos de Navidad —contesta Jenrette—. ¿Se acuerda de ella?

—¿Por qué no me lo cuenta? —pregunta a su vez Benton, sin saber a qué se refiere Basil. No le suena en absoluto un asesinato cometido en una tienda de artículos de Navidad.

—¿Qué me dice de mi correo?

—Veré qué puedo hacer.

—¿Lo jura por lo más sagrado?

—Estudiaré el asunto.

—No recuerdo la fecha exacta. Vamos a ver. —Se queda mirando al techo con las manos sobre las rodillas, sin esposas—. Hará como unos tres años, en Las Olas, creo que fue más o menos por julio. Así que puede que sucediera hace dos años y medio. ¿A quién se le ocurre comprar mierdas de Navidad en el mes de julio en el sur de Florida? Vendía muñequitos de Papá Noel, con sus renos, y también cascanueces y figuritas del niño Jesús. Entré en aquella tienda una mañana después de haber pasado la noche en vela.

—¿Se acuerda de cómo se llamaba?

—Jamás lo supe. Bueno, a lo mejor sí, pero se me ha olvidado. Si me enseñara las fotos, puede que me refrescaran la memoria, tal vez pudiera usted verla dentro de mi cerebro. A ver si soy capaz de describirla. Veamos. Ah, sí. Era una mujer blanca, de pelo largo y teñido del color de *I Love Lucy*. Un tanto rellenita. Tendría unos treinta y cinco o cuarenta años. Entré, cerré la puerta con llave y la amenacé con un cuchillo. La violé en la trastienda, en la zona del almacén, y le rebané el cuello desde aquí hasta aquí de un solo tajo. —Hace el gesto de rebanarse el cuello—. Fue gracioso. Había uno de esos ventiladores que oscilan y lo encendí, porque allí dentro hacía un calor bochornoso, y la sangre salió volando por todas partes. Vaya trabajo para limpiarla después. Luego, vamos a ver... —Mira otra vez al techo, como hace con frecuencia cuando miente—. Aquel día no iba en mi coche patrulla. Había ido en mi dos ruedas, que había dejado en un aparcamiento de pago que hay detrás del hotel Riverside.

—¿Se refiere a una moto o a una bicicleta?

—A mi Honda Shadow. Como si fuera a ir en bicicleta a matar a alguien.

—¿Así que tenía pensado matar a alguien esa mañana?

—Me pareció una buena idea.

—¿Tenía pensado matarla a ella o simplemente se le ocurrió matar a alguien?

—Recuerdo que en el aparcamiento había muchos patos alrededor de los charcos porque llevaba varios días lloviendo. Mamás pato con sus patitos por todas partes. Eso siempre me ha molestado. Pobres patitos, muchos terminan atropellados. Se ven patitos aplastados en el asfalto y a su mamá dando vueltas y vueltas alrededor de su pequeño muerto, con una expresión muy triste.

—¿Alguna vez ha atropellado usted a los patos, Basil?

—Yo jamás le haría daño a un animal, doctor Wesley.

—Ha dicho que cuando era pequeño mataba pájaros y conejos.

—Eso fue hace mucho tiempo. Ya sabe, los críos y sus carabinas de aire comprimido. Sea como sea, para seguir con la historia, lo único que conseguí fueron veintiséis dólares y noventa y un centavos. Tiene que hacer algo con lo de mi correo.

—No deja de decir eso, Basil. Ya le he dicho que haré todo lo que pueda.

—Después de aquello me quedé un poco decepcionado. Veintiséis dólares y noventa y un centavos.

—Sacados de la caja.

—Diez-cuatro.

—Debió de mancharse mucho de sangre, Basil.

—Aquella mujer tenía un cuarto de aseo en la trastienda. —Vuelve a levantar la vista hacia el techo—. La rocié con Clorox, ahora acabo de acordarme. Para destruir mi ADN. Ahora está usted en deuda conmigo. Quiero mi puto correo. Sáqueme de la celda de los suicidas. Quiero una celda normal, en la que no me espíen.

—Nos aseguramos de que se encuentre a salvo.

—Quiero otra celda, las fotos y mi correo, démelo y le contaré más cosas sobre la tienda de Navidad. —Ahora Jenrette tiene los ojos muy vidriosos y se revuelve inquieto en la silla, con los puños apretados, dando golpecitos con el pie—. Me merezco una recompensa.

5

Lucy se sienta donde pueda ver la puerta principal, donde pueda ver quién entra o sale. Observa a la gente disimuladamente. Observa y calcula incluso cuando se supone que está relajándose.

Estas últimas noches se ha dejado caer por Lorraine's y ha charlado con los camareros de la barra, Buddy y Tonia. Ninguno de los dos conoce el verdadero nombre de Lucy, pero ambos se acuerdan de Johnny Swift, lo recuerdan como aquel médico hetero de aspecto cachondo. Un «médico de la cabeza» al que le gustaba Provincetown y que por desgracia era hetero, comenta Buddy. Qué lástima, añade. Siempre venía solo, además, menos la última vez que estuvo aquí, dice Tonia. Esa noche le tocaba trabajar y recuerda que Johnny llevaba entablilladas las muñecas. Cuando le preguntó a qué se debía, él le contestó que acababan de operarlo y la intervención no había salido muy bien.

Johnny y una mujer se sentaron a la barra e hicieron muy buenas migas, conversaron como si no hubiera nadie más en el bar. Ella se llamaba Jan y parecía muy inteligente; era guapa y educada, muy tímida, nada creída, joven. Iba vestida de manera desenfadada, con vaqueros y una camiseta, recuerda Tonia. Era obvio que Johnny la conocía desde hacía poco, a lo mejor acababa de conocerla, y que la encontraba interesante, que le gustaba, asegura Tonia.

—¿Le atraía sexualmente? —pregunta Lucy a Tonia.

—No me dio esa impresión. Su actitud era más de... en fin,

como si ella tuviera un problema y él la estuviera ayudando. Ya sabes, era médico.

Eso no sorprende a Lucy. Johnny no era egoísta, en absoluto, era extraordinariamente bueno.

Se sienta a la barra de Lorraine's y se imagina a Johnny entrando en el local del mismo modo que ha entrado ella y sentándose en la misma barra, tal vez en el mismo taburete. Se lo imagina en compañía de Jan, una mujer a la que quizás acaba de conocer. No era su estilo ligar, tener encuentros casuales. No le gustaban los rollos de una noche y es muy posible que estuviera ayudando a la chica, aconsejándola. Pero ¿sobre qué? ¿Acerca de algún problema médico, de algún problema psicológico? El relato acerca de esa mujer joven y tímida llamada Jan le resulta enigmático y desconcertante. Lucy no está segura de por qué.

Tal vez Johnny no se sintiera bien consigo mismo. Tal vez estuviera asustado porque la intervención del túnel carpiano no había tenido todo el éxito que él esperaba. Tal vez el hecho de aconsejar y trabar amistad con una joven tímida y bonita le hizo olvidarse de sus miedos y sentirse importante y poderoso. Lucy bebe tequila y piensa en lo que Johnny le dijo en San Francisco cuando estuvo con él en septiembre, la última vez que lo vio.

—Qué cruel es la biología —dijo Johnny—. Las incapacidades físicas son implacables. Nadie le quiere a uno si tiene cicatrices o es un tullido, un inútil lisiado.

—Por Dios, Johnny. No es más que una operación del túnel carpiano, no una amputación.

—Perdona —dijo él—. No estamos aquí para hablar de mí.

Lucy piensa en Johnny en la barra de Lorraine's, observando cómo la clientela, hombres en su mayoría, entra y sale del restaurante y se cuelan las rachas de nieve.

Ha empezado a nevar en Boston. Benton, al volante de su Porsche Turbo S, pasa por delante de los edificios victorianos de ladrillo del campus médico de la universidad y recuerda los tiempos en que Scarpetta lo citaba en el depósito de cadáveres a medianoche. Siempre sabía que se trataba de un caso desagradable.

La mayoría de los psicólogos forenses no ha estado nunca en un depósito de cadáveres. Jamás han visto una autopsia y ni siquiera desean ver las fotografías. Su interés se centra más en los detalles del criminal que lo que éste le ha hecho a su víctima, porque el criminal es el paciente y la víctima no es más que el medio que utiliza para expresar su violencia. Ésta es la excusa que dan muchos psicólogos y psiquiatras forenses. Otra explicación, más plausible, es que les falta valor para entrevistar a las víctimas o no les interesa hacerlo o, peor todavía, dedicar tiempo a sus maltrechos cadáveres.

Benton es diferente. Después de más de una década con Scarpetta no podría ser de otra manera.

—No tiene usted derecho a trabajar en un caso si no está dispuesto a escuchar lo que tienen que decir los muertos —le dijo ella hará unos quince años, cuando estaban trabajando en su primer homicidio juntos—. Si no es capaz de molestarse por ellos, entonces, francamente, yo no voy a molestarme por usted, agente especial Wesley.

—Me parece justo, doctora Scarpetta. Dejaré que usted haga las presentaciones.

—De acuerdo, pues —contestó ella—. Venga conmigo.

Aquélla fue la primera vez que Benton estuvo en la cámara frigorífica de un depósito de cadáveres. Todavía se acuerda del fuerte chasquido de la manecilla cuando se abrió la puerta y de la bocanada de aire frío y viciado que salió por ella. Sería capaz de reconocer ese olor en cualquier parte, ese hedor siniestro, a muerto. Flota en el aire y siempre le ha parecido que si pudiera verlo sería como una niebla sucia a ras de suelo que emana del muerto.

Reconstruye su conversación con Basil, analiza cada palabra, cada gesto imperceptible, cada expresión facial. Los delincuentes violentos prometen toda clase de cosas. Manipulan hábilmente a todo el mundo para conseguir lo que quieren; prometen revelar el lugar donde se encuentran los cadáveres; reconocen haber cometido crímenes que jamás han sido resueltos; confiesan los detalles de lo que hicieron; ofrecen su propia opinión acerca de sus motivaciones y su estado psicológico. En la mayoría de los casos mienten. En éste en concreto Benton está preocupado; hay al menos una parte de lo que ha confesado Basil que suena a verdad.

Intenta localizar a Scarpetta por el teléfono móvil; no contesta. Unos minutos más tarde vuelve a intentarlo, pero sigue sin dar con ella.

Le deja un mensaje: «Por favor, llámame cuando leas esto.»

Se abre la puerta de nuevo y con la nieve entra una mujer, como si la hubiera traído la ventisca en volandas.

Lleva un abrigo negro largo que sacude al tiempo que se echa hacia atrás la capucha. Tiene un cutis claro, sonrosado a causa del frío, y unos ojos bastante luminosos. Es guapa, bastante, con esa melena de un rubio oscuro, los ojos castaños y un cuerpo del que hace alarde. Lucy observa cómo se desliza hacia el fondo del restaurante pasando entre las mesas como una peregrina o una bruja sensual con su largo abrigo negro que ondea alrededor de sus botas negras cuando vuelve a la barra, donde hay bastantes asientos vacíos. Elige uno cercano al de Lucy, dobla el abrigo y se sienta encima sin una palabra ni una mirada.

Lucy bebe un poco de tequila y fija la vista en el televisor que hay sobre la barra, fingiendo interés en el último romance de un famoso. Buddy le prepara una bebida a la recién llegada, como si supiera lo que le gusta.

—Póngame otro —se apresura a pedirle Lucy.

—Marchando.

La mujer del abrigo negro con capucha se fija en la vistosa botella de tequila que Buddy toma de una estantería. Observa atentamente cómo el licor ámbar se vierte en un delicado chorro y va llenando el fondo de la copita de coñac. Lucy agita el tequila y siente cómo su aroma le inunda las fosas nasales y asciende hasta el cerebro.

—Eso le va a dar un dolor de cabeza «endiablado» —le advierte la mujer del abrigo negro con una voz ronca seductora y repleta de secretos.

—Es mucho más puro que otros licores —responde Lucy—. Llevaba mucho tiempo sin oír la expresión «endiablado». La mayoría de la gente que conozco dice infernal.

—Los peores dolores de cabeza me los han causado los margaritas —comenta la mujer, que toma un sorbo de Cosmopolitan, un líquido rosa de aspecto letal en copa de champán—. Además, yo no creo en el infierno.

—Creerá si sigue bebiendo esa mierda —replica Lucy. Por el espejo que hay detrás de la barra ve cómo se abre de nuevo la puerta y entra más nieve en el local.

Las ráfagas de viento que soplan desde la bahía producen el mismo sonido que la seda al agitarse con fuerza. Le recuerda las medias de seda agitándose en un tendedero, aunque nunca haya visto medias de seda en un tendedero ni haya oído cómo suenan cuando las azota el viento. Sabe que la mujer lleva medias negras porque los taburetes altos y las faldas cortas y con raja no son lo más adecuado para que una mujer se sienta a salvo a no ser que esté en un bar en el que los hombres se interesan sólo por sí mismos, y en Provincetown ése suele ser el caso.

—¿Otro Cosmo, Stevie? —pregunta Buddy. Así se entera Lucy de cómo se llama la chica.

—No —responde Lucy por ella—. Deja que Stevie pruebe lo que estoy tomando yo.

—Soy capaz de probar lo que sea —asegura Stevie—. Me parece que te he visto en el Pied y en el Vixen, bailando con personas distintas.

—Yo no bailo.

—Pues te he visto. Cuesta no fijarse en ti.

—¿Vienes mucho por aquí? —pregunta Lucy, que no ha visto a Stevie en la vida, ni en el Pied ni en el Vixen ni en ningún otro club ni restaurante de Ptown.

Stevie observa cómo Buddy sirve más tequila y a continuación deja la botella en la barra, se aparta y acude a atender a otro cliente.

—Ésta es la primera vez —contesta Stevie—. Un regalo del Día de San Valentín que me hago a mí misma, una semana en Ptown.

—¿En lo más crudo del invierno?

—Que yo sepa, San Valentín cae siempre en pleno invierno. Da la casualidad de que es mi fiesta favorita.

—No es fiesta. Esta semana he venido aquí todas las noches y no te he visto.

—¿Quién eres? ¿La policía del bar? —Stevie sonríe y mira a Lucy a los ojos con tanta intensidad que consigue un cierto efecto.

Lucy siente algo. «No —se dice—. Otra vez, no.»

—A lo mejor es que no vengo aquí sólo por las noches, como haces tú —dice Stevie tendiendo la mano para alcanzar la botella de tequila y rozando el brazo de Lucy.

La sensación se acentúa. Stevie estudia la vistosa etiqueta y vuelve a dejar la botella sobre la barra, sin prisas, tocando con el cuerpo a Lucy. La sensación se incrementa.

—¿Cuervo? ¿Qué tiene de especial Cuervo? —pregunta Stevie.

—¿Cómo sabes a qué me dedico? —dice Lucy.

Intenta que se disipe la sensación.

—Lo he supuesto. Tienes pinta de ser una persona de la noche —contesta Stevie—. Eres pelirroja natural, ¿a que sí? Quizá de un tono caoba mezclado con rojo intenso. El pelo teñido no es así. Y no siempre lo has llevado largo, tan largo como ahora.

—¿Eres una especie de vidente?

La sensación es terrible. No quiere desaparecer.

—No son más que suposiciones —responde la seductora voz de Stevie—. Venga, no me has contestado. ¿Qué tiene de especial Cuervo?

—Cuervo Reserva de la Familia. Eso es bastante especial.

—En fin, algo es algo. Por lo visto, ésta es mi noche de estreno en muchas cosas —dice Stevie tocando el brazo de Lucy y dejando allí la mano por espacio de unos segundos—. Es la primera vez que vengo a Ptown. La primera vez que pruebo un tequila ciento por ciento de pita que cuesta treinta dólares la copa.

A Lucy le sorprende que Stevie sepa que el tequila cuesta treinta dólares la copa. Para ser una persona poco acostumbrada a tomarlo, sabe mucho al respecto.

—Creo que voy a tomarme otro —le dice Stevie a Buddy—. Y, la verdad, que podrías echar un poco más en el vaso. Sé bueno conmigo.

Buddy sonríe mientras le sirve de nuevo. Dos copas más tarde, Stevie se apoya en Lucy y le susurra al oído:

—¿Tienes algo?

—¿Como qué? —pregunta Lucy, rindiéndose por completo.

La sensación, avivada por el tequila, no tiene intención de desvanecerse en toda la noche.

—Ya sabes qué —responde suavemente la voz de Stevie rozando con su aliento la oreja de Lucy, apoyando el pecho en su brazo—. Algo para fumar. Algo que merezca la pena.

—¿Qué te hace pensar que tengo algo?

—Es una suposición.

—Se te da notablemente bien suponer.

—Aquí se consigue en cualquier parte. Te he visto.

Lucy hizo una transacción anoche. Sabe exactamente dónde hacerla, en el Vixen, el lugar en el que no baila. No recuerda haber visto a Stevie. No había tanta gente, nunca la hay en esta época del año. Se habría fijado en Stevie, se habría fijado en ella en medio de una multitud enorme, en una calle atestada de gente, en cualquier parte.

—A lo mejor la policía del bar eres tú —comenta Lucy.

—No tienes ni idea de lo divertido que es eso —responde la voz seductora de Stevie—. ¿Dónde vives?

—No lejos de aquí.

6

La Oficina Estatal del Forense está donde todas suelen estar, en el límite de un barrio de la ciudad más agradable, normalmente en los alrededores de la Facultad de Medicina. El complejo de ladrillo rojo y hormigón da la espalda a la Massachusetts Turnpike y a su otro lado se encuentra el correccional del condado de Suffolk. No tiene vistas y el ruido del tráfico no cesa nunca.

Benton estaciona junto a la puerta trasera y se fija en que en el aparcamiento sólo hay otros dos coches. El Crown Victoria azul oscuro es del detective Thrush. El Honda SUV probablemente sea de un patólogo forense al que no pagan lo suficiente y que sin duda no se alegró en absoluto cuando Thrush lo convenció para que entrase a trabajar a esta hora. Benton llama al timbre y recorre con la mirada el desierto aparcamiento, porque nunca presupone que esté seguro ni solo. En ese momento se abre la puerta y aparece Thrush haciéndole señas de que entre.

—Dios, odio este lugar por la noche —comenta Thrush.

—No tiene nada de agradable a ninguna hora del día —comenta Benton.

—Me alegro de que hayas venido. Me cuesta creer que hayas salido a la calle en eso —dice mirando el Porsche negro mientras cierra la puerta—. ¿Con este tiempo? ¿Estás loco?

—Lleva tracción a las cuatro ruedas. Cuando he ido a trabajar esta mañana no nevaba.

—Los otros psicólogos con los que he tenido ocasión de trabajar jamás salen de casa, llueva, nieve o haga sol —dice Thrush—. Ni tampoco los que elaboran perfiles. La mayoría de los agentes del FBI que he conocido jamás ha visto un cadáver.

—Salvo los de la Oficina Central.

—Y una mierda. También muchos de la Jefatura Central de Policía. Toma.

Le entrega a Benton un sobre mientras ambos caminan por un pasillo.

—Te lo he grabado todo en un disco. Todas las fotografías de los distintos lugares del delito y de las autopsias, además de lo escrito hasta la fecha. Está todo ahí. Dicen que va a nevar de lo lindo.

Benton vuelve a pensar en Scarpetta. San Valentín es mañana y se supone que van a pasar la velada juntos, a disfrutar de una cena romántica en el puerto. Está previsto que ella se quede hasta el fin de semana del Día de los Presidentes. Llevan casi un mes sin verse. Es posible que no pueda llegar.

—El pronóstico, tengo entendido, es que nevará un poco —contesta Benton.

—Se acerca una tormenta proveniente del cabo. Espero que tengas algún otro vehículo que no sea ese deportivo de un millón de dólares.

Thrush es un hombre mayor que ha pasado toda su vida en Massachusetts y habla con el acento de la zona. En su vocabulario no hay ni una sola erre. Ya cincuentón, lleva el cabello gris cortado a lo militar y va vestido con un traje marrón arrugado. Probablemente lleva todo el día trabajando sin parar. Benton y él avanzan por el bien iluminado pasillo. Está inmaculado, perfumado con ambientador en aerosol y jalonado de salas de archivo y almacenamiento de pruebas, para todas las cuales se requiere un pase electrónico. Incluso hay un carrito con equipo de reanimación —a Benton no se le ocurre para qué fin— y un microscopio electrónico. Es el más espacioso y mejor equipado de todos los depósitos de cadáveres que ha visto en su vida. La dotación de personal es otra historia.

El departamento lleva años con graves problemas de personal a causa de los salarios, tan bajos que no atraen a los buenos patólogos forenses ni a profesionales competentes de ningún otro tipo. A eso hay que sumar los presuntos errores y meteduras de pata que traen como consecuencia las polémicas y los problemas de imagen que complican la vida y la muerte de todos los implicados. El departamento no está abierto a los medios de comunicación ni a los intrusos y la hostilidad y la desconfianza lo envenenan todo. Benton prefiere venir aquí de noche; visitar este lugar de día equivale a sentirse indeseado y mal tolerado.

Thrush y él se detienen frente a la puerta cerrada de una sala de autopsias que se usa para los casos muy importantes, extraños o que entrañan riesgo para la vida. En ese momento vibra su teléfono móvil. Observa la pantalla; cuando no aparece la identificación del número suele ser ella.

—Hola —dice Scarpetta—. Espero que estés pasando mejor noche que yo.

—Estoy en el depósito. —Luego agrega, dirigiéndose a Thrush—: Será un minuto.

—Eso no puede ser nada bueno —dice Scarpetta.

—Ya te lo contaré después. Tengo una pregunta que hacerte: ¿alguna vez has tenido noticia de un hecho que tuvo lugar en una tienda de artículos de Navidad de Las Olas hace aproximadamente dos años y medio?

—Cuando dices «un hecho» supongo que te refieres a un homicidio.

—Exacto.

—Así, que ahora me acuerde, no. Quizá pueda averiguar algo Lucy. Tengo entendido que ahí está nevando.

—Te haré venir aunque tenga que contratar los renos de Papá Noel.

—Te quiero.

—Yo también.

Benton finaliza la llamada y pregunta a Thrush:

—¿Con quién nos las vemos?

—Bueno, el doctor Lonsdale ha tenido la amabilidad de ayudarme. Te caerá bien. Pero la autopsia no la ha practicado él, sino ella.

«Ella» es la jefa. Ha llegado hasta donde ha llegado porque es mujer.

—Si quieres mi opinión —dice Thrush—, a las mujeres esto no les va. ¿Qué clase de mujer iba a querer hacer este trabajo?

—Las hay buenas —responde Benton—. Muy buenas. No todas llegan hasta donde llegan gracias al hecho de ser mujer. Lo más probable es que hayan llegado a pesar de serlo.

Thrush no conoce a Scarpetta. Benton nunca la menciona, ni siquiera a quienes conoce más o menos bien.

—Las mujeres no deberían ver esta mierda —insiste Thrush.

El aire de la noche es punzante y de un color blanco lechoso en la calle Commercial. La nieve se arremolina a la luz de las farolas e ilumina la noche hasta que el mundo comienza a resplandecer y adquiere un aspecto surrealista, mientras las dos caminan por el centro de la calle desierta y silenciosa, junto al agua, en dirección a la casa que Lucy alquiló unos días después de que Marino recibiera la extraña llamada telefónica de aquel individuo llamado Puerco.

Lucy enciende el fuego y, acto seguido, ella y Stevie se sientan delante sobre unas mantas y se lían un porro de hierba de muy buena calidad, de Columbia Británica, para fumárselo a medias. Dan caladas, charlan y ríen, pero Stevie quiere más.

—Sólo uno más —suplica mientras Lucy comienza a desvestirla.

—Eso sí que es original —comenta Lucy contemplando el esbelto cuerpo desnudo de Stevie y las huellas de manos de color rojo de su piel, tatuajes tal vez.

Lleva cuatro. Dos en los pechos, como si alguien los estuviera agarrando, y otros dos en la cara interior de los muslos, como si alguien estuviera obligándola a separar las piernas. No lleva ninguno en la espalda, ninguno que Stevie no haya podido aplicarse ella misma, suponiendo que sean falsos. Lucy la mira fijamente. Toca una de las huellas, pone una mano encima acariciando el pecho de Stevie.

—Es sólo para comprobar que es del tamaño adecuado —dice—. ¿Es falso?

—Por qué no te quitas la ropa.

Lucy hace lo que quiere, pero no tiene intención de quitarse la ropa. Hace lo que quiere durante horas, al resplandor del fuego, sobre las mantas, y Stevie le deja hacerlo. Está más viva que nadie a quien Lucy haya tocado. Su cuerpo es liso y de contornos suaves, delgado como ya nunca volverá a ser el suyo. Cuando Stevie intenta desnudarla, casi por la fuerza, no se lo permite, y por fin la otra se cansa y claudica y Lucy la lleva a la cama. Cuando Stevie se queda dormida, Lucy permanece despierta, escuchando el sobrecogedor gemido del viento, intentando describir cómo suena exactamente, llegando a la conclusión de que, después de todo, no suena como las medias de seda sino que parece algo angustiado y doliente.

7

La sala de autopsias es pequeña, tiene un suelo de baldosas y el habitual carrito de instrumental, una balanza digital, un armario de pruebas, sierras y diversas cuchillas de autopsias, mesas de disecciones y una mesa portátil sujeta a la parte delantera de un lavabo de disección mural. La cámara frigorífica empotrada tiene la puerta entreabierta.

Thrush entrega a Benton un par de guantes azules de nitrilo y le pregunta:

—¿Quieres botines o una mascarilla o algo?

—No, gracias —responde Benton justo el momento en que sale de la cámara frigorífica el doctor Lonsdale empujando una camilla de acero inoxidable sobre la que descansa el cadáver dentro de una bolsa.

—Tenemos que darnos prisa —dice aparcando cerca del lavabo y bloqueando dos de las ruedas de la camilla—. Ya estoy con la mierda al cuello con mi mujer. Hoy es su cumpleaños.

Abre la cremallera de la bolsa. La víctima lleva el cabello negro cortado a trasquilones, todavía húmedo y ensangrentado, lleno de trozos de masa encefálica y otros tejidos. Casi no queda nada de la cara. Es como si le hubiera estallado una bomba pequeña dentro de la cabeza, lo cual se acerca bastante a lo sucedido en realidad.

—Le pegaron un tiro en la boca —explica el doctor Lonsdale. Es joven, con un vigor rayano en la impaciencia—. Fractura masiva de cráneo, el cerebro destrozado, lo cual, por supuesto, solemos atribuir a un caso de suicidio, pero en esta ocasión no hay ninguna otra cosa que indique suicidio. En mi opinión, la víctima tenía la cabeza muy inclinada hacia atrás cuando apretaron el gatillo, lo cual explicaría por qué la cara ha desaparecido casi por completo y por qué le saltaron varios dientes. Una vez más, detalles impropios de un suicidio.

Enciende una lámpara de aumento y la sitúa cerca de la cabeza.

—No hay necesidad de abrirle la boca —comenta—, ya que no tiene cara. Demos gracias a Dios por estos pequeños favores.

Benton se acerca un poco más y aspira el tufo dulzón y pútrido de la sangre en descomposición.

—Hay hollín en el paladar y en la lengua —prosigue el doctor Lonsdale—. Laceraciones superficiales en la lengua, en la piel perioral y en el pliegue nasolabial debidas al efecto de abombamiento producido por la expansión de los gases de la explosión de una escopeta. No es una manera muy agradable de morir.

Termina de abrir la cremallera hasta los pies.

—Ha dejado lo mejor para el final —comenta Thrush—. ¿Qué opina de esto? A mí me recuerda a Caballo Loco.

—¿Se refiere al indio? —El doctor Lonsdale lo mira con expresión interrogativa al tiempo que desenrosca la tapa de un pequeño frasco de cristal lleno de un líquido transparente.

—Sí. Tengo entendido que grababa huellas de manos de color rojo en las ancas de su caballo.

La mujer presenta huellas rojas de manos en los pechos, en el abdomen y en la cara interna de los muslos. Benton acerca un poco más la lámpara de aumento.

El doctor Lonsdale pasa un algodón humedecido por el borde de una de las huellas y anuncia:

—Es alcohol isopropílico, un disolvente como éste hace desaparecer una mancha. Es obvio que no es soluble en agua. Me hace pensar en el tipo de sustancia que utiliza la gente para los tatuajes temporales. Debe de ser algún tipo de pintura o tinte. También podrían haberlo hecho con un rotulador indeleble, supongo.

—Supongo que no ha visto nada parecido en ningún otro caso de por aquí —apunta Benton.

—Qué va.

Vistas con aumento, las huellas de manos aparecen bien definidas y con los perfiles limpios, como si hubieran sido dibujadas con una plantilla. Benton busca trazos leves de pincel, cualquier cosa que pueda indicar cómo se aplicó la pintura, la tinta o el tinte. No está seguro, pero a juzgar por la densidad del color, sospecha que esta obra artística es reciente.

—Supongo que la víctima podría haberse hecho estos dibujos en algún momento anterior. Dicho de otra forma: que no guardan relación con su muerte —concluye el doctor Lonsdale.

—Eso pienso yo —conviene Thrush—. Por aquí hay mucha brujería, con Salem y todo eso.

—Lo que quisiera saber es con qué rapidez empiezan a borrarse estos dibujos —dice Benton—. ¿Los ha medido para ver si son del mismo tamaño que la mano de la víctima? —Indica el cuerpo.

—A mí me parecen más grandes —responde Thrush extendiendo su propia mano.

—¿Y en la espalda? —pregunta Benton.

—Tiene un dibujo en cada nalga y otro entre los omóplatos —contesta el doctor Lonsdale—. Por su tamaño las manos parecen de hombre.

—Sí —afirma Thrush.

El doctor Lonsdale coloca el cadáver parcialmente de costado y Benton estudia las huellas de manos impresas en la espalda.

—Al parecer, aquí hay una abrasión —dice, fijándose en una zona raspada del dibujo, entre los omóplatos—. Está un poco inflamado.

—No conozco todos los detalles —comenta el doctor Lonsdale—. El caso no es mío.

—Parece como si hubieran pintado el dibujo cuando ya estaba hecha la raspadura —comenta Benton—. ¿Y eso que veo son contusiones?

—Tal vez haya una cierta hinchazón localizada. Histología nos lo dirá. No es mi caso —insiste el doctor—. No he participado en esta autopsia —se cerciora de recalcar—. Le eché un vistazo a la víctima. Eso fue todo, antes de sacarla de la cámara. Miré un poco por encima el informe de la autopsia.

Si la jefa ha hecho un trabajo negligente o incompetente no está dispuesto a asumir las culpas.

—¿Tiene alguna idea de cuánto tiempo lleva muerta? —pregunta Benton.

—Bueno, las bajas temperaturas habrán retrasado el rigor mortis.

—¿Estaba congelada cuando la encontraron?

—Todavía no. Por lo visto, cuando llegó aquí su temperatura corporal era de treinta y ocho grados. Fahrenheit. Yo no acudí al lugar del crimen, no puedo proporcionarle esos detalles.

—A las diez de esta mañana la temperatura era de siete grados bajo cero —le comenta Thrush a Benton—. Las condiciones climáticas constan en el disco que te he entregado.

—Así que el informe de la autopsia ya ha sido redactado —dice Benton.

—Está en el disco —responde Thrush.

—¿Hay pruebas circunstanciales?

—Un poco de tierra, fibras, otros residuos con la sangre —contesta Thrush—. Haré que los analicen en el laboratorio lo antes posible.

—Háblame del casquillo de escopeta que recuperaste —le dice Benton.

—Estaba dentro del recto. Por fuera no se veía, pero lo detectaron los rayos X. Qué cosa más asquerosa. Cuando me mostraron la placa la primera vez, creí que a lo mejor el casquillo estaba debajo del cuerpo, sobre la mesa de rayos X. No tenía ni idea de que esa mierda estuviera dentro de la víctima.

—¿De qué tipo era?

—Remington Express Magnum, calibre doce.

—Bien, si se disparó ella misma, desde luego no fue ella quien seguidamente se metió el casquillo en el recto —razona Benton—. ¿Vas a pasárselo a los de Balística?

—Ya están en ello —contesta Thrush—. El percutor dejó una bonita marca de rozamiento. Es posible que tengamos suerte.

8

A primera hora de la mañana siguiente la nieve cae oblicuamente sobre la bahía de cabo Cod y se derrite cuando toca el agua. Apenas cubre la cuña de playa de color tostado que se extiende frente a las ventanas de la casa de Lucy, pero se amontona en los tejados cercanos y en el balcón de su dormitorio. Lucy se sube el edredón hasta la barbilla y pasea la mirada por el agua y la nieve, molesta por tener que levantarse y enfrentarse a la mujer que está durmiendo a su lado, Stevie.

No tendría que haber ido anoche a Lorraine's. Lamenta haber ido, no puede dejar de lamentarlo. Está asqueada de sí misma y deseosa de salir de esta casa diminuta, con su porche todo alrededor y su tejado de guijarros, los muebles sin lustre a causa del interminable desfile de inquilinos, la cocina, pequeña y con olor a humedad, llena de electrodomésticos anticuados. Contempla cómo la mañana juega con el horizonte tiñéndolo de diversos tonos de gris y cómo la nieve cae casi con la misma intensidad que anoche. Piensa en Johnny. Johnny vino aquí, a Provincetown, una semana antes de morir, y conoció a alguien. Debería haber averiguado ese dato hace mucho tiempo, pero es que no podía. No podía afrontarlo. Contempla la respiración regular de Stevie.

—¿Estás despierta? —pregunta Lucy—. Tienes que levantarte.

Contempla la nieve, los patos que nadan en la superficie agitada y plomiza de la bahía, asombrada de que no se congelen. A pesar de lo que sabe acerca de las propiedades aislantes del plumón, aun así le cuesta trabajo creer que una criatura de sangre caliente pueda flotar cómodamente en el agua gélida en medio de una ventisca. Tiene frío bajo el edredón, está helada, se siente rechazada e incómoda en bragas y sujetador y con la camisa abotonada.

—Stevie, despierta. Tengo que irme —dice levantando la voz.

Stevie no se mueve siquiera, su espalda sube y baja suavemente con cada lenta inspiración, y Lucy se siente enferma de remordimiento, molesta y asqueada porque al parecer no es capaz de dejar de hacer esto, esto que tanto odia.

Lleva casi un año diciéndose que nunca más, y luego se presentan noches como la pasada. No es inteligente ni lógico y siempre termina lamentándolo, siempre, porque resulta degradante, y luego tiene que salir como puede de la situación y contar más mentiras. No le queda otro remedio. Su vida ya no le permite escoger; está demasiado metida para escoger algo distinto y hay decisiones que ya han tomado otros por ella. Sigue sin poder creérselo. Se toca los senos sensibles y el vientre hinchado para cerciorarse de que es verdad, y sigue sin asimilarlo. ¿Cómo puede haberle sucedido esto a ella?

¿Cómo puede estar muerto Johnny?

Nunca llegó a investigar lo que le ocurrió a Johnny. Se marchó y se llevó consigo sus secretos.

«Lo siento», piensa, con la esperanza de que, dondequiera que él se encuentra, sepa lo que está pensando, tal como hacía, sólo que de un modo distinto. A lo mejor ahora es capaz de leer sus pensamientos. A lo mejor entiende por qué ella se mantuvo alejada y simplemente aceptó que él se lo había hecho a sí mismo. A lo mejor estaba deprimido. A lo mejor se sentía destrozado. Lucy nunca creyó que lo hubiera matado su hermano; no aceptaba la posibilidad de que lo hubiera hecho otra persona. Y entonces Marino recibió esa llamada, esa llamada amenazadora del tal Puerco.

—Tienes que levantarte —le dice a Stevie.

Lucy alarga el brazo para coger la pistola Colt Mustang 380 que descansa sobre la mesilla de noche.

—Vamos, despierta.

En la celda de Basil Jenrette, el preso está tumbado en su cama de acero con una delgada manta por encima, de las que no desprenden gases venenosos como el cianuro si se declara un incendio. El colchón es delgado y duro, y si se declara un incendio no produce emanaciones de gases letales. La inyección habría sido desagradable; la silla eléctrica, peor; pero la cámara de gas, no. La asfixia, el no poder respirar, la sensación de ahogo. «Dios, no.»

Al mirar el colchón mientras se hace la cama piensa en los incendios y en la imposibilidad de respirar. Ahora no está tan mal; por lo menos él nunca le ha hecho a nadie eso que hacía su profesor de piano hasta que Basil dejó de asistir a sus clases. Le daba igual lo mucho que lo azotara su madre con el cinturón. Dejó las clases y no quiso volver a pasar ni una sola vez más por el trance de llegar a sentir arcadas, de ahogarse, de casi asfixiarse. No pensaba mucho en ello hasta que surgió el tema de la cámara de gas. A pesar de que él sabía cómo ejecutan a la gente aquí, en Gainesville, con la inyección, los guardias le amenazaban con la cámara de gas, silbaban y soltaban risotadas cuando él se acurrucaba en la cama y se ponía a temblar.

Ahora ya no tiene que preocuparse por la cámara de gas ni por ninguna otra forma de ejecución. Ahora forma parte de un proyecto científico.

Escucha por si oye abrirse el cajón que hay en la parte inferior de la puerta de acero, por si oye deslizarse la bandeja del desayuno.

No ve que fuera hay luz porque no tiene ventana, pero sabe que es el amanecer por los sonidos de los guardias que hacen la ronda y los cajones que se abren y se cierran de golpe para otros reclusos que reciben huevos, a veces fritos, otras revueltos, con tocino y galletas. Le llega el olor de la comida mientras está tendido en la cama bajo su manta inocua y sobre su inocuo colchón, y piensa en su correo. Tienen que dárselo. Está furioso y ansioso como nunca. Oye unas pisadas y aparece de pronto el rostro negro y gordinflón de Tío Remus detrás de la abertura con malla que hay en la parte superior de la puerta.

Así es como lo llama Basil: Tío Remus. Por llamarlo así han dejado de entregarle el correo. Lleva un mes sin recibirlo.

—Quiero mi correo —le dice a la cara a Tío Remus, que sigue detrás de la malla—. Me asiste el derecho constitucional de que me sea entregado.

—¿Qué te hace pensar que alguien quiera escribir a un tipejo como tú? —replica la cara de detrás de la malla.

Basil no acierta a distinguir gran cosa, tan sólo la forma oscura del rostro y la humedad de unos ojos vueltos hacia él. Sabe qué hacer con los ojos, cómo sacarlos para que no lo miren con ese brillo, para que no vean lugares que no deben ver antes de oscurecerse y enloquecer, antes de que él casi llegue a asfixiarse. Aquí dentro, en su celda de suicida, no puede hacer gran cosa, y la rabia y el desasosiego le retuercen el estómago como si fuera un trapo de cocina.

—Sé que tengo correo —dice Basil—. Quiero que me lo entreguen.

El rostro desaparece y acto seguido se abre el cajón. Basil se levanta de la cama, recoge su bandeja y el cajón vuelve a cerrarse con un golpe metálico al pie de la gruesa puerta de acero gris.

—Espero que nadie haya escupido en la comida —dice Tío Remus a través de la malla—. Disfruta del desayuno.

El suelo de anchas tablas está frío al contacto con los pies descalzos de Lucy cuando ésta regresa al dormitorio. Stevie sigue dormida bajo las mantas y Lucy deja dos cafés sobre la mesilla de noche y mete una mano bajo el colchón para palpar los cargadores de la pistola. Es posible que anoche fuese un poco temeraria, pero no tanto como para dejar la pistola cargada habiendo una desconocida en casa.

—Stevie —repite—. Vamos. Despierta. ¡Eh!

Stevie abre los ojos y mira fijamente a Lucy, que está de pie junto a la cama insertando un cargador en la pistola.

—Menudo susto da ver eso —dice Stevie bostezando.

—Tengo que irme. —Lucy le da un café.

Stevie se queda mirando el arma.

—Debes de fiarte de mí para haber dejado eso ahí, sobre la mesilla, toda la noche.

—¿Y por qué no habría de fiarme de ti?

—Supongo que los abogados estáis muy preocupados por todas esas personas a las que destrozáis la vida —contesta Stevie—. En los tiempos que corren, nunca se conoce suficientemente a la gente.

Lucy le ha dicho que es una abogada de Boston. Probablemente Stevie piensa un montón de cosas que no son ciertas.

—¿Cómo has sabido que me gusta el café solo?

—No lo sabía —responde Lucy—. No tengo en casa leche ni crema. De verdad, tengo que irme.

—Pues yo creo que deberías quedarte. Apuesto a que consigo que merezca la pena. No hemos terminado, ¿no crees? Me emborrachaste y me colocaste de tal manera que no llegué a quitarte la ropa. Es la primera vez que me ocurre.

—Por lo visto, para ti ha sido la primera vez en muchas cosas.

—Tú no te quitaste la ropa —le recuerda Stevie tomándose el café a sorbos—. Eso sí que es nuevo.

—Tú no estabas exactamente por la labor.

—Estaba lo bastante por la labor como para intentarlo. No es demasiado tarde para volver a hacerlo.

Se incorpora y se acomoda contra las almohadas. El edredón se desliza hasta caer por debajo de sus pechos, los pezones duros de frío. Sabe exactamente con qué cuenta y lo que tiene que hacer con ello, y Lucy no cree que lo de anoche haya sucedido por primera vez, ni mucho menos.

—Dios, qué dolor de cabeza —se queja Stevie observando cómo la mira Lucy—. Y eso que me dijiste que el tequila del bueno no daba jaqueca.

—Lo mezclaste con vodka.

Stevie ahueca las almohadas a su espalda, con lo que el edredón se le resbala hasta las caderas. Se aparta la melena de los ojos. Es un cuadro muy agradable a la luz matinal, pero Lucy ya no quiere nada con ella y, además, se enfría de nuevo al ver las huellas de manos de color rojo.

—¿Te acuerdas de que anoche te pregunté por esos tatuajes? —le pregunta, sin apartar los ojos de ellos.

—Anoche me preguntaste muchas cosas.

—Te pregunté dónde te los habías hecho.

—Por qué no vuelves a la cama. —Stevie acaricia el edredón y sus ojos le queman la piel.

—Debió de dolerte hacértelos. A no ser que sean falsos, cosa que me parece que son.

—Puedo quitármelos con quitaesmalte o con aceite para bebé. Estoy segura de que tú no tienes ni quitaesmalte ni aceite para bebé.

—¿Para qué te los has hecho? —Lucy mira fijamente los dibujos.

—No fue idea mía.

—Entonces, ¿de quién?

—De una persona muy irritante. Ella me los hace y yo tengo que quitármelos.

Lucy frunce el entrecejo sin dejar de mirarla.

—De modo que dejas que alguien te pinte el cuerpo. Bueno, resulta un tanto excéntrico. —Experimenta una punzada de celos al imaginarse a alguien pintando el cuerpo desnudo de Stevie—. No es necesario que me digas quién —añade, como si no tuviera importancia.

—Es mucho mejor ser la persona que se lo hace a otra —dice Stevie, y Lucy vuelve a sentirse celosa—. Ven aquí —la invita Stevie con su voz tranquilizadora, acariciando de nuevo la cama.

—Tenemos que irnos pitando. Tengo cosas que hacer —contesta Lucy al tiempo que lleva unos pantalones anchos de color negro, un holgado jersey, también negro, y la pistola al minúsculo cuarto de baño anexo al dormitorio.

Cierra la puerta y echa la llave. Se desviste sin mirarse en el espejo, deseando que lo que le ha ocurrido a su cuerpo sea imaginario o una pesadilla. En la ducha, se toca para ver si ha cambiado algo y evita el espejo cuando se seca con la toalla.

—Mírate —le dice Stevie cuando sale del cuarto de baño vestida y un tanto alterada, de un humor mucho peor que momentos antes—. Pareces un agente secreto. Eres todo un personaje. Quiero ser como tú.

—Tú no me conoces.

—Después de lo de anoche, ya te conozco lo suficiente. —Mira a Lucy de arriba abajo—. ¿Quién no querría parecerse a ti? No parece que te dé miedo nada. ¿Hay algo que te asuste?

Lucy se inclina hacia delante y arropa a Stevie con el edredón, subiéndoselo hasta la barbilla, y el semblante de Stevie cambia. Se pone rígida y fija la vista en la cama.

—Perdona, no ha sido mi intención ofenderte —dice Stevie sumisa, ruborizada.

—Aquí dentro hace frío. Sólo te arropo porque...

—Está bien. Ya me ha pasado antes. —Levanta la vista. Sus ojos son dos pozos sin fondo llenos de miedo y tristeza—. Me consideras fea, ¿verdad? Fea y gorda. No te gusto. A la luz del día no te gusto nada.

—Tú eres todo menos fea y gorda —contesta Lucy—. Y sí que me gustas. Es que... Mierda, perdona, no era mi intención...

—No me sorprende. ¿Por qué a una persona como tú iba a gustarle alguien como yo? —dice Stevie envolviéndose en la manta y apartándola de la cama para cubrirse completamente y levantarse—. Puedes tener a quien quieras. Te lo agradezco. Gracias. No se lo contaré a nadie.

Lucy, sin habla, observa a Stevie traer su ropa del cuarto de estar y vestirse, temblando, haciendo muecas peculiares con la boca.

—Dios, por favor, no llores, Stevie.

—¡Por lo menos llámame como es debido!

—¿A qué te refieres?

Con los ojos muy abiertos y expresión asustada, Stevie contesta:

—Ahora quisiera irme, por favor. No se lo contaré a nadie. Gracias, te estoy muy agradecida.

—¿Por qué hablas así? —le pregunta Lucy.

Stevie recoge su largo abrigo negro con capucha y se lo pone. Lucy mira por la ventana cómo se aleja levantando un remolino de nieve, cómo su largo abrigo negro ondea alrededor de sus botas altas, también negras.

9

Media hora después, Lucy se cierra la cremallera del anorak de esquí y se guarda la pistola y dos cargadores en un bolsillo.

Cierra la casa con llave y baja los peldaños de madera cubiertos de nieve para luego enfilar la calle, reflexionando acerca de Stevie y de su inexplicable comportamiento, de ese sentimiento de culpa. Piensa en Johnny y también ella se siente culpable cuando se acuerda de San Francisco, del día en que él la llevó a cenar y la tranquilizó diciéndole que todo iría bien.

—No te va a pasar nada malo —le prometió.

—No puedo vivir así —dijo ella.

Era la noche de las chicas en el restaurante Mecca de la calle Market y el local estaba abarrotado de mujeres, mujeres atractivas que parecían felices y seguras de sí mismas, satisfechas. Lucy se sentía observada y eso la molestaba de un modo inusual.

—Quiero hacer algo al respecto ya —dijo—. Mírame.

—Lucy, estás estupenda.

—No estaba tan gorda desde los diez años.

—Si dejas de tomar la medicación…

—Me marea y me deja agotada.

—No pienso permitir que cometas una imprudencia. Tienes que confiar en mí.

Johnny le sostuvo la mirada a la luz de las velas. Su rostro permanecerá para siempre en su recuerdo con la expresión de aquella noche. Johnny era guapo. Tenía unas facciones agradables y unos ojos poco corrientes, del mismo color que los tigres, y Lucy no era capaz de ocultarle nada. Johnny sabía todo lo que había que saber, de todas las formas que cabía imaginar.

La soledad y la culpabilidad la siguen mientras prosigue hacia el oeste por la nevada acera a lo largo de la bahía de cabo Cod. Huyó. Se acuerda de cuando se enteró de la muerte de Johnny. Se enteró como no debería enterarse nadie: por la radio.

«En un apartamento de Hollywood han hallado muerto de un disparo a un prestigioso médico, en lo que fuentes cercanas a la investigación afirman que se trata de un posible suicidio...»

No tenía a nadie a quien preguntar. Se suponía que ella no conocía a Johnny y que jamás había visto a su hermano Laurel ni a ninguno de los amigos de ambos, así que, ¿a quién podía preguntar?

En ese momento vibra su teléfono móvil. Se cala el auricular en el oído y contesta.

—¿Dónde estás? —pregunta Benton.

—Caminando en medio de una ventisca, en Ptown. Bueno, no es una ventisca literalmente; está empezando a amainar. —Está mareada, un poco resacosa.

—¿Algo interesante que contar?

Lucy piensa en la noche pasada y se siente desconcertada y avergonzada.

Pero lo que responde es:

—Sólo que la última vez que estuvo aquí, la semana antes de morir, tuvo compañía. Por lo visto, vino justo después de operarse y después se marchó a Florida.

—¿Lo acompañó Laurel?

—No.

—¿Cómo se las arregló solo?

—Como digo, por lo visto no estaba solo.

—¿Quién te lo ha contado?

—Un camarero. Al parecer conoció a una persona.

—¿Sabemos de quién se trata?

—De una mujer. Una chica mucho más joven.

—¿Sabes su nombre?

—Jan, no sé más. Johnny estaba molesto porque la intervención no había ido demasiado bien, como sabes. La gente hace muchas cosas cuando tiene miedo y no se siente bien consigo misma.

—¿Cómo te sientes tú?

—Bien —miente Lucy.

Era una cobarde. Era una egoísta.

—Por la voz no pareces estar muy bien —comenta Benton—. Lo que le sucedió a Johnny no es culpa tuya.

—Huí del problema. No hice nada en absoluto.

—¿Por qué no vienes a pasar una temporada con nosotros? Kay va a quedarse aquí una semana. Nos encantaría verte. Ya buscaremos un rato de intimidad para hablar tú y yo —promete Benton el psicólogo.

—No quiero verla. Házselo entender de algún modo.

—Lucy, no puedes seguir haciéndole esto.

—No es mi intención hacer daño a nadie —responde Lucy pensando de nuevo en Stevie.

—Entonces dile la verdad. Es así de sencillo.

—Me has llamado tú. —Cambia bruscamente de tema.

—Necesito que me hagas un favor lo antes posible —dice Benton—. Estoy hablando por una línea segura.

—A no ser que haya alguien por aquí con un sistema capaz de interceptar la señal, yo también. Adelante.

Benton le habla de un asesinato que por lo visto se cometió en una especie de tienda de artículos de Navidad, supuestamente en el área de Las Olas, hace más o menos dos años y medio. Le cuenta todo lo que le ha contado Basil Jenrette. Dice que Scarpetta no recuerda ningún caso parecido, pero que, por aquellas fechas, ella no trabajaba en el sur de Florida.

—La información proviene de un sociópata —le recuerda—, así que no me hago ilusiones de que nos sirva para algo.

—¿A la presunta víctima de la tienda de artículos de Navidad le sacaron los ojos?

—De eso no me ha dicho nada. No he querido hacerle demasiadas preguntas hasta haber podido comprobar la veracidad de esta historia. ¿Puedes pasarla por el HIT, a ver qué encuentras?

—Me pondré manos a la obra en el avión —responde Lucy.

10

El reloj de pared que hay encima de la estantería marca las doce y media y, al otro lado de la mesa de Kay Scarpetta, el abogado que representa a un niño que probablemente ha asesinado a su hermano, un bebé, no está dándose ninguna prisa en examinar los papeles.

Dave es joven, moreno, con buena facha, uno de esos hombres cuyas facciones irregulares por alguna razón encajan perfectamente con un resultado apabullante. Es famoso por su extravagancia en el terreno de la negligencia profesional y cada vez que viene a la Academia las secretarias y las alumnas de pronto encuentran motivos para pasar por delante del despacho de Scarpetta, excepto Rose, por supuesto. Rose lleva quince años siendo la secretaria de Scarpetta, ha rebasado con creces la edad de jubilación y no es precisamente vulnerable a los encantos masculinos a no ser que se trate de los de Marino. Éste es, probablemente, el único hombre cuyos coqueteos tolera Rose, y Scarpetta descuelga el teléfono para preguntarle a ella dónde está Marino; se supone que debía asistir a esta reunión.

—Anoche intenté localizarlo —le dice a Rose por teléfono—. Varias veces.

—Déjeme a ver si yo puedo dar con él —responde Rose—. Últimamente se ha comportado de un modo un tanto extraño.

—No sólo últimamente.

Dave está estudiando el informe de una autopsia con la cabeza inclinada hacia atrás y las gafas de montura de hueso apoyadas en la punta de la nariz.

—Estas últimas semanas ha sido peor. Tengo la sensación de que se trata de una mujer.

—A ver si logra localizarlo.

Cuelga y mira si al otro lado de su mesa Dave está preparado para continuar con sus perjudiciales preguntas acerca de otra muerte difícil que está convencido de poder resolver a cambio de unos honorarios sustanciales. A diferencia de la mayoría de los departamentos de policía, que solicitan la ayuda gratuita de los expertos científicos y médicos de la Academia, por lo general los abogados pagan y, por tanto, la mayoría de los clientes que pueden pagar representa a personas que son de lo más culpable.

—¿No viene Marino? —pregunta Dave.

—Estamos intentando localizarlo.

—Tengo una declaración dentro de menos de una hora. —Pasa una página del informe—. En mi opinión, a fin de cuentas, los resultados de la investigación apuntan a un impacto y nada más.

—No pienso testificar eso en el juicio —dice Scarpetta mirando el informe, los detalles de una autopsia que no ha realizado ella—. Lo que diré es que, si bien un hematoma subdural puede deberse a un impacto, en este caso a la presunta caída del sofá al suelo de baldosa, es sumamente improbable; lo más probable es que se deba a una violenta sacudida que genera fuerzas de ruptura en la cavidad craneal, hemorragia subdural y lesión de la columna vertebral.

—En cuanto a las hemorragias de la retina, ¿no estamos de acuerdo en que también pueden ser causadas por un trauma, como el choque de la cabeza contra el suelo de baldosa, que da como resultado una hemorragia subdural?

—En una caída desde poca altura como ésta, en absoluto. Una vez más, resulta más probable que la causa esté en que la cabeza se sacudió adelante y atrás. Tal como dice claramente el informe.

—Me parece que no me estás ayudando mucho, Kay.

—Si no quieres una opinión imparcial, deberías buscar a otro experto.

—No hay otro experto. Tú no tienes rival. —Sonríe—. ¿Y qué me dices de una deficiencia de vitamina K?

—Si tienes una muestra de sangre tomada antes de la muerte que revele una deficiencia de vitamina K... —replica Scarpetta—. Si andas buscando duendecillos.

—El problema es que no tenemos esa sangre *ante mortem*. El niño no sobrevivió lo bastante para llegar al hospital.

—Es un problema, sí.

—Bien, es imposible demostrar que el niño haya sufrido sacudidas. Decididamente no está claro y es improbable. Al menos eso sí que podrás decirlo.

—Lo que está claro es que una madre no encarga a su hijo de catorce años que cuide de su hermano recién nacido cuando ese chico ya ha pasado dos veces por el tribunal de menores por haber agredido a otros niños y posee un temperamento explosivo legendario.

—Y eso no lo vas a decir.

—No.

—Mira, lo único que te pido es que señales que no existen pruebas irrefutables de que este niño haya sufrido sacudidas.

—También señalaré que no hay pruebas irrefutables de lo contrario y que no encuentro fallo alguno en el informe de la autopsia en cuestión.

—La Academia es genial —dice Dave levantándose de su asiento—. Pero vosotros me estáis poniendo de los nervios. Marino no se ha presentado y ahora tú me dejas colgado.

—Lo siento por lo de Marino —dice Scarpetta.

—Tal vez deberías controlarlo mejor.

—Eso no es tan fácil que digamos.

Dave se remete su atrevida camisa de rayas, se endereza la audaz corbata de seda y se pone la americana de seda hecha a medida. Por último, ordena los papeles en el maletín de piel de cocodrilo.

—Corre el rumor de que estás investigando el caso de Johnny Swift —dice a continuación, haciendo chasquear los cierres de plata.

Scarpetta se queda perpleja. No tiene ni idea de cómo puede haberse enterado Dave de eso.

Lo que dice es:

—Tengo por costumbre prestar escasa atención a los rumores, Dave.

—Su hermano es el dueño de uno de mis restaurantes preferidos de South Beach. Irónicamente, se llama Rumores —agrega—. Verás, Laurel ha tenido algún que otro problema.

—Yo no sé nada sobre él.

—Una persona que trabaja en su restaurante está haciendo circular la historia de que Laurel mató a Johnny por dinero, por lo que fuera que Johnny le dejaba en su testamento. Afirma que Laurel tiene aficiones que no puede permitirse.

—Eso suena a bulo. O tal vez sea alguien que le guarda rencor.

Dave va hasta la puerta.

—No he hablado con esa persona. Siempre que lo intento no está. Personalmente, pienso que Laurel es un tipo de lo más agradable. Simplemente, me parece mucha coincidencia que yo empiece a oír rumores y vaya y se abra de nuevo el caso de Johnny.

—No me consta que estuviera cerrado —dice Scarpetta.

Los copos de nieve caen gélidos y afilados, las aceras y las calles están cubiertas de escarcha blanca. Se ve poca gente.

Lucy camina a paso vivo, tomándose a sorbitos un café con leche humeante, en dirección a la Anchor Inn, donde se hospedó hace unos días usando un nombre falso para poder ocultar su Hummer alquilado. No lo ha aparcado ni una sola vez junto a la casa porque no le interesa que los desconocidos sepan qué coche conduce. Vira para tomar por una estrecha avenida que describe una curva antes de llegar al aparcamiento situado sobre el agua, donde encuentra el Hummer cubierto de nieve. Desbloquea las puertas, enciende el motor y conecta el sistema de calefacción. El manto blanco que cubre las ventanillas le produce la fresca y sombreada sensación de encontrarse en el interior de un iglú.

Está llamando a uno de sus pilotos cuando de repente ve una mano enguantada que empieza a limpiar la nieve del cristal del lado del conductor y un rostro con una capucha negra que llena la ventanilla. Corta la llamada y deja el teléfono en el asiento.

Se queda mirando fijamente a Stevie y luego baja la ventanilla, mientras su mente evalúa a toda prisa un montón de posibilidades. No es nada bueno que Stevie la haya seguido hasta aquí. Es muy malo que ella no se haya dado cuenta de que la seguían.

—¿Qué estás haciendo? —pregunta Lucy.

—Sólo quería decirte una cosa.

La cara de Stevie tiene una expresión que resulta difícil de descifrar. Puede que esté a punto de llorar y se sienta profundamente turbada y dolida, o puede que sea el viento frío y cortante que sopla desde la bahía lo que hace que le brillen tanto los ojos.

—Eres la persona más alucinante que he conocido nunca —dice Stevie—. Creo que eres mi heroína. Mi nueva heroína.

Lucy no está segura de si Stevie está burlándose de ella. Puede que no.

—Stevie, tengo que irme al aeropuerto.

—Aún no han empezado a cancelar vuelos. Pero se supone que el resto de la semana va a ser terrible.

—Gracias por darme el parte del tiempo —contesta Lucy, provocando una mirada feroz y desconcertante en los ojos de Stevie—. Oye, perdóname. No ha sido mi intención herir tus sentimientos.

—No lo has hecho —repuso Stevie, como si la oyera por primera vez—. En realidad, no creía que te gustase. Quería verte para decírtelo. Oculto en algún rincón de tu mente, lo recordarás en un día lluvioso. Sí, nunca he creído que te gustase de verdad.

—No dejas de decir eso.

—Tiene gracia. Te presentas tan segura de ti misma, arrogante en realidad. Dura y distante. Pero ya veo que no eres así por dentro. Es curioso que las cosas resulten ser tan diferentes de lo que uno espera.

Está colándose la nieve en el Hummer, humedeciendo el interior.

—¿Cómo me has encontrado? —pregunta Lucy.

—Volví a tu casa, pero ya te habías ido. He seguido tus pisadas en la nieve y me han conducido hasta aquí. ¿Qué número calzas? ¿Un treinta y ocho? No ha sido difícil.

—En fin, siento lo de...

—Por favor —la interrumpe Stevie con intensidad, con fuerza—. Ya sé que no soy simplemente otra muesca en tu cinturón, como dicen.

—No me interesan esas cosas —dice Lucy, pero no es cierto. Lo sabe, aunque jamás se lo habría dicho de ese modo. Se siente mal por Stevie. Se siente mal por su tía, por Johnny, por todas las personas a las que les ha fallado.

—Hay quien dirá que tú sí que eres una muesca en mi cinturón —comenta Stevie en tono jocoso, seductor, y Lucy no desea experimentar la misma sensación de nuevo.

Stevie es otra vez la persona segura de sí misma, otra vez la mujer llena de secretos, otra vez increíblemente atractiva.

Lucy hace un esfuerzo para meter la marcha atrás mientras sigue colándose la nieve. Le duele la cara por el aguijoneo de la nieve y del viento que sopla desde el agua.

Stevie rebusca en el bolsillo de su abrigo, saca un papelito y se lo pasa por la ventanilla abierta.

—Es mi número de teléfono —dice.

El código de zona es el 617, el área de Boston. Stevie no le había dicho en ningún momento dónde vivía; Lucy tampoco se lo había preguntado.

—Eso es todo lo que quería decirte —dice Stevie—. Y feliz San Valentín.

Se miran la una a la otra a través de la ventanilla abierta, con el motor ronroneando, la nieve cayendo y adhiriéndose al abrigo negro de Stevie. Es preciosa, y Lucy siente lo mismo que sintió en Lorraine's. Creía que la sensación había desaparecido. Pero vuelve a notarla.

—Yo no soy como las demás —le asegura Stevie mirándola a los ojos.

—Es cierto.

—Mi número de móvil —dice Stevie—. De hecho vivo en Florida. Cuando salí de Harvard no me tomé la molestia de cambiar mi número de móvil. No importa. Es por los minutos gratis, ya sabes.

—¿Has ido a Harvard?

—No suelo mencionarlo. Puede enfriar a la gente.

—¿En qué parte de Florida vives?

—En Gainesville —responde Stevie—. Feliz San Valentín —repite—. Espero que sea el más especial de toda tu vida.

11

La pizarra electrónica del aula 1A está ocupada por entero por una fotografía en color de un torso masculino. Lleva la camisa desabrochada y tiene un cuchillo enorme hundido en el velludo pecho.

—Suicidio —apunta uno de los alumnos voluntarios desde su pupitre.

—Tenemos otro dato. Aunque no se puede deducir a partir de la foto —explica Scarpetta a los dieciséis estudiantes de esta clase de la Academia—. Presenta múltiples heridas de arma blanca.

—Homicidio. —El alumno cambia rápidamente su respuesta y todo el mundo rompe a reír.

Scarpetta pone la diapositiva siguiente, en la que se ven múltiples heridas agrupadas cerca de la que resultó fatal.

—Parecen superficiales —aventura otro alumno.

—¿Y el ángulo? Si el tipo se hubiera suicidado, ¿no deberían ser oblicuas las heridas?

—No necesariamente, pero tengo una pregunta —replica Scarpetta desde la tarima que hay en la cabecera del aula—. ¿Qué nos dice esta camisa desabrochada?

Silencio.

—Si uno va a clavarse un cuchillo, ¿lo haría sin quitarse la ropa? —pregunta—. Y, a propósito, tiene razón. —Se dirige al alumno que ha hecho el comentario acerca de lo superficial de las heridas—. La mayoría de los cortes apenas han desgarrado la piel. —Los señala en la pantalla—. Son lo que llamamos «marcas de vacilación».

Los alumnos toman apuntes. Son un puñado de personas inteligentes y entusiastas, de diversa formación y procedentes de distintas partes del país, dos de ellos de Inglaterra. Varios son detectives que desean recibir una formación forense intensiva en criminología. Otros son investigadores forenses que desean lo mismo. Algunos son ex universitarios que estudian para sacarse un título superior en psicología, biología nuclear y microscópica. Uno es suplente de un fiscal de distrito que quiere más condenas en los tribunales.

Proyecta otra diapositiva en la pizarra electrónica, esta vez una particularmente horripilante de un hombre al que se le están saliendo los intestinos por una gran incisión en el abdomen. Varios de los alumnos dejan escapar un gemido. Uno exclama: «¡Ay!»

—¿Quién de ustedes conoce el *seppuku*? —pregunta Scarpetta.

—Es lo mismo que el haraquiri —dice una voz desde la puerta.

Se trata del doctor Joe Amos, miembro este año de la Junta de Gobierno de Patología Forense, que entra como si ésta fuera su clase. Es alto y desgarbado, con una mata revuelta de pelo negro, una barbilla larga y puntiaguda y unos ojos oscuros y brillantes. A Scarpetta le recuerda un pajarraco, un cuervo.

—No quisiera interrumpir —dice, pero lo hace de todos modos—. Este tipo —señala con un gesto de cabeza la imagen horrorosa que llena la pantalla— agarró un cuchillo de caza grande, se lo clavó en un lado del abdomen y se lo desgarró hasta el otro lado. Eso sí que es motivación.

—¿El caso era suyo, doctor Amos? —inquiere una alumna, y guapa.

El doctor Amos se acerca a ella dándose aires de hombre muy serio e importante.

—No. Sin embargo, lo que debe recordar es lo siguiente: la forma de distinguir entre un suicidio y un homicidio es que, si se trata de suicidio, la persona se corta el abdomen en sentido horizontal y luego hacia arriba, para formar la clásica L del haraquiri. Pero no es eso lo que estamos viendo en este caso.

Dirige la atención de los alumnos hacia la pantalla.

Scarpetta domina su cólera.

—En un homicidio resulta más bien difícil hacer eso —añade el doctor Amos.

—Esta herida no tiene forma de L.

—Exactamente —contesta Amos—. ¿Quién quiere votar a favor de un homicidio?

Unos cuantos alumnos levantan la mano.

—Yo también voto por eso —declara Amos con mucho aplomo.

—Doctor Amos, ¿cuánto se supone que tardó en morir?

—Puedes sobrevivir unos minutos, sin duda te desangras muy rápidamente. Doctora Scarpetta, quisiera hablar un minuto con usted. Lamento interrumpir —les dice a los alumnos.

Ambos salen al pasillo.

—¿De qué se trata? —pregunta Scarpetta.

—El horrible lugar del delito que hemos programado para esta tarde —contesta Amos—. Me gustaría aderezarlo un poco.

—¿No podría esperar a que termine la clase?

—Bueno, se me ha ocurrido que podría usted conseguir que se presente voluntario uno de los alumnos. Harán cualquier cosa que les pida.

Scarpetta hace caso omiso del halago.

—Pregunte si alguno de ellos está dispuesto a participar esta tarde en esa reconstrucción, pero no puede revelar los detalles delante de todos.

—¿Y cuáles son los detalles, exactamente?

—Estaba pensando en Jenny. Podría dejarle saltarse su clase de las tres para ayudarme. —Se refiere a la alumna guapa que le ha preguntado si el caso del eviscerado era suyo.

Scarpetta los ha visto juntos en más de una ocasión. Joe está comprometido, pero eso no parece ser un obstáculo para que se muestre bastante amistoso con las alumnas atractivas, por más que la Academia lo prohíba. Hasta el momento no lo han sorprendido cometiendo ninguna infracción imperdonable, y en cierto modo Scarpetta desearía que lo hubieran hecho. Le encantaría librarse de él.

—Haremos que represente el papel de criminal —explica Amos en voz baja, ilusionado—. Parece tan inocente, tan encantadora. Tomamos dos alumnos cada vez, hacemos que entren en el lugar donde se ha cometido un homicidio cuya víctima ha recibido múltiples disparos mientras estaba en el cuarto de baño. Esto ocurre en la habitación de un motel, por supuesto, y entonces entra Jenny haciendo de mujer destrozada, histérica. Es la hija del muerto. Veremos si los alumnos bajan la guardia.

Scarpetta guarda silencio.

—Naturalmente, en el lugar habrá unos cuantos policías. Digamos que andan por ahí mirando, creyendo que el autor de los disparos ha huido. De lo que se trata es de ver si alguien es lo bastante inteligente para cerciorarse de que esa chica tan mona no es la persona que acaba de matar a tiros a la víctima, su padre, mientras iba al baño. ¿Y sabes una cosa? Resulta que ha sido ella. Los demás bajan la guardia, ella saca una pistola, empieza a disparar, y se la llevan. Y *voilà*. El clásico caso de suicidio por medio de la policía.

—Puedes pedírselo a Jenny tú mismo después de la clase —dice Scarpetta mientras intenta decidir por qué le resulta familiar esa situación.

Joe está obsesionado con las reconstrucciones de crímenes, una innovación de Marino, escenas extremas, parodias que se supone que deben ser un reflejo de los riesgos auténticos y los detalles desagradables de los casos reales de muerte. A veces piensa que Joe debería abandonar la patología forense y vender su alma a Hollywood. Si es que tiene alma. La situación hipotética que acaba de proponer le recuerda algo.

—Genial, ¿no crees? —dice Joe—. Podría ocurrir en la vida real.

Entonces se acuerda. De hecho, ocurrió en la vida real.

—Tuvimos un caso así en Virginia —recuerda—. Cuando yo estaba de jefa.

—¿De veras? —responde Joe, sorprendido—. Imagino que no hay nada nuevo bajo el sol.

—Y, a propósito, Joe —continúa Scarpetta—, en la mayor parte de los casos de *seppuku*, de haraquiri, la causa de la muerte es un paro cardíaco a consecuencia de un súbito colapso producido por una caída repentina de la presión intraabdominal debida a la evisceración. No el hecho de desangrarse.

—¿Era tuyo el caso? ¿Ese de ahí dentro? —Indica el aula.

—Mío y de Marino. Hace varios años. Y otra cosa —añade—: es un suicidio, no un homicidio.

12

La citación X vuela hacia el sur justo por debajo de la velocidad del sonido cuando Lucy envía archivos a una red virtual privada protegida por tantos cortafuegos que ni siquiera pueden penetrar en ella los de Homeland Security.*

Por lo menos, está convencida de que su infraestructura de información es segura. Tiene la certeza de que ningún pirata informático, ni siquiera el Gobierno, puede controlar las transmisiones de datos clasificados que genera el sistema de gestión de bases de datos Transacción de Imágenes Heterogéneas, cuyas siglas son TIH. Ella misma desarrolló y programó el TIH. El Gobierno desconoce su existencia, de eso está segura. Pocas personas lo conocen, de eso también está segura. El TIH es *software* de su propiedad y podría venderlo fácilmente, pero no le hace falta el dinero, puesto que ya hizo fortuna hace años con otro *software*, con varios de los mismos motores de búsqueda que está dirigiendo a través del ciberespacio en este momento, intentando localizar muertes violentas que hayan tenido lugar en un comercio, del tipo que sea, del sur de Florida.

Aparte de los homicidios cometidos como era previsible en tiendas de licores y de comida rápida, salones de masajes y locales

* Organismo del Gobierno de Estados Unidos que se ocupa de prevenir ataques terroristas dentro del territorio nacional, disminuir su vulnerabilidad y reducir al mínimo los daños ocasionados por los ataques que tengan lugar. *(N. de la T.)*

porno, no ha encontrado ningún crimen violento, resuelto o no, que coincida con lo que le ha contado Basil Jenrette a Benton. Sin embargo, había hace algún tiempo un comercio llamado La Tienda de Navidad, en la confluencia entre la A1A y el paseo de Las Olas, junto a una zona de *boutiques* horteras para turistas, cafés y chiringuitos de helados de la playa. Hace dos años La Tienda de Navidad fue vendida a una cadena llamada Chulos de Playa especializada en camisetas, ropa de baño y *souvenirs*.

A Joe le cuesta trabajo creer los muchos casos en que ha trabajado Scarpetta a lo largo de una carrera relativamente breve. Los patólogos forenses rara vez consiguen su primer trabajo antes de cumplir los treinta años, eso suponiendo que su ardua trayectoria de formación sea continua. Además de los seis años de los estudios de Medicina, Scarpetta cursó tres más de Derecho. A los treinta y cinco era la jefa del sistema forense más importante de Estados Unidos. A diferencia de la mayor parte de los jefes de dicho sistema, ella no era simplemente una administradora; ella hacía autopsias, miles de autopsias.

La mayoría está en una base de datos a la que se supone que únicamente ella puede acceder, e incluso ha recibido varias subvenciones federales para llevar a cabo diversos estudios sobre la violencia: violencia sexual, violencia relacionada con las drogas, violencia doméstica, toda clase de violencia. En bastantes de sus antiguos casos el investigador principal fue Marino, detective local de homicidios en la época en que ella era jefa. De manera que en su base de datos guarda también los informes de él. Es como una tienda de golosinas. Es una fuente que mana champán del bueno. Es orgásmico.

Joe está repasando el caso C328-3, el suicidio por medio de la policía que servirá de modelo para la reconstrucción de esta tarde. Pincha otra vez en las fotografías del lugar del crimen, pensando en Jenny. En el caso real, la hija que tan alegremente apretó el gatillo está tumbada boca abajo en un charco de sangre del cuarto de estar. Recibió tres disparos: uno en el abdomen y dos en el pecho, y Joe reflexiona sobre el modo en que iba vestida cuando mató a su padre en el cuarto de baño y después hizo una pantomima delante de la policía antes de sacar de nuevo su pistola. Murió descalza, con unos vaqueros azules desteñidos y una camiseta. No llevaba bragas ni sujetador. Joe pincha en las fotografías de su autopsia, no tan interesado por la incisión en forma de Y de la chica como por su aspecto, allí desnuda, sobre la mesa de frío acero. Cuando la policía la mató tenía sólo quince años, y Joe piensa en Jenny.

Levanta la vista y le sonríe desde el otro lado de la mesa, donde ella ha estado aguardando pacientemente, a la espera de instrucciones. Joe abre un cajón y extrae una Glock nueve milímetros, desliza hacia atrás el percutor para cerciorarse de que la recámara está vacía, deja caer el cargador y por último empuja el arma sobre la mesa, hacia la chica.

—¿Alguna vez ha disparado un arma? —le pregunta a su nueva alumna predilecta.

Jenny tiene una preciosa naricita respingona y unos enormes ojos de color chocolate con leche. Joe se la imagina desnuda y muerta, igual que la chica de la fotografía que tiene en la pantalla.

—Me crié entre armas —responde ella—. ¿Qué es lo que está mirando, si no le importa que se lo pregunte?

—El correo electrónico —responde Joe. Nunca lo ha turbado no decir la verdad.

Más bien le gusta no decirla, le gusta mucho más que le disgusta. La verdad no es siempre la verdad. ¿Qué es lo cierto? Es lo que él decide que lo es. Todo es cuestión de puntos de vista. Jenny tuerce el cuello para ver mejor lo que hay en la pantalla.

—Genial. Veo que la gente le envía por correo electrónico casos enteros.

—A veces —responde él pinchando una fotografía distinta; enseguida se pone en marcha la impresora en color que tiene detrás de la mesa—. Esto es material clasificado —agrega—. ¿Puedo fiarme de usted?

—Por supuesto, doctor Amos. Entiendo perfectamente lo que es el material clasificado. Si no lo entendiera, no estaría preparándome para esta profesión.

En la bandeja de la impresora aparece la fotografía en color de una muchacha muerta tendida en un charco de sangre de la sala de estar. Joe se da la vuelta para tomarla, le echa un breve vistazo y se la pasa a Jenny.

—Ésta es la persona que va a ser usted esta tarde —le dice.

—Espero que no literalmente —bromea ella.

—Y ésta es su arma. —Mira la Glock que descansa sobre la mesa, frente a Jenny—. ¿Dónde se propone ocultarla?

Jenny mira la fotografía sin inmutarse y contesta:

—¿Dónde la ocultó ella?

—En la fotografía no se ve —responde Joe—. En un libro de bolsillo que, a propósito, debería haber sido una pista para alguien. La chica encuentra a su padre muerto, presuntamente, llama a emergencias, abre la puerta cuando llega la policía y lleva en la mano el libro de bolsillo. Está histérica, en ningún momento ha salido de casa; así pues, ¿por qué va andando por ahí con ese libro de bolsillo?

—Eso es lo que quiere que haga yo.

—La pistola está dentro del libro. En un momento dado, usted busca pañuelos de papel, porque está llorando, y entonces saca la pistola y empieza a disparar.

—¿Algo más?

—A continuación le dispararán. Procure estar guapa.

Ella sonríe.

—¿Algo más?

—La forma en que va vestida la chica. —Joe la mira intentando transmitirle con los ojos qué es lo que quiere.

Ella se da cuenta.

—No llevo exactamente lo mismo —contesta jugando un poco con él, haciéndose la ingenua.

Jenny es cualquier cosa menos ingenua, probablemente lleva follando desde que iba a la guardería.

—En fin, Jenny, haga lo que pueda para parecerse lo más posible. Pantalón corto, camiseta, sin calcetines ni zapatos.

—No lleva ropa interior, me da la impresión.

—Ahí está.

—Parece una furcia.

—Está bien. Entonces parézcase a una furcia —dice Joe.

Jenny lo encuentra muy gracioso.

—Quiero decir, que usted es una furcia, ¿no es así? —le pregunta él mirándola con sus ojitos oscuros—. Si no, se lo pediré a otra. Para esta reconstrucción hace falta una furcia.

—No necesita a nadie más.

—Oh, no me diga.

—Se lo digo.

Jenny se vuelve a mirar la puerta cerrada, como si le preocupara que pudiera entrar alguien. Joe no dice nada.

—Podríamos tener problemas —dice.

—No los tendremos.

—No quisiera que me expulsaran —dice ella.

—Porque quiere ser investigadora forense de mayor.

Jenny afirma con la cabeza sin dejar de mirarlo, jugando tranquilamente con el primer botón de su polo de la Academia. Le queda muy bien. A Joe le gusta cómo llena la prenda.

—Ya soy una chica crecidita —dice Jenny.

—Usted es de Tejas —dice entonces Joe, observando cómo se le pega al cuerpo el polo, cómo se le pega el pantalón ajustado de color caqui—. En Tejas crecen mucho las cosas, ¿verdad?

—¿Por qué me dice cosas tan groseras, doctor Amos? —pregunta ella con retintín.

Joe se la imagina muerta. Se la imagina en un charco de sangre, muerta de un disparo. Se la imagina desnuda sobre la mesa de acero. Una de las mentiras de la vida es que los cadáveres no tienen atractivo sexual. Pero un desnudo es un desnudo si la persona es atractiva y no lleva mucho tiempo muerta. Decir que un hombre nunca ha tenido pensamientos acerca de una mujer hermosa que casualmente está muerta es un chiste. Los policías pinchan fotos en sus tableros, imágenes de víctimas femeninas con un cuerpo excepcional. Los forenses varones dan charlas a los policías y les muestran determinadas fotos, escogen deliberadamente las que saben que les van a gustar. Joe lo ha visto, sabe que lo hacen.

—Si hace bien su papel de muerta en el lugar del crimen —le dice a Jenny—, la invitaré a cenar a mi casa. Soy un experto en vinos.

—Y también está comprometido.

—Ella está en Chicago, en una conferencia. Es posible que la retenga la nieve.

Jenny se levanta. Consulta el reloj y después mira al doctor Amos.

—¿Quién era su alumna predilecta antes de serlo yo? —le pregunta.

—Usted es especial —responde Joe.

13

Transcurrida una hora desde que partió de Signature Aviation, en Fort Lauderdale, Lucy se levanta para tomarse otro café y hacer una pausa yendo al cuarto de aseo. Por las pequeñas ventanillas ovales del reactor se ve el cielo encapotado por unas nubes de tormenta cada vez más densas.

Vuelve a acomodarse en su asiento de cuero y ejecuta nuevas solicitudes de información consultando datos de cálculos de impuestos y registros de la propiedad inmobiliaria del condado de Broward, noticias publicadas en los periódicos y todo lo que se le ocurre, para ver qué puede encontrar acerca de la antigua tienda de artículos de Navidad. Desde mediados de los setenta hasta principios de los noventa era un restaurante llamado Rum Runner. Después fue durante dos años una heladería llamada Coco Nuts. Más tarde, en el año 2000, alquiló el local la señora Florrie Anna Quincy, viuda de un acaudalado paisajista de West Palm Beach.

Lucy descansa ligeramente los dedos sobre el teclado mientras lee un artículo que salió publicado en *The Miami Herald*, no mucho después de que abriera La Tienda de Navidad. Dice que la señora Quincy se crió en Chicago, donde su padre era agente de Bolsa y todas las navidades trabajaba como voluntario haciendo de Papá Noel en los grandes almacenes Macy's.

«La Navidad era para nosotros la época más mágica —dijo la señora Quincy—. A mi padre le encantaban los cachivaches de madera y, posiblemente debido a que se crió en el territorio maderero de Alberta, en Canadá, en casa teníamos árboles de Navidad todo el año, grandes piceas plantadas en macetas, decoradas con luces blancas y figuritas talladas. Supongo que por eso me gusta tener a mi alrededor la Navidad todo el año.»

Su tienda es una impresionante colección de adornos, cajas de música, muñecos de Papá Noel de todas clases, paisajes invernales y trenecitos eléctricos que corren por vías diminutas. Hay que tener cuidado al moverse por los pasillos de su frágil mundo de fantasía y resulta fácil olvidarse de que al otro lado de la puerta luce el sol, hay palmeras y está el mar. Desde el mes pasado, cuando inauguró La Tienda de Navidad, la señora Quincy afirma que ha tenido mucha gente entrando y saliendo, pero que son muchos más los clientes que van a mirar que los que compran…

Lucy bebe un sorbo de café y mira el panecillo relleno de crema de queso que espera en la bandeja. Tiene hambre, pero le da miedo comer. Piensa constantemente en la comida, está obsesionada con su peso, porque sabe que hacer régimen no le servirá de nada. Ya puede matarse de hambre, que eso no cambiará cómo se ve y cómo se siente. Su cuerpo era su máquina mejor afinada y la ha traicionado.

Ejecuta otra búsqueda más y trata de localizar a Marino sirviéndose del teléfono empotrado en el reposabrazos de su asiento, sin dejar de leer los resultados de la consulta. Marino contesta, pero la calidad de la comunicación no es buena.

—Estoy en el aire —explica ella leyendo lo que hay en la pantalla.

—¿Cuándo vas a aprender a pilotar esa cosa?

—Probablemente nunca. No tengo tiempo para reunir todos los puntos. Últimamente, apenas tengo tiempo para los helicópteros.

Y no quiere tenerlo. Cuanto más pilota, más le gusta, y no quiere que siga gustándole. Hay que declarar qué medicación se toma a la Administración Federal de Aviación, a no ser que se trate de un medicamento inocuo que se pueda adquirir sin receta, y la próxima vez que acuda al médico de vuelo para renovar su certificado médico tendrá que añadir a la lista el Dostinex. Le harán preguntas.

Los burócratas del Gobierno harán añicos su intimidad y probablemente encontrarán alguna excusa para revocarle la licencia. La única manera de evitarlo es no volviendo a tomar el medicamento, y ya ha intentado pasar una temporada sin tomarlo. O también puede abandonar para siempre lo de pilotar.

—Yo me quedo con las Harley —está diciendo Marino.

—Acabo de conseguir una pista. No sobre ese caso. Sobre otro distinto, quizá.

—¿Quién te la ha dado? —pregunta él, suspicaz.

—Benton. Por lo visto, un paciente ha contado una anécdota sobre un asesinato sin resolver cometido en Las Olas.

Elige las palabras con cuidado. Marino no está informado acerca del programa PREDATOR. Benton no quiere meter a Marino en este asunto, porque teme que no lo entienda ni le sea de utilidad. La filosofía de Marino acerca de los delincuentes violentos consiste en maltratarlos, encerrarlos y matarlos de la forma más cruel posible. Es seguramente la última persona de este planeta a la que le importa si un psicópata asesino es un enfermo mental en lugar de ser un malvado, o si un pedófilo no puede evitar sus inclinaciones más de lo que puede evitar sus delirios un psicótico. Marino opina que la exploración física y psicológica mediante imágenes estructurales y funcionales del cerebro no es más que una gilipollez.

—Según parece, este paciente afirma que, hace quizá dos años y medio, violaron y asesinaron a una mujer en un local llamado La Tienda de Navidad —explica Lucy a Marino, preocupada de que uno de estos días se le escape que Benton está evaluando a reclusos.

Marino sabe que el McLean, el hospital universitario de Harvard, el modélico hospital psiquiátrico, con su pabellón autofinanciado que atiende a los ricos y famosos, desde luego no es una institución psiquiátrica forense. Si están trasladando allí a presos para evaluarlos, es que sucede algo inusual y clandestino.

—¿La qué? —pregunta Marino.

Lucy repite lo que acaba de decir y agrega:

—A cargo de una tal Florrie Anna Quincy, mujer blanca, treinta y ocho años, su marido tenía varios viveros en West Palm…

—¿De plantas?

—De árboles. En su mayoría cítricos. La Tienda de Navidad permaneció abierta sólo dos años, de 2000 a 2002.

Lucy teclea más órdenes y convierte archivos de datos en archivos de texto que va a enviar por correo electrónico a Benton.

—¿Alguna vez has oído mencionar un sitio que se llama Chulos de Playa?

—Se te va la voz —dice Marino.

—¿Oiga? ¿Así mejor? ¿Marino?

—Ahora te oigo.

—Es el nombre de la tienda que hay ahora en el local. La señora Quincy y su hija de diecisiete años, Helen, desaparecieron en julio de 2002. He encontrado un artículo en el periódico que lo cuenta. No es mucho, sólo un articulito aquí y allá, y el año pasado no salió nada de nada.

—A lo mejor cerraron y la prensa no se hizo eco de ello —propone Marino.

—Nada de lo que encuentro indica que estén vivas y coleando. De hecho, la primavera pasada el hijo intentó que las declarasen legalmente fallecidas, pero no lo consiguió. Quizá tú pudieras consultar a la policía de Fort Lauderdale y ver si alguien recuerda algo acerca de la desaparición de la señora Quincy y su hija. Yo tengo pensado pasarme mañana por Chulos de Playa.

—Los polis de Fort Lauderdale no van a darme la información así como así, sin un buen motivo.

—Vamos a averiguar de qué se trata —responde Lucy.

Frente a la ventanilla de billetes de USAir, Scarpetta continúa discutiendo.

—Es imposible —dice una vez más, a punto de perder los estribos de frustración—. Aquí tiene mi localizador, mi recibo impreso. Está bien claro. Primera clase, salida a las seis y veinte. ¿Cómo puede estar anulada mi reserva?

—Señora, es lo que aparece en el ordenador. Su reserva fue cancelada a las dos y cuarto.

—¿De hoy? —Scarpetta se niega a creerlo.

Tiene que haber un error.

—Sí, de hoy.

—Eso es imposible. Desde luego, yo no he llamado para anularla.

—Pues alguien lo ha hecho.

—En ese caso, vuelva a hacer la reserva —ordena Scarpetta hurgando en el bolso en busca de la cartera.

—El vuelo está completo. Puedo ponerla en lista de espera para clase turista, pero tiene otras siete personas por delante de usted.

Scarpetta aplaza su viaje a mañana y llama a Rose.

—Me temo que va a tener que volver a recogerme —le dice.

—Oh, no. ¿Qué ha pasado? ¿Es por el mal tiempo?

—Alguien ha anulado mi reserva. Y para el vuelo hay lista de espera. Rose, ¿llamó para confirmar el billete?

—Por supuesto que sí. Hacia la hora de comer.

—No sé qué ha podido ocurrir —dice Scarpetta pensando en Benton y en la idea de pasar juntos el Día de San Valentín—. ¡Mierda! —exclama.

14

La luna amarilla tiene un aspecto desdibujado. Como un mango demasiado maduro cuelga pesadamente sobre los árboles achaparrados, la vegetación y las densas sombras. Bajo la desigual luz de esa luna, Puerco alcanza a ver lo suficiente para distinguir de qué se trata.

Lo ve venir porque sabe hacia dónde mirar. Lleva varios minutos detectando su energía infrarroja con el detector de calor que mueve despacio en la oscuridad, en un barrido horizontal, como una varita, como una varita mágica. En el visor posterior del ligero tubo de PVC de color verde oliva aparece una línea intermitente de lucecitas de color rojo vivo cuando el aparato detecta las diferencias entre la temperatura de superficie del ser de sangre caliente y del suelo.

Es Puerco, y su cuerpo es un objeto que puede abandonar cuando le apetezca sin que nadie lo vea. Nadie lo ve en este momento, en la oscuridad de la noche vacía, sosteniendo el detector de infrarrojos como si fuera un nivel mientras éste capta el calor que irradia de la carne viva y lo avisa con sus lucecitas brillantes que desfilan en línea recta por el cristal oscuro.

Probablemente se trate de un mapache.

«Bicho idiota.» Puerco le habla en silencio y se sienta con las piernas cruzadas sobre el suelo arenoso, sin dejar de mirar por el visor. Observa las brillantes lucecitas que cruzan la lente de un lado a otro por el extremo del tubo opuesto al que enfoca la cosa.

Explora el arcén en sombras y siente a sus espaldas la presencia de la vieja casa en ruinas, nota su atracción. Tiene la cabeza embotada por culpa de los tapones para los oídos y se oye a sí mismo respirar, igual que cuando uno respira por un tubo bajo el agua, sumergido y silencioso, sin que se oiga nada más que la propia respiración, rápida y superficial. No le gustan los tapones, pero es importante llevarlos.

«Ya sabes lo que va a suceder ahora —se dice—. Como si no lo supieras.»

Contempla la forma gorda y oscura que avanza arrastrándose, casi pegada al suelo. Se mueve igual que un gato grueso y peludo, cosa que tal vez sea. Muy despacio, la forma se abre paso entre cañas, grama y juncos, entrando y saliendo de las densas sombras bajo las siluetas espinosas de los alargados pinos y los restos quebradizos de los árboles muertos. Observa la cosa, observa las luces rojas que serpentean en el interior de la lente. La cosa es poco inteligente, porque la brisa que sopla en contra le impide captar el olor de quien la vigila y no ser más que una idiota.

Puerco apaga el detector de infrarrojos y se lo pone sobre las rodillas. Luego toma su Mossberg 835 Ulti-Mag con acabado de camuflaje; nota la culata dura y fría contra la mejilla al alinear la mira de tritio con el ser.

«¿Adónde crees que vas?», se burla.

El ser no echa a correr. Qué idiota.

«Adelante. Corre. A ver.»

El ser continúa avanzando torpemente, ajeno a todo, pegado al suelo.

Puerco siente que el corazón le late fuerte y pausadamente; percibe su propia respiración, rápida, mientras sigue al ser con el verde luminoso de la mira. Aprieta el gatillo y el estruendo de la escopeta taladra el silencio de la noche. El ser da una sacudida y se queda inmóvil en el suelo. Puerco se quita los tapones de los oídos y escucha con atención esperando un grito o un gemido, pero no oye nada, sólo el tráfico de la Sur 27 a lo lejos y el roce de sus propios pies al incorporarse y estirar las piernas para desentumecerse.

Con movimientos lentos, recoge el casquillo, se lo guarda en un bolsillo y echa a andar cruzando el arcén. Activa el percutor de la escopeta y al instante la luz de tiro ilumina la criatura.

Es un gato, peludo y rayado, con el vientre hinchado. Lo empuja para darle la vuelta. Se trata de una hembra preñada. Estudia la posibilidad de pegarle otro tiro. Escucha con atención. Nada, ni un movimiento, ni un ruido, ni un solo signo de vida. Probablemente el ser se dirigía sigilosamente hacia la casa en ruinas en busca de comida. Reflexiona sobre el detalle de que el ser haya olido la comida; si creía que había comida en la casa, seguramente es porque se puede detectar la ocupación reciente de la misma. Sopesando tal posibilidad, pone el seguro, se echa la escopeta al hombro y coloca el antebrazo sobre la culata, como un leñador con el hacha al hombro. Contempla el ser muerto y piensa en la figura del leñador de madera que había en La Tienda de Navidad, aquel grande situado junto a la puerta.

—Qué idiota —dice, pero no hay nadie que pueda oírlo, sólo el ser muerto.

—No, el idiota eres tú —resuena la voz de Dios detrás de él.

Se quita los tapones de los oídos y gira en redondo. Allí está ella, de negro, una figura negra y fluida a la luz de la luna.

—Te dije que no hicieras eso —dice ella.

—Aquí no lo oye nadie —protesta él, pasándose la escopeta al otro hombro y viendo al leñador de madera como si lo tuviera delante.

—No pienso repetírtelo.

—No sabía que estuvieras aquí.

—Sabes dónde estoy si a mí me apetece que lo sepas.

—Te he traído dos ejemplares de *Campo y río.* Y el papel, el papel láser brillante.

—Te dije que me trajeras seis en total incluidos los dos de *La pesca con mosca* y otros dos de *Revista de pesca.*

—Los he robado. Era muy difícil traer seis de una sola vez.

—Pues entonces vuelve. ¿Cómo puedes ser tan imbécil?

Ella es Dios. Tiene un coeficiente intelectual de ciento cincuenta.

—Harás lo que yo te diga.

Dios es una mujer; es ella, no hay otra. Se convirtió en Dios después de que él cometiera aquella maldad y fuera enviado lejos, muy lejos, a un lugar en el que hacía frío y nevaba constantemente. Cuando regresó ella ya se había transformado en Dios y le dijo que él era su mano. La mano de Dios.

Contempla cómo se va Dios, cómo se funde en la noche. Oye el ruido del motor y a ella que se va volando, volando por la autopista. Y se pregunta si alguna vez volverá a tener relaciones sexuales con él. Piensa todo el tiempo en ello. Cuando se transformó en Dios, no quiso tener relaciones sexuales con él. La de ellos es una unión sagrada, le explica. Ella tiene relaciones sexuales con otras personas pero no con él, porque él es su mano. Se ríe de él, dice que no le es posible tener relaciones sexuales con su propia mano. Sería como tener relaciones consigo misma. Y se echa a reír.

—Qué idiota has sido, ¿no? —le dice Puerco al ser preñado y muerto que yace en el suelo.

Tiene ganas de sexo. Lo desea ahora mismo, mientras contempla al ser muerto y lo empuja de nuevo con la bota pensando en Dios y en verla desnuda, recorriendo su cuerpo con las manos.

—Ya sé que lo deseas, Puerco.

—Sí —afirma él—. Lo deseo.

—Ya sé dónde quieres poner las manos. No me equivoco, ¿verdad?

—No.

—Quieres ponerlas donde yo permito que las pongan otras personas, ¿verdad?

—Ojalá no se lo permitieras a nadie. Sí, eso deseo.

Ella lo obliga a pintar las huellas de manos de color rojo en lugares que no quiere que toquen otras personas, lugares en los que puso las manos él cuando cometió aquella maldad y lo enviaron lejos, a aquel lugar frío en el que nieva, aquel lugar en el que lo metieron en la máquina y reordenaron sus moléculas.

15

A la mañana siguiente, martes, desde el distante mar se acercan las nubes y el ser preñado y muerto está rígido en el suelo. Lo han descubierto las moscas.

—Mira lo que has hecho. Has matado todas tus crías. Qué idiota eres.

Puerco empuja la gata con la bota y las moscas se dispersan como pavesas. Contempla cómo regresan zumbando a la cabeza cubierta de sangre coagulada. Se queda mirando el cuerpo muerto y rígido y las moscas que se abaten sobre él. Lo mira fijamente, sin turbación. Se agacha en cuclillas a su lado y se acerca lo suficiente para volver a espantar las moscas, y esta vez lo huele. Despide un tufo a muerte, un hedor que durante varios días lo invadirá todo y se notará varias hectáreas a la redonda, dependiendo del viento. Las moscas depositarán sus huevos en los orificios y en las heridas, y pronto el cadáver estará invadido de gusanos. Pero eso no le molestará, a él. Le gusta observar el proceso de la muerte.

Se aleja y comienza a andar en dirección a la casa en ruinas con la escopeta entre los brazos. Escucha a lo lejos el rumor del tráfico de la Sur 27, pero no hay motivo para que nadie se acerque hasta aquí. Con el tiempo sí que habrá motivo, pero ahora no.

Sube al porche podrido y un tablón abombado cede bajo sus botas. Abre la puerta de un empujón y entra en un espacio oscuro y enrarecido, cargado de polvo. Incluso en un día despejado reina dentro una oscuridad asfixiante; esta mañana es peor porque se avecina tormenta. Son las ocho y el interior de la casa está casi tan oscuro como si fuera de noche. Puerco se pone a sudar.

—¿Eres tú?

La voz procede de la oscuridad, del fondo de la casa, donde debe estar.

Contra la pared hay una mesa de madera contrachapada y varios ladrillos grises y, encima, una pecerita de cristal. Puerco apunta hacia la pecera con la escopeta, y activa la luz de xenón, que arranca inmediatamente un destello luminoso al cristal e ilumina la forma negra de la tarántula que hay al otro lado. El bicho se encuentra inmóvil sobre un lecho de arena y astillas de madera, sereno como una mano negra junto a su esponja de agua y su piedra favorita. En un rincón de la urna se agitan varios grillos de pequeño tamaño, molestos por la luz.

—Ven a hablar conmigo —exclama la voz, exigente pero más débil de lo que estaba hace apenas un día.

Puerco no está seguro de si se alegra de que la voz no se haya apagado, pero probablemente se alegra. Quita la tapa del acuario y le habla a la araña en voz baja y cariñosa. Tiene el abdomen calvo y con una costra de pegamento seco y sangre de color amarillo pálido.

El odio lo invade cuando piensa en el motivo de esa calva y en la causa de que el animal casi haya muerto desangrado. A la araña no le crecerá el pelo hasta el momento de la muda, y puede que se cure o puede que no.

—Sabes quién tiene la culpa, ¿verdad? —le dice a la araña—. Y ya me he ocupado, ¿verdad?

—Ven aquí —llama la voz—. ¿Me oyes?

La araña no se mueve. Es posible que se muera. Hay muchas posibilidades de que así sea.

—Siento haber estado fuera tanto tiempo. Ya sé que debes de sentirte sola —le dice a la araña—. No podía llevarte debido a tu estado. Ha sido un viaje muy largo. Y frío.

Mete una mano en la urna de cristal y acaricia suavemente la araña, que apenas se mueve.

—¿Eres tú? —La voz suena más débil y ronca, pero exigente.

Puerco intenta imaginar cómo será todo cuando desaparezca esa voz, y se acuerda del ser muerto, en el suelo, rígido e infestado de moscas.

—¿Eres tú?

Sigue con el dedo sobre el botón de presión y la luz apunta hacia donde apunta la escopeta, iluminando el suelo de madera sucio y lleno de vainas secas de huevos de insectos. Sus botas se mueven detrás de la luz móvil.

—¡Hola! ¿Quién hay ahí?

16

En el Laboratorio de Armas de Fuego y de Marcas de Herramientas, Joe Amos abrocha una cazadora Harley-Davidson de cuero negro alrededor de un bloque de gelatina de treinta y cinco kilos. Encima hay otro bloque más pequeño, de nueve kilos, con unas gafas de sol Ray-Ban caladas y un pañuelo negro con unas tibias y una calavera.

Joe da un paso atrás para admirar su trabajo. Está complacido pero un poco cansado; anoche se acostó muy tarde por culpa de su nueva alumna predilecta. Bebió demasiado vino.

—Está gracioso, ¿verdad? —le dice a Jenny.

—Gracioso pero ridículo. Más vale que no se entere; tengo entendido que no es alguien con quien convenga meterse —contesta Jenny tomando asiento sobre un mostrador.

—La persona con quien menos conviene meterse soy yo. Estoy pensando en ponerle un poco de colorante alimentario. Para que parezca más sangre.

—Genial.

—Y también un poco de marrón y así parecerá que está en descomposición. A lo mejor encontramos algo que huela mal.

—Tú y tus reconstrucciones de crímenes.

—Mi mente nunca descansa. Me duele la espalda —se queja, admirando su trabajo—. Me he hecho daño en la maldita espalda y pienso demandarla.

La gelatina, un material transparente y elástico fabricado con hueso animal desnaturalizado y colágeno de tejido conjuntivo, no resulta fácil de manipular. Los bloques que ha disfrazado han sido dificilísimos de transportar desde los contenedores de hielo hasta la pared posterior acolchada de la galería de tiro. La puerta del laboratorio está cerrada con llave. La luz roja que hay en la pared, encendida, advierte de que la galería se está utilizando.

—Vestido de arriba abajo para no ir a ninguna parte —comenta Joe a la poco atractiva masa de gelatina.

Más conocido como hidrolizado de gelatina, se usa también para fabricar champús y acondicionadores, barras de labios, bebidas proteínicas, fórmulas para aliviar la artritis y otros muchos productos que Joe no piensa volver a probar en lo que le quede de vida. Ni siquiera besará a su prometida si lleva los labios pintados, nunca más. La última vez que la besó cerró los ojos cuando ella pegó los labios a los suyos y de repente se imaginó una enorme olla en la que hervía mierda de vaca, de cerdo y de pescado. Ahora lee las etiquetas. Si hay entre los ingredientes proteína animal hidrolizada, el artículo va a parar a la basura o vuelve a su sitio en la estantería.

Correctamente preparada, la gelatina de reglamento simula la carne humana. Es un medio casi tan bueno como el tejido de cerdo, que Joe preferiría usar. Ha oído hablar de laboratorios de armas de fuego en los que disparan a cerdos muertos para comprobar la penetración y la expansión de la bala en una multitud de situaciones distintas. Joe preferiría dispararle a un puerco. Preferiría vestir el cadáver de un puerco grande que se pareciera a una persona y dejar que los alumnos lo cosieran a balazos desde distancias diferentes y con armas y munición diferentes. Eso sí que sería una buena reconstrucción de un crimen. Para hacerla más horrible todavía habría que dispararle a un puerco vivo, pero Scarpetta no consentiría algo así. Ni siquiera aceptaría la sugerencia de disparar contra uno muerto.

—Demandarla no te servirá de nada —está diciendo Jenny—. También es abogada.

—Me importa una mierda.

—Bueno, por lo que me has contado, ya lo intentaste en otra ocasión y no conseguiste nada. Sea como sea, la que tiene todo el dinero es Lucy. Me han dicho que es una persona importante. Yo no la conozco. No la conoce ninguno de nosotros.

—No os perdéis nada. Uno de estos días alguien la pondrá en su sitio.

—¿Como a ti?

—Es posible que yo ya lo esté. —Sonríe—. Voy a decirte una cosa: no pienso marcharme de aquí sin llevarme lo que me corresponde. Me merezco algo, después de toda la mierda por la que me han hecho pasar. —Vuelve a pensar en Scarpetta—. Me tratan como a una mierda.

—A lo mejor conozco a Lucy antes de graduarme —dice Jenny pensativa, sentada en el mostrador y con la mirada fija en él y en el muñeco de gelatina disfrazado de Marino.

—Son todos escoria —dice Joe—. La puta trinidad. Bueno, pues tengo una sorpresita para ellos.

—¿Cuál?

—Ya lo verás. A lo mejor te la cuento.

—¿De qué se trata?

—Pienso sacar algo de esto, digámoslo así. Ella me subestima y eso es una gran equivocación. Al final del día va a haber muchas risas.

Una parte de la beca de Joe está supeditada a ayudar a Scarpetta en el depósito de cadáveres del condado de Broward, donde ella lo trata como a un trabajador corriente, obligándolo a suturar los cadáveres después de las autopsias, a contar las píldoras que contienen los frascos de medicamentos que vienen con el muerto y a catalogar los efectos personales, como si Joe fuera un humilde ayudante y no un médico. Le ha asignado la responsabilidad de pesar, medir, fotografiar y desvestir los cadáveres, así como de hurgar en cualquier material repugnante que pudiera quedar en el fondo de la bolsa en la que llega envuelto el cadáver, sobre todo si se trata de un ahogado pútrido, infestado de gusanos y empapado de agua sucia, o de la carne y los huesos rancios de restos parcialmente esqueletizados. Más insultante aún es la tarea de mezclar un diez por ciento de gelatina de reglamento para los bloques de Balística que emplean los científicos y los alumnos.

—¿Por qué? Dame una buena razón —le dijo a Scarpetta cuando ella le encargó aquel cometido el verano pasado.

—Forma parte de tu formación, Joe —contestó ella, como siempre imperturbable.

—Intento ser patólogo forense, no técnico de laboratorio ni cocinero —se quejó él.

—Mi método consiste en formar a forenses partiendo de cero —le explicó ella. No tiene que haber nada que tú no debas poder o querer hacer.

—Oh. Y supongo que vas a decirme que tú has hecho bloques con la gelatina de reglamento, que los hacías cuando empezaste —dijo él.

—Los sigo haciendo, y estoy muy contenta de pasarle a otro mi receta favorita. Yo prefiero Vyse, pero sirve igualmente Kind & Knox Type 250A. Hay que empezar siempre con agua fría, entre 7 y 10 °C, y añadir la gelatina al agua, no al revés, sin dejar de remover, pero no muy vigorosamente para no incorporar aire a la mezcla. Luego se agregan 2,5 ml de Foam Eater por cada bloque de 9 kg, cerciorándose de que el molde esté más limpio que una patena. Para la *pièce de résistance* hay que añadir 0,5 ml de aceite de canela.

—Eso sí que es curioso.

—El aceite de canela impide la proliferación de hongos —explicó ella.

Escribió en un papel su receta personal y una lista de equipo, a saber: una balanza de tres varas, una probeta graduada, disolvente, una jeringuilla hipodérmica de 12 cm^3, ácido propiónico, manguera de plástico, papel de aluminio, una cuchara grande, etcétera. Acto seguido le hizo una demostración práctica en la cocina del laboratorio, como si con eso fuera a resultar mucho más elegante tomar cucharadas de polvo animal de unos tambores de once kilos y pesar, cuajar, levantar o arrastrar recipientes enormes y meterlos en los contenedores de hielo o en la cámara frigorífica y después asegurarse de que los alumnos se reúnan en la galería de tiro o en el campo de tiro al aire libre antes de que esas malditas cosas se estropeen, porque se estropean. Se derriten igual que la mermelada, así que lo mejor es servirlas antes de que hayan pasado veinte minutos desde que los sacas de la cámara frigorífica, dependiendo de la temperatura ambiente del entorno de pruebas.

Saca una malla de ventana de una alacena y la coloca pegada a los bloques de gelatina vestidos con la cazadora Harley. A continuación se pone orejeras y gafas. Con un gesto de la cabeza, indica a Jenny que haga lo mismo. Acto seguido toma una Beretta 92 de acero inoxidable, una pistola de doble acción, la mejor de su gama, provista de mira frontal de tritio. Inserta un cargador de munición Speer Gold Dot de 147 granos con seis indentaciones alrededor de la punta hueca para que el proyectil se expanda o estalle como una flor incluso después de atravesar el grosor de cuatro capas de ropa de algodón o una cazadora de cuero como las de los moteros.

Lo que va a ser distinto en esta prueba de tiro es el dibujo que se producirá cuando la bala atraviese la malla antes de desgarrar la cazadora Harley y perforar limpiamente, como un taladro, el pecho de Manolo Gominola, como llama él a los muñecos de gelatina que utilizan para estas pruebas.

Desbloquea el arma y dispara quince tandas, imaginándose que Manolo Gominola es en realidad Marino.

17

Las palmeras se agitan con furia en el viento al otro lado de las ventanas de la sala de juntas. «Va a llover», piensa Scarpetta. Tiene pinta de avecinarse una fuerte tormenta. Marino vuelve a retrasarse y todavía no ha contestado a sus llamadas telefónicas.

—Buenos días, vamos a empezar —anuncia a su plantilla—. Tenemos mucho que hacer y ya son las nueve menos cuarto.

Odia retrasarse. Lo odia cuando el causante de su retraso es otra persona, en este caso Marino. Marino otra vez. Está echando a perder su organización. Lo está echando todo a perder.

—Esta noche espero estar en un avión camino de Boston —dice—. Siempre que mi reserva no haya sido anulada mágicamente otra vez.

—Las compañías aéreas funcionan de pena —comenta Joe—. No es de extrañar que estén todas en bancarrota.

—Nos han pedido que echemos un vistazo a un caso de Hollywood, un posible caso de suicidio que lleva asociadas ciertas circunstancias inquietantes —comienza Scarpetta.

—Antes hay una cosa que quisiera comentar —interrumpe Vince, el experto en armas de fuego.

—Adelante. —Scarpetta extrae de un sobre varias fotografías de gran formato y empieza a pasarlas a lo largo de la mesa.

—Hace aproximadamente una hora, alguien ha estado haciendo pruebas de tiro en la galería. —Mira a Joe—. No estaba programado.

—Tenía la intención de reservar anoche la galería de tiro, pero se me olvidó —responde Joe—. No había nadie esperando.

—Tiene que reservarla. Es la única manera de que podamos llevar un seguimiento de…

—He estado probando un nuevo lote de gelatina para Balística, utilizando agua caliente en lugar de fría para ver si había alguna diferencia en la prueba de calibración. He encontrado una diferencia de un centímetro. Una buena noticia. Ha superado la prueba.

—Seguro que encuentra una diferencia de más o menos un centímetro cada vez que mezcla esa dichosa sustancia —replica Vince, irritado.

—Se supone que no debemos utilizar ningún bloque que no sea válido. Así que reviso muy a menudo la calibración e intento perfeccionarla. Eso me exige pasar mucho tiempo en el Laboratorio de Armas de Fuego. No es algo que haya decidido yo. —Joe mira a Scarpetta—. La gelatina de reglamento es una de las cosas de las que tengo que ocuparme. —La mira otra vez.

—Espero que se haya acordado de utilizar bloques de frenado antes de empezar a golpear la pared posterior con un montón de munición —dice Vince—. Ya se lo he preguntado otras veces.

—Ya conoce las normas, doctor Amos —apunta Scarpetta.

Delante de sus colegas siempre lo llama doctor Amos en vez de Joe. Lo trata con más respeto del que se merece.

—Tenemos que anotarlo todo en el libro de registro —agrega Scarpetta—. Cada arma que se saca de la colección de referencia, cada tanda, cada prueba de tiro. Hay que respetar los protocolos.

—Sí, señora.

—Tiene repercusiones legales. La mayor parte de nuestros casos termina en un tribunal —añade Scarpetta.

—Sí, señora.

—Está bien. —Y empieza a hablarles de Johnny Swift.

Les cuenta que a principios de noviembre lo operaron de las muñecas y que poco después se fue a Hollywood y se quedó con su hermano. Eran gemelos. El día antes de Acción de Gracias, el hermano, Laurel, salió a hacer la compra y regresó a casa aproximadamente a las cuatro y media de la tarde. Al entrar con la compra descubrió al doctor Swift en el sofá, muerto a causa de un disparo de escopeta en el pecho.

—Creo que recuerdo ese caso —dice Vince—. Salió en los periódicos.

—Pues yo me acuerdo muy bien del doctor Swift —interviene Joe—. Solía llamar a la doctora Self. En cierta ocasión en que estaba yo en su programa, llamó él y le soltó un rollo sobre el síndrome de Tourette. Resulta que yo estoy de acuerdo con ella en que por lo general no es más que una excusa para portarse mal. Él se explayó hablando sin parar de la disfunción neuroquímica, de anomalías del cerebro, como todo un experto —dice con sarcasmo.

A nadie le interesan las apariciones de Joe en el programa de la doctora Self. A nadie le interesan sus apariciones en ningún programa.

—¿Y qué hay del casquillo y del arma? —pregunta Vince a Scarpetta.

—Según el informe de la policía, Laurel Swift reparó en que había una escopeta en el suelo, como a un metro detrás del respaldo del sofá. No encontró ningún casquillo.

—Pues eso es poco corriente. ¿Se dispara a sí mismo en el pecho y seguidamente, no se sabe cómo, se las arregla para tirar la escopeta detrás del sofá? —De nuevo es Joe el que habla—. No veo que haya ninguna fotografía del lugar del crimen en la que se vea la escopeta.

—El hermano asegura que vio la escopeta en el suelo, detrás del sofá. Y digo que lo asegura. Veremos eso dentro de un momento —dice Scarpetta.

—¿Tenía encima algún residuo del disparo?

—Lamento que no esté aquí Marino, dado que es nuestro investigador en este caso y trabaja estrechamente con la policía de Hollywood —responde Scarpetta, guardándose para sí sus sospechas de que Marino se haya quedado encerrado—. Lo único que sé es que no se ha analizado la ropa de Laurel en busca de residuos.

—¿Y las manos?

—Han dado positivo. Pero él afirma que tocó a su hermano, que lo zarandeó, que se manchó de sangre. Así que, en teoría, eso lo explicaría. Hay algunos detalles más. Cuando murió, tenía las muñecas entablilladas, dio 0,1 en la prueba de alcoholemia y, según el informe de la policía, en la cocina había numerosas botellas de vino vacías.

—¿Estamos seguros de que estuvo bebiendo a solas?

—No estamos seguros de nada.

—Según parece, no debía de resultarle muy fácil sostener el peso de una escopeta si acababan de operarlo.

—Posiblemente —conviene Scarpetta—. Y si uno no puede valerse de las manos, entonces, ¿de qué?

—De los pies.

—Es factible. Yo lo he intentado con mi Remington del doce. Descargada —añade Scarpetta con un toque de humor.

Lo intentó ella misma porque Marino no se presentó. Ni llamó. No le importaba un comino.

—No tengo fotografías de la demostración —dice. Es lo bastante diplomática para no añadir que la razón por la que no las tiene es que Marino no se presentó—. Baste decir que el disparo habría producido un retroceso del arma, o quizás el pie dio una sacudida, lanzó el arma hacia atrás y ésta cayó detrás del respaldo del sofá. Lo cual indicaría que se suicidó. A propósito, no se han encontrado abrasiones en ninguno de los dedos gordos de los pies.

—¿Alguna herida por contacto? —inquiere Vince.

—La densidad del hollín en la camisa, el margen de abrasión y el diámetro y la forma de la herida, así como la ausencia de marcas en forma de pétalos en el algodón que aún estaba en el cuerpo; todo ello es coherente con una herida por contacto. El problema es que tenemos una grave incoherencia que, en mi opinión, se debe a que el forense se sirvió de un radiólogo para determinar la distancia a la que se efectuó el disparo.

—¿De quién?

—El caso es del doctor Bronson —contesta Scarpetta; varios de los científicos reaccionan con un gemido.

—Dios, pero si es más viejo que el maldito Papa. ¿Cuándo diablos piensa jubilarse?

—El Papa ha muerto —bromea Joe.

—Gracias, boletín especial de la CNN.

—El radiólogo llegó a la conclusión de que la herida de escopeta es, y cito textualmente, una herida distante —continúa Scarpetta—. Efectuada a una distancia de por lo menos un metro. Ahora lo que tenemos es un homicidio, porque a una persona no le es posible sostener el cañón de una escopeta a tres metros del pecho, ¿no les parece?

Varios golpecitos de ratón y aparece en la pantalla electrónica una nítida imagen digital de rayos X de la fatal herida de escopeta de Johnny Swift. Los perdigones parecen una nube de burbujas blancas que flotan entre las formas fantasmales de las costillas.

—Los perdigones se ven muy dispersos —señala Scarpetta—, y para conceder cierto mérito al radiólogo, la dispersión de los perdigones en el interior del pecho es coherente con una distancia de entre un metro y un metro y medio; pero lo que yo creo que tenemos aquí es un ejemplo perfecto del efecto bola de billar.

Saca la imagen de rayos X de la pantalla y toma varios rotuladores de diferentes colores.

—Los primeros perdigones disminuyeron de velocidad al penetrar en el cuerpo, y en aquel momento recibieron el impacto de los perdigones de cola, lo cual dio lugar a una colisión en la que los perdigones rebotaron y se esparcieron formando un dibujo que simula un disparo efectuado desde cierta distancia —explica mientras dibuja en rojo los perdigones que rebotaron y chocaron con otros azules como si fueran bolas de billar—. Por lo tanto, este proceso causa el efecto de una herida debida a un disparo hecho desde lejos, cuando en realidad no fue en absoluto un disparo lejano sino una herida por contacto.

—¿Ninguno de los vecinos oyó un tiro de escopeta?

—Por lo visto, no.

—Quizá muchos estaban en la playa o fuera de la ciudad, dado que era Acción de Gracias.

—Quizá.

—¿Qué tipo de escopeta era y a quién pertenecía?

—Lo único que sabemos es que era del calibre doce, a juzgar por los perdigones —responde Scarpetta—. Por lo visto, el arma desapareció antes de que llegara la policía.

18

Ev Christian está despierta y sentada en un colchón ennegrecido por lo que ahora está segura de que es sangre seca.

Esparcidas por el sucio suelo de la pequeña y sucia habitación de techo hundido, con el empapelado lleno de manchas de humedad, hay varias revistas. Ve muy poco sin gafas, y a duras penas logra distinguir las portadas pornográficas. Distingue apenas las botellas de tónica y los envoltorios de comida rápida que hay por el suelo. Entre el colchón y la desconchada pared hay una pequeña zapatilla de tenis de color rosa, de talla infantil. Ev la ha recogido incontables veces y la ha sostenido en alto preguntándose qué significa y a quién habrá pertenecido, preocupada de que su dueña pueda estar muerta. A veces esconde la zapatilla detrás del cuerpo cuando entra él, temerosa de que se la quite. Es todo cuanto tiene.

Nunca duerme más de una o dos horas de un tirón y no tiene idea de cuánto tiempo ha pasado. Ha perdido la noción del tiempo. Una luz gris llena la ventana rota que hay al otro extremo de la habitación y no ve el sol. Huele a lluvia.

No sabe qué ha hecho él con Kristin y con los niños. No sabe qué les habrá hecho. Recuerda vagamente las primeras horas, aquellas horas horrorosas e irreales en las que él le traía comida y agua y la contemplaba desde la oscuridad, tan negro como la misma negrura, oscuro como un espíritu siniestro, de pie en el umbral.

—¿Qué es lo que se siente? —le dijo él en un tono suave y frío—. ¿Qué se siente cuando uno sabe que va a morir?

La habitación siempre es oscura. Pero mucho más cuando él está dentro.

—No tengo miedo. No puedes tocar mi alma.

—Di que lo lamentas.

—No es demasiado tarde para arrepentirte. Dios te perdonará hasta el más horrendo de tus pecados si te humillas y te arrepientes.

—Dios es una mujer. Y yo soy su mano. Di que lo lamentas.

—Blasfemas. Deberías avergonzarte. Yo no he hecho nada que deba lamentar.

—Ya te enseñaré yo lo que es la vergüenza. Dirás que lo lamentas, igual que lo dijo ella.

—¿Kristin?

Y después desapareció y Ev oyó voces procedentes de otra parte de la casa. No logró distinguir lo que decían, pero él estaba hablando con Kristin, tenía que ser eso. Estaba hablándole a una mujer. En realidad no entendía la conversación, pero los oía hablar. No conseguía descifrar lo que decían. Recuerda unos pies que se arrastraban y unas voces al otro lado de la pared, y luego haber oído a Kristin. Supo que era ella. Cuando piensa en ello, ahora, se pregunta si no lo habrá soñado.

—¡Kristin! ¡Kristin! ¡Estoy aquí! ¡Estoy aquí mismo! ¡No te atrevas a hacerle daño!

Oye mentalmente su propia voz, pero podría haber sido un sueño.

—¿Kristin? ¿Kristin? ¡Contéstame! ¡No te atrevas a hacerle daño!

Entonces volvió a oír hablar a alguien, así que tal vez no pasara nada. Pero no está segura. Podría haberlo soñado. Podría haber soñado que oía las botas de él avanzando por el pasillo y la puerta de la calle al cerrarse. Todo eso podría haber sucedido en cuestión de minutos, tal vez de horas. A lo mejor oyó el motor de un coche. A lo mejor fue un sueño, una fantasía. Ev se quedó sentada en la oscuridad, escuchando con el corazón acelerado por si oía a Kristin y a los niños, pero no percibió nada. Gritó hasta que empezó a dolerle la garganta y apenas pudo ver ni respirar.

La luz del día iba y venía, y aparecía la forma oscura de él trayendo vasos de papel llenos de agua y algo de comer, y su forma se quedaba allí de pie observándola, pero ella no podía verle el rostro. Nunca le ha visto el rostro, ni siquiera la primera vez, cuando él entró en la casa. Lleva una capucha negra con aberturas para los ojos, una capucha que parece una funda de almohada, larga y holgada alrededor de los hombros. A esa forma encapuchada le gusta pincharla con el cañón de la escopeta, como si fuera un animal del zoo, como si tuviera curiosidad por el modo en que va a reaccionar. La pincha en sus partes íntimas y observa su reacción.

—Deberías avergonzarte —le dice Ev cuando él la pincha—. Puedes herir mi carne, pero no puedes tocar mi alma. Mi alma pertenece a Dios.

—Ella no está aquí. Yo soy su mano. Di que lo lamentas.

—Mi Dios es un Dios celoso. «No tendrás otro Dios aparte de mí.»

—Ella no está aquí.

Y continúa pinchándola con el cañón de la escopeta, a veces con tanta fuerza que le deja unos círculos negros y azulados marcados en la piel.

—Di que lo lamentas —repite.

Ev se sienta en el colchón hediondo y putrefacto. Ya ha sido usado antes, usado de una manera horrible, está duro y manchado de negro, y ella se sienta sobre él en esa habitación hedionda, agobiante, atestada de basura, escuchando e intentando pensar, escuchando y rezando y pidiendo socorro a gritos. Nadie contesta. Nadie la oye y se pregunta en qué lugar está. ¿Dónde estará, que nadie oye sus gritos?

No puede escapar porque él, muy inteligente, se agachó y le sujetó las muñecas y los tobillos con perchas para la ropa retorcidas y cuerdas que pasó por encima de una viga del techo, como si ella fuera una especie de marioneta grotesca, llena de hematomas y cubierta de picaduras de insectos y de ronchas, sintiendo su cuerpo desnudo asediado por los picores y por el dolor. Haciendo un esfuerzo, logra ponerse de pie. Puede abandonar el colchón para aliviar la vejiga y el intestino. Cuando lo hace, el dolor es tan lacerante que casi pierde el conocimiento.

Él lo hace todo en la oscuridad. Es capaz de ver en la oscuridad. Ella lo oye respirar en la oscuridad. Es una forma negra. Es Satanás.

—Dios mío, ayúdame —exclama dirigiéndose a la ventana rota, al cielo de color gris que se ve a través de ella, a ese Dios que está más allá del cielo, en alguna parte de su paraíso—. Te lo suplico, Dios mío, ayúdame.

19

Scarpetta oye a lo lejos el rugido de una motocicleta provista de tubos de escape muy ruidosos.

Procura concentrarse a medida que la motocicleta va aproximándose y pasa por delante del edificio camino del aparcamiento del profesorado. Piensa en Marino y se pregunta si tendrá que despedirlo. No está segura de poder hacerlo.

Está explicando que dentro de la casa de Laurel Swift había dos teléfonos y que los dos habían sido desconectados y estaban sin cable. Laurel había dejado el móvil en el coche y afirma que no consiguió encontrar el de su hermano, así que no tenía forma de llamar para pedir socorro. Presa del pánico, huyó y paró un taxi. No regresó a la casa hasta que llegó la policía y, para entonces, la escopeta había desaparecido.

—Ésta es información que he recibido del doctor Bronson —dice Scarpetta—. He hablado varias veces con él y siento decir que no tengo más detalles.

—Los cables de los teléfonos. ¿Han llegado a aparecer?

—No lo sé —responde Scarpetta, porque Marino no la ha informado al respecto.

—Podría haberlos quitado Johnny Swift, para cerciorarse de que nadie pudiera llamar pidiendo socorro en caso de no morir inmediatamente, suponiendo que se trate de un suicidio. —Joe ofrece otra de sus creativas situaciones hipotéticas.

Scarpetta no contesta porque no sabe nada de los cables telefónicos aparte de lo que le ha dicho el doctor Bronson a su manera ambigua y un tanto deslavazada.

—¿Falta algo de la casa? ¿Alguna otra cosa aparte de los cables telefónicos, el móvil del fallecido y la escopeta? Como si eso fuera poco.

—Tendrá que preguntárselo a Marino —responde Scarpetta.

—Creo que está aquí. A no ser que alguien más tenga una motocicleta que arma más ruido que el transbordador espacial.

—Me sorprende que Laurel no haya sido acusado de asesinato, si quieren saber mi opinión —dice Joe.

—No se puede acusar de asesinato a una persona cuando aún no se ha determinado cómo murió la víctima —dice Scarpetta—. La forma de la muerte sigue sin estar clara y no hay pruebas suficientes para determinar si fue suicidio, homicidio o accidente, aunque desde luego yo no acierto a comprender cómo se puede considerar esto un accidente. Si la muerte no se resuelve a la satisfacción del doctor Bronson, éste terminará por declararla indeterminada.

En ese momento se oyen unas fuertes pisadas en la moqueta del pasillo.

—¿Qué pasa con el sentido común? —dice Joe.

—No se determina la forma de una muerte basándose en el sentido común —contesta Scarpetta. Ojalá Joe se guardara para sí sus inoportunos comentarios.

Se abre la puerta de la sala de juntas y entra Pete Marino cargado con un maletín y una caja de dónuts Krispy Kreme, vestido con unos vaqueros negros y botas y chaleco de cuero negro con el emblema de Harley en la espalda, su indumentaria habitual. Hace caso omiso de Scarpetta, se sienta en su sillón de costumbre, a su lado, y deja la caja de dónuts sobre la mesa.

—Me gustaría que pudiéramos analizar la ropa del hermano para ver si hay en ella residuos del disparo, hacernos con las prendas que llevaba cuando le dispararon a Swift —dice Joe recostándose en su asiento como hace siempre que se dispone a pontificar, y tiende a pontificar más de lo habitual cuando está presente Marino—. Echarles un vistazo por rayos X blandos, Faxitrón, SEM/espectrometría.

Marino se lo queda mirando como si fuera a sacudirle un guantazo.

—Naturalmente, es posible encontrar pequeños restos en una persona provenientes de fuentes que no sean una escopeta. De material de fontanería, pilas, grasa de automóviles, pinturas. Como en mis prácticas de laboratorio del mes pasado —dice Joe al tiempo que toma un dónut de chocolate aplastado, con la mayor parte del chocolate pegada a la caja—. ¿Saben qué ha sido de ellas?

Se lame los dedos con la mirada fija en Marino, al otro lado de la mesa.

—Fueron unas verdaderas prácticas —comenta Marino—. A saber de dónde sacó la idea.

—Lo que pregunto es si saben qué ha pasado con la ropa del hermano —dice Joe.

—Me parece que ha visto usted demasiadas películas de forenses —responde Marino con su enorme cara orientada hacia él—. Demasiado Harry Potter en ese televisor suyo de pantalla plana. Se cree patólogo forense, o casi, abogado, científico, investigador del lugar del crimen, policía, capitán Kirk y el Conejito de Pascua, todo en uno.

—A propósito, la reconstrucción de ayer fue un éxito rotundo —dice Joe—. Es una lástima que se la perdiera.

—Bien, ¿cuál es la historia esa acerca de la ropa, Pete? —le pregunta Vince a Marino—. ¿Sabemos lo que llevaba Laurel cuando encontró el cadáver de su hermano?

—Lo que llevaba, según él, era nada —contesta Marino—. Por lo visto entró por la puerta de la cocina, dejó la compra encima de la mesa y, acto seguido, se fue directamente al baño a mear. Supuestamente. Después se dio una ducha porque aquella noche tenía que trabajar en su restaurante y, por casualidad, miró hacia la puerta y vio la escopeta en la alfombra, detrás del sofá. En aquel momento estaba desnudo, eso afirma él.

—A mí todo eso me parece un montón de mierda. —Joe habla con la boca llena.

—Mi opinión personal es que probablemente se trate de la interrupción de un robo —dice Marino—. O de la interrupción de algo. Un médico rico que tal vez se enredó con quien no debía.

¿Alguien ha visto mi cazadora Harley? Es negra, con unas tibias y una calavera en un hombro y una bandera americana en el otro.

—¿Dónde estabas la última vez que la llevaste?

—Me la quité en el hangar el otro día, cuando Lucy y yo estuvimos haciendo un ejercicio aéreo. Cuando volví, ya no estaba.

—Yo no la he visto.

—Yo tampoco.

—Mierda. Me costó una pasta. Y los adornos eran hechos de encargo. Maldita sea. Si me la ha robado alguien…

—Aquí nadie roba —dice Joe.

—Ah, ¿sí? ¿Y qué me dice de los que roban ideas? —Marino lo mira furioso—. Eso me recuerda —se dirige a Scarpetta— que ya que estamos con el tema de las reconstrucciones de crímenes…

—No estamos con ese tema —lo interrumpe Scarpetta.

—Esta mañana traigo unas cuantas cosas que decir a ese respecto.

—En otra ocasión.

—Algunas son muy buenas, te he dejado un expediente en tu despacho —le dice Marino—. Para que tengas algo interesante en lo que pensar durante las vacaciones. Sobre todo teniendo en cuenta que probablemente te quedarás retenida por la nieve. Supongo que volveremos a vernos ya en primavera.

Scarpetta controla su irritación, procura mantenerla a raya en un lugar oculto donde espera que no la vea nadie. Marino está desbaratando adrede la reunión de personal y tratándola a ella igual que hace quince años, cuando era la nueva jefa forense de Virginia, una mujer en un mundo sin mujeres, una mujer con personalidad propia, según llegó a la conclusión Marino, porque tenía un título de Medicina y la carrera de Derecho.

—Pienso que el caso Swift sería muy bueno para una reconstrucción del lugar del crimen —afirma Joe—. Los residuos del disparo y la espectrometría de rayos X y otros hallazgos cuentan dos historias diferentes. A ver si los alumnos descubren algo. Seguro que no tendrán ni idea de lo que es el efecto bola de billar.

—No he preguntado al público del gallinero. —Marino alza la voz—: ¿Alguien me ha oído preguntar al público del gallinero?

—Bueno, ya sabe cuál es mi opinión acerca de su creatividad —le dice Joe—. Francamente, resulta peligrosa.

—Me importa una mierda su opinión.

—Tenemos suerte de que la Academia no esté en quiebra. Habría sido un acuerdo tremendamente caro —continúa Joe, como si en ningún momento se le hubiera ocurrido que uno de estos días Marino puede mandarlo al otro extremo de la sala de un puñetazo—. Realmente es una suerte, después de lo que hizo usted.

El verano pasado, una de las escenificaciones de crímenes de Marino traumatizó a una alumna, que abandonó la Academia y amenazó con llevarlos a juicio y de la que, afortunadamente, no se volvió a saber. Scarpetta y su plantilla están paranoicos en lo concerniente a permitir que Marino participe en la formación de los alumnos, ya sea con reconstrucciones de crímenes, desagradables o no, o siquiera impartiendo clase en un aula.

—No crea que lo que sucedió no me viene a la cabeza cuando planeo la reconstrucción de un crimen —sigue diciendo Joe.

—¿Que usted planea? —exclama Marino—. ¿Se refiere a todas esas ideas que me ha robado a mí?

—Me parece que eso se llama envidia. Yo no necesito robarle las ideas a nadie, y mucho menos a usted.

—¡No me diga! ¿Cree que no sé reconocer lo que es mío? Usted no sabe lo suficiente para idear las cosas que ideo yo, doctor Casi Forense.

—Ya está bien —interviene Scarpetta y luego alza la voz—: ya basta.

—Resulta que tengo un caso muy interesante, un cadáver hallado en lo que a todas luces es el lugar donde se ha producido un tiroteo desde un coche —dice Joe—, pero cuando se recupera la bala se descubre que tiene un insólito dibujo cuadriculado, o de malla, en el plomo, porque en realidad a la víctima le han disparado a través de una rejilla de ventana y después han arrojado su cadáver...

—¡Eso es mío! —exclama Marino descargando el puño sobre la mesa.

20

El semínola se ha apeado de un desvencijado camión cargado de mazorcas de maíz, estacionado a cierta distancia de los surtidores de gasolina. Puerco lleva un rato observándolo.

—Algún hijo de puta me ha robado la cartera y el teléfono móvil. Creo que ha sido cuando estaba en la puta ducha —está diciendo el hombre en la cabina telefónica, de espaldas a la gasolinera CITGO y a todos los dieciocho ruedas que entran y salen de ella con un ruido atronador.

Puerco disimula que le divierte observar cómo el hombre despotrica sin parar acerca del hecho de que otra vez tendrá que hacer noche, quejándose y maldiciendo porque va a tener que dormir en la cabina del camión dado que no tiene teléfono ni dinero para pagar un motel. Ni siquiera tiene dinero para darse una ducha; aunque de todos modos las duchas han subido a cinco pavos y eso es mucho por una ducha cuando en el precio no entra ni siquiera el jabón. Algunos la comparten, de dos en dos para que les hagan descuento. Pasan detrás de una valla sin pintar que hay en el lado oeste del supermercado CITGO, amontonan la ropa y el calzado en un banco y se meten en un plato minúsculo de cemento, mal iluminado y provisto de una única alcachofa y un desagüe grande y oxidado en el centro del suelo.

La ducha siempre está mojada. La alcachofa gotea y los grifos chirrían. Los hombres se traen su propio jabón, champú, cepillo de dientes y dentífrico, normalmente en una bolsa de plástico. También se traen su toalla. Puerco nunca se ha duchado ahí, pero ha mirado las prendas de los hombres tratando de adivinar lo que llevan en los bolsillos. Dinero. Móviles. A veces drogas. Las mujeres se duchan en un lugar parecido, en el lado este del supermercado, nunca de dos en dos sea cual sea el descuento, y lo hacen nerviosas y con prisas, avergonzadas de su desnudez y aterrorizadas de que entre alguien a atacarlas, de que venga un hombre grande y fuerte que pueda hacerles lo que le dé la gana.

Puerco marca el número 800 en la tarjeta verde que lleva en el bolsillo trasero, una tarjeta rectangular, de unos veinte centímetros de largo, con un gran orificio y una ranura en un extremo para poder colgarla de la manecilla de una puerta. Lleva impreso, además de información, un dibujo animado de un cítrico vestido con una camisa tropical y gafas de sol. Está haciendo que se cumpla la voluntad de Dios. Él es la mano de Dios y está haciendo el trabajo de Dios. Dios posee un coeficiente intelectual de ciento cincuenta.

—Gracias por llamar al Programa de Erradicación de la Cancrosis —dice la grabación, ya familiar—. Su llamada podrá ser grabada por razones de control de calidad.

La metálica voz femenina continúa diciendo que, si ha llamado para informar acerca de daños en Palm Beach, el condado de Dade, el condado de Broward o Monroe, marque por favor el número siguiente. Puerco observa cómo el semínola sube a su camión, y su camisa de cuadros rojos le recuerda la de un leñador, el muñeco de madera que había junto a la puerta de La Tienda de Navidad. Marca el número que le ha proporcionado la voz grabada.

—Departamento de Agricultura —contesta una mujer.

—Necesito hablar con un inspector de cítricos, por favor —dice sin quitarle ojo al semínola y pensando en los individuos que luchan con caimanes.

—¿En qué puedo ayudarle?

—¿Es usted inspectora? —pregunta Puerco pensando en el caimán que ha visto hace aproximadamente una hora en la orilla del estrecho canal que discurre paralelo a la Sur 27.

Le ha parecido un buen presagio. El caimán medía por lo menos metro y medio, era muy oscuro y seco y no prestaba la menor atención a los grandes camiones madereros que pasaban rugiendo junto a él. Hubiera parado el coche si hubiera habido dónde hacerlo. Hubiera observado al caimán, estudiado cómo vive su vida sin miedo a nada, tranquilo y silencioso pero preparado para sumergirse en el agua rápido como una flecha o para aferrar a su incauta presa y arrastrarla hasta el fondo del canal, donde se ahogará, se pudrirá y será devorada. Habría contemplado el caimán un buen rato, pero no podía salirse de la autopista sin peligro y, además, cumple una misión.

—¿Tiene algo acerca de lo que informar? —le está preguntando la voz femenina por la línea.

—Trabajo para una empresa de servicios de jardinería y da la casualidad de que ayer, cuando cortaba el césped, detecté un cítrico afectado de cancrosis en un jardín situado como a una manzana de distancia.

—¿Puede darme la dirección?

Le da a la mujer una dirección de la zona de West Lake Park.

—¿Le importaría decirme su nombre?

—Prefiero dar parte de esto de manera anónima. Tendría problemas con mi jefe.

—Está bien. Quisiera formularle unas preguntas. ¿Entró personalmente en ese jardín en el que creyó detectar cancrosis?

—Es un jardín público, así que entré porque allí hay un montón de árboles muy bonitos, setos y mucho césped. Supuse que a lo mejor me salía algo de trabajo si necesitaran a alguien. Entonces me fijé en unas hojas de aspecto sospechoso. Había varios árboles con pequeñas manchas en las hojas.

—¿Se fijó si esas manchas tenían alrededor un borde como de agua?

—Me da la impresión de que esos árboles se han infectado hace poco, probablemente por eso no los han detectado ustedes en sus inspecciones rutinarias. Lo que me preocupa son los jardines que hay a cada lado. Tienen cítricos, según mis cálculos a menos de sesenta metros de los árboles afectados, lo cual significa que es probable que lo estén también, y los cítricos de otros jardines de más lejos, también según mis cálculos, se encuentran asimismo a menos de sesenta metros. Y así en todo el barrio. De modo que ya puede imaginarse lo preocupado que estoy.

—¿Qué le hace pensar que en nuestras inspecciones rutinarias no hemos detectado eso que menciona usted?

—Que no hay nada que indique que hayan estado ustedes aquí. Llevo mucho tiempo trabajando con cítricos, llevo casi toda la vida trabajando para servicios de jardinería profesionales. He visto lo peor de lo peor, huertos enteros que hubo que quemar. Personas que quedaron en la ruina.

—¿Vio manchas en la fruta?

—Como le estoy explicando, tengo la impresión de que la enfermedad se encuentra en las primeras etapas, en una muy temprana. He visto huertos enteros quemados por culpa de la cancrosis. Personas con la vida destrozada.

—Entró en el jardín en el que creyó detectarla, ¿se desinfectó cuando salió de allí? —le pregunta la mujer. A Puerco no le gusta el tono que usa.

No le gusta esta mujer. Es estúpida y tiránica.

—Por supuesto que me descontaminé. Llevo mucho tiempo en el sector de la jardinería. Siempre me roció y roció mis herramientas con GX-1027, como dictan las normas. Estoy enterado de todo lo que pasa. He visto viveros enteros destruidos, quemados y abandonados. Gente arruinada.

—Discúlpeme...

—Pasan cosas horribles.

—Discúlpeme...

—La gente tiene que tomarse en serio lo de la cancrosis —dice Puerco.

—¿Cuál es el número de registro de su vehículo, el que utiliza para el servicio de jardinería? Supongo que llevará usted la obligatoria pegatina negra y amarilla en el lado izquierdo del parabrisas. Necesito ese número.

—Mi número no viene al caso —replica Puerco a la inspectora, que se cree mucho más importante y poderosa que él—. El vehículo pertenece a mi jefe y tendré problemas si se entera de que he hecho esta llamada. Si la gente descubre que su servicio de jardinería ha dado parte de un caso de cancrosis de los cítricos que seguramente va a traer como consecuencia que se arranquen todos los árboles del vecindario, ¿qué cree usted que pasará con nuestro negocio de jardinería?

—Entiendo, señor. Pero es importante que me proporcione el número de la pegatina para nuestros archivos. Y en realidad me gustaría saber de qué modo podríamos ponernos en contacto con usted, si fuera necesario.

—No —contesta él—. Me despedirán.

21

La gasolinera CITGO está empezando a llenarse de camioneros que estacionan sus vehículos detrás del supermercado y a un lado del restaurante Chickee Hut; los aparcan en fila junto a los árboles y se echan a dormir en ellos, algunos incluso echan un polvo.

Los camioneros comen en el Chickee Hut, cuyo rótulo está mal escrito porque la gente que viene aquí es demasiado ignorante para saber cómo se escribe *chikee* y probablemente ni siquiera sabe lo que significa. *Chikee* es una palabra semínola que ni siquiera los semínolas deletrean bien.

Los ignorantes camioneros viven de kilómetro en kilómetro y paran aquí para gastarse el dinero en el supermercado, donde hay abundante gasóleo, cerveza, perritos calientes y cigarros puros, además de una selección de navajas bajo un mostrador de cristal. Pueden jugar al billar en la sala de recreativos Golden Tee y reparar sus camiones en el taller CB de antenas o neumáticos. La CITGO es una parada en la que proporcionan servicios completos en medio de la nada, donde la gente viene y va sin meterse en la vida de nadie.

Nadie molesta a Puerco; apenas lo miran. Con tanta gente como entra y sale, raro sería que alguien lo mirara dos veces, a no ser el tipo que trabaja en el restaurante Chickee Hut.

El local se encuentra detrás de una valla de tela metálica que hay al borde del aparcamiento. Unos carteles sujetos a la valla anuncian que se procederá contra los abogados, que los únicos perros que pueden entrar son los K9 y que los animales salvajes pueden hacerlo por su cuenta y riesgo. Por la noche hay mucho animal salvaje, pero Puerco no puede saberlo de primera mano porque él no malgasta el dinero en la sala de juegos recreativos, ni en el billar ni en la máquina de discos. No bebe. No fuma. No quiere acostarse con ninguna de las mujeres de la CITGO.

Resultan repugnantes con sus raquíticos pantalones cortos, la camiseta ajustada y esas caras tan ásperas de tanto maquillaje barato y tanto sol. Se sientan en el restaurante al aire libre o en la barra, que no es más que un tejadillo de hojas de palmera y un mostrador de madera toda arañada con ocho taburetes. Piden la oferta del día, ya sean costillas a la barbacoa, rollo de carne picada o filete campero, y beben. La comida es buena y se prepara allí mismo. A Puerco le gusta la hamburguesa del camionero, y sólo cuesta tres noventa y cinco. Un sándwich caliente de queso vale tres dólares y veinticinco centavos. Mujeres baratas y repugnantes; a las mujeres así les ocurren cosas desagradables. Y se lo merecen.

Lo están deseando.

Lo están pidiendo a gritos.

—Póngame un sándwich caliente de queso para llevar —dice Puerco al hombre que está detrás de la barra—. Y una hamburguesa del camionero para tomar aquí.

El hombre tiene una enorme barriga y lleva un delantal blanco lleno de lamparones. Está ocupado en descorchar botellines de cerveza chorreantes porque los guarda en hielo. Ya le ha atendido en otras ocasiones, pero nunca parece acordarse de él.

—¿Quiere el sándwich de queso al mismo tiempo que la hamburguesa? —pregunta mientras empuja dos botellines de cerveza hacia un camionero y su chica, que ya están borrachos.

—Usted asegúrese de que el sándwich de queso esté envuelto para llevar.

—Le pregunto si quiere las dos cosas a la vez. —El tipo no parece fastidiado, sino más bien indiferente.

—Vale.

—¿Qué quiere de beber? —le pregunta el barrigudo abriendo otra cerveza.

—Agua corriente.

—¿Y qué diablos es eso de agua corriente? —pregunta casi gritando el camionero borracho mientras su chica suelta una risita y aprieta el busto contra el enorme brazo tatuado de su compañero—. ¿Una botella de agua con patas para correr?

—Sólo agua corriente —le repite Puerco al camarero.

—A mí no me gusta nada lo corriente, ¿verdad, cielo? —farfulla la novia borracha del camionero borracho abrazando el taburete con sus piernas rechonchas embutidas en pantalones cortos ajustados. Tiene unos pechos tan rechonchos que parecen a punto de salírsele del vertiginoso escote.

—¿Hacia dónde vas? —inquiere la novia borracha.

—Hacia el norte —responde Puerco—. Con el tiempo.

—Pues ten cuidado cuando conduzcas por aquí tú solito —gorgotea la mujer—. Anda mucho loco suelto.

22

—¿Tenemos alguna idea de dónde está? —pregunta Scarpetta a Rose.

—No se encuentra en su despacho y tampoco contesta al móvil. Cuando le llamé al terminar la reunión para decirle que usted necesitaba verlo, me dijo que tenía un recado que hacer y que volvería enseguida —le recuerda Rose—. Eso fue hace ya hora y media.

—¿A qué hora me ha dicho que teníamos que salir para el aeropuerto? —Scarpetta mira por la ventana las palmeras que se agitan en el viento racheado y piensa otra vez en despedirlo—. Vamos a tener tormenta, una bien fuerte. Tiene toda la pinta. Bueno, no pienso quedarme sentada a esperarlo. Debería marcharme ahora mismo.

—Su vuelo no sale hasta las seis y media —le recuerda Rose, y le entrega a Scarpetta varios mensajes telefónicos.

—No sé por qué me molesto. ¿Por qué me molesto en hablar con él? —Echa un breve vistazo a los mensajes.

Rose la mira de un modo en que sólo ella puede mirarla. Está de pie en la puerta, en silencio, pensativa, con el cabello gris recogido en un moño francés alto y con un traje de lino color perla pasado de moda pero elegante y bien planchado. Al cabo de diez años, sus zapatos de cocodrilo gris siguen pareciendo nuevos.

—Primero quiere hablar con él, y al minuto siguiente ya no quiere. ¿Qué pasa? —señala Rose.

—Creo que debo marcharme.

—No le he preguntado cuál de las dos cosas quiere, sino qué pasa.

—No sé qué voy a hacer con él. No dejo de pensar en despedirlo, pero prefiero dimitir que echarlo a él.

—Podría aceptar el puesto de jefa —le recuerda Rose—. Si usted lo aceptara, obligarían al doctor Bronson a jubilarse, y tal vez debiera pensarlo seriamente.

Rose sabe lo que hace. Puede parecer muy sincera cuando sugiere algo que sabe en el fondo que Scarpetta no desea hacer y el resultado es predecible.

—No, gracias —responde Scarpetta tajante—. Ya me conozco esa historia. Por si lo ha olvidado, Marino es uno de sus investigadores, de manera que no es precisamente que vaya a escaparme de él dimitiendo de la Academia para terminar trabajando a jornada completa en la Oficina del Forense. ¿Quién es la señora Simister, a qué Iglesia pertenece? —pregunta, desconcertada por uno de los mensajes telefónicos.

—No sé quién es, pero hablaba como si la conociera.

—No la conozco ni poco ni mucho.

—Ha llamado hace unos minutos y me ha dicho que quería hablar con usted acerca de una familia desaparecida en la zona de West Lake Park. No dejó su número, dijo que ya volvería a llamar.

—¿Qué familia desaparecida? ¿Aquí, en Hollywood?

—Eso es lo que ha dicho. A ver, su vuelo sale de Miami, por desgracia. Es el peor aeropuerto del mundo. Yo diría que no es necesario salir hasta las… En fin, ya sabe cómo está el tráfico. Quizá debiera salir a eso de las cuatro. Pero no irá a ninguna parte hasta que yo compruebe el vuelo.

—¿Está segura de que voy en primera clase y de que no han anulado la reserva?

—Tengo la reserva impresa, pero va a tener que facturar porque se trata de una hecha a última hora.

—Es increíble. Me anulan la reserva y ahora la que tengo es de última hora porque he tenido que hacer una reserva nueva.

—Lo tiene todo listo.

—No se enfade, pero eso mismo me dijo el mes pasado, Rose. Y resultó que yo no figuraba en el ordenador y terminé yendo en la clase turista. El viaje entero hasta Los Ángeles. Y mire lo que ocurrió ayer.

—Lo primero que he hecho esta mañana ha sido confirmar la reserva. Lo haré de nuevo.

—¿Usted cree que todo esto es por las reconstrucciones de crímenes de Marino? Tal vez sea ése su problema.

—Sospecho que tiene la impresión de que después de aquello usted lo rechaza, que ya no se fía de él ni lo respeta.

—¿Cómo voy a fiarme de su criterio?

—Yo sigo sin estar segura de qué fue exactamente lo que hizo Marino —dice Rose—. Aquella reconstrucción en particular la pasé a máquina yo y la edité exactamente igual que hago con todas sus reconstrucciones. Como ya le dije en su día, en el guión no aparecía ninguna aguja hipodérmica dentro del bolsillo de aquel muerto grande, viejo y gordo.

—La escenificación la preparó él. Y la supervisó.

—Él jura que otra persona metió la aguja en el bolsillo. Probablemente fue ella. Por dinero, que, gracias a Dios, no obtuvo. No le reprocho a Marino que se sienta así. Las reconstrucciones de crímenes fueron idea suya, y ahora el doctor Amos las está llevando a cabo y tiene toda la atención de los alumnos mientras que a Marino lo tratan como...

—No es amable con los alumnos. Desde el primer día.

—Bueno, pues ahora es peor. Ellos no lo conocen y lo consideran un dinosaurio de mal carácter, una excéntrica vieja gloria. Y yo sé bien lo que es que a uno lo traten como a un viejo excéntrico o, peor aún, sentirse uno mismo así.

—Usted es cualquier cosa menos una vieja gloria excéntrica.

—Por lo menos estará de acuerdo en que soy vieja —comenta Rose al tiempo que regresa a su mesa añadiendo—: voy a intentar localizarlo otra vez.

En la habitación 112 del motel Última Parada, Joe está sentado a la mesa barata situada al pie de la cama barata, buscando en el ordenador la reserva de plaza de Scarpetta para obtener el número de vuelo y otra información. Llama a la compañía aérea.

—Necesito cambiar una reserva —pide.

Acto seguido recita la información y cambia el asiento para la clase más económica, tan hacia la cola del avión como sea posible, preferiblemente un asiento de en medio, porque a su jefa no le gustan la ventana ni el pasillo. Justo igual que hizo la última vez y que salió tan bien, cuando ella se dirigía a Los Ángeles. Podría volver a anular el vuelo, pero esto es más divertido.

—Sí, señor.

—¿Puede expedirme un billete electrónico?

—No, señor, tratándose de un cambio tan próximo a la hora de despegue. Tendrá que presentarse en el mostrador de facturación.

Joe cuelga, entusiasmado. Ya se está imaginando a la todopoderosa Scarpetta atrapada entre dos desconocidos, a poder ser dos individuos enormes y malolientes, durante tres horas. Sonríe y conecta una grabadora digital en su superauricular telefónico de sistema híbrido. El aparato de aire acondicionado instalado en la ventana hace ruido pero no es eficaz; está empezando a tener una incómoda sensación de calor y a detectar el leve tufo a rancio de carne putrefacta procedente de una reciente reconstrucción de un crimen en el que había espetones de costilla de cerdo, hígado de vaca y piel de pollo enrollados en una alfombra y escondidos debajo del suelo de un armario.

Programó ese ejercicio para justo después de un almuerzo especial, cuya factura cargó a la Academia, consistente en costillas a la barbacoa con arroz. A consecuencia de ello varios alumnos sufrieron náuseas cuando se descubrió el asqueroso bulto rezumante de fluidos putrefactos e invadido de gusanos. En su prisa por recuperar aquellos restos humanos simulados y limpiar el lugar, el Equipo A no se fijó en un trozo de uña que también se encontraba en el fondo del armario, perdido en aquel líquido hediondo y pútrido, y que resultó ser la única prueba capaz de revelar la identidad del asesino.

Joe enciende un cigarro puro recordando con satisfacción el éxito de aquella reconstrucción, un éxito que aún lo fue más gracias al escándalo de Marino, a su insistencia en que Joe, una vez más, le había robado la idea. Ese policía paleto aún no ha descubierto que el sistema de control de comunicaciones escogido por Lucy, que conecta con la centralita de la Academia, permite, una vez dada la apropiada acreditación en Seguridad, controlar a cualquiera que se le antoje y casi de cualquier modo imaginable.

Lucy fue descuidada. La intrépida superagente Lucy se dejó su Treo (un instrumento de comunicaciones de la más alta tecnología que cabe en la palma de la mano y que es a la vez asistente personal digital, teléfono móvil, correo electrónico, cámara fotográfica y todo lo demás) dentro de uno de sus helicópteros. Eso sucedió hace casi un año. Él apenas empezaba su beca cuando tuvo el más asombroso golpe de suerte: se encontraba en el hangar con una de sus alumnas, una especialmente guapa, enseñándole los helicópteros de Lucy, cuando encontró por casualidad un Treo en el Bell 407.

El Treo de Lucy.

Todavía estaba conectada como usuario, así que él no necesitó utilizar la contraseña para acceder a todo lo que había dentro. Se quedó con el Treo el tiempo suficiente para descargar todos los archivos antes de devolverlo al helicóptero y dejarlo en el suelo, parcialmente debajo de un asiento, donde Lucy lo encontró aquel mismo día sin enterarse de lo ocurrido. Y sigue sin tener ni idea.

Joe tiene contraseñas, decenas de contraseñas, incluida la del administrador de sistemas de Lucy, que le permite a ella, y ahora a él, acceder e introducir modificaciones en el ordenador y los sistemas de comunicaciones de la sede regional del sur de Florida, la sede central de Knoxville, las delegaciones de Nueva York y Los Ángeles, así como acceder a Benton Wesley y su ultrasecreto estudio de investigación PREDATOR y a todo lo demás que Scarpetta y él se confían el uno al otro. Joe puede redirigir archivos y correo electrónico, hacerse con los números telefónicos ocultos de todo el que alguna vez haya tenido algo que ver con la Academia, provocar desastres. Se acaba la beca dentro de un mes y, cuando pase a dedicarse a otra cosa, y tiene pensado hacerlo a lo grande, quizás haya conseguido que la Academia se hunda y que todos sus inquilinos, sobre todo esa bestia imbécil de Marino y la autoritaria Scarpetta, se odien.

Es fácil vigilar la línea del despacho del imbécil y activar sin que se entere el altavoz de su manos libres, lo cual es como tener un micrófono instalado en la habitación. Marino lo dicta todo, incluidas las reconstrucciones de crímenes, y Rose las pasa a máquina porque él tiene una gramática y una ortografía que dan pena, lee en raras ocasiones y es prácticamente analfabeto.

Joe experimenta una oleada de euforia mientras echa un poco de ceniza del puro en una lata de Coca-Cola y conecta con el sistema de la centralita. Accede a la línea del despacho de Marino y activa el altavoz del manos libres para ver si está preparando alguna cosa.

23

Cuando Scarpetta accedió a ser la patóloga forense asesora del estudio PREDATOR lo hizo sin el menor entusiasmo. Se lo advirtió a Benton, intentó convencerlo de que abandonara el proyecto, le recordó una y otra vez que a los sujetos de dicho estudio no les importa que uno sea médico, psicólogo o profesor de Harvard.

—Te romperán el cuello o te machacarán la cabeza contra una pared igual que hacen con todo el mundo —le dijo—. No existe eso de la inmunidad del soberano.

—Llevo casi toda la vida tratando con personas así —contestó él—. A eso es a lo que me dedico, Kay.

—Pero nunca lo has hecho en un entorno como éste, un hospital psiquiátrico de la Ivy League donde nunca han tratado con asesinos convictos. No sólo estás asomado al abismo, además estás instalando en él focos y un trampolín, Benton.

Oye a Rose hablar al otro lado de la pared de su despacho.

—¿Dónde demonios se había metido? —está diciendo.

—Bueno, ¿y cuándo me vas a dejar que te lleve a dar una vuelta en moto? —responde Marino en voz alta.

—Ya se lo he dicho, no pienso subirme de paquete en ese trasto. Me parece que le pasa algo a su teléfono.

—Siempre he tenido la fantasía de verte vestida de cuero negro.

—He ido a buscarle, pero no estaba usted en su despacho. O por lo menos no ha abierto la puerta...

—He estado toda la mañana fuera.

—Pero su línea está iluminada.

—No lo está.

—Lo estaba hace unos minutos.

—¿Ya estás controlándome otra vez? Me parece que estás enamorada de mí, Rose.

Marino continúa hablando en su tono escandaloso mientras Scarpetta revisa un correo electrónico que acaba de recibir de Benton, otro anuncio de trabajo que va a publicarse en *The Boston Globe* y en Internet.

ADULTOS SANOS PARA ESTUDIO IRM
VARIOS INVESTIGADORES ADSCRITOS A LA FACULTAD DE MECIDINA DE HARVARD ESTUDIAN ACTUALMENTE LA ESTRUCTURA Y EL FUNCIONAMIENTO DEL CEREBRO EN EL CENTRO DE IMÁGENES CEREBRALES DEL HOSPITAL MCLEAN DE BELMONT, MASSACHUSETTS.

—Vamos, la doctora Scarpetta lo está esperando y ya ha vuelto a retrasarse. —Oye que Rose reprende a Marino en tono firme pero cariñoso—. Tiene que dejar de hacer esto de desaparecer de improviso.

LOS CANDIDATOS DEBEN REUNIR LOS REQUISITOS SIGUIENTES:
- SER VARONES DE ENTRE 17 Y 45 AÑOS
- PODER ASISTIR AL HOSPITAL MCLEAN PARA EFECTUAR CINCO VISITAS
- NO HABER SUFRIDO TRAUMATISMOS EN LA CABEZA NI HABER CONSUMIDO DROGAS
- NO HABÉRSELES DIAGNOSTICADO NUNCA ESQUIZOFRENIA NI TRASTORNO BIPOLAR

Scarpetta lee rápidamente el resto del anuncio hasta llegar a la mejor parte, una posdata de Benton:

Te asombraría descubrir cuánta gente se cree normal. Ojalá dejara de nevar de una vez. Te quiero.

La enorme presencia de Marino llena el hueco de la puerta.

—¿Qué hay? —pregunta.

—Cierra la puerta, por favor —dice Scarpetta descolgando el teléfono.

Marino cierra y se sienta en una silla, no directamente enfrente de ella sino en ángulo, para no tener que mirarla directamente cuando ella tome asiento detrás de su gran mesa en su gran sillón de cuero. Scarpetta ya se conoce esos trucos, se conoce todas sus burdas manipulaciones. A Marino no le gusta tratar con ella desde el otro lado de su gran escritorio; preferiría que estuvieran sentados sin que hubiera nada entre ellos, como iguales. Scarpetta entiende de psicología de oficina, entiende mucho más que él.

—Dame sólo un minuto —le dice.

BONG-BONG-BONG-BONG-BONG-BONG. Los rápidos pitidos de los impulsos de radiofrecuencia hacen que un campo magnético excite los protones.

En el laboratorio de IRM se está efectuando un barrido de la estructura de otro cerebro supuestamente normal.

—¿Hace muy mal tiempo por ahí? —está diciendo Scarpetta por teléfono.

La doctora Lane pulsa el botón del intercomunicador.

—¿Se encuentra bien? —le pregunta al actual sujeto de estudio de PREDATOR, un sujeto que afirma ser normal pero probablemente no lo sea. No tiene ni idea de que de lo que se trata es de comparar su cerebro con el de un asesino.

—No lo sé —responde el normal desconcertado.

—No hace demasiado mal tiempo —dice Benton a Scarpetta por teléfono—, si no vuelve a retrasarte. Pero por lo visto mañana por la noche va a empeorar…

BUAU… BUAU… BUAU… BUAU…

—¡No oigo nada! —exclama exasperado.

La cobertura es pésima. A veces ni siquiera le funciona el móvil aquí dentro, y está nervioso, frustrado, cansado. La exploración no va como debiera. Hoy no ha ido nada debidamente. La doctora Lane está desanimada. Josh, sentado delante de su pantalla, aburrido.

—No tengo demasiadas esperanzas —le dice a Benton la doctora Lane con una expresión de resignación en la cara—. Ni siquiera con los tapones en los oídos.

Dos veces hoy sujetos de control normales se han negado a ser escaneados alegando claustrofobia, un detalle que no mencionaron cuando se les aceptó para el estudio. Y ahora este otro se queja del ruido, dice que oye como si alguien estuviera tocando una guitarra eléctrica en el mismísimo infierno. Por lo menos es creativo.

—Te llamaré antes de despegar —está diciendo Scarpetta por teléfono—. El anuncio ha quedado muy bien, tanto como cualquiera de los demás.

—Gracias por el entusiasmo. Necesitamos que responda mucha gente, porque las bajas son cada vez más numerosas. Las fobias flotan en el aire. Y, por si fuera poco, aproximadamente uno de cada tres sujetos normales no lo es.

—Ya no estoy segura de lo que es normal.

Benton se tapa el otro oído y camina por la habitación intentando captar mejor la señal.

—Me temo que se ha presentado un caso importante, Kay. Vamos a tener un montón de trabajo.

—¿Qué tal ahí dentro? —pregunta la doctora Lane por el intercomunicador.

—No muy bien —vuelve a oírse la voz del sujeto.

—Siempre pasa lo mismo cuando estamos a punto de vernos —está diciendo Scarpetta por encima de lo que ahora parece un martillo que aporrea con insistencia un tablón de madera—. Te ayudaré cuanto pueda.

—En realidad empiezo a alucinar —dice la voz del sujeto normal.

—Esto no va. —Benton mira a través del plexiglás al sujeto normal, situado en el extremo opuesto del imán.

Mueve la cabeza, sujeta con cinta adhesiva.

—Susan —dice Benton mirando a la aludida.

—Ya sé —responde la doctora Lane—. Voy a tener que resituarlo.

—Buena suerte. Yo creo que se ha terminado —dice Benton.

—Ha destrozado el punto de referencia —dice Josh levantando la vista.

—Está bien —dice la doctora Lane al sujeto—. Vamos a dejarlo. Enseguida lo saco de ahí.

—Lo siento, pero no puedo soportarlo —dice la voz tensa del sujeto.

—Perdona. Otro que se raja —dice Benton a Scarpetta por teléfono mientras observa cómo la doctora Lane entra en la sala del imán para liberar a su último intento fallido—. Acabo de pasar dos horas evaluando a este individuo para nada. A la calle. Josh —ordena—, llama para que le pidan un taxi.

Marino hace crujir el cuero negro de su atuendo Harley mientras se acomoda. Se esfuerza mucho por demostrar lo relajado que está, despatarrado en la silla con las piernas estiradas.

—¿Qué anuncio es ése? —inquiere cuando Scarpetta cuelga el teléfono.

—Para otro estudio de investigación en el que anda metido, eso es todo.

—Ah. ¿Qué clase de estudio? —pregunta Marino como si sospechara algo.

—De neuropsicología. Acerca de cómo las distintas personas procesan tipos de información distintos, esa clase de cosas.

—Ah. Esa respuesta está muy bien. Probablemente es la misma que da siempre que lo llama un periodista, una respuesta inocua. ¿Para qué querías verme?

—¿Has recibido mis mensajes? Desde el domingo por la noche te he dejado cuatro.

—Sí, los he recibido.

—Habría sido un detalle que contestaras.

—No dejaste dicho que fuera un nueve-uno-uno.

Ése era el código que utilizaban en los años en que se enviaban mensajes, cuando no se usaban tanto los teléfonos móviles y, más tarde, porque no estaban seguros. Ahora Lucy tiene distorsionadores de voz y Dios sabe qué cachivaches para proteger la intimidad, así que tanto da dejar un mensaje de voz.

—Cuando es un mensaje telefónico no digo lo de nueve-uno-uno —replica Scarpetta—. ¿Cómo funciona eso? ¿Tengo que decir nueve-uno-uno después del pitido?

—A lo que voy es a que no dijiste que se tratara de una emergencia. ¿Qué querías?

—Me diste plantón. Íbamos a repasar el caso Swift, ¿no te acuerdas?

Y además le preparó una cena, pero eso prefiere saltárselo.

—He estado ocupado, de viaje.

—¿Te importaría decirme qué has estado haciendo y dónde?

—He estado conduciendo mi moto nueva.

—¿Dos días enteros? ¿No paraste a echar gasolina, ni para ir al servicio de caballeros? ¿No tuviste ni un instante para llamar por teléfono?

Scarpetta se reclina contra el gran sillón, detrás de su mesa, y se siente pequeña mirándolo.

—Me estás llevando la contraria. Eso es lo que pasa.

—¿Por qué tengo que decirte a ti lo que hago?

—Porque soy la directora de Medicina y Ciencia Forense, aunque sólo sea por eso.

—Y yo soy el jefe de Investigación, que de hecho depende de Formación y Operaciones Especiales. De manera que en realidad mi supervisora es Lucy, no tú.

—Lucy no es supervisora tuya.

—Supongo que será mejor que hables con ella al respecto.

—Investigación forma parte de Medicina y Ciencia Forense. En realidad no eres un agente de Operaciones Especiales, Marino. Tu sueldo te lo paga mi departamento. —Está a punto de lanzársele al cuello y sabe que no debe.

Marino la contempla con su rostro grande y rudo, tamborileando con sus dedazos sobre el apoyabrazos del asiento. Se cruza de piernas y empieza a mover un pie enorme embutido en una bota Harley.

—Tu trabajo consiste en ayudarme con los casos —dice ella—. Eres la persona de la que más dependo.

—Mejor será que discutas eso con Lucy.

Sigue tamborileando y mueve el pie con lentitud, con sus ojos duros como piedras fijos más allá de ella.

—Se supone que yo tengo que contártelo todo y tú no me cuentas una mierda —se queja—. Haces lo que te viene en gana y nunca se te ocurre que puedas deberme una explicación. Estoy aquí sentado, escuchándote como si fuera un imbécil incapaz de entender nada. No me preguntas ni me cuentas nada, a menos que te convenga.

—Yo no trabajo para ti, Marino. —No puede evitar decirlo—. Más bien creo que sucede justo al contrario.

—Ah, ¿sí?

Marino se acerca un poco al enorme escritorio con el rostro enrojecido.

—Pregúntaselo a Lucy —dice—. Ella es la dueña de este maldito lugar. Ella paga el sueldo de todo el mundo. Pregúntaselo a ella.

—Es evidente que no estabas durante la mayor parte de nuestra conversación sobre el caso Swift —dice Scarpetta cambiando de tono, intentando poner fin a lo que está a punto de convertirse en una batalla.

—¿Para qué iba a molestarme? Soy yo quien tiene la maldita información.

—Abrigábamos la esperanza de que la compartieras con nosotros. Estamos juntos en esto.

—Déjate de coñas. Todo el mundo está metido en todo. Ya no hay nada mío. Se ha abierto la veda para mis antiguos casos y mis reconstrucciones de crímenes. Te limitas a contar lo que te da la gana y no te importa lo que yo sienta.

—Eso no es verdad. Ojalá te calmaras un poco. No quiero que te dé un ataque.

—¿Estás enterada de la reconstrucción de ayer? ¿De dónde crees que ha salido? Ese tipo se está metiendo en nuestros archivos.

—Eso es imposible. Las copias impresas están guardadas bajo llave y las electrónicas son completamente inaccesibles. Y en cuanto a la reconstrucción de ayer, estoy de acuerdo en que se parece mucho a...

—Se parece a mi culo. ¡Es idéntica!

—Marino, también se publicó en la prensa. De hecho, todavía circula por Internet. Lo he comprobado.

El enorme rostro congestionado de Marino la mira fijamente, un rostro tan poco amistoso que ya apenas lo reconoce.

—¿Podemos hablar un momento de Johnny Swift, por favor? —pregunta Scarpetta.

—Pregúntame lo que quieras —contesta Marino, taciturno.

—Me confunde la posibilidad de que el móvil fuera el robo. ¿Fue un robo o no?

—No se echó en falta nada de valor, salvo lo que no podemos calcular de la mierda de tarjeta de crédito.

—¿Qué mierda de tarjeta de crédito?

—En la semana posterior a su muerte, alguien sacó un total de dos mil quinientos dólares en efectivo, en reintegros de quinientos pavos, de cinco cajeros distintos del área de Hollywood.

—¿Se ha investigado de cuáles?

Marino se encoge de hombros y dice:

—Sí. Dos cajeros situados en aparcamientos, en días y horas diferentes, todo distinto salvo la cantidad. Siempre quinientos pavos. Cuando la compañía de la tarjeta de crédito intentó informar a Johnny Swift, que para entonces ya estaba muerto, acerca de un comportamiento que no coincidía con la pauta habitual y que podía indicar que su tarjeta la estaba usando otra persona, los reintegros habían cesado.

—¿Y las cámaras? ¿Cabe alguna posibilidad de que esa persona aparezca en un vídeo?

—Eligió cajeros sin cámara. El tipo sabía lo que hacía, probablemente no era la primera vez.

—¿Tenía Laurel el número secreto?

—Johnny no podía conducir debido a la intervención quirúrgica. Así que Laurel tuvo que encargarse de todo, incluido sacar dinero del cajero.

—¿Alguien más tiene el número secreto?

—No, que nosotros sepamos.

—Desde luego, la cosa no pinta bien para él —comenta Scarpetta.

—Ya, pero yo no me creo que se cargara a su hermano por la tarjeta del cajero automático.

—Hay gente que ha matado por mucho menos.

—A mí me parece que se trataba de otra persona, tal vez alguien con quien Johnny Swift tuvo algún encuentro. Tal vez esa persona acababa de matarlo cuando de repente oyó llegar el coche de Laurel. Así que se escondió, lo cual explica por qué la escopeta estaba todavía en el suelo. Después, cuando Laurel salió corriendo de la casa, recogió el arma y se largó.

—¿Por qué estaba la escopeta en el suelo, en primer lugar?

—A lo mejor estaba preparando el lugar para que pareciera un suicidio cuando le interrumpieron.

—Me estás diciendo que no te cabe duda de que fue un homicidio.

—¿Me estás diciendo tú que no crees que lo fuera?

—No hago más que preguntar.

Los ojos de Marino se pasean por el despacho, se posan en la superficie del escritorio de Scarpetta, recorren los montones de papeles y de expedientes de casos. Luego la miran a ella con una expresión dura que intimidaría a Scarpetta si no hubiera visto tantas veces en esos ojos inseguridad y dolor. A lo mejor Marino parece diferente y distante sólo porque se afeita la cabeza calva y lleva un pendiente de diamante. Se ejercita en el gimnasio de manera obsesiva y está más musculoso que nunca.

—Te agradecería que repasaras mis reconstrucciones de crímenes —dice Marino—. En este disco he grabado todas las que se me han ocurrido. Me gustaría que las estudiaras detenidamente, ya que vas a estar sentada en un avión sin nada mejor que hacer.

—A lo mejor sí que tengo algo mejor que hacer. —Su intención es tomarle un poco el pelo, conseguir que aligere el ánimo.

Pero no funciona.

—Rose las ha grabado todas, desde la primera del año pasado, en el disco que hay dentro de la carpeta. En un sobre sellado —indica unos expedientes que hay encima de la mesa—. Quizá puedas abrirlo en tu portátil y echarle un vistazo. La bala con las estrías en cuadrícula producidas por la malla también está ahí. Esa mierda. Te juro que fui yo el primero que la encontró.

—Haz una búsqueda en Internet de objetivos intermedios en tiroteos y te garantizo que encontrarás casos y pruebas con armas de fuego en los que hay balas disparadas a través de una malla —dice Scarpetta—. Me temo que en realidad ya no quedan muchas cosas nuevas ni particulares.

—Ese tipo no es más que una rata de laboratorio que hasta hace un año vivía dentro de un microscopio. No tiene modo de conocer las cosas sobre las que escribe. Es imposible. Es por lo que ocurrió en la Granja de Cuerpos. Por lo menos podrías haber sido sincera en eso.

—Tienes razón —contesta Scarpetta—. Debería haberte contado que después de aquello dejé de recibir tus reconstrucciones de crímenes. Como todos nosotros. Debería haberme sentado a explicártelo, pero tú estabas tan furioso y tan combativo que nadie quería vérselas contigo.

—A lo mejor si te hicieran la cama como me la hicieron a mí también estarías furiosa y combativa.

—Joe no estaba en la Granja de Cuerpos ni en Knoxville cuando sucedió aquello —le recuerda Scarpetta—. Así que, por favor, explícame cómo pudo haber metido una aguja hipodérmica en el bolsillo de la chaqueta de un muerto.

—Aquel ejercicio sobre el terreno tenía por finalidad poner a los alumnos ante un cadáver real que se está pudriendo en la Granja de Cuerpos y ver si eran capaces de dominar las náuseas y recoger varias pruebas. Una aguja sucia no era una de ellas. Eso lo preparó él para pillarme.

—No todo el mundo está empeñado en pillarte.

—Si él no me tendió la trampa, ¿por qué la chica no llegó a denunciarnos? Porque todo era mentira, por eso. La maldita aguja no estaba infectada de sida, ¿sabes?, estaba sin usar. Un pequeño descuido de ese cabrón.

Scarpetta se levanta de su mesa.

—El problema principal es qué voy a hacer contigo —dice al tiempo que cierra con llave su maletín.

—Yo no soy el único que guarda secretos —comenta él, observándola.

—Tú tienes un montón de secretos. Nunca sé dónde estás ni qué haces.

Recoge la chaqueta del traje de la parte posterior de la puerta. Marino la mira tranquilamente con sus ojos duros como piedras. Deja de tamborilear en el reposabrazos. Después se levanta de la silla haciendo crujir el cuero.

—Benton debe de sentirse como un auténtico pez gordo trabajando con toda esa gente de Harvard —comenta, y no es la primera vez que lo dice—. Todos esos científicos espaciales con sus secretos. —Scarpetta se lo queda mirando con la mano en la manecilla de la puerta. A lo mejor también está paranoica—. Sí. Debe de ser emocionante lo que hace allí. Pero, si quieres mi opinión, te diría que no pierdas el tiempo con ello. —No es posible que se refiera a PREDATOR—. Por no mencionar que es una pérdida de dinero. Un dinero que sin duda alguna podría gastarse mucho mejor. Yo no soportaría la idea de regalar tanto dinero y atención a semejantes cabronazos.

Se supone que nadie está al corriente del estudio PREDATOR, salvo el equipo que lo lleva a cabo, el director del hospital, el Consejo Interno de Revisión y algunos funcionarios de prisiones importantes. Ni siquiera los sujetos normales del estudio saben cómo se llama ni de qué va. Marino no puede saberlo a no ser que de alguna manera haya accedido a su correo electrónico o a las copias impresas que ella guarda bajo llave en los archivadores. Por primera vez le da por pensar que, si alguien está violando la seguridad, puede que sea él.

—¿De qué estás hablando? —le pregunta en voz baja.

—Quizá deberías tener un poco más de cuidado cuando envías archivos, cerciorarte de que no lleven ningún documento anexo —replica Marino.

—¿Al enviar qué archivos?

—Las notas que tomaste después de tu primera reunión con el querido Dave acerca de ese caso del bebé al que sacudieron que él quiere que todo el mundo piense que fue un accidente.

—A ti no te he enviado ninguna nota.

—Ya lo creo que sí. Me la enviaste el viernes pasado, sólo que no abrí el mensaje hasta después de haberte visto el domingo. Eran unas notas anexas de forma accidental a un correo que te envió Benton. Un correo que no me cabe la menor duda de que yo no tendría que haber visto.

—No he sido yo —insiste ella cada vez más alarmada—. Yo no te he enviado nada.

—Quizá no lo hayas hecho adrede. Es curioso cómo se pilla a la gente en una mentira —comenta Marino al tiempo que suenan unos leves golpecitos en la puerta.

—¿Por eso no te presentaste en mi casa el domingo por la noche? ¿Por eso no acudiste a la reunión de ayer por la mañana con Dave?

—Discúlpenme —dice Rose entrando en el despacho—. Creo que uno de ustedes debería ocuparse de una cosa.

—Podrías haber dicho algo, haberme dado una oportunidad para defenderme —le dice Scarpetta—. Puede que no siempre te lo cuente todo, pero no miento.

—Mentir por omisión es mentir de todas formas.

—Discúlpenme —prueba de nuevo Rose.

—PREDATOR —le dice Marino a Scarpetta—. Prueba con esa mentira, a ver si te conviene.

—Es la señora Simister —los interrumpe Rose subiendo el tono de voz—. La señora de la iglesia que llamó hace un rato. Lo siento, pero parece más bien algo urgente.

Marino no hace ademán alguno de acercarse al teléfono, como si quisiera recordarle a Scarpetta que no trabaja para ella, que puede atender personalmente la llamada.

—¡Oh, por el amor de Dios! —exclama Scarpetta regresando a su mesa—. Pásemela.

24

Marino hunde las manos en los bolsillos de los vaqueros y se apoya en la puerta para ver cómo se las arregla Scarpetta con la tal señora Simister.

En los viejos tiempos le gustaba pasarse horas sentado en el despacho de Scarpetta, escuchándola mientras tomaba café y fumaba. No le importaba pedirle que le explicara lo que no entendía, no le importaba esperar cuando a ella la interrumpían, cosa que sucedía a menudo. Tampoco le importaba que llegara tarde.

Ahora las cosas son diferentes, por culpa de ella. No tiene la menor intención de esperarla. No quiere que le explique nada y prefiere seguir en la ignorancia antes que hacerle una pregunta médica, profesional o personal, aunque se esté muriendo, cuando antes le preguntaba todo lo que se le antojaba. Pero ella lo traicionó. Lo humilló, con toda la intención, y está haciéndolo de nuevo, también intencionadamente, diga lo que diga.

Siempre justifica lo que le conviene, siempre hace cosas que duelen en nombre de la lógica y de la ciencia, como si lo considerara un imbécil incapaz de ver más allá de sus narices.

Lo mismo que le ocurrió a Doris. Llegó un día a casa llorando, él no supo si de furia o de tristeza, pero estaba muy alterada, quizá más alterada de lo que la había visto nunca.

—¿Qué pasa? ¿Tienen que sacarte una muela? —le preguntó Marino, que estaba tomándose una cerveza sentado en su sillón favorito y viendo las noticias. Doris se sentó en el sofá y empezó a sollozar—. Mierda. ¿Qué ocurre, nena?

Ella se cubrió la cara con las manos y lloró como si fuera a morirse alguien, así que Marino se sentó a su lado y la rodeó con el brazo. La tuvo abrazada varios minutos y, como ella no le contaba nada, le exigió que le explicase qué demonios ocurría.

—Me ha tocado —respondió ella llorando—. Yo sabía que aquello no estaba bien y no dejaba de preguntarle por qué lo hacía, pero él me ha dicho que me relajara, que era médico, y una parte de mí sabía lo que estaba haciendo, pero tenía miedo. Debería haber sabido qué hacer, debería haberle dicho que no, pero es que no sabía qué hacer.

Y a continuación explicó que el dentista o especialista en raíces o como demonios se llamara a sí mismo le había dicho que era posible que sufriera una infección sistémica debido a que se le había fracturado una raíz y que tenía que examinarle las glándulas. Ésa fue la palabra que empleó, según Doris. Glándulas.

—No cuelgue —está diciendo Scarpetta a la tal señora Simister—. Voy a pasarla al manos libres. Tengo aquí conmigo a un investigador.

Lanza una mirada a Marino para darle a entender que está preocupada por lo que le dicen y él intenta sacarse a Doris de la cabeza. Todavía piensa en ella con frecuencia y, al parecer, cuanto mayor se va haciendo, más se acuerda de lo que hubo entre ambos y de lo que sintió cuando la sobó aquel dentista y cuando ella lo abandonó por el vendedor de coches, aquel condenado vendedor de coches de mierda. Todo el mundo lo abandona. Todo el mundo lo traiciona. Todo el mundo quiere lo que él posee. Todo el mundo lo considera demasiado idiota para adivinar sus maquinaciones y sus manipulaciones. En las últimas semanas la situación ha superado lo soportable.

Y ahora esto. Scarpetta le miente acerca de ese estudio que están llevando a cabo. Lo excluye, lo degrada. Toma tranquilamente lo que le apetece cuando le conviene, lo trata como si no fuera nadie.

—Ojalá tuviera más información. —La voz de la señora Simister entra en el espacio donde se encuentran, una voz más vieja que la de Matusalén—. Desde luego, espero que no haya sucedido ninguna desgracia, pero temo que así es. Es horrible que a la policía no le importe lo más mínimo.

Marino no tiene ni idea de qué está hablando la señora Simister ni de quién es ni de por qué ha llamado a la Academia Nacional Forense, y no consigue exorcizar a Doris. Ojalá hubiera hecho algo más que amenazar a aquel maldito dentista o especialista en raíces o lo que fuera. Debería haberle partido la cara a aquel gilipollas, y quizás haberle roto unos cuantos dedos.

—Explique al investigador Marino a qué se refiere con eso de que a la policía no le importa —dice Scarpetta al manos libres.

—La última vez que vi algún signo de vida por allí fue el jueves pasado por la noche. Cuando caí en la cuenta de que todo el mundo había desaparecido sin dejar rastro llamé inmediatamente al nueve-uno-uno y enviaron un agente de policía a la casa, que luego llamó a una detective. Está claro que no les importa lo más mínimo.

—Se refiere usted a la policía de Hollywood —aclara Scarpetta, mirando a Marino.

—Sí. A una tal detective Wagner.

Marino pone los ojos en blanco. Esto es increíble. Con la mala suerte que está teniendo últimamente y encima esto.

Pregunta desde la puerta:

—¿Se refiere a Reba Wagner?

—¿Cómo? —responde la voz cascada.

Marino se acerca un poco más al teléfono que descansa sobre la mesa y repite la pregunta.

—Lo único que sé es que las iniciales que figuran en su tarjeta son R. T., así que supongo que podría llamarse Reba.

Marino vuelve a poner los ojos en blanco y se da unos golpes en la cabeza para indicar que la detective R. T. Wagner es más mema que un ladrillo.

—Echó un vistazo por el jardín y la casa y dijo que no había nada que pudiera hacer la policía.

—¿Usted conoce a esa gente? —le pregunta Marino.

—Yo vivo justo enfrente de ellos, al otro lado del canal. Y voy a la misma iglesia. Estoy segura de que les ha ocurrido alguna desgracia.

—Está bien —contesta Scarpetta—. ¿Qué es lo que nos pide que hagamos, señora Simister?

—Que por lo menos vayan a ver la casa. Verá, la iglesia es la arrendataria, pero desde que desaparecieron los inquilinos está cerrada con llave. El alquiler vence dentro de tres meses y el casero dice que va a echar a la iglesia sin indemnización porque ya tiene otro inquilino. Algunas de las señoras de la iglesia están pensando en pasarse por allí a primera hora de la mañana y empaquetarlo todo. Así pues, ¿qué es lo que pasa, según todos los indicios?

—Está bien —dice otra vez Scarpetta—. Voy a decirle lo que vamos a hacer. Vamos a llamar a la detective Wagner. Nosotros no podemos entrar en la casa sin el permiso de la policía. No tenemos jurisdicción a no ser que soliciten nuestra ayuda.

—Entiendo. Muchas gracias. Por favor, hagan algo.

—Muy bien, señora Simister, ya volveremos a hablar con usted. Necesitamos su número de teléfono.

—Hummm —dice Marino cuando Scarpetta cuelga—. Probablemente sea un caso mental.

—¿Qué tal si llamas tú a la detective Wagner, ya que por lo visto la conoces? —propone Scarpetta.

—Antes era una poli en moto. Burra como ella sola, pero conducía bastante bien su Road King. Me cuesta creer que haya llegado a detective.

Saca su Treo con miedo de oír la voz de Reba y deseando poder sacarse de la cabeza a Doris. Llama a la comisaría de Hollywood y pide que digan a la detective Wagner que se ponga en contacto con él lo antes posible. Terminada la llamada recorre con la vista el despacho de Scarpetta mirándolo todo excepto a ella, sin dejar de pensar en Doris y en el dentista, o lo que diablos fuera, y en el vendedor de coches. Piensa con cuánta satisfacción le hubiese dado una paliza al dentista, o lo que diablos fuera, hasta dejarlo inconsciente, en lugar de emborracharse e irrumpir en su consulta exigiéndole que saliera y, en medio de un vestíbulo lleno de pacientes, preguntarle por qué le había parecido necesario examinar las tetas de su mujer y pedirle que por favor explicase qué tenían que ver las tetas con las raíces de los dientes.

—¿Marino?

Es un misterio por qué aquel incidente sigue acosándolo con tanta insistencia después de todos estos años. No entiende por qué hay un montón de cosas que han empezado a molestarlo de nuevo. Las últimas semanas han sido un infierno.

—¿Marino?

Vuelve a la realidad y mira a Scarpetta al mismo tiempo que cae en la cuenta de que está vibrando su móvil.

—Sí —contesta.

—Soy la detective Wagner.

—Investigador Pete Marino —dice él, como si no la conociera.

—¿Qué necesita, investigador Pete Marino? —Ella también habla como si no lo conociera.

—Tengo entendido que una familia ha desaparecido en la zona de West Lake. Por lo visto, desapareció el jueves por la noche.

—¿Cómo se ha enterado de eso?

—Al parecer, hay inquietud porque haya algo turbio en ello. Y se comenta que ustedes no están siendo de mucha ayuda.

—Si creyéramos que sucede algo inusual estaríamos investigándolo a fondo. ¿De qué fuente procede su información?

—De una señora de la iglesia de dicha familia. ¿Tiene los nombres de las personas que presuntamente han desaparecido?

—Déjeme pensar. Tienen unos nombres un tanto extraños, Eva Christian y Crystal, o Christine, Christian. Algo así. Los nombres de los niños no los recuerdo.

—¿Podría ser Christian Christian?

Scarpetta y Marino se miran.

—Algo que se le parece mucho. No tengo delante las notas sobre el caso. Si usted quiere investigarlo, será bienvenido. Mi departamento no va a dedicar demasiados recursos a un caso cuando no tenemos absolutamente ninguna prueba de...

—Eso ya lo he entendido —la corta Marino de forma grosera—. Por lo visto, mañana la congregación va a empezar a embalar los enseres de esa casa. Si queremos echar un vistazo, ésta es la ocasión.

—¿No llevan ni una semana desaparecidos y los de la iglesia ya quieren hacer la mudanza? A mí me da la sensación de que se han largado y no piensan volver. ¿Qué opina usted?

—Yo opino que deberíamos asegurarnos —responde Marino.

El hombre que está detrás del mostrador es mayor y más distinguido de lo que Lucy se esperaba. Suponía que el tipo parecería un viejo surfista, curtido y cubierto de tatuajes. Ésa es la clase de individuo que trabajaría en una tienda llamada Chulos de Playa.

Deja en el suelo el estuche de la cámara y comienza a pasar los dedos por las perchas de camisetas enormes y estridentes, con estampados de tiburones, flores, palmeras y otros motivos tropicales. Observa con atención los montones de sombreros de paja, los cestos de chancletas y los expositores de gafas de sol y cremas solares, sin interés por comprar nada pero pensando que ojalá pudiera hacerlo. Fisgonea para hacer tiempo hasta que se vayan otras dos clientas. Se pregunta cómo se siente una siendo como los demás, preocupada por los *souvenirs* y las prendas chillonas y por pasar el día al sol, cómo será sentirse bien con la propia imagen, semidesnuda en traje de baño.

—¿Tiene cremas que contengan óxido de zinc? —pregunta una de las clientas a Larry, que está sentado detrás del mostrador.

Larry, de pelo blanco y espeso, lleva la barba cuidadosamente recortada. Tiene sesenta y dos años, nació en Alaska, conduce un Jeep, jamás ha sido dueño de una casa, no fue a la Universidad y en 1957 lo detuvieron por embriaguez y alteración del orden público. Larry lleva unos dos años al frente de Chulos de Playa.

—Eso ya no gusta —le contesta a la clienta.

—Pues a mí, sí. No me destroza la piel como las demás cremas. Creo que soy alérgica al áloe.

—Estas cremas solares no llevan áloe.

—¿Tiene gafas de Maui Jim?

—Demasiado caras, cielo. Las únicas gafas de sol que tenemos son las que estás viendo.

La cosa sigue así un rato, las dos clientas realizan pequeñas compras y por fin se van. Entonces Lucy se acerca al mostrador.

—¿En qué puedo servirla? —pregunta Larry fijándose en cómo va vestida—. ¿De dónde sale usted, de una película de *Misión imposible*?

—He venido en moto.

—Ah, pues usted es una de las pocas personas con sentido común. Mire por la ventana. Todo el mundo va en camiseta y pantalón corto, sin casco. Algunos incluso llevan chanclas.

—Usted debe de ser Larry.

Él pone cara de sorpresa y dice:

—¿Ya ha venido por aquí otras veces? No me acuerdo de usted, y eso que se me dan muy bien las caras.

—Quisiera hablarle de Florrie y Helen Quincy —dice ella—. Pero necesito que cierre la puerta con llave.

La Harley-Davidson Screamin' Eagle Deuce, con sus llamas sobre un fondo azul y cromo, está aparcada en una esquina, al fondo del aparcamiento del profesorado. Marino aprieta el paso en cuanto se acerca.

—Maldito hijo de puta. —Echa a correr.

Grita sus obscenidades lo bastante fuerte para que Link, el encargado de mantenimiento, que está quitando las malas hierbas de un cantero de flores, deje lo que está haciendo y se incorpore de un brinco.

—¿Se encuentra bien?

—¡Cabrón hijo de puta! —chilla Marino.

El neumático delantero de su moto nueva está deshinchado hasta la reluciente llanta cromada. Marino se agacha para mirarlo bien, alterado y furioso, buscando un clavo o un tornillo, algún objeto puntiagudo que pudiera haberse clavado en la rueda esta mañana en el camino de ida al trabajo. Mueve la moto adelante y atrás y descubre el pinchazo; un corte de aproximadamente medio centímetro, aparentemente causado por algo afilado, posiblemente una navaja. Tal vez por un bisturí de acero inoxidable. Mira enseguida a uno y otro lado, buscando a Joe Amos.

—Sí, ya me había fijado —dice Link, que se acerca limpiándose la suciedad de las manos en el mono azul.

—Muy amable por su parte que me lo diga —dice Marino furioso, buscando en la maleta el equipo de reparación de pinchazos y piensa indignado en Joe Amos, más indignado por momentos.

—Debe de haber pillado un clavo —aventura Link agachándose para inspeccionar el neumático más de cerca—. Tiene mala pinta.

—¿Ha visto por aquí a alguien mirando mi moto? ¿Dónde diablos está mi equipo para pinchazos?

—Llevo aquí todo el día y no he visto a nadie rondando cerca de su moto. Es una moto estupenda. ¿Qué tiene, unos mil cuatrocientos centímetros cúbicos? Yo tenía una Springer hasta que un descerebrado frenó de golpe delante de mí y salí volando por encima. Me he puesto a trabajar en los canteros a eso de las diez de la mañana. Y a esa hora el neumático ya estaba pinchado.

Marino hace recuento. Él ha llegado entre las nueve y cuarto y las nueve y media.

—Con un pinchazo así y el neumático tan deshinchado no habría llegado a este maldito aparcamiento, y tengo la completa seguridad de que no estaba pinchado cuando paré a comprar los dónuts —recapitula—. Ha tenido que ser después de aparcar aquí.

—Vaya, eso me suena fatal.

Marino mira a su alrededor pensando en Joe Amos. Va a matarlo. Si ha tocado la moto, es hombre muerto.

—No quiero ni pensarlo —está diciendo Link—. Hay que tener mucho valor para venir aquí en plena mañana y hacer algo así. Si es eso lo que ha pasado.

—Maldita sea, ¿dónde estará? —dice Marino mirando en la otra maleta—. ¿Tiene usted algo para sellar el pinchazo? Qué diablos. —Continúa rebuscando—. Aunque lo más probable es que no funcione, con un agujero tan grande, ¡maldita sea!

—Va a tener que cambiar el neumático. En el hangar hay algunos de sobra.

—¿Y qué me dice de Joe Amos? ¿Le ha visto? ¿Ha visto su asqueroso culo a un kilómetro a la redonda?

—No.

—¿Y a alguno de los alumnos?

Los alumnos lo odian. Todos sin excepción.

—No —contesta Link—. Me hubiera dado cuenta si hubiera venido alguien a este aparcamiento y se hubiera puesto a manipular su moto o uno de los coches.

—¿Nadie? —Marino sigue insistiendo y, entonces, empieza a albergar la sospecha de que a lo mejor Link tiene algo que ver con el asunto.

Probablemente Marino no cae bien a nadie de la Academia. Medio mundo tiene envidia de su preciosa Harley. Desde luego es verdad que la gente se la queda mirando, que lo siguen con la mirada cuando entra en las gasolineras y las zonas de descanso.

—Va a tener que llevarla empujando hasta el garaje de ahí abajo, junto al hangar —dice Link—, a no ser que quiera subirla a uno de esos camiones que usa Lucy para todos esos nuevos V-Rod suyos.

Marino está pensando en las puertas que hay tanto en la entrada delantera como en la trasera de la Academia. Nadie puede entrar sin un código. Ha tenido que hacerlo alguien de dentro. Vuelve a pensar en Joe Amos y cae en la cuenta de un detalle importante: Joe ya estaba en la reunión de personal. Estaba allí sentado, largando por esa bocaza que tiene, cuando él ha llegado.

25

La casa de color anaranjado y tejado blanco fue construida en la misma década en que nació Scarpetta, la de los cincuenta. Se imagina cómo será la gente que vive en ella y percibe su ausencia al caminar dando la vuelta al jardín.

No se le quita de la cabeza la persona que dijo que se llamaba Puerco, su críptica referencia a Johnny Swift y a lo que Marino pensó que era Christian Christian. Cree tener la seguridad de que lo que dijo Puerco de hecho fue Kristin Christian. Johnny está muerto. Kristin ha desaparecido. Con frecuencia se le ha ocurrido pensar que en el sur de Florida hay lugares de sobra en los que arrojar cadáveres: numerosos pantanos, canales, lagos y extensos pinares. En las zonas subtropicales la carne se descompone con rapidez y los insectos se dan un festín; los animales roen los huesos y los esparcen por ahí como piedras y palos. En el agua la carne no dura mucho y la sal del mar blanquea el esqueleto y lo disuelve en su totalidad.

El canal que discurre por detrás de la casa tiene el color de la sangre putrefacta. En sus aguas pardas y estancadas flotan hojas muertas como escombros de una explosión, cocos verdes y marrones que se bambolean semejantes a cabezas cortadas. El sol se asoma y se esconde detrás de gruesas nubes de tormenta, el aire cálido se nota pesado y húmedo, el viento se hace racheado.

La detective Wagner prefiere que la llamen Reba. Es atractiva y sensual, con un estilo pretencioso, marchita por el sol, con el cabello desgreñado y teñido de rubio platino y los ojos muy azules. No tiene el cerebro de mosquito. No es tan idiota como una vaca y está muy lejos de dar la impresión de ser una perra sobre ruedas de diez radios, para citar a Marino, que la ha llamado también persiguepollas, aunque Scarpetta no tiene muy claro qué significa eso. Lo que sí está claro es que a Reba le falta experiencia, pero se esfuerza. Scarpetta no sabe si hablarle o no de la llamada anónima acerca de Kristin Christian.

—Llevan una temporada viviendo aquí, pero no están empadronadas —dice Reba acerca de las dos hermanas que viven en esta casa con dos niños, en situación de acogida—. Son de origen surafricano. Los dos niños también, seguramente por eso los trajeron a vivir con ellas. Si quiere mi opinión, los cuatro han regresado al lugar de donde son.

—¿Y por qué razón iban a decidir desaparecer, tal vez huir, a Suráfrica? —pregunta Scarpetta mirando fijamente el estrecho y oscuro canal; siente la humedad oprimiéndola como una mano caliente y pegajosa.

—Tengo entendido que querían adoptar a los dos niños. Y no era muy probable que lo consiguieran.

—¿Por qué no?

—Al parecer, los niños tienen parientes, allí en Suráfrica, que quieren recuperarlos, sólo que no podían hasta trasladarse a una casa más grande. Y las hermanas son fanáticas religiosas, lo cual puede que haya obrado en su contra.

Scarpetta se fija en las casas que hay al otro lado del canal, se fija en los trozos de hierba de un verde intenso y en las pequeñas piscinas azul claro. No está segura de qué casa es la de la señora Simister y se pregunta si Marino habrá hablado ya con ella.

—¿Qué edad tienen los niños? —inquiere.

—Siete y doce.

Scarpetta echa un vistazo a su cuaderno y retrocede varias páginas.

—Eva y Kristin Christian. No tengo claro por qué cuidan de ellos. —Pone cuidado en hablar de los desaparecidos en presente.

—No, no es Eva. Es sin «a» —corrige Reba.

—¿Ev o Eve?

—Es Ev, como Evelyn, sólo que ella se llama sólo Ev. Sin más. Sólo Ev.

Scarpetta escribe «Ev» en su cuaderno negro pensando que vaya nombrecito. Luego contempla el canal, cuyas aguas han adquirido un color de té fuerte al ser tocadas por el sol. Ev y Kristin Christian. Vaya unos nombres para unas mujeres religiosas que se han esfumado como fantasmas. De pronto el sol se esconde otra vez detrás de las nubes y el agua se vuelve oscura.

—¿Ev y Kristin Christian son sus verdaderos nombres? ¿Seguro que no son apodos? ¿Seguro que no se cambiaron el nombre en algún momento, quizá para darle una connotación religiosa? —pregunta Scarpetta contemplando las casas de la otra orilla del canal, que parecen dibujadas con tiza.

Se fija en una figura con pantalones oscuros y camisa blanca que entra en el jardín de atrás de alguien, posiblemente el de la señora Simister.

—Que nosotros sepamos, son sus nombres auténticos —contesta Reba mirando al mismo sitio que Scarpetta—. Esos malditos inspectores de la cancrosis están por todas partes. Política. Se empeñan en impedir que la gente cultive sus propios cítricos para que tenga que comprarlos.

—En realidad, no es así. La cancrosis de los cítricos es una plaga terrible. Si no se controla, nadie volverá a cultivar cítricos en el jardín.

—Es una conspiración. He oído lo que dicen los comentaristas en la radio. ¿Alguna vez ha escuchado el programa de la doctora Self? Debería oír lo que opina ella.

Scarpetta no escucha nunca a la doctora Self, si puede evitarlo. Observa que la figura del otro lado del canal se agacha en cuclillas en la hierba y hurga en el interior de lo que parece ser una bolsa oscura. A continuación extrae un objeto.

—Ev Christian es reverenda, o sacerdote, o como se la quiera llamar, de una Iglesia minoritaria un tanto excéntrica que se llama… Voy a tener que leérselo, es demasiado largo para recordarlo de memoria —dice Reba pasando las páginas de su libreta—. Las Verdaderas Hijas del Sello de Dios.

—Jamás he oído hablar de ella —comenta Scarpetta más bien con ironía al tiempo que toma nota—. ¿Y Kristin? ¿A qué se dedica?

El inspector se pone de pie y monta un artilugio que parece ser un recogedor de fruta. Lo levanta hacia un árbol y tira hacia abajo de un pomelo que va a aterrizar sobre la hierba.

—Kristin también trabaja en el templo, de ayudante. Se encarga de las lecturas y los rezos durante el servicio religioso. Los padres de los niños fallecieron en un accidente de moto hace aproximadamente un año. Ya sabe, una de esas Vespas.

—¿Dónde?

—En Suráfrica.

—¿Y de dónde procede esa información? —pregunta Scarpetta.

—De una persona de la congregación.

—¿Tiene un informe de ese accidente?

—Como le digo, tuvo lugar en Suráfrica —responde la detective Wagner—. Estamos intentando investigarlo.

Scarpetta continúa deliberando si debe hablarle de la inquietante llamada de Puerco.

—¿Cómo se llaman los niños?

—David y Tony Fortuna. Tiene gracia, cuando una lo piensa. Fortuna.

—¿No está obteniendo colaboración de las autoridades de Suráfrica? ¿De qué parte de Suráfrica?

—De Ciudad del Cabo.

—¿Y de allí son también las hermanas?

—Eso es lo que me han dicho. Al fallecer los padres, las hermanas tomaron a los niños a su cargo. Su templo se encuentra a unos veinte minutos de aquí, en el paseo Davie, justo al lado de una de esas tiendas de animales de compañía exóticos, lógico.

—¿Ha consultado al Departamento Forense de Ciudad del Cabo?

—Aún no.

—Puedo ayudarla en eso.

—Sería estupendo. Todo encaja, ¿no cree? Arañas, escorpiones, ranas venenosas, esas crías de rata blanca que se compran para dar de comer a las serpientes —dice Reba—. Tiene toda la pinta de haber por aquí una secta de fanáticos.

—Nunca permito que nadie fotografíe un local mío a menos que se trate de algo que verdaderamente incumbe a la policía. En cierta ocasión me robaron. Eso ocurrió hace algún tiempo —explica Larry desde su banqueta, detrás del mostrador.

Al otro lado de la ventana se ve el tráfico constante de la A1A y, más allá, el mar. Ha comenzado a caer una lluvia fina y se avecina una tormenta que se dirige hacia el sur. Lucy piensa en lo que le ha dicho Marino hace unos minutos acerca de la casa y de las personas desaparecidas, y por supuesto acerca del pinchazo del neumático, que ha sido de lo que más se ha quejado. Piensa en lo que debe de estar haciendo su tía en este mismo instante y en la tormenta que viene hacia ella.

—Claro que he oído muchos comentarios sobre ello. —Larry vuelve al tema de Florrie y Helen Quincy tras una larga digresión sobre lo mucho que ha cambiado Florida, lo mucho que lleva pensando seriamente en mudarse de nuevo a Alaska—. Es como todo. Con el tiempo, los detalles terminan exagerándose. Pero me parece que no quiero que grabe usted mi local en vídeo —vuelve a decir.

—Es un caso policial —insiste Lucy—. Me han pedido que lo investigue de manera particular.

—¿Y cómo sé yo que no es usted una reportera o algo así?

—He trabajado para el FBI y para la ATF. ¿Ha oído hablar de la Academia Nacional Forense?

—¿Es ese gigantesco campo de entrenamiento que hay en el parque Everglades?

—No está exactamente en el Everglades. Tenemos laboratorios privados, y expertos, y un acuerdo con la mayoría de los departamentos de policía de Florida. Los ayudamos cuando lo necesitan.

—Eso suena a caro. Déjeme adivinar, contribuyentes como yo.

—De forma indirecta. Subvenciones, *quid pro quo*, o sea, un servicio a cambio de otro. Ellos nos ayudan y nosotros los formamos. En toda clase de cosas.

Introduce la mano en un bolsillo de atrás y saca una billetera negra que le entrega a Larry. Él estudia sus credenciales: un carné de identidad falso, una placa de investigadora que no vale ni el estaño de que está hecha porque también es falsa.

—No lleva foto —observa.

—No es un permiso de conducir.

Larry lee el nombre ficticio en voz alta y también que ella pertenece a Operaciones Especiales.

—Exacto.

—Si usted lo dice. —Y le devuelve la billetera.

—Cuénteme lo que sepa —le pide Lucy colocando la cámara de vídeo encima del mostrador.

Lanza una mirada a la puerta de la calle, cerrada con llave. Una pareja de jóvenes con exiguos trajes de baño intentan abrirla. Miran por el cristal y Larry niega con la cabeza. No, no está abierto.

—Me está haciendo perder negocio —le dice a Lucy, pero no parece importarle mucho—. Cuando se me presentó la oportunidad de ocupar este local, oí hablar mucho de la desaparición de las Quincy. Lo que me contaron es que ella siempre llegaba a las siete y media de la mañana para conectar los trenecitos eléctricos y encender las luces de los árboles, poner la música navideña y todas esas cosas. Parece ser que aquel día no llegó a abrir la tienda. El cartel de cerrado seguía colgado en la puerta cuando su hijo por fin empezó a preocuparse y vino a buscarlas, a ella y a la hija.

Lucy busca en un bolsillo del pantalón y saca un bolígrafo negro con una grabadora oculta. Saca también un cuaderno pequeño.

—¿Le importa que tome notas?

—No se tome todo lo que le diga como si fuera el Evangelio. Cuando ocurrió aquello, yo no estaba aquí. No estoy haciendo más que contarle a usted lo que me contaron a mí.

—Tengo entendido que la señora Quincy llamó a un servicio de comida a domicilio —dice Lucy—. En el periódico se decía algo al respecto.

—El Floridian, ese viejo restaurante que hay al otro lado del puente levadizo. Es un sitio muy chulo, por si no lo conoce. Tengo entendido que no llamó, porque no le hizo falta. Siempre le tenían preparado el mismo plato: atún.

—¿Trajeron algo también para la hija, Helen?

—De eso no me acuerdo.

—¿La señora Quincy solía recogerlo ella misma?

—A no ser que estuviese su hijo por la zona. Él es una de las razones por las que sé unas cuantas cosas acerca de lo que pasó.

—Me gustaría hablar con él.

—Hace un año que no lo veo. Al principio, durante una temporada, venía por aquí, miraba, charlábamos. Supongo que se puede decir que estuvo obsesionado más o menos un año desde la desaparición de su familia, y después, y es mi opinión, ya no pudo soportar más pensar en ello. Vive en una casa muy bonita de Hollywood.

Lucy echa un vistazo a la tienda.

—Aquí no hay artículos de Navidad —dice Larry, por si es eso lo que se está preguntando su visitante.

Lucy no pregunta nada sobre el hijo de la señora Quincy. Ya sabe por el HIT que Fred Anderson Quincy tiene veintiséis años. Conoce su dirección y sabe que trabaja como autónomo en infografía y diseño de páginas web. Larry continúa diciendo que, el día en que desaparecieron la señora Quincy y Helen, Fred intentó muchas veces dar con ellas y finalmente fue hasta la tienda y la encontró cerrada, pero que el Audi de su madre seguía aparcado detrás.

—¿Estamos seguros de que aquella mañana llegaron a abrir la tienda? —pregunta Lucy—. ¿Existe alguna posibilidad de que les ocurriera algo nada más apearse del coche?

—Supongo que es posible cualquier cosa.

—¿El libro de bolsillo de la señora Quincy y las llaves de su coche estaban en la tienda? ¿Había hecho café, utilizó el teléfono, hizo algo que pudiera indicar que Helen y ella habían estado allí? Por ejemplo, ¿estaban los árboles iluminados y los trenes de juguete funcionando? ¿Estaba puesta la música de Navidad? ¿Estaban las luces de la tienda encendidas?

—Creo que no llegaron a encontrar el libro ni las llaves del coche. He oído contar diferentes historias sobre las cosas de la tienda. Unos dicen que estaban conectadas, otros dicen que no lo estaban.

La atención de Lucy se centra en la puerta de la trastienda. Piensa en lo que le contó a Benton Basil Jenrette. No comprende cómo es posible que Basil violara y asesinara a una persona en el almacén. Cuesta creer que pudiera limpiarlo todo y sacar el cadáver, meterlo en un coche y marcharse sin que lo viera nadie, a plena luz del día y esa zona, muy poblada incluso en julio, fuera de temporada. Además dicha hipótesis desde luego no explica lo que le ocurrió a la hija, a no ser que la secuestrara y quizá la matara en otro lugar, como hizo con sus otras víctimas. Una idea espantosa. La chica tenía diecisiete años.

—¿Qué ocurrió con este local tras la desaparición de las dos? —pregunta Lucy—. ¿Volvieron a abrirlo?

—No. De todas formas, no había mucho mercado para artículos de Navidad. Si quiere que le dé mi opinión, era más una afición excéntrica de ella que otra cosa. El negocio no volvió a abrirse y el hijo se llevó toda la mercancía como un mes o dos después. En septiembre llegaron los de Chulos de Playa y me contrataron a mí.

—Me gustaría echar un vistazo a la parte de atrás —dice Lucy—. Después lo dejaré tranquilo.

Puerco toma dos naranjas más, a continuación se hace con dos pomelos con la cestilla en forma de garra que hay en el extremo del largo recogefruta. Después mira al otro lado del canal y observa cómo Scarpetta y la detective Wagner caminan alrededor de la piscina.

La detective gesticula mucho. Scarpetta toma notas y lo mira todo. A Puerco le produce un placer extremo contemplar el espectáculo. Idiotas. Ninguna de las dos es tan inteligente como cree ser. Él los supera a todos. Sonríe imaginando a Marino llegando un poco tarde, retrasado por un inesperado pinchazo, situación que podría remediar de manera fácil y rápida viniendo hasta aquí en un vehículo de la Academia. Pero él no. Él no puede soportarlo, tiene que arreglarlo todo inmediatamente. Será paleto y estúpido. Puerco se agacha en la hierba, desmonta el recogefruta desenroscando los segmentos de aluminio que lo componen y vuelve a guardarlo en la gran bolsa negra de nilón. Pesa mucho y se la echa al hombro igual que un leñador cargando con un hacha, igual que el leñador de La Tienda de Navidad.

Cruza el jardín sin darse prisa, de camino a la casita blanca de estuco que tiene al lado. La ve meciéndose en el soleado porche, enfocando con unos prismáticos la vivienda de color anaranjado que hay al otro lado del canal. Lleva varios días vigilando la casa. Qué entretenido. Puerco ya ha entrado y salido de ella tres veces y nadie se ha dado cuenta. Ha entrado y salido para acordarse de lo que sucedió, para revivirlo, para pasar allí dentro todo el tiempo que se le antoje. Nadie puede verlo; es capaz de desaparecer.

Entra en el jardín de la señora Simister y se pone a examinar uno de sus limeros. Ella lo enfoca con los prismáticos. Al cabo de un momento abre la puerta corredera, pero no sale al jardín. No la ha visto en el jardín ni una sola vez. El jardinero va y viene, pero ella jamás abandona la casa ni habla con él. Le lleva la compra a casa siempre el mismo individuo. Puede que sea un familiar, un hijo quizá. Lo único que hace es entrar las bolsas en la casa, nunca se queda mucho tiempo. Nadie se molesta por ella. Debería estarle agradecida a Puerco. Muy pronto recibirá atención de sobra. Mucha gente oirá hablar de ella cuando termine saliendo en el programa de la doctora Self.

—No toque mis árboles —exclama en voz alta la señora Simister con un marcado acento—. Esta semana ya han venido ustedes tres veces, esto es acoso.

—Perdone, señora. Ya casi he terminado —dice Puerco con amabilidad al tiempo que arranca una hoja del limero y la examina.

—Salga de mi propiedad o llamo a la policía. —Su voz adquiere un tono más agudo.

Está asustada. Está enfadada porque le aterroriza perder sus preciados árboles, y los perderá, pero para entonces ya no tendrá importancia. Los árboles están infectados. Son viejos, por lo menos tienen veinte años, y no hay solución para ellos. Ha sido fácil. Por dondequiera que pasan los grandes camiones de naranjas para talar y fumigar los árboles infectados de cancrosis siempre quedan hojas en la carretera. Él las recoge, las trocea, las pone en agua y observa cómo suben las bacterias en forma de pequeñas burbujas. Luego llena una jeringa, la que le entregó Dios.

Puerco abre la cremallera de su enorme bolsa y saca un bote de pintura roja en aerosol. A continuación pinta una franja roja alrededor del tronco del limero. Una marca de sangre en el dintel de la puerta, como el ángel de la muerte, sólo que nadie se salvará. Puerco oye una oración en algún lugar oscuro y recóndito de su cerebro, como una caja oculta fuera de alcance, dentro de su cabeza.

Un falso testigo no será castigado.
No pienso decir nada.
Los mentirosos son castigados.
Yo no he dicho nada. Nada.
El castigo de mi mano no tiene fin.
No he dicho nada. ¡Nada!

—¿Que está haciendo? ¡No toque mis árboles, le digo!

—Con mucho gusto se lo explico, señora —responde Puerco educadamente, solidario.

La señora Simister sacude la cabeza en un gesto negativo. Y seguidamente, enfadada, cierra la puerta corredera de cristal y echa la llave.

26

Últimamente ha hecho un tiempo insólitamente cálido y lluvioso, y Scarpetta nota la hierba esponjosa y tiesa bajo los pies. Cuando el sol asoma de nuevo por detrás de las nubes oscuras, irradia una luz intensa y caliente sobre su cabeza y sus hombros mientras deambula por el jardín trasero de la casa.

Se fija en los arbustos de hibisco de color rosado y rojo, en las palmeras, también en varios cítricos con una franja roja pintada alrededor del tronco y se queda mirando al inspector que, al otro lado del canal, en ese momento está cerrando la cremallera de su bolsa. Se pregunta si la anciana que acaba de increparlo a voces no será la señora Simister. Marino aún no ha llegado a esa casa, supone. Siempre se retrasa, nunca se da prisa para hacer lo que le pide Scarpetta, si es que se toma la molestia de hacerlo. Se acerca a un muro de hormigón que desciende en vertical hacia el canal; es probable que no haya caimanes, pero sin valla de protección un niño o un perro podría caerse fácilmente y ahogarse.

Ev y Kristin asumieron la custodia de dos niños y no se molestaron en poner una valla a lo largo del jardín trasero de la casa. Scarpetta se imagina el lugar de noche, lo fácil que debe de ser olvidarse de dónde termina el jardín y dónde empieza el agua. El canal discurre de este a oeste y se estrecha al pasar por detrás de la casa, pero después se ensancha de nuevo. A lo lejos se ven bonitos veleros y lanchas amarrados detrás de viviendas mucho mejores que la casa en que vivían Ev, Kristin, David y Tony.

Según Reba, las dos hermanas y los niños fueron vistos por última vez el jueves por la noche, el diez de febrero. A la mañana siguiente, Marino recibió la llamada telefónica de aquel hombre que dijo llamarse Puerco. Para entonces la familia ya había desaparecido.

—¿Se publicó algo en la prensa acerca de su desaparición? —pregunta Scarpetta a Reba. Supone que quizás el anónimo comunicante podría haberse enterado del nombre de Kristin por el periódico.

—No, que yo sepa.

—Usted redactó el informe policial.

—No era un caso que resultara interesante para la prensa. Me temo que aquí desaparece gente todos los días, doctora Scarpetta. Bienvenida al sur de Florida.

—Dígame qué más sabe de la última vez que los vieron, supuestamente el jueves pasado por la noche.

Reba contesta que Ev predicó en su templo y que Kristin hizo varias lecturas de la Biblia. Al ver que ninguna de las dos aparecía por la iglesia al día siguiente para asistir a una oración comunitaria, un feligrés las llamó pero no obtuvo respuesta, así que dicho feligrés, una mujer, se acercó hasta la casa en coche. Tenía una llave y entró. Nada le pareció fuera de lo normal, aparte de que Ev, Kristin y los chicos habían desaparecido y se habían dejado una sartén vacía sobre un fogón de la cocina encendido. El detalle de la cocina es importante y Scarpetta le prestará atención cuando entre en la casa, pero aún no está preparada. Se aproxima al lugar donde se ha cometido un delito como un depredador, desde la periferia hacia el centro, dejando lo peor para el final.

Lucy le pregunta a Larry si la trastienda es distinta ahora de como era cuando se instaló él, hace aproximadamente dos años y medio.

—No he cambiado nada —responde Larry.

Recorre con la mirada las grandes cajas de cartón y las estanterías repletas de camisetas, cremas solares, toallas de playa, gafas de sol, productos de limpieza y demás a la dura luz de una única bombilla que cuelga desnuda del techo.

—No vale la pena preocuparse del aspecto que tiene todo esto —comenta Larry—. ¿Qué es lo que le interesa, exactamente?

Lucy va hasta el cuarto de aseo, atestado y sin ventanas, con un lavabo y un inodoro. Las paredes son de ladrillo con una ligera capa de pintura verde pálido y el suelo es de baldosas marrones. Del techo pende otra bombilla desnuda.

—¿No pintó ni cambió las baldosas? —pregunta Lucy.

—Cuando llegué yo, esto estaba exactamente igual que ahora. ¿No estará pensando que aquí sucedió algo?

—Quisiera volver con otra persona —dice Lucy.

Al otro lado del canal, la señora Simister está al acecho.

Se mece en su porche acristalado y empuja la puerta corredera con el pie, adelante y atrás, tocando apenas el suelo con las zapatillas y produciendo un suave susurro de deslizamiento. Está buscando a la mujer rubia de traje oscuro que andaba deambulando por el jardín de la casa anaranjada. También busca al inspector intruso que se ha atrevido a tocar otra vez sus árboles, a rociarlos con pintura roja. Se ha ido. También se ha ido la rubia.

Al principio, la señora Simister ha pensado que la mujer rubia era otra fanática religiosa, porque últimamente ha habido muchas como ella rondando esa casa. Pero después de observarla con los prismáticos ya no estaba tan segura. La rubia tomaba notas y llevaba una bolsa negra al hombro. Será una banquera o una abogada, estaba a punto de decidirlo cuando ha aparecido la otra mujer, ésta bastante bronceada, de cabello rubísimo, con pantalones caqui y un arma en una sobaquera. A lo mejor es la misma que estuvo allí el otro día. El viernes. Era de piel morena y muy rubia. Pero la señora Simister no está segura.

Las dos mujeres han estado hablando y a continuación han desaparecido de la vista por un costado de la casa, en dirección a la fachada. Puede que vuelvan. La señora Simister está atenta por si reaparece el inspector, el mismo que tan agradable fue la primera vez, preguntándole por sus árboles, cuándo los había plantado y qué significaban para ella. ¡Y luego viene otra vez y se los pinta! Ese hombre ha conseguido que piense en su arma por primera vez en muchos años. Cuando se la regaló su hijo, ella dijo que para lo único que serviría sería para que el malo se hiciera con ella y la utilizara para matarla. La tiene guardada debajo de la cama, fuera de la vista.

Al inspector no le hubiese disparado. Aunque le hubiera gustado asustarlo un poco. Todos esos inspectores a quienes pagan para que arranquen unos árboles que la gente ha tenido toda la vida en su casa. Oye que hablan de ello por la radio. Es probable que sus árboles sean los siguientes. Adora sus árboles. El jardinero cuida de ellos, recoge la fruta y la deja en el porche. Jake le plantó el jardín entero de árboles cuando compró la casa, justo después de que se casaran. La señora Simister está absorta en su pasado cuando de pronto suena el teléfono de la mesa que hay junto a la puerta corredera.

—Diga —contesta.

—¿La señora Simister?

—¿Quién es?

—El investigador Pete Marino. Ya hemos hablado anteriormente.

—¿Ah, sí? ¿Y quién es usted?

—Usted llamó hace unas horas a la Academia Nacional Forense.

—Puedo asegurarle que no. ¿Vende algo, usted?

—No, señora. Quisiera pasar un momento a hablar con usted, si le parece bien.

—No me parece bien —replica ella, y cuelga.

Se aferra al frío reposabrazos metálico con tanta fuerza que sus grandes nudillos palidecen bajo la piel flácida y salpicada de manchas de sus viejas e inútiles manos. No deja de llamarla gente que ni siquiera la conoce. Recibe incluso llamadas automáticas; no entiende cómo hay personas capaces de quedarse ahí sentadas escuchando una grabación de algún agente que pide dinero.

De nuevo suena el teléfono, pero no hace caso y empuña los prismáticos para observar la casa anaranjada en la que viven las dos mujeres con esos dos pequeños golfillos.

Enfoca el canal y luego otra vez la vivienda, en un barrido. De pronto el jardín y la piscina se ven grandes, de un intenso verde azulado, ambas cosas nítidamente, pero a la rubia de traje oscuro y a la bronceada que lleva el arma no se las ve por ninguna parte. ¿Qué estarán buscando? ¿Dónde estarán las dos mujeres que viven ahí? ¿Y los golfillos? Hoy en día todos los niños son unos golfillos.

En eso suena el timbre de la puerta y la señora Simister deja de mecerse, con el corazón desbocado. Cuanto más vieja se hace, más fácilmente se sobresalta con los movimientos y los sonidos repentinos, y más teme la muerte y lo que ésta implica, si es que implica algo. Transcurren varios minutos; el timbre vuelve a sonar y ella permanece inmóvil, esperando. Suena una vez más y alguien golpea vigorosamente la puerta. Finalmente se levanta.

—Un momento, ya voy —murmura, fastidiada y nerviosa—. Más le vale no ser un vendedor. —Entra en el cuarto de estar arrastrando los pies despacio sobre la moqueta. Ya no puede levantarlos como antes, ya apenas puede caminar—. Un momento, estoy dándome toda la prisa que puedo —dice impaciente cuando vuelve a sonar el timbre.

A lo mejor son los de UPS. A veces su hijo le compra cosas por Internet. Echa un vistazo por la mirilla de la puerta. Desde luego, la persona que aguarda en el porche no viste uniforme azul ni marrón, ni trae correo ni paquetes. Es él otra vez.

—¿Qué ocurre ahora? —pregunta enfadada con el ojo pegado a la mirilla.

—¿Señora Simister? Traigo unos impresos para que los rellene.

27

En la cancela del jardín delantero, Scarpetta está absorta en unos frondosos hibiscos que separan la casa de la acera que desemboca en el canal.

No hay ramas rotas, ni grandes ni pequeñas, nada que indique que alguien se haya colado en la propiedad abriéndose camino entre los arbustos. Mete la mano en la bolsa en bandolera de nilón negro que siempre lleva al lugar del crimen y saca un par de guantes de exploración de algodón blanco sin dejar de mirar el automóvil aparcado en el agrietado hormigón del camino de entrada, un monovolumen viejo y gris estacionado de cualquier manera, con un neumático parcialmente sobre el césped, pisando la hierba. Se calza los guantes poco a poco preguntándose por qué Ev o Kristin habrán aparcado el coche de esa forma, suponiendo que haya estado al volante alguna de las dos.

Observa por las ventanillas del vehículo los asientos de vinilo gris y el transpondedor SunPass, pulcramente adosado al interior del parabrisas. Toma más notas. Empieza a verse una pauta de comportamiento. El jardín trasero y la piscina están cuidados escrupulosamente; el patio y el mobiliario de exterior, también; dentro del coche no ha visto basura ni objetos tirados, aparte de un paraguas negro en la alfombrilla de atrás. En cambio el coche está aparcado de manera descuidada, sin esmero, como si el conductor no viera bien o tuviese mucha prisa. Se agacha para mirar más de cerca la tierra y los restos de vegetación incrustados en el dibujo del neumático. Observa la gruesa capa de polvo que ha dado a los bajos del coche el tono grisáceo de los huesos viejos.

—Por lo que parece, se salió de la carretera en algún sitio —comenta Scarpetta. Se incorpora y continúa estudiando los sucios neumáticos, yendo de uno a otro.

Reba la sigue en su examen del coche, mirando, con expresión de curiosidad en el rostro bronceado y lleno de arrugas.

—La tierra incrustada en el dibujo me dice que el suelo estaba húmedo o mojado cuando lo pisó el coche —dice Scarpetta—. ¿El aparcamiento de la iglesia está asfaltado?

—Bueno, se ha llevado hierba de aquí —señala Reba mirando el césped levantado debajo de un neumático trasero.

—Eso no basta para explicarlo. Los cuatro neumáticos tienen tierra incrustada.

—El centro comercial en el que se encuentra la iglesia tiene un aparcamiento grande. En esa zona no hay ningún trozo sin asfaltar, que yo me haya fijado.

—¿Estaba aquí el coche cuando vino la feligresa buscando a Kristin y Ev?

Reba da la vuelta, interesada por la suciedad de los neumáticos.

—Eso parece, y le puedo asegurar que estaba la tarde que vine yo.

—No sería mala idea examinar el SunPass para averiguar por qué peajes ha pasado el coche y cuándo. ¿Abrió las puertas?

—Sí. No tenían el seguro echado. No vi nada que me llamara la atención.

—De modo que el coche no ha sido examinado en ningún momento.

—No puedo pedir a los técnicos que examinen algo cuando no existen indicios de que se haya cometido un crimen.

—Entiendo el problema.

El rostro oscuro y bronceado de Reba observa a su colega otra vez a través de las ventanillas, cubiertas por una fina capa de polvo. Scarpetta retrocede ligeramente y camina alrededor del coche estudiándolo centímetro a centímetro.

—¿Quién es el propietario? —inquiere.

—La parroquia.

—¿De quién es propiedad la casa?

—De la parroquia también.

—Me han dicho que la parroquia la tiene sólo en alquiler.

—No, es de su propiedad, puede estar segura.

—¿Conoce usted a una tal señora Simister? —le pregunta Scarpetta. Empieza a tener una sensación extraña que le nace en el estómago y le sube por la garganta, la misma que tuvo cuando Reba le mencionó a Marino el nombre de Christian Christian.

—¿Quién? —Reba frunce el ceño y, en ese momento, se oye un estampido amortiguado al otro lado del canal.

Las dos dejan de hablar. Se acercan un poco más a la cancela y observan las casas de la otra orilla. No se ve a nadie.

—Habrá sido el tubo de escape de un coche —Reba llega a la conclusión—. Por aquí la gente conduce auténtica chatarra. La mayoría no debería ni conducir siquiera. Son todos más viejos que Matusalén y más cegatos que un murciélago.

Scarpetta le repite el apellido Simister.

—No lo he oído nunca —responde Reba.

—Dice que ha hablado varias veces con usted. Creo que dijo tres, para ser exactos.

—No me suena de nada y nunca ha hablado conmigo. Supongo que es la persona que ha hablado mal de mí diciendo que no me preocupo de este caso.

—Disculpe —dice en ese momento Scarpetta. Llama a Marino por el móvil. Le contesta el buzón de voz.

Le ordena que la llame de inmediato.

—Cuando averigüe quién es esa tal señora Simister —dice Reba—, me gustaría que me lo comunicara. En todo esto hay algo extraño. Quizá debiéramos al menos limpiar el polvo del interior del coche para ver si hay huellas. Ya que no para otra cosa, por lo menos para excluir hipótesis.

—Por desgracia, lo más probable es que no obtenga las huellas de los niños del interior del coche —dice Scarpetta—. Han pasado cuatro días. Y probablemente tampoco las encuentre dentro de la casa. Las del más pequeño, el de siete años, seguro que no.

—No entiendo por qué dice eso.

—Las huellas de los preadolescentes duran poco. Horas, un par de días como mucho. No estamos totalmente seguros del motivo, pero es probable que tenga algo que ver con el tipo de grasa que segregan las personas cuando alcanzan la pubertad. ¿David tiene doce años? A lo mejor encuentra sus huellas. A lo mejor, insisto.

—Vaya, eso es nuevo para mí.

—Le sugiero que lleve este coche al laboratorio, lo examine en busca de pruebas y rocíe el interior lo antes posible para ver si quedan huellas. Lo haremos nosotros en la Academia, si quiere; disponemos de instalaciones para examinar vehículos y podemos ocuparnos de ello.

—Quizá no sea mala idea —acepta Reba.

—Deberíamos encontrar huellas de Ev y de Kristin dentro de la casa. Y también ADN, incluido el de los niños. En los cepillos de dientes, los cepillos para el pelo, en los zapatos, la ropa.

Y seguidamente le habla a Reba del comunicante anónimo que mencionó el nombre de Kristin Christian.

La señora Simister vive sola en un pequeño bungaló de estuco blanqueado. Para lo que suele verse en el sur de Florida, una verdadera cochambre.

La cochera de aluminio está vacía, lo cual no quiere decir que no esté en casa porque ya no tiene coche ni permiso de conducir en vigor. Marino también se fija en que las ventanas situadas a la derecha de la puerta principal tienen las cortinas echadas y en que no hay ningún periódico en la acera. Le entregan a diario el *The Miami Herald*, lo cual implica que ve lo suficiente para leer, si lleva las gafas.

Su teléfono lleva ocupado media hora. Marino apaga el motor de la moto y se apea mientras pasa por la calle un Chevy Blazer blanco con las lunas tintadas. Es una calle tranquila; probablemente muchas de las personas que viven en este barrio son ancianas, llevan mucho tiempo aquí y no pueden permitirse los impuestos sobre la vivienda. Marino se indigna al pensar que uno pasa veinte o treinta años viviendo en el mismo sitio y, cuando por fin termina de pagar la casa, descubre que no puede asumir el pago de los impuestos por culpa de gente rica que quiere vivir junto al canal. La cochambrosa casa de la señora Simister está valorada en casi tres cuartos de millón de dólares y tendrá que venderla, probablemente dentro de poco, si es que antes no termina en una residencia subvencionada. Sólo tiene tres mil dólares ahorrados.

Marino se ha informado muy bien acerca de Dagmara Schudrich Simister. Después de hablar desde el despacho de Scarpetta con una persona que, según sospecha ahora, era alguien que afirmaba ser ella, ha hecho una búsqueda en el HIT. La señora Simister responde al nombre de Daggie y tiene ochenta y siete años. Es judía y miembro de una sinagoga local a la que no ha asistido en varios años. Jamás ha sido miembro de la misma parroquia que las personas desaparecidas de la otra orilla, de modo que lo que dijo por teléfono no era verdad, suponiendo que la del teléfono fuera Daggie Simister, y Marino no cree que lo fuera.

Nació en Lublin, Polonia, sobrevivió al Holocausto y no dejó su país natal hasta los treinta años, lo cual explica el marcado acento que le ha notado Marino cuando ha intentado llamarla hace unos minutos. La mujer con la que ha hablado por el manos libres no tenía acento, simplemente parecía mayor. El único hijo de la señora Simister vive en Fort Lauderdale y, a lo largo de los diez últimos años, ha sido acusado en dos ocasiones de conducción temeraria y en tres de violación. Lo irónico es que es contratista y promotor inmobiliario, o sea, que precisamente es uno de los responsables del aumento de los impuestos de su madre.

Cuatro médicos tienen en tratamiento a la señora Simister por su artritis, los problemas de corazón y de pies y la mala vista. No viaja, por lo menos en líneas aéreas comerciales. Según parece, se pasa la vida en casa y es muy posible que esté al tanto de lo que ocurre a su alrededor. En vecindarios como éste, es frecuente que personas que viven recluidas se dediquen a fisgar, y Marino espera que la señora Simister sea una de ellas. Abriga la esperanza de que se haya fijado en lo sucedido en la otra orilla del canal, en la casa anaranjada. También abriga la esperanza de que, a lo mejor, tenga una idea de quién ha llamado a la oficina de Scarpetta afirmando ser ella, suponiendo que sea eso lo que ha sucedido.

Llama al timbre, con la cartera preparada para enseñar la placa, lo cual no es exactamente legal puesto que está apartado de la tarea policial, nunca ha sido policía en Florida y tendría que haber entregado la pistola y sus credenciales cuando dejó el último departamento de policía para el que ha trabajado, uno modesto de Richmond, Virginia, en el que siempre se sintió forastero, rechazado y subestimado. Llama al timbre otra vez y de nuevo trata de comunicarse con la señora Simister por teléfono.

Sigue comunicando.

—¡Policía! ¿Hay alguien en casa? —exclama en voz alta al tiempo que golpea la puerta.

28

Scarpetta tiene calor con el traje oscuro, pero no piensa hacer nada para evitarlo. Si se quita la chaqueta tendrá que dejarla en alguna parte y no se siente cómoda en el lugar de un crimen, aun cuando la policía no crea que lo sea.

Ahora que ha entrado en la casa, está a punto de llegar a la conclusión de que una de las hermanas sufre un trastorno obsesivo-compulsivo. Las ventanas, las baldosas del suelo y los muebles están impecables y primorosamente ordenados. Hay una alfombra escrupulosamente centrada con los flecos tan colocaditos que parece que los hayan peinado. Descubre un termostato en la pared y anota en su cuaderno que el aire acondicionado está encendido y que la temperatura del cuarto de estar es de veintidós grados.

—¿Se ha ajustado el termostato? —inquiere—. ¿Estaba así?

—Todo se ha dejado tal como estaba —responde Reba desde la cocina, donde se encuentra en compañía de Lex, investigadora forense de la Academia—. Excepto el quemador de la cocina, que apagaron. La señora que vino aquí al ver que Ev y Kristin no se presentaban en la iglesia lo apagó.

Scarpetta toma nota de que no hay sistema de alarma.

Reba abre el frigorífico.

—Yo seguiría adelante y pasaría la brocha por las puertas de los armarios —le dice a Lex—. Podría pasarle la brocha a todo, ya que estamos. Aquí no hay mucha comida para dos niños en edad de crecimiento. —Eso se lo dice a Scarpetta—. No hay gran cosa para comer, de todas formas. Creo que son vegetarianos.

Cierra la puerta del frigorífico.

—El polvillo echará a perder la madera —objeta Lex.

—Eso es cosa suya.

—¿Sabemos a qué hora llegaron a casa, si es que llegaron, el jueves por la noche al volver de la iglesia? —pregunta Scarpetta.

—El servicio religioso terminó a las siete y Ev y Kristin se quedaron un rato más, hablando con la gente. Luego tuvieron una reunión en la oficina de Ev. Es una oficina pequeña. La iglesia es muy pequeña. En el espacio en el que celebran los servicios no caben más de cincuenta personas, me dio la impresión.

Reba sale de la cocina y pasa al cuarto de estar.

—¿Una reunión con quién? ¿Dónde estaban los niños? —pregunta Scarpetta, levantando un cojín del sofá estampado de flores.

—Se reunieron varias mujeres. No sé cómo las llaman. Son las que organizan cosas en la iglesia y, según tengo entendido, los niños no asistieron a esa reunión, estaban haciendo lo que fuera, tonteando por ahí. Después se fueron con Ev y Kristin a eso de las ocho de la tarde.

—¿Siempre celebran las reuniones los jueves por la tarde, después del servicio religioso?

—Creo que sí. Los servicios se celebran habitualmente los viernes, así que se reúnen el día antes. Tiene algo que ver con que el Viernes Santo fue cuando Dios murió por nuestros pecados. No mencionan a Jesucristo, sino sólo a Dios; no hablan más que del pecado y de ir al infierno. Es una Iglesia un poco excéntrica, como una secta, diría yo. Probablemente manipulan serpientes y cosas así.

Lex vierte una pequeña cantidad de óxido en polvo Silk Black en una hoja de papel. La encimera blanca de la isleta de la cocina está arañada, pero limpia y completamente vacía. Recoge con una brocha de fibra de vidrio polvillo del papel y empieza a pasarla suavemente, con movimientos circulares, por la superficie de la isleta, hasta volverla de un color negro hollín no uniforme allí donde el polvo se adhiere a la grasa u otros residuos que no se notan a simple vista.

—No he encontrado ninguna billetera, ningún libro de bolsillo, nada por el estilo —le cuenta Reba a Scarpetta—. Lo cual ratifica mi sospecha de que han huido.

—Uno puede ser secuestrado cuando lleva encima su libro de bolsillo —dice Scarpetta—. A la gente la secuestran con la billetera, las llaves, el coche, los hijos. Hace unos años trabajé en un caso de secuestro y homicidio en el que a la víctima se le permitió que hiciera la maleta.

—Yo también sé de casos en los que todo se falsea para que parezca un delito cuando lo que ha sucedido en realidad es que el interesado ha huido. A lo mejor esa extraña llamada telefónica de la que me ha hablado era de algún pirado de esa congregación.

Scarpetta entra en la cocina para examinar el quemador. Encima hay una sartén de cobre cubierta con una tapadera; el metal es gris oscuro y con vetas.

—¿Es éste el quemador que estaba encendido? —pregunta quitando la tapadera.

El interior de la sartén, de acero inoxidable, se ve de un descolorido gris oscuro.

Lex despega un fragmento de cinta adhesiva de un sonoro tirón.

—Cuando llegó la señora de la parroquia ese quemador izquierdo estaba al mínimo y la sartén tremendamente caliente, sin nada dentro —explica Reba—. Eso me dijeron.

Scarpetta repara en un polvo blanquecino que hay en la sartén.

—Puede que hubiera habido algo dentro, tal vez aceite. Comida no. ¿No había comida sobre la isleta? —pregunta.

—Lo está viendo todo tal como estaba cuando vine. Y la feligresa dijo que no había encontrado comida fuera de la sartén.

—Se aprecia algún detalle en relieve, pero en general son borrones —anuncia Lex despegando la cinta de varios centímetros de encimera—. No voy a molestarme con los armarios; la madera no es muy buena superficie. No vale la pena estropearla sin motivo.

Scarpetta tira de la puerta del frigorífico y siente el aire frío en la cara mientras va mirando los estantes de uno en uno. Lo que queda de una pechuga de pavo sugiere que por lo menos alguien no es vegetariano. Hay lechuga, brécol, espinacas, apio y zanahorias, montones de zanahorias, diecinueve bolsas de zanahorias pequeñas y peladas: un tentempié fácil y bajo en calorías.

La puerta corredera de cristal que da al porche de la señora Simister no está cerrada con llave; Marino se queda frente a ella, de pie en la hierba, mirando en derredor.

Observa fijamente la otra orilla preguntándose si Scarpetta está encontrando algo en la casa anaranjada. A lo mejor ya se ha ido, porque él se ha retrasado. Ha tenido que llevar la moto en un camión al hangar y luego cambiar el neumático; todo eso le ha llevado un cierto tiempo. Ha tardado otro poco en hablar con algunos de mantenimiento y con unos cuantos alumnos y miembros del profesorado cuyos coches se encontraban en el mismo aparcamiento, con la esperanza de que alguien hubiera visto algo. Pero nadie ha visto nada. O por lo menos eso es lo que han dicho.

Abre un poco la puerta corredera de la señora Simister y la llama a través de la rendija.

No contesta nadie, de modo que golpea el cristal haciendo un poco de ruido.

—¿Hay alguien en casa? —grita—. ¿Oiga?

Vuelve a probar por teléfono y la línea sigue ocupada. Ve que Scarpetta ha intentado localizarlo hace un rato, probablemente cuando iba en la moto de camino. Le devuelve la llamada.

—¿Que pasa? —pregunta a bocajarro.

—Reba dice que jamás ha oído el nombre de la señora Simister.

—Alguien nos está jodiendo —replica Marino—. Tampoco es de esa Iglesia, la de las desaparecidas. Y además no contesta al timbre de la puerta. Voy a entrar.

Una vez más se vuelve a mirar la casa anaranjada de la otra orilla. A continuación, abre la puerta corredera y entra en el porche.

—¿Señora Simister? —pregunta a gritos—. ¿Hay alguien en casa? ¡Policía!

Se topa con una segunda puerta corredera, también cerrada sin llave, y pasa al interior del comedor, hace una pausa y vuelve a llamar a voces a la dueña. Al fondo de la casa hay una televisión encendida a todo volumen; avanza hacia el ruido sin dejar de anunciarse a gritos, ahora con la pistola desenfundada. Recorre un pasillo y distingue que se trata de una comedia televisiva, con muchas risas.

—¿Señora Simister? ¿Hay alguien?

La televisión se encuentra en una habitación trasera, probablemente un dormitorio, cuya puerta está cerrada. Titubea, vuelve a llamar a la dueña. Primero da unos golpes en la puerta y luego la abre de un empujón. Al entrar ve sangre, un cuerpo pequeño sobre la cama y lo que queda de la cabeza.

29

Dentro de un cajón del escritorio hay lápices, bolígrafos y rotuladores. Dos de los lápices y un bolígrafo están mordisqueados y Scarpetta observa las marcas de dientes en la madera y en el plástico, preguntándose cuál de los niños será el que muerde nervioso las cosas.

Coloca los lápices, los bolígrafos y los rotuladores en bolsas de pruebas distintas. Cierra el cajón y mira a su alrededor pensando en las vidas de los surafricanos huérfanos. En la habitación no hay juguetes, ni carteles en las paredes, ni ningún indicio de que a los hermanos les gusten las chicas, los coches, las películas, la música o los deportes, ni de que tengan héroes, ni siquiera de que se diviertan.

El cuarto de baño está una puerta más allá. Se trata de un baño viejo con insípidos azulejos verdes y un lavabo y una bañera blancos. Scarpetta se ve la cara en el espejo del armarito de primeros auxilios cuando lo abre. Recorre con la mirada los estrechos estantes metálicos atestados de seda dental, aspirinas y pastillitas de jabón sin abrir, de las que suele haber en los baños de los moteles. Toma un bote de medicamento de plástico anaranjado sujetándolo por el tapón blanco, lee la etiqueta y se sorprende al toparse con el nombre de la doctora Marilyn Self.

La célebre psiquiatra, la doctora Self, le ha recetado Ritalin a David Fortuna. Se supone que toma diez miligramos tres veces al día; el mes pasado, exactamente hace hoy tres semanas, repuso otro centenar de píldoras. Scarpetta quita el tapón y vierte en su mano las pastillas verdes. Cuenta cuarenta y nueve. Al cabo de tres semanas a la dosis prescrita deberían quedar treinta y siete, calcula. El chico supuestamente desapareció el jueves. Eso fue hace cinco días, hace quince pastillas. Quince más treinta y siete son cincuenta y dos. Bastante aproximado. Si la desaparición de David ha sido voluntaria, ¿por qué ha dejado el Ritalin? ¿Y por qué quedó encendido el fogón de la cocina?

Devuelve las píldoras al bote y lo guarda en una bolsa de pruebas. Al final del pasillo encuentra el otro dormitorio de la casa, que obviamente comparten las dos hermanas. Hay en él dos camas, ambas con una colcha verde esmeralda. El papel pintado y la moqueta son verdes. Los muebles están lacados en verde. Las lámparas y el ventilador de techo son verdes y unas cortinas verdes cerradas no dejan pasar ni un rayo de luz. La lámpara de la mesilla de noche está encendida y su débil resplandor, sumado a la luz del pasillo, constituye la única iluminación del dormitorio.

No hay espejo ni cuadros, sólo dos fotografías enmarcadas encima del tocador: una del sol poniéndose sobre el océano y dos niños en la playa sonrientes en traje de baño, los dos muy rubios; la otra de dos mujeres con muletas y los ojos entrecerrados por el sol, rodeadas por un enorme cielo azul. Detrás de ellas se ve la caprichosa forma de una montaña que se eleva sobre el horizonte y cuya cima aparece oculta por una insólita capa de nubes que ascienden desde las rocas como un denso vapor de color blanco. Una de las mujeres es baja y rellenita y lleva el cabello largo y grisáceo recogido, muy estirado, mientras que la otra es más alta y más delgada y luce una melena negra, larga y ondulada que se está apartando de la cara por culpa del viento.

Scarpetta saca una lupa de la bolsa y estudia las fotografías más de cerca, fijándose detenidamente en la piel de los niños, en sus caras. Estudia también la piel y la cara de las dos mujeres en busca de cicatrices, tatuajes, anomalías físicas, joyas. Pasa la lente por encima de la más delgada de las dos, la del cabello largo y negro, y repara en que su cutis no parece sano. Tal vez sea la iluminación o un bronceador sin sol lo que da a su piel un tinte ligeramente amarillento, pero se diría que padece ictericia.

Abre el armario. Contiene zapatos y ropa común e inexpresiva, así como algunos trajes más de vestir de las tallas ocho y doce. Scarpetta saca todo lo de color blanco o muy claro y examina el tejido en busca de manchas amarillas de sudor. Las encuentra en las axilas de varias blusas de la talla ocho. Después vuelve a centrar su atención en la fotografía de la mujer de pelo largo y piel amarillenta; piensa en las verduras crudas que hay en el frigorífico, en las zanahorias y también en la doctora Self.

En el dormitorio no hay otro libro aparte de una Biblia de cuero marrón sobre una mesilla de noche. Es vieja y está abierta por los Apócrifos. La luz de la lámpara cae sobre sus frágiles páginas, secas y oscurecidas por el paso de muchos años. Scarpetta se pone las gafas de leer y se inclina un poco más. Anota que la Biblia está abierta por el libro de la Sabiduría y que el versículo veinticinco del capítulo doce está marcado con tres pequeñas equis a lápiz: «Por esto, como a niños que no tienen uso de razón, habéis enviado un castigo que era una burla.»

Llama al móvil de Marino y le contesta directamente el buzón de voz. Abre las cortinas para ver si las persianas correderas que ocultan están cerradas, al tiempo que insiste de nuevo con Marino y le deja otro mensaje urgente. Ha empezado a llover y las gotas de lluvia caen sobre la superficie de la piscina y del canal. Las nubes de tormenta se amontonan como grandes yunques. Las palmeras se agitan furiosamente y los hibiscos que crecen a uno y otro lado de las persianas están cuajados de flores rosadas y rojas que se sacuden al viento. Advierte dos borrones en el cristal; tienen una forma que le resulta familiar, y encuentra a Reba y a Lex en el cuarto de la colada, examinando qué hay dentro de la lavadora y de la secadora.

—En el dormitorio principal hay una Biblia —informa Scarpetta—. Está abierta por los Apócrifos. Y también hay una lámpara encendida, junto a la cama. —Reba parece desconcertada—. Mi pregunta es: ¿estaba el dormitorio exactamente igual cuando vino a la casa esa feligresa? ¿Estaba exactamente igual la primera vez que lo vio usted?

—Cuando yo entré en el dormitorio no parecía que lo hubiera tocado nadie. Recuerdo que las cortinas estaban echadas. No vi ninguna Biblia ni nada parecido, y no recuerdo que hubiera una lámpara encendida —responde Reba.

—Hay una fotografía de dos mujeres. ¿Son Ev y Kristin?

—Eso dijo la señora de la congregación.

—¿La otra es de Tony y David?

—Creo que sí.

—¿Una de las mujeres sufre algún tipo de desorden alimentario? ¿Está enferma? ¿Sabemos si una de ellas o las dos se encuentran en tratamiento médico? ¿Y sabemos quién es quién en la fotografía?

Reba no tiene respuestas. Hasta ahora las respuestas no parecían tener demasiada importancia, a nadie se le ocurrían preguntas como las que está formulando Scarpetta.

—¿Abrió usted o alguna otra persona la puerta corredera de cristal del dormitorio, la verde?

—No.

—No está cerrada con llave y me he fijado en que el cristal tiene unas manchas por fuera. Son huellas de orejas. Me gustaría saber si ya estaban ahí el viernes pasado, cuando usted echó un vistazo a la casa.

—¿Huellas de orejas?

—Dos son de una oreja derecha —contesta Scarpetta a la vez que suena su teléfono.

30

Llueve intensamente cuando se detiene frente a la casa de la señora Simister. Delante hay aparcados tres coches de policía y una ambulancia.

Scarpetta se apea del coche y, sin molestarse en llevar un paraguas, termina la conversación con la Oficina del Forense del condado de Broward, que tiene jurisdicción sobre todas las muertes súbitas y violentas que se producen entre Palm Beach y Miami. Examinará el cadáver *in situ* porque ya está en el lugar de los hechos, está diciendo, y necesitará lo antes posible un medio para transportar el cadáver al depósito. Recomienda que la autopsia se realice inmediatamente.

—¿No puede esperar hasta mañana? Entiendo que podría tratarse de un suicidio, dado que la fallecida tiene un historial de depresión —comenta el administrador con cautela, porque no quiere que parezca que cuestiona el criterio de Scarpetta.

No desea salir por la tremenda y decir que no está seguro de que el caso sea urgente. Pone sumo cuidado al escoger las palabras, pero Scarpetta sabe lo que está pensando.

—Marino dice que no hay ningún arma en el lugar del crimen —le explica dándose prisa en subir los escalones del porche, empapada.

—Está bien. Eso no lo sabía.

—No tengo noticia de que alguien suponga que se trata de un suicidio.

Scarpetta piensa en la presunta explosión de un tubo de escape que han oído hace un rato Reba y ella. Intenta acordarse del momento exacto.

—Entonces, ¿viene para acá?

—Por supuesto —responde Scarpetta—. Dígale al doctor Amos que lo tenga todo preparado.

Cuando alcanza la puerta y pasa al interior apartándose el pelo mojado de los ojos, ve que Marino la está esperando.

—¿Dónde está Wagner? —pregunta él—. Supongo que ya vendrá. Por desgracia. Mierda, no nos hace ninguna falta que venga a manejar el cotarro ninguna retrasada mental.

—Ha salido unos minutos después que yo. No sé dónde está.

—Es probable que se haya perdido. Tiene el sentido de la orientación más nefasto que he visto nunca.

Scarpetta le cuenta lo de la Biblia hallada en el dormitorio de Ev y Kristin y lo del versículo marcado con varias equis.

—¡Es lo mismo que me dijo el tipo que me llamó! —exclama Marino—. Dios. ¿Qué pasa aquí? ¡Maldita imbécil! —protesta, refiriéndose otra vez a Reba—. Voy a tener que aparcarla y buscarme a un detective de verdad para que no se joda este asunto.

Scarpetta ya está harta de los comentarios despectivos de Marino.

—Hazme un favor: ayúdala todo lo que puedas y guárdate para ti tus rivalidades personales. Cuéntame qué es lo que sabes.

Observa, detrás de Marino, lo que se ve por la puerta de la casa, que está entreabierta. Dos enfermeros de urgencias están recogiendo sus maletines, poniendo fin a un esfuerzo que ha resultado ser una pérdida de tiempo.

—Herida por disparo de escopeta en la boca que le ha volado la parte superior de la cabeza —recita Marino quitándose de en medio para dejar pasar a los de urgencias, que salen de camino a la ambulancia—. Está tendida sobre la cama de espaldas y completamente vestida. La televisión está encendida. No hay nada que indique que hayan forzado la entrada o que haya habido intento de robo ni de agresión sexual. Hemos encontrado un par de guantes de látex en el lavabo del cuarto de baño. Uno está manchado de sangre.

—¿Qué cuarto de baño?

—El del dormitorio.

—¿Hay algún otro indicio de que el asesino haya limpiado el lugar antes de irse?

—No. Solamente los guantes del lavabo. Ni toallas manchadas de sangre ni agua teñida de sangre.

—Tengo que echar un vistazo. ¿Estamos seguros de la identidad de la fallecida?

—Sabemos a quién pertenece la casa: a Daggie Simister. No puedo decirte con seguridad quién es la que está tendida en la cama.

Scarpetta hurga en el interior de su bolsa buscando un par de guantes y pasa al vestíbulo. Se detiene a mirar alrededor pensando en las puertas correderas sin llave que ha visto en el dormitorio principal de la otra casa. Recorre con la mirada el suelo de terrazo, las paredes azul claro y el pequeño cuarto de estar. Éste está abarrotado de muebles, fotografías y pájaros de porcelana y otras figuritas pasadas de moda. Nada parece estar fuera de sitio. Marino la conduce hasta la cocina y al otro lado de la casa, donde se encuentra el cadáver, en un dormitorio que da al canal.

La anciana, vestida con un chándal de color rosa y zapatillas del mismo color, está tendida de espaldas sobre la cama. Tiene la boca abierta y los ojos inexpresivos y fijos debajo de una tremenda herida que le ha abierto la parte superior de la cabeza como una cáscara de huevo. Hay masa encefálica y fragmentos de hueso esparcidos por la almohada empapada de sangre, de un rojo oscuro, que empieza a coagularse. También hay trozos de piel y sesos adheridos al cabecero de la cama y a la pared, ambos salpicados de regueros sanguinolentos.

Scarpetta mete una mano por debajo del chándal ensangrentado para palpar el pecho y el vientre, y después toca las manos. El cuerpo está tibio y aún no se aprecia rigor mortis. Abre la cremallera de la chaqueta del chándal y coloca un termómetro de mercurio en el sobaco derecho. Mientras espera la lectura de la temperatura corporal, busca otras lesiones aparte de la obvia de la cabeza.

—¿Cuánto tiempo calculas que lleva muerta? —pregunta Marino.

—Aún está muy caliente. Ni siquiera ha aparecido la rigidez.

Piensa otra vez en lo que Reba y ella han tomado por el tubo de escape de un coche y llega a la conclusión de que ha sido hace aproximadamente una hora. Se acerca a un termostato que hay en la pared. El aire acondicionado está en marcha, en el dormitorio la temperatura es de veinte grados. Toma nota y seguidamente mira a su alrededor, sin prisas, recorriéndolo todo con la mirada. El pequeño dormitorio tiene el suelo de terrazo cubierto en buena parte por una alfombra azul oscuro que llega desde el pie de la cama con edredón de plumas azul hasta la ventana que da al canal. Las persianas están cerradas. Sobre una mesilla de noche hay un vaso de lo que parece ser agua, una edición en letra grande de una novela de Dan Brown y unas gafas. A primera vista, no hay signos de forcejeo.

—Así que la han matado justo antes de llegar yo —está diciendo Marino con cierto desasosiego, procurando que no se le note—. De modo que podría haber ocurrido minutos antes de que yo llegara en moto. Me he retrasado. Alguien me ha pinchado una rueda.

—¿A propósito? —dice Scarpetta, intrigada por la coincidencia de que eso haya ocurrido precisamente cuando ha ocurrido.

Si Marino hubiera llegado antes, tal vez la mujer no estuviera muerta. Entonces le habla de lo que ahora supone que ha sido un disparo de escopeta. En ese momento sale del cuarto de baño un agente uniformado cargado de medicamentos que deposita sobre un tocador.

—Sí, ha sido de lo más a propósito —responde Marino.

—Obviamente, no lleva mucho tiempo muerta. ¿Qué hora era cuando la has encontrado?

—Cuando te he llamado llevaba aquí unos quince minutos. Quería cerciorarme de que la casa estuviera despejada antes de hacer nada, de que el que la había matado no estuviera escondido en un armario o algo parecido.

—¿Los vecinos no han oído nada?

Marino responde que no hay nadie en las casas de ambos lados, ya lo ha comprobado uno de los agentes uniformados. Suda profusamente y tiene el rostro congestionado y los ojos muy abiertos, con expresión desquiciada.

—De verdad que no sé de qué va todo esto —vuelve a decir, mientras la lluvia repiquetea sobre el tejado—. Tengo la sensación de que de alguna manera nos han dado el pego. Wagner y tú estabais justo en la otra orilla del canal. Y yo he llegado tarde por culpa de un pinchazo.

—Había un inspector —dice Scarpetta—. Un tipo que andaba por aquí inspeccionando los cítricos. —Le habla del artilugio para recoger fruta que el individuo ha desmontado y guardado en una bolsa grande de color negro—. Yo comprobaría eso inmediatamente.

Retira el termómetro de debajo del brazo de la muerta y anota treinta y cuatro coma ocho grados. A continuación entra en el cuarto de baño alicatado y mira en la ducha, en el inodoro y en la cesta de papel usado. El lavabo está seco, no hay rastro de sangre, ni el más mínimo, lo cual no tiene lógica. Se vuelve hacia Marino y le pregunta:

—¿Los guantes estaban en el lavabo?

—Así es.

—Si el asesino... o la asesina, supongo, se los ha quitado después de matar a la anciana y los ha tirado en el lavabo, deberían haber dejado un resto de sangre, por lo menos el manchado.

—A no ser que la sangre del guante ya se hubiera secado.

—No debería —replica Scarpetta abriendo el botiquín, en el que encuentra la típica mezcla de fármacos para dolores y molestias intestinales—. A menos que el asesino los haya llevado puestos el tiempo suficiente para que se secara la sangre.

—No sería tanto tiempo.

—Puede que no. ¿Los tienes a mano?

Salen del cuarto de baño y Marino saca de un maletín un sobre grande de pruebas de papel marrón. Lo abre para que Scarpetta mire dentro sin tocar los guantes. Uno está limpio, el otro parcialmente del revés y manchado de sangre seca marrón oscuro. Los guantes no están forrados de talco y el limpio parece sin estrenar.

—Necesitaremos analizar el ADN del interior, también. Y buscar huellas —dice.

—Seguro que el asesino no sabe que se pueden dejar huellas en el interior de los guantes de látex —apunta Marino.

—Entonces es que no ve la televisión —tercia un agente.

—No me hables de la mierda que sale por la televisión. Me está destrozando la vida —comenta otro con medio cuerpo debajo de la cama, y añade—: Bien, bien.

Se incorpora sosteniendo en las manos una linterna y un pequeño revólver de acero inoxidable con culata de palo de rosa. Abre la recámara procurando tocar el metal lo menos posible.

—Está descargado. De bien poco le ha servido a la víctima. Tiene pinta de no haber sido disparado desde la última vez que se limpió, si es que se ha disparado alguna vez.

—De todas formas analizaremos las huellas —le dice Marino—. Vaya sitio extraño para esconder un arma. ¿Estaba muy adentro?

—Demasiado lejos para alcanzarlo sin tirarse al suelo y arrastrarse debajo de la cama, como he hecho yo. Calibre veintidós. ¿Qué demonios es una Viuda Negra?

—Estás de broma —dice Marino echando un vistazo—. Armas norteamericanas, de un solo disparo. Una pistola más bien absurda para una viejecita de manos nudosas y artríticas.

—Debió de regalársela alguien para que se protegiera y ella no hizo caso.

—¿Ha visto por alguna parte una caja de munición?

—De momento, no.

El agente mete la pistola en una bolsa de pruebas, que deposita sobre un tocador en el que otro agente empieza a hacer inventario de los frascos de medicamentos.

—Accuretic, Diurese y Enduron —dice leyendo las etiquetas—. Ni idea.

—Un inhibidor de la ACE y diuréticos. Para la hipertensión —explica Scarpetta.

—Verapamil, ya caducado. Es del mes de julio.

—Hipertensión, angina, arritmia.

—Apresoline y Loniten. A ver quién es el listo que sabe pronunciar esto. Lleva un año caducado.

—Son vasodilatadores. Para la hipertensión, también.

—Así que a lo mejor se ha muerto de un ataque. Vicodin. Esto sí que sé lo que es. Y Ultram. Estos medicamentos son más nuevos.

—Son analgésicos. Posiblemente para la artritis.

—Y Zithromax. Esto es un antibiótico, ¿no? Caducó en diciembre.

—¿Nada más? —inquiere Scarpetta.

—No, señora.

—¿Quién le ha dicho a la Oficina del Forense que la víctima tenía un historial de depresión? —pregunta, mirando a Marino.

Al principio no contesta nadie.

Entonces Marino responde:

—Desde luego yo no he sido.

—¿Quién ha llamado a la Oficina del Forense?

Los dos agentes y Marino se miran.

—Mierda —masculla Marino.

—Un momento —dice Scarpetta; llama a la Oficina del Forense y consigue que se ponga al teléfono el administrador—. ¿Quién te ha comunicado el caso de muerte por disparo de escopeta?

—La policía de Hollywood.

—Pero ¿qué agente?

—La detective Wagner.

—¿La detective Wagner? —Scarpetta se queda perpleja—. ¿Qué hora figura en el registro de llamadas?

—Pues… vamos a ver. Las dos y once minutos.

Scarpetta mira otra vez a Marino y le pregunta:

—¿Sabes a qué hora exacta me has llamado?

Él consulta su teléfono móvil y contesta:

—A las dos y veintiuno.

Scarpetta consulta el reloj de pulsera; ya son casi las tres y media. No va a llegar al vuelo de las seis y media.

—¿Va todo bien? —le pregunta el administrador por teléfono.

—¿Apareció algo en el identificador de llamadas cuando has recibido ésa, la que supuestamente te ha hecho la detective Wagner?

—¿Supuestamente?

—Porque fue una mujer la que llamó…

—Sí.

—¿Había algo inusual en su manera de hablar?

—Nada en absoluto —responde el otro, y hace una pausa—. No tenía nada de sospechoso.

—¿Algún acento?

—¿Qué sucede, Kay?

—Nada bueno.

—Estoy mirando… aquí está, las dos y once. Ponía número desconocido.

—Claro —dice Scarpetta—. Nos veremos dentro de una hora.

A continuación se inclina sobre la cama y observa detenidamente las manos de la anciana antes de darles la vuelta con suavidad. Siempre actúa con suavidad, independientemente del hecho de que sus pacientes ya no sientan nada. No advierte abrasiones, cortes ni contusiones que sugieran que la hayan atado o que se haya defendido. Vuelve a mirar con ayuda de la lupa y encuentra fibras y suciedad adheridas a las palmas de ambas manos.

—Es posible que en algún momento haya estado en el suelo —dice.

En ese momento entra Reba en la habitación, pálida y mojada a causa de la lluvia, y a todas luces agitada.

—Aquí las calles son un laberinto —comenta.

—Oiga —la interpela Marino—, ¿a qué hora ha llamado a la Oficina del Forense?

—¿En relación a qué tema?

—En relación al precio de los huevos en China.

—¿Cómo? —responde ella fijándose en la masacre de la cama.

—En relación a este caso —replica Marino huraño—. ¿De qué diablos se imagina que estoy hablando? ¿Y por qué no se compra un maldito GPS?

—Yo no he llamado a la Oficina del Forense. ¿Para qué iba a llamar, teniéndola a ella justo a mi lado? —responde Reba mirando a Scarpetta.

—Pónganle bolsas en las manos y los pies —dice Scarpetta—. Y quiero que la envuelvan en la colcha y en un plástico limpio. La ropa de cama también nos la llevamos.

Se acerca a una ventana que da al jardín trasero de la casa y al canal. Observa cómo la lluvia golpea los árboles y piensa en el inspector de cítricos. Estaba en este jardín, de eso no le cabe casi ninguna duda, y trata de calcular con exactitud la hora a la que lo ha visto. Sabe que no ha sido mucho antes de oír la explosión que ahora sospecha que era un disparo de escopeta.

Vuelve a recorrer la habitación con la mirada y repara en dos manchas oscuras que hay en la alfombra, cerca de la ventana que da a los árboles y al canal. Cuesta mucho verlas sobre el fondo azul oscuro. Decide sacar de su bolsa equipo para analizar muestras que se supone de sangre, así que extrae productos químicos y un cuentagotas. Hay dos manchas, a varios centímetros de distancia la una de la otra, más o menos del tamaño de una moneda de veinticinco centavos y de forma ovalada. Pasa un algodón por una de ellas y, acto seguido, vierte en él unas gotas de alcohol isopropílico, después fenolftaleína y, por último, peróxido de hidrógeno; el algodón adquiere un color rosa vivo. Eso no prueba que las manchas sean de sangre humana, pero hay muchas posibilidades de que lo sean.

—Si es sangre de la víctima, ¿qué hace aquí, tan lejos? —Scarpetta habla para sí misma.

—Quizás haya salpicado hasta ahí —aventura Reba.

—No es posible.

—Las gotas no son redondas —apunta Marino—. Es como si quienquiera que estuviera sangrando se encontrase erguido, casi. Busca más manchas alrededor.

—Resulta más bien insólito que las haya aquí y en ningún otro sitio. Si alguien ha sangrado mucho, cabría esperar que hubiera más gotas —sigue diciendo, como si Reba no estuviera presente.

—Cuesta trabajo distinguirlas sobre una superficie oscura como ésta —contesta Scarpetta—. Pero no veo más.

—Tal vez debiéramos volver con luminol. —Marino habla sin incluir a Reba en la conversación y a la mujer empieza a notársele la cólera en la cara.

—Habrá que tomar una muestra de las fibras de esta alfombra cuando lleguen los técnicos —dice Scarpetta dirigiéndose a todo el mundo.

—Podemos aspirarla y buscar rastros —añade Marino evitando la mirada de Reba.

—Voy a tener que pedirle una declaración antes de que se vaya, dado que ha sido usted quien ha encontrado a la víctima —le dice Reba a Marino—. No estoy segura de qué se proponía entrando en la casa.

Marino no le responde. Reba no existe.

—¿Qué le parece si usted y yo salimos fuera un momento para que me cuente lo que tenga que contarme? —le dice Reba—. Mark —se dirige a uno de los agentes—. ¿Qué tal si examinamos al investigador Marino, a ver si lleva encima residuos del disparo de una escopeta?

—Que la jodan —responde Marino.

Scarpetta reconoce el rugido de su voz; suele ser el preludio de un arrebato descontrolado.

—No es más que un examen pro forma —dice Reba—. Ya sé que no quiere que nadie lo acuse de nada.

—Esto… Reba —dice el agente que responde al nombre de Mark—. Nosotros no llevamos encima material para eso. Tienen que hacerlo los técnicos.

—Bueno, ¿y dónde demonios están? —pregunta Reba irritada, sin miramientos, porque aún es nueva en este trabajo.

—Marino —dice Scarpetta—, ¿qué te parece si te encargas del servicio de retirada del cadáver? Mira a ver dónde están.

—Siento curiosidad —dice Marino acercándose tanto a Reba que ésta se ve obligada a dar un paso atrás—. ¿Cuántas veces ha sido usted la única detective presente en un lugar del delito en el que hubiera un cadáver?

—Voy a tener que ordenarle que se vaya de aquí —contesta ella—. Los dos, usted y la doctora Scarpetta. Así podremos empezar a trabajar.

—La respuesta es no. —Marino continúa hablando—. Rotundamente no. —Eleva la voz—. Mire, si echa un vistazo a sus apuntes de *Detective para tontos*, a lo mejor descubre que el cadáver cae dentro de la jurisdicción del forense, lo cual quiere decir que quien manda aquí es la doctora, no usted. Y ya que da la casualidad de que yo soy investigador jurado, además de tener todos mis otros títulos, de lo más estrambóticos, y de que actúo como ayudante de la doctora cuando es necesario, tampoco puede ordenarle a mi culo que salga de aquí.

Los agentes uniformados hacen esfuerzos para no romper a reír.

—Todo lo cual lleva a una importante conclusión —prosigue Marino—: que la doctora y yo somos los que mandamos aquí y que usted no tiene ni puta idea y ya está estorbando.

—¡No puede hablarme así! —exclama Reba, al borde de las lágrimas.

—¿Podría alguno de ustedes traer a un detective de verdad? —pregunta Marino a los policías uniformados—. Porque no pienso marcharme hasta entonces.

31

Benton está sentado en su despacho, situado en la planta baja del Laboratorio de Imágenes Neuronales Cognitivas, uno de los pocos edificios contemporáneos en un campus de casi noventa y cinco hectáreas construido con ladrillo y pizarra centenarios y lleno de árboles frutales y estanques. A diferencia de la mayoría de los despachos del McLean, el suyo no tiene vistas. Da a una plaza de aparcamiento para minusválidos, que queda justo enfrente de la ventana, luego a una carretera y, más allá, a una extensión de terreno famosa por estar habitada por gansos de Canadá.

Su despacho, en el centro de la hache que forma el laboratorio, es pequeño y está atestado de papeles y libros. En cada rincón hay un escáner de resonancia magnética. En conjunto crean un campo electromagnético lo bastante potente para hacer descarrilar un tren. Él es el único psicólogo forense cuyo despacho se encuentra dentro del laboratorio; tiene que estar a mano de los neurocientíficos a causa del estudio PREDATOR.

Llama al coordinador del estudio.

—¿Ha vuelto a llamar nuestro último individuo normal? —Observa por la ventana dos gansos que deambulan por la carretera—. ¿Kenny Jumper?

—Un momento, puede que sea él. —Y al momento añade—: Doctor Wesley, lo tiene al teléfono.

—Hola —saluda Benton—. Buenas tardes, Kenny. Soy el doctor Wesley. ¿Qué tal se encuentra hoy?

—No demasiado mal.

—Por la voz parece un poco acatarrado.

—Quizá sea alergia. Me he comprado un gato.

—Voy a hacerle unas cuantas preguntas más, Kenny —dice Benton mirando un formulario telefónico.

—Ya me ha hecho todas esas preguntas.

—Éstas son distintas. Preguntas de rutina, se las hacemos a todos los que participan en nuestro estudio.

—Está bien.

—¿Desde dónde llama? —pregunta Benton.

—Desde una cabina. Usted no puede llamarme, tengo que llamarlo yo.

—¿No tiene teléfono donde vive?

—Como ya le dije, estoy en casa de un amigo aquí, en Waltham, y no tiene teléfono.

—Está bien. Quisiera confirmar unas cuantas cosas que me dijo ayer, Kenny. Es usted soltero.

—Sí.

—Tiene veinticuatro años.

—Sí.

—Es de raza blanca.

—Sí.

—Kenny, ¿es usted diestro o zurdo?

—Diestro. No tengo carné de conducir, si quiere una identificación.

—No importa —contesta Benton—. No hace falta.

No sólo no hace falta, sino que pedir un documento de identificación, fotografiar a los pacientes o hacer cualquier intento de verificar quiénes son en realidad constituye una infracción de la Restricción de Información para la Protección de la Salud de la HIPPA.

Benton recorre todas las preguntas del cuestionario y va interrogando a Kenny acerca de si usa dentadura postiza o aparato de ortodoncia, implantes médicos, placas o clavos metálicos y qué tal se sostiene. Le pregunta acerca de posibles alergias aparte de a los gatos, problemas respiratorios, enfermedades o medicación; también si alguna vez ha sufrido una herida en la cabeza o si se le ha ocurrido autolesionarse o hacer daño a otras personas, o si se encuentra actualmente siguiendo una terapia o en un período de prueba. Lo típico es que las respuestas sean negativas. Más de un tercio de los que se presentan como sujetos de control normales tienen que ser eliminados del estudio porque de normales no tienen nada. Sin embargo, hasta el momento Kenny parece prometedor.

—¿Cuáles han sido sus hábitos con la bebida a lo largo del pasado mes? —Benton continúa formulando preguntas de la lista, que ya se le está haciendo odiosa.

Los cuestionarios por teléfono son tediosos y pedestres, pero aunque no los realice él de todas formas termina al teléfono, porque no se fía de la información recabada por los ayudantes de investigación y el personal sin cualificación. No sirve de nada sacar de la calle a un potencial sujeto de estudio y descubrir, tras invertir incontables horas de valioso tiempo en interrogatorios, entrevistas de diagnóstico, clasificaciones, pruebas neurocognitivas, obtención de imágenes cerebrales y trabajo de laboratorio, que no es un sujeto adecuado o que es inestable o potencialmente peligroso.

—Bueno, quizás una o dos cervezas de vez en cuando —está diciendo Kenny—. La verdad es que no bebo mucho. Y no fumo. ¿Cuándo puedo empezar? El anuncio decía que me pagarían ochocientos dólares y que ustedes se encargaban del taxi. Es que no tengo coche, de modo que no tengo transporte, y no me vendría mal el dinero.

—¿Por qué no viene este viernes? A las dos de la tarde. ¿Le viene bien?

—¿Es para lo del escáner?

—Exacto.

—No, mejor el jueves a las cinco. El jueves a las cinco sí que puedo ir.

—Muy bien, pues el jueves a las cinco. —Benton toma nota.

—Y ustedes me envían un taxi.

Benton le dice que le mandará un taxi y le pide la dirección. La respuesta de Kenny lo deja desconcertado: le dice que mande el taxi a la funeraria Alfa y Omega de Everett, una casa de pompas fúnebres de la que él jamás ha oído hablar y que se encuentra en una zona no muy agradable del extrarradio de Boston.

—¿Por qué una funeraria? —inquiere Benton dando golpecitos con el lápiz sobre el papel.

—Porque está cerca de donde vivo. Y tiene cabina telefónica.

—Kenny, quisiera que me llamara otra vez mañana para confirmar que va a venir pasado mañana, jueves, a las cinco. ¿De acuerdo?

—De acuerdo. Lo llamaré desde esta misma cabina.

Wesley cuelga y consulta el listín para ver si existe en Everett una funeraria llamada Alfa y Omega. Y existe. Llama y al momento lo ponen en espera escuchando *La razón* de Hoobastank.

«¿La razón de qué? —piensa con impaciencia—. ¿De morirse?»

—¿Benton?

Levanta la vista y ve a la doctora Susan Lane en la puerta del despacho, con un informe en la mano.

—Hola —la saluda, colgando el auricular.

—Tengo noticias de tu amigo Basil Jenrette —dice la doctora mirándolo fijamente—. Pareces estresado.

—¿Y cuándo no? ¿Ya está terminado el análisis?

—Tal vez deberías irte a casa, Benton. Tienes cara de estar agotado.

—Preocupado. Me acuesto demasiado tarde. Cuéntame cómo funciona el cerebro de nuestro muchacho Basil. Estoy en ascuas —dice Benton.

La doctora le entrega su copia del análisis de las imágenes estructurales y funcionales y comienza a explicarle:

—Aumento de la actividad amigdalar como reacción a los estímulos afectivos. Sobre todo a las caras, ya fueran mostradas abiertamente u ocultas, que revelaban miedo o poseían un contenido negativo.

—Sigue siendo un dato interesante —comenta Benton—. Es posible que con el tiempo nos revele algo acerca del motivo por el que escogen a sus víctimas. Una expresión facial que nosotros interpretaríamos como de curiosidad o de sorpresa, ellos podrían interpretarla como de cólera o miedo. Y eso las pone en su punto de mira.

—Inquieta pensarlo.

—Tengo que insistir más enérgicamente sobre ese punto cuando hable con ellos. Empezando por él.

Acto seguido abre un cajón y saca un bote de aspirinas.

—Vamos a ver. Durante el ejercicio de interferencias de Stroop —dice la doctora mirando el informe— se aprecia una disminución de la actividad del cíngulo anterior, tanto en la región dorsal como en la subgenual, acompañada de un aumento de la actividad prefrontal dorsolateral.

—Hazme un resumen, Susan. Tengo dolor de cabeza.

Sacude el bote para hacer caer tres aspirinas en la palma de su mano y se las traga sin agua.

—¿Cómo demonios haces eso?

—La práctica.

—Ya. —Reanuda la lectura del análisis del cerebro de Basil—. En conjunto, el estudio refleja sin duda una conectividad anómala de las estructuras límbicas frontales, lo que sugiere una mala inhibición de las reacciones debida probablemente a un déficit en varios procesos en los que interviene el área frontal.

—Y eso afecta a su capacidad para controlar e inhibir la conducta —dice Benton—. Lo estamos viendo una y otra vez en nuestros encantadores invitados de Butler. ¿Encaja con el trastorno bipolar?

—Desde luego. Con ése y con otros trastornos psiquiátricos.

—Discúlpame un minuto —dice Benton descolgando el teléfono. Marca la extensión de la coordinadora del estudio y le pregunta—: ¿Puedes consultar tu registro de entradas y decirme desde qué número ha llamado Kenny?

—Era una llamada sin identificar.

—Ah —responde—. No sabía que en las llamadas desde una cabina telefónica no quedara constancia del número.

—De hecho, acabo de cortar la comunicación con Butler —dice ella—. Por lo visto Basil no se encuentra bien. Dice que si podrías ir a verle.

Son las cinco y media de la tarde y el aparcamiento del Laboratorio del Forense del condado de Broward está casi vacío. Los empleados, en particular los que no pertenecen al área médica, rara vez se quedan en el depósito fuera del horario.

El laboratorio se encuentra en el número 31 de la avenida Southwest, en medio de un terreno urbanizado a medias, repleto de palmeras, robles y pinos y salpicado de caravanas. Típico de la arquitectura del sur de Florida, el edificio de una sola planta está revestido de coralina y estuco. La parte posterior da a un angosto canal de agua salobre infestado de mosquitos y donde los caimanes en ocasiones merodean fuera de su hábitat. Junto al depósito se encuentra el servicio de rescate y antiincendios, lo que recuerda constantemente a los de emergencias dónde terminan sus pacientes menos afortunados.

Prácticamente ha dejado de llover y Scarpetta y Joe van esquivando charcos cuando se encaminan hacia un Hummer H2 plateado; no lo ha escogido ella, pero resulta bastante útil para acudir a lugares apartados de la carretera donde se han cometido crímenes y para transportar equipo engorroso. A Lucy le gustan los Hummer; a Scarpetta le preocupa dónde aparcarlos.

—No entiendo cómo se las ha arreglado una persona para entrar con una escopeta en pleno día —dice Joe, un comentario que no deja de repetir desde hace una hora—. Tiene que haber un modo de distinguir si era recortada.

—Si no limaron el cañón después de recortarlo, podría haber marcas de sierra en el taco —contesta Scarpetta.

—Pero la ausencia de marcas de sierra no significa que no haya sido serrado.

—Exacto.

—Porque podría haber limado él mismo el cañón. Si lo hizo, no tenemos forma de saberlo sin recuperar el arma. Es del calibre doce. Hasta ahí sabemos.

Hasta ahí saben basándose en el taco de plástico Power Piston de cuatro pétalos de la Remington, que Scarpetta ha recuperado del interior de la destrozada cabeza de Daggie Simister. Aparte de eso, Scarpetta sólo puede afirmar con rotundidad unos cuantos hechos más, como por ejemplo la índole de la agresión sufrida por la señora Simister, que, según ha revelado la autopsia, fue distinta de lo que suponía todo el mundo. Si no le hubieran pegado un tiro, las posibilidades de que hubiera muerto de todas formas eran muchas. Scarpetta está bastante segura de que la señora Simister se encontraba inconsciente cuando su asesino le metió el cañón de la escopeta en la boca y apretó el gatillo. No ha sido fácil llegar a dicha conclusión.

La exploración de heridas grandes abiertas en la cabeza puede enmascarar lesiones que tal vez se han producido antes del trauma mutilador y definitivo. En ocasiones la patología forense requiere cirugía plástica. En el depósito Scarpetta ha hecho lo que ha podido para reconstruir la cabeza de la señora Simister, encajando trozos de hueso y de cuero cabelludo y después afeitando el cabello. Así ha encontrado una laceración en la parte posterior de la cabeza y una fractura de cráneo. El punto del impacto guarda relación con un hematoma subdural en una zona subyacente del cerebro que había quedado relativamente intacta tras la explosión de la escopeta.

Si las manchas de la alfombra que hay junto a la ventana del dormitorio resultan ser de sangre de la señora Simister, es posible que fuera allí donde la agredieron inicialmente; eso también explicaría la suciedad y las fibras azuladas que tenía en las palmas de las manos. La golpearon con fuerza desde atrás con un objeto romo y se desplomó. Acto seguido su agresor la tomó en brazos, cargó con sus cuarenta y tres kilos y la dejó sobre la cama.

—Me refiero a que es fácil llevar una escopeta de cañón recortado en una mochila —está diciendo Joe.

Scarpetta apunta con el mando a distancia para desbloquear las puertas del Hummer y responde en tono cansado:

—No necesariamente. —Joe la cansa. A cada día que pasa la fastidia más—. Aunque uno serrase treinta o incluso cuarenta centímetros del cañón y quince de la culata —observa—, aún le quedaría un arma de cuarenta centímetros de largo, por lo menos. Eso suponiendo que se tratara de una de carga automática. —Piensa en la bolsa negra grande que llevaba el inspector de cítricos—. Si se trata de una de carga manual seguramente sería todavía más larga —añade—. En ninguna de las dos hipótesis cabría en una mochila, a no ser que fuera enorme.

—Un petate, entonces.

Scarpetta piensa otra vez en el inspector de cítricos, en el largo recogefruta que ha desmontado y guardado en su bolsa negra. Ya ha visto inspectores de cítricos en otras ocasiones y nunca se ha fijado en que utilicen un recogefruta. Normalmente inspeccionan lo que queda a su altura.

—Seguro que llevaba un petate —dice Joe.

—No tengo ni idea. —Scarpetta está a punto de tirársele al cuello.

Durante toda la autopsia, Joe no ha dejado de cotorrear y pontificar, hasta que ella a duras penas podía pensar. A Joe le parecía necesario anunciar todo lo que iba haciendo, todo lo que iba escribiendo en el protocolo sujeto a su cuaderno. Le parecía necesario decirle el peso de cada órgano y deducir cuándo había comido por última vez la señora Simister a juzgar por la carne y las verduras parcialmente digeridas que se encontraban en el estómago. Se ha asegurado de que Scarpetta oyera el crujido de los depósitos de calcio cuando ha abierto parcialmente las coronarias ocluidas con el escalpelo y ha anunciado que a lo mejor la había matado la arteriosclerosis.

«Ja, ja.»

En fin, lo cierto era que la señora Simister no tenía muchas esperanzas. Estaba enferma del corazón. Sus pulmones presentaban adherencias, probablemente a causa de una antigua neumonía, y su cerebro estaba un tanto atrofiado, de manera que lo más seguro era que padeciera Alzheimer. Si uno tiene que morir asesinado, ha dicho antes Joe, más le vale tener mala salud.

—Estoy pensando que el asesino la golpeó en la cabeza con la culata de la escopeta —dice ahora—. Ya sabes, así. —Arremete con una culata imaginaria contra una cabeza imaginaria—. Ni siquiera llegaba al metro y medio de estatura —continúa explicando su hipótesis—. De modo que para golpearle la cabeza con la culata de un arma que pesa quizá tres o cuatro kilos, suponiendo que no hubiese sido recortada, el asesino necesitaría ser razonablemente fuerte y más alto que ella.

—No podemos afirmar eso en absoluto. —Scarpetta saca el coche del aparcamiento—. Depende mucho de su postura en relación con la víctima. Depende de muchas cosas. Y no sabemos si la golpeó con el arma. No sabemos si el asesino es varón. Ten cuidado, Joe.

—¿Con qué?

—En tu gran entusiasmo por reconstruir exactamente cómo y por qué ha muerto la señora Simister, corres el riesgo de confundir la teoría con la verdad y de transformar la realidad en ficción. Esto no es una reconstrucción, esto es un ser humano de verdad que ha muerto realmente.

—La creatividad no tiene nada de malo —protesta él con la vista fija al frente, los labios apretados y la barbilla larga y puntiaguda en tensión, el gesto que adopta siempre que está de mal humor.

—La creatividad es buena —dice Scarpetta—. Debe sugerirnos hacia dónde mirar y qué buscar, pero no necesariamente coreografiar reconstrucciones como las que se ven en la televisión y en el cine.

♥

32

La pequeña casa de invitados se encuentra detrás de una piscina de azulejos españoles, rodeada de árboles frutales y arbustos cuajados de flores. No es un sitio normal para atender pacientes ni, probablemente, el mejor sitio para hacerlo, pero el entorno es poético y está repleto de símbolos. Cuando llueve, la doctora Marilyn Self se siente tan creativa como la tierra cálida y húmeda.

Tiende a interpretar el tiempo atmosférico como una manifestación de lo que sucede cuando los pacientes salen por la puerta de su consulta. Las emociones reprimidas, algunas de ellas torrenciales, se liberan en la seguridad de su entorno terapéutico. Las veleidades del tiempo tienen lugar a su alrededor y son únicamente para ella, van dirigidas a ella. Están rebosantes de significado y de instrucciones.

«Bienvenido a mi tormenta. Ahora hablemos de la suya.»

Es una buena frase y la emplea con frecuencia en su consulta, en su programa de radio y, ahora también, en su nuevo programa de televisión. Las emociones humanas son sistemas atmosféricos interiores, les explica a sus pacientes, a la multitud de oyentes. Todos los frentes de tormenta tienen una causa. Nada es por nada. Hablar del tiempo no es ni ocioso ni trivial.

—Me estoy fijando en la expresión de su cara —dice desde su sillón de cuero, en la acogedora salita de estar—. Ha vuelto a tener esa expresión cuando ha dejado de llover.

—Le repito de nuevo que no tengo ninguna expresión en la cara.

—Resulta interesante que adopte esa expresión cada vez que cesa la lluvia. No cuando empieza a llover ni cuando está en su peor momento, sino cuando cesa de pronto, como ha ocurrido ahora —insiste ella.

—Yo no tengo ninguna expresión en la cara.

—Justo ha dejado de llover y usted ha adoptado esa expresión —repite la doctora Self—. Es la misma que pone cuando nuestra sesión toca a su fin.

—No lo es.

—Le prometo que sí.

—No pago trescientos dólares por una puta hora para hablar de tormentas. Yo no tengo ninguna expresión en la cara.

—Pete, le estoy diciendo lo que veo.

—Yo no tengo ninguna expresión —repite Pete Marino desde el diván situado enfrente de la doctora—. Eso es una gilipollez. ¿Por qué iba a preocuparme una tormenta? Llevo toda la vida viendo tormentas. No me he criado en un desierto.

La doctora estudia su rostro. Es más bien apuesto, de una forma muy ruda y masculina. Observa los ojos gris oscuro detrás de las gafas de montura metálica. Su calvicie le recuerda el culito de un bebé, pálida y desnuda a la suave luz de la lámpara. Esa calva redondeada y carnosa es una nalga blandita que pide que le den una palmada.

—Me parece que tenemos un problema de confianza —dice.

Él la mira desde su diván con cara de pocos amigos.

—Por qué no me cuenta por qué le preocupan las tormentas, por qué le preocupa que se acaben, Pete. Porque yo creo que así es. Incluso mientras estamos hablando tiene esa expresión en la cara. Se lo prometo. Aún la tiene —le dice.

Marino se toca la cara como si fuera una máscara, como si fuera algo que no le perteneciera.

—Mi cara es normal. No le pasa nada. Nada. —Se toquetea la ancha mandíbula y después la amplia frente—. Si tuviera una expresión especial, lo notaría. Pero no tengo ninguna.

Los últimos minutos han transcurrido en silencio dentro del coche, de regreso al aparcamiento del Departamento de Policía de

Hollywood, donde Joe podrá recoger su Corvette rojo y dejarla tranquila el resto del día.

De repente dice:

—¿Te he contado que me he sacado el carné de submarinismo?

—Me alegro por ti —responde Scarpetta sin fingir interés.

—Voy a comprarme un piso en las islas Caimán. Bueno, no exactamente; lo vamos a comprar mi novia y yo, juntos. Ella gana más dinero que yo —dice—. Qué te parece. Yo soy médico y ella es ayudante de un abogado, ni siquiera es una abogada de verdad y, sin embargo, gana más que yo.

—Nunca he dado por hecho que hubieras elegido la patología forense por dinero.

—No me he metido en esto con la intención de ser pobre.

—En ese caso, a lo mejor deberías pensar en dedicarte a otra cosa, Joe.

—Pues no me da la impresión de que a ti te falte el dinero.

Se gira hacia ella cuando se detienen en un semáforo. Scarpetta siente su mirada.

—Imagino que no viene mal tener una sobrina tan millonaria como Bill Gates —añade—. Y un novio de una familia rica de Nueva Inglaterra.

—¿Qué estás insinuando exactamente? —dice Scarpetta, pensando en Marino. Piensa en sus reconstrucciones de crímenes.

—Que es fácil no preocuparse por el dinero cuando uno lo tiene en abundancia. Y que quizá no lo has ganado tú precisamente.

—Mis finanzas no son de tu incumbencia pero, si trabajas tantos años como he trabajado yo y eres inteligente, podrás arreglártelas bastante bien.

—Depende de lo que quieras decir con eso de «arreglármelas».

Scarpetta piensa en lo impresionante que parecía Joe sobre el papel. Cuando solicitó la beca para la Academia, le pareció que era posiblemente el becario más prometedor que había tenido nunca. No entiende cómo pudo equivocarse tanto.

—Ninguno de los tuyos que yo sepa se limita a arreglárselas —afirma Joe, cada vez más sarcástico—. Hasta Marino gana más que yo.

—¿Y cómo sabes tú cuánto gana?

El Departamento de Policía de Hollywood aparece justo de frente, a la izquierda. Es un edificio de hormigón de cuatro plantas tan cercano a un campo de golf que no es infrecuente que bolas perdidas sobrevuelen la verja y aterricen en los coches patrulla. Descubre el preciado Corvette rojo de Joe en un lugar alejado, apartado de la trayectoria de cualquier cosa que pudiera siquiera tocarlo de refilón.

—Todo el mundo sabe más o menos cuánto ganan los demás —está diciendo Joe—. Es del dominio público.

—No lo es.

—En un sitio tan pequeño no se puede guardar un secreto.

—La Academia no es tan pequeña y en ella hay muchas cosas confidenciales. Como los sueldos.

—Yo debería cobrar más. Marino no es un puto médico, apenas terminó el instituto y gana más que yo. Y Lucy, lo único que hace es andar por ahí jugando a ser agente secreto con sus Ferraris, sus helicópteros, sus aviones y sus motos. Ya me gustaría saber qué diablos hace para tener todas esas cosas. Es un pez gordo, una supermujer, pura arrogancia, pura pose. No me extraña que a los alumnos les desagrade tanto.

Scarpetta para el coche detrás de su Corvette y se vuelve hacia Joe con el semblante más serio que nunca.

—Joe —le dice—, te queda un mes. Pasémoslo.

En la opinión profesional de la doctora Self, la causa de las mayores dificultades de Marino en la vida es la expresión de su cara en este preciso momento.

Es la sutileza de esa expresión facial de negatividad, que contradice la expresión facial en sí, lo que le dificulta las cosas, como si necesitara que algo se las pusiera todavía más difíciles. Ojalá no fuera sutil acerca de sus miedos secretos, las cosas que detesta, sus desenfrenos, su inseguridad sexual, su fanatismo y otras negatividades reprimidas. Aunque la doctora detecta la tensión en su boca y en sus ojos, otras personas probablemente no lo hacen, al menos no de forma consciente. Pero inconscientemente sí que la captan y reaccionan en consecuencia.

Marino es a menudo víctima de insultos, lo tratan mal, con falta de sinceridad, lo rechazan y lo traicionan. Él mismo se busca las peleas. Afirma haber matado a varias personas a lo largo de su exigente y peligrosa carrera. Está claro que cualquiera que sea lo bastante insensato para meterse con él sale peor parado de lo que merece, pero Marino no lo ve así. Opina que la gente se mete con él sin motivo alguno. Según él, esa hostilidad tiene que ver en parte con su trabajo. La mayoría de sus problemas nacen de los prejuicios, porque se crió siendo pobre en Nueva Jersey. No entiende por qué la gente le ha puteado tanto toda la vida, dice con frecuencia.

En las últimas semanas ha estado mucho peor. Y esta tarde está peor aún.

—En los minutos que nos quedan, vamos a hablar de Nueva Jersey. —La doctora Self le recuerda adrede que la sesión está a punto de finalizar—. La semana pasada mencionó Nueva Jersey varias veces. ¿Por qué piensa que sigue teniendo importancia ese lugar?

—Si usted se hubiera criado en Nueva Jersey, sabría por qué —replica Marino, y la expresión de su rostro se intensifica.

—Eso no es una respuesta, Pete.

—Mi padre era un borracho. Estábamos en el lado inadecuado de las vías. La gente me sigue viendo como un tipo de Nueva Jersey, de ahí arranca todo.

—Quizá se deba a la cara que pone, Pete, no a la que ponen los demás —repite la doctora—. Quizá sea usted la causa de todo.

En ese momento el contestador situado en la mesa contigua al sillón de cuero de la doctora Self chasquea y en la cara de Marino aflora la misma expresión, esta vez muy intensa. No le gusta que una llamada interrumpa su sesión, aunque la doctora no la atienda. No comprende por qué continúa utilizando una tecnología tan anticuada en lugar del buzón de voz, que es silencioso y no hace ruiditos cuando alguien deja un mensaje, que no molesta. Se lo recuerda a menudo a la doctora. Ella, discretamente, mira el reloj de pulsera, grande y de oro, con números romanos que distingue bien sin las gafas.

Dentro de doce minutos terminará la sesión. Pete Marino tiene dificultades con los finales, con todo lo que se termina, se extingue, se gasta o se muere. No por casualidad la doctora Self programa sus citas para primera hora de la tarde, preferiblemente alrededor de las cinco, cuando empieza a oscurecer o cesan los chubascos y las tormentas del mediodía. Marino es un caso curioso; de no ser así, ella no lo trataría. Sólo es cuestión de tiempo que consiga convencerlo de que acuda como paciente invitado a su programa de radio o tal vez a su espacio en la televisión. Resultaría impresionante delante de la cámara, mucho mejor que ese insípido y necio doctor Amos.

Nunca ha tenido como invitado a un policía. Cuando ella era la conferenciante invitada de una sesión de verano de la Academia Nacional Forense y se sentó a su lado en una cena que dieron en su honor, se le metió en la cabeza que aquel hombre podía ser un invitado fascinante para su programa, posiblemente un invitado asiduo. Desde luego, necesitaría terapia. Bebía demasiado. Se tomó cuatro whiskis delante de ella. Fumaba, se le notaba en el aliento. También comía compulsivamente: se sirvió tres postres. Cuando lo conoció se encontraba al borde de la autodestrucción, lleno de odio hacia sí mismo.

—Yo puedo ayudarlo —le dijo aquella noche.

—¿En qué? —Reaccionó como si lo hubiera sobado por debajo de la mesa.

—Con sus tormentas, Pete. Sus tormentas internas. Hábleme de sus tormentas. Le digo lo mismo que les he dicho a todos estos jóvenes alumnos tan inteligentes. Puede dominar ese tiempo intempestivo, puede hacer lo que quiera. Puede tener tormentas o tiempo soleado. Puede agacharse y esconderse o caminar al descubierto.

—En mi tipo de trabajo, hay que tener cuidado de caminar al descubierto —dijo él.

—Yo no quiero que se muera, Pete. Es usted un hombre grande, inteligente, apuesto. Yo quiero que siga mucho tiempo con nosotros.

—Pero si ni siquiera me conoce.

—Lo conozco mejor de lo que se imagina.

Y empezó a verla. Al cabo de un mes, redujo la dosis de alcohol y tabaco y adelgazó cinco kilos.

—Ahora mismo no tengo esa cara. No sé de qué me habla —dice Marino palpándose con los dedos como haría un ciego.

—Sí que la tiene. En el instante en que ha dejado de llover, usted ha adoptado esa expresión. Sea lo que sea lo que siente, se le refleja en la cara, Pete —asegura con énfasis—. Me pregunto si esa expresión no se remontará a la época de Nueva Jersey. ¿Qué opina?

—Opino que todo esto es una porquería. Al principio vine a verla a usted porque no podía dejar de fumar y estaba comiendo y bebiendo un poco de más. No vine porque tuviera una expresión estúpida en la cara. Nadie se ha quejado nunca de que yo tenga una expresión estúpida en la cara. Ella no me dejó por culpa de ninguna cara que yo pusiera. Ninguna de las mujeres con las que he salido lo ha hecho.

—¿Y la doctora Scarpetta?

Marino se pone tenso, pues una parte de él siempre huye cuando surge el tema de Scarpetta. La doctora Self ha esperado intencionadamente a que la sesión estuviera a punto de terminar para sacar a colación el tema de Scarpetta.

—Ahora mismo debería estar en el depósito.

—Siempre y cuando no sea como paciente… —comenta la doctora con ligereza.

—Hoy no estoy de humor para bromas. Trabajaba en un caso y me han apartado de él. Últimamente, ésa es la historia de mi vida.

—¿Ha sido Scarpetta quien lo ha apartado?

—No ha tenido ocasión de hacerlo. Yo no deseaba que se creara un conflicto de intereses, así que no he asistido a la autopsia, por si alguien me acusaba de algo. Además, es bastante obvio de qué ha muerto esa mujer.

—¿Acusarle de qué?

—La gente siempre está acusándome de algo.

—La semana que viene hablaremos de su manía persecutoria. Todo termina girando alrededor de la expresión de su cara, de verdad que sí. ¿No cree que Scarpetta puede haber captado alguna vez ese gesto? Porque yo estoy segura de que sí. Debería preguntárselo.

—Esto es una puta mierda.

—Recuerde lo que dijimos acerca de los tacos. Recuerde el pacto que hemos hecho. Decir tacos no es más que una representación. Yo quiero que me hable de lo que siente, no que me haga una interpretación.

—Pues lo que siento es que esto es una puta mierda. —La doctora Self le sonríe como si fuera un niño travieso que necesita que le den un azote—. No he venido a verla porque tenga una expresión concreta en la cara, una expresión que usted opina que tengo y que yo opino que no tengo.

—¿Por qué no le pregunta a Scarpetta al respecto?

—Porque siento que no me pasa por los huevos hacerlo.

—Hablemos de ello, sin representar.

La complace oírse decir eso. Piensa en la frase con que promociona su programa en la radio: «Hable de ello con la doctora Self.»

—¿Qué ha ocurrido hoy en realidad? —le pregunta a su paciente.

—¿Se está quedando conmigo? Me he encontrado con una anciana a la que le habían volado la cabeza. ¿Y a que no adivina quién era el detective?

—Yo diría que usted, Pete.

—No estoy precisamente al mando —replica él—. En los viejos tiempos, por supuesto que sí. Ya se lo he dicho. Puedo ser el investigador de la muerte y ayudar al médico. Pero no puedo responsabilizarme globalmente del caso a no ser que la jurisdicción a la que le corresponda me lo pase, y Reba no hará eso de ningún modo. Ella no sabe una mierda, pero la tiene tomada conmigo.

—Que yo recuerde, usted la tuvo tomada con ella hasta que le faltó al respeto e intentó humillarlo, según lo que me ha contado usted.

—No debería ser una puta detective —exclama Marino con el rostro congestionado.

—Hábleme de eso.

—No puedo hablar de mi trabajo. Ni siquiera con usted.

—No le estoy pidiendo detalles de casos ni de investigaciones, aunque puede contarme lo que le apetezca. Lo que sucede en esta habitación jamás sale de aquí.

—A menos que lo diga por la radio o por ese nuevo programa de televisión que tiene ahora.

—Esto no sale por la radio ni por la televisión —contesta ella con otra sonrisa—. Si quiere acudir a uno de los programas, puedo organizarlo. Su participación sería mucho más interesante que la del doctor Amos.

—Ése es un gilipollas integral. Menudo mamón.

—Pete... —le advierte la doctora, con amabilidad naturalmente—. Sé muy bien que tampoco le gusta el doctor Amos, que también tiene ideas paranoicas acerca de él. En este momento no hay en la habitación ningún micrófono ni ninguna cámara, tan sólo estamos usted y yo.

Marino mira alrededor como si no estuviera seguro de si creerla del todo y dice:

—No me gustó que hablara con él justo delante de mis narices.

—Supongo que se refiere a Benton y Scarpetta.

—Me obliga a reunirme con ella y luego se pone a hablar por teléfono teniéndome a mí sentado delante.

—Se parece mucho a lo que le pasa cuando hace ruidos mi contestador.

—Podría haberle llamado cuando yo no estuviera. Lo hizo a propósito.

—Es una costumbre que tiene, ¿verdad? —comenta la doctora Self. Llamar a su amante justo delante de usted cuando sin duda sabe lo que siente usted, cuando sabe que tiene celos.

—¿Celos? ¿De qué? Él es un niño rico, un antiguo elaborador de perfiles del FBI de pacotilla.

—Eso no es verdad. Es psicólogo forense, miembro del profesorado de Harvard, y proviene de una distinguida familia de Nueva Inglaterra. A mí me parece bastante impresionante.

Ella no conoce a Benton. Le gustaría conocerlo, la encantaría tenerlo en su programa.

—Es una vieja gloria. Las viejas glorias se dedican a enseñar.

—Creo que él hace algo más que enseñar.

—Es una puta antigualla.

—Por lo visto, la mayoría de las personas que conoce son ya viejas glorias. Incluida Scarpetta. También lo ha dicho de ella.

—Lo digo como lo veo.

—Me pregunto si usted no se sentirá también una vieja gloria.

—¿Quién, yo? ¿Está de coña? Yo soy capaz de levantar pesas de más del doble de mi peso, y el otro día estuve corriendo en la cinta. La primera vez en veinte putos años.

—Casi se nos ha acabado el tiempo —le recuerda de nuevo la

doctora—. Hablemos de su ira hacia Scarpetta. Tiene que ver con la confianza, ¿no es así?

—Tiene que ver con el respeto. Con el hecho de que me trata como si fuera una mierda y de que me miente.

—Usted piensa que ya no se fía de usted por lo que ocurrió el verano pasado en ese lugar de Knoxville en el que llevan a cabo todas esas investigaciones sobre cadáveres. ¿Cómo se llama? La Investigación de la Muerte o algo así.

—La Granja de Cuerpos.

—Ah, sí.

Qué interesante tema de conversación para hablar de él en uno de sus programas: «La Granja de Cuerpos no es el nombre de un balneario. ¿Qué es la muerte? Hable de ello con la doctora Self.» Ya tiene la frase de promoción.

Marino consulta su reloj alzando la muñeca con teatralidad para ver qué hora es, como si no le importara que esté a punto de agotarse el tiempo, como si estuviera deseándolo.

Pero ella no se deja engañar.

—Miedo. —La doctora Self inicia su resumen—. Un miedo existencial de no contar para nadie, de no importarle a nadie, de estar completamente solo. Cuando termina el día, cuando termina la tormenta. Cuando se acaban las cosas. Da miedo que se acaben las cosas, ¿verdad? Se acaba el dinero, se acaba la salud, se acaban la juventud, el amor. ¿Tal vez acabará su relación con la doctora Scarpetta? ¿Puede ser que finalmente le rechace?

—No hay nada que acabar, excepto el trabajo, y eso va a durar para siempre porque la gente es una mierda y seguirá matándose mucho después de que yo reciba mis alitas de ángel. No pienso volver aquí nunca más a oír todas estas sandeces. Lo único que hace usted es hablar de la doctora. Creo que resulta bastante obvio que mi problema no es ella.

—Ahora sí que tenemos que dejarlo.

Se levanta de su sillón y le sonríe.

—He dejado de tomar ese medicamento que me recetó. Hace ya un par de semanas, pero se me olvidó comentárselo. —Marino se levanta también y su enorme presencia parece llenar la estancia—. No me hace ningún efecto, así que para qué —dice.

Cuando Marino está de pie, la doctora Self siempre se queda un poco sorprendida por lo grande que es. Sus manos bronceadas por el sol le recuerdan unos guantes de béisbol, dos jamones. Se lo imagina aplastando el cráneo o el cuello de alguien, haciendo picadillo los huesos de otra persona como si fueran patatas fritas.

—Ya hablaremos del Effexor la semana que viene. Lo veré… —toma la agenda de citas de su escritorio— el próximo jueves a las cinco.

Marino mira por la puerta abierta, escudriñando la pequeña y soleada salita exterior, con su mesa, sus dos sillones y sus plantas, varias de ellas palmeras, tan altas que casi tocan el techo. No hay otros pacientes esperando, nunca los hay a esta hora del día.

—Sí —responde—. Menos mal que nos hemos dado prisa y hemos terminado a la hora. Odio hacer esperar a la gente.

—¿Le parece bien pagarme en la próxima cita?

Es la manera que tiene la doctora Self de recordarle que le debe trescientos dólares.

—Sí, sí. He olvidado el talonario de cheques —contesta.

Y naturalmente que se le ha olvidado. No es su intención deberle dinero a la doctora. Piensa regresar.

33

Benton aparca su Porsche en una plaza reservada para las visitas, al otro lado de la alta valla metálica, curvada como una ola a punto de romper y coronada por alambre de espino en espiral. Las torres de vigilancia se elevan en cada esquina del recinto, recortadas contra el cielo frío y nublado. Estacionadas en un aparcamiento lateral hay varias camionetas blancas y sin distintivos provistas de paneles divisorios de acero, sin ventanas ni cierres interiores; son celdas móviles que se utilizan para sacar del recinto a presos como Basil.

Las ocho plantas de hormigón con ventanas protegidas por malla de acero del hospital estatal Butler ocupan una superficie de ocho hectáreas. Rodeado de bosque y estanques, el edificio que se encuentra a menos de una hora al suroeste de Boston. A Butler envían a quienes delinquen debido a alguna enfermedad mental; está considerado un modelo de ilustración y de buen trato por sus pabellones especiales de alojamiento, cada uno especializado en acoger a pacientes que requieren diversos grados de seguridad y de atención. En el Pabellón D, independiente y no muy lejos del edificio de Administración, se alojan aproximadamente un centenar de peligrosos depredadores.

Segregados del resto de la población del hospital, pasan la mayor parte del día, dependiendo de su condición, en celdas individuales, cada una de ellas con su ducha, que puede utilizarse diez minutos al día. Las cisternas de los inodoros pueden accionarse dos veces por hora. El Pabellón D tiene un equipo de psiquiatras forenses y otros profesionales del sistema judicial y de salud mental, que entran y salen como Benton del mismo con regularidad. Se supone que Butler es un espacio humano y constructivo, un lugar donde reponerse. Pero para Benton no es más que un atractivo lugar de confinamiento de máxima seguridad para personas que jamás podrán rehabilitarse. No se hace ilusiones. Los individuos como Basil no tienen una vida ni la han tenido nunca. Se echan a perder y siempre lo harán en cuanto tengan oportunidad.

En el vestíbulo pintado de beis, Benton se acerca a un cristal blindado y habla por un intercomunicador.

—¿Cómo te va, George?

—No mucho mejor que la última vez que me lo preguntó.

—Lamento que digas eso —dice Benton. Al instante, un sonoro chasquido metálico le permite la entrada por la primera serie de puertas herméticas—. ¿Eso quiere decir que aún no te han convencido para que veas a tu médico?

La puerta se cierra tras él y deposita su maletín sobre una mesita metálica. George tiene sesenta y tantos años y nunca se encuentra bien. Odia su trabajo, a su esposa, el tiempo que hace. También odia a los políticos y, cuando puede, quita la fotografía del gobernador que hay en la pared del vestíbulo. Lleva un año luchando contra el agotamiento extremo, problemas de estómago y la sensación de que le duele todo el cuerpo. También odia a los médicos.

—No pienso tomar medicinas, así que ¿para qué? Eso es lo que hacen ahora los médicos, atiborrarte de medicamentos. —George registra el maletín de Benton antes de devolvérselo—. Su amigo está en el lugar de siempre. Que se divierta.

Otro chasquido y Benton atraviesa una segunda puerta de acero. Un guardia de uniforme marrón, Geoff, lo conduce por un pasillo muy brillante y lo hace pasar por otra serie de puertas herméticas que llevan a la unidad de máxima seguridad en la que los trabajadores de salud mental y los abogados se reúnen con los internos en unas habitaciones pequeñas y sin ventanas, de ladrillo de ceniza.

—Basil dice que no le entregan el correo —comenta Benton.

—Basil dice muchas cosas —responde Geoff sin sonreír—. Lo único que hace es largar.

A continuación abre una puerta de acero gris y la sostiene para que pase Benton.

—Gracias —dice Benton.

—Estaré aquí mismo. —Geoff dirige una mirada fulminante a Basil y cierra la puerta.

Basil está sentado a una mesita de madera y no se levanta. No está atado y lleva su atuendo normal de la cárcel: pantalón azul, camiseta blanca y calcetines con sandalias. Tiene los ojos inyectados en sangre y la mirada distraída, y huele que apesta.

—¿Qué tal está, Basil? —le pregunta Benton tomando asiento frente a él.

—He tenido mal día.

—Eso me han dicho. Cuénteme.

—Estoy nervioso.

—¿Qué tal duerme?

—Me paso casi toda la noche despierto. No dejo de pensar en nuestra conversación.

—Parece agitado —coincide Benton.

—Es que no puedo quedarme quieto. Es por culpa de lo que le dije. Necesito algo, doctor Wesley. Necesito Ativan o lo que sea. ¿Ya ha visto las imágenes?

—¿Qué imágenes?

—Las de mi cerebro. Tiene que haberlas visto, sé que es un hombre curioso. Por aquí todo el mundo siente curiosidad, ¿verdad? —dice con una sonrisa nerviosa.

—¿Para eso quería verme?

—Mayormente. Además, quiero mi correo. No quieren dármelo y yo no puedo ni comer ni dormir de lo alterado y estresado que estoy. Y quizá también un poco de Ativan. Espero que haya pensado en eso.

—¿En qué?

—En lo que le conté de la mujer esa que fue asesinada.

—La mujer de La Tienda de Navidad.

—Diez-cuatro.

—Sí, he estado pensando bastante en lo que me contó, Basil —afirma Benton, como si aceptara que lo que le ha contado Basil es cierto.

No puede dejar que se note que opina que un paciente está mintiendo, en ningún caso. En éste no está seguro de que Basil mienta, ni mucho menos.

—Volvamos a ese día de julio de hace dos años y medio —propone Benton.

A Marino le molesta que la doctora Self haya cerrado la puerta y echado de inmediato el cerrojo, como si le excluyera.

Se siente insultado por ese gesto y por lo que implica. Siempre le ocurre lo mismo. A ella no le importa lo más mínimo, él no es más que una cita. Se alegra de quitárselo de encima y de no tener que soportar su compañía hasta dentro de una semana, y entonces lo aguantará cincuenta minutos justos, ni un segundo más, aunque haya dejado de tomar la medicación.

Ese medicamento es una mierda. No podía follar. ¿De qué sirve un antidepresivo si uno no puede follar? Si quieres deprimirte, tómate un antidepresivo que anule las relaciones sexuales.

Permanece unos instantes de pie frente a la puerta cerrada de la consulta, en el soleado porche, contemplando con expresión más bien aturdida los dos sillones con cojines verde claro y la mesa de cristal verde con su pila de revistas. Las revistas ya se las ha leído, todas, porque siempre llega temprano a las citas. Eso también le fastidia. Preferiría llegar tarde, pasar a la habitación como si tuviera mejores cosas que hacer que ir al loquero, pero si se retrasa pierde minutos, y no puede permitirse el lujo de perder ni siquiera uno cuando cada minuto cuenta y cuesta tan caro.

Seis dólares, para ser exactos. Cincuenta minutos y ni uno más, ni un segundo más. La doctora no va a excederse uno o dos minutos por si acaso, ni como gesto de buena voluntad ni por ningún motivo. Ya podría él amenazarla con matarse, que ella miraría su reloj de pulsera y diría: «Tenemos que terminar.» Ya podría él estar contándole un caso de asesinato, a punto de apretar el gatillo, que ella diría: «Tenemos que terminar.»

—¿Pero no siente curiosidad? —le ha preguntado en el pasado—. ¿Cómo puede terminar así, de golpe, cuando ni siquiera he llegado todavía a la parte interesante?

—Ya me contará el resto en la próxima ocasión, Pete. —Siempre sonríe.

—Pues a lo mejor no. Tendrá suerte si se lo cuento, punto. Mucha gente pagaría por conocer el resto de la historia, la historia verídica.

—En la próxima ocasión.

—Olvídelo. No habrá próxima ocasión.

La doctora no discute con él cuando es hora de terminar. Haga lo que haga para robar otro minuto, o dos, ella se levanta, abre la puerta y espera a que salga para echar el cerrojo. Cuando es hora de terminar, no hay negociación. Seis dólares el minuto, ¿a cambio de qué? De ser insultado. No sabe por qué sigue volviendo.

Contempla la pequeña piscina en forma de riñón con su borde de azulejos españoles de colores. Contempla los naranjos y los pomelos cargados de fruta, las franjas rojas pintadas alrededor de los troncos.

Mil doscientos dólares al mes. ¿Por qué lo hace? Con ese dinero podría comprarse una de esas camionetas Dodge con motor Viper V-10. Con mil doscientos dólares al mes podría comprarse un montón de cosas.

En esto oye la voz de la doctora detrás de la puerta cerrada. Está al teléfono. Marino finge leer una revista y escucha.

—Perdone, ¿quién es? —está diciendo la doctora Self.

Posee una voz potente, una voz radiofónica, que se proyecta y transmite tanta autoridad como un arma o una placa. Esa voz le atrapa de verdad. Le gusta y desde luego causa un cierto efecto sobre él. Y está buena, está muy buena, tanto que se le hace difícil sentarse frente a ella e imaginarse a otros hombres sentados en su mismo sillón y viendo lo que ve él: ese cabello oscuro y esas facciones delicadas, esos ojos brillantes y esos dientes blancos y perfectos. No le gusta que haya empezado a salir en un programa de televisión, no quiere que otros hombres vean lo buena que está, lo sensual que es.

—¿Quién es usted y cómo ha conseguido este número? —dice ella al otro lado de la puerta cerrada—. No, no está y tampoco atiende personalmente esa clase de llamadas. ¿Quién es usted?

Marino escucha, cada vez más inquieto y más acalorado en el soleado porche. Hace una tarde bochornosa y el agua gotea de los árboles y se condensa sobre la hierba. La doctora Self no parece muy contenta; habla con alguien a quien por lo visto no conoce.

—Comprendo su preocupación por la privacidad y estoy segura de que entiende que no es posible verificar la validez de su afirmación si no dice quién es. Estas cosas tienen que someterse a un seguimiento y ser verificadas, de lo contrario la doctora Self no puede ocuparse de ellas. Pero eso es un apodo, no un nombre auténtico. Ah, sí que lo es, entiendo. Muy bien.

Marino se da cuenta de que está fingiendo ser otra persona. No sabe quién le habla por teléfono y eso la pone nerviosa.

—Sí, muy bien —dice la persona que finge ser—. Puede hacer eso. Naturalmente, puede hablar con el productor. He de reconocer que es interesante, cierto, pero tiene que hablar con el productor. Le sugiero que lo haga inmediatamente porque el programa del jueves trata acerca de ese tema. No, el de radio no; mi nuevo programa de televisión —dice con la misma voz firme, una voz que atraviesa con facilidad la madera de la puerta y se derrama sobre el porche.

Por teléfono habla mucho más alto que durante las sesiones. Eso es bueno; no estaría bien que los otros pacientes sentados en el porche oyeran todo lo que le dice a Marino durante los breves pero intensos cincuenta minutos que pasan juntos. Cuando están juntos tras esa puerta cerrada no habla tan alto. Por supuesto, durante su sesión nunca hay nadie aguardando en el porche; él siempre es el último, razón de más para que aflojase un poco y le regalase unos cuantos minutos. No iba a hacer esperar a nadie, porque no hay nadie. Nunca. Uno de estos días le va a decir algo tan importante y tan conmovedor que le concederá unos minutos añadidos. Puede que sea la primera vez que haga algo así en su vida, y lo hará con él. Querrá hacerlo. Y puede que en esa ocasión no sea él quien disponga de más tiempo.

«Tengo que irme», se imagina diciendo. «Por favor, termine. Estoy deseando saber qué ocurrió.» «No puedo. Tengo que ir a un sitio. —Se levantará del sillón—. En la próxima ocasión. Le prometo que le contaré cómo acaba, cuándo… vamos a ver… la semana que viene, cuando sea. Recuérdemelo, ¿vale?»

Marino se da cuenta de que la doctora Self ya no está al teléfono; entonces cruza el porche silencioso como una sombra y sale por la puerta de cristal. La cierra sin hacer ruido y toma el camino que rodea la piscina, atraviesa el huerto de cítricos pintados con una franja roja y pasa junto a la pequeña casa blanca de estuco en la que vive la doctora Self pero en la que no debería vivir. Simplemente, no le conviene vivir allí. Cualquiera podría llegar andando hasta la puerta de su casa. Cualquiera podría llegar andando hasta su consulta, situada en la parte de atrás, junto a la piscina sombreada por las palmeras. No es seguro. Todas las semanas la escuchan millones de personas y ella viviendo de esta manera. No es seguro. Debería dar media vuelta, llamar a la puerta y decírselo.

Su decorada Screamin' Eagle Deuce está aparcada en la calle; da una vuelta a su alrededor para cerciorarse de que nadie le haya hecho nada mientras estaba con la doctora. Piensa en el neumático pinchado. Como le ponga las manos encima al que se lo hizo, sea quien sea... Una ligera capa de polvo cubre las llamas que destacan sobre la pintura azul y los cromados, y eso le irrita profundamente. Ha limpiado la moto esta mañana, la ha pulido centímetro a centímetro, y primero se encuentra con un neumático pinchado y ahora esta capa de polvo. La doctora Self debería tener un aparcamiento cubierto, debería tener un maldito garaje. Su bonito Mercedes blanco descapotable se encuentra en el camino de entrada, donde ya no cabe otro coche, de modo que sus pacientes aparcan en la calle. No es seguro.

Desbloquea el manillar de la moto y el contacto y luego pasa una pierna por encima del sillín, a horcajadas, pensando en lo mucho que le gusta no vivir ya como el pobre policía de ciudad que ha sido durante casi toda su vida. La Academia le proporciona un Hummer H2, negro y con motor V8 turbodiesel de 250 caballos, transmisión de cuatro velocidades, baca exterior para transportar pesos, torno elevador y equipamiento de todoterreno. Compró la Deuce y la decoró tal como le pedía el cuerpo y, además, puede permitirse el lujo de tener un psiquiatra. Imagínate.

Pone punto muerto y aprieta el botón de encendido mientras contempla la atractiva casita blanca en la que vive pero no debería vivir la doctora Self. Agarra el embrague y acelera un poco el motor haciendo rugir los tubos de escape ThunderHead, mientras, a lo lejos, se distingue el destello de los relámpagos y un siniestro ejército de nubes que se repliegan descarga su artillería sobre el mar.

34

Basil vuelve a sonreír.

—No he encontrado nada acerca de un asesinato —le está diciendo Benton—, pero hace dos años y medio desaparecieron una mujer y su hija de un comercio llamado La Tienda de Navidad.

—¿No se lo conté yo? —dice Basil sonriendo.

—Usted no dijo nada de que hubiera desaparecido nadie, ni de la existencia de ninguna hija.

—No quieren darme el correo.

—Estoy en ello, Basil.

—Ya me dijo eso mismo hace una semana. Quiero mi correo. Y lo quiero hoy. Dejaron de entregármelo justo cuando tuve esa disputa.

—¿Cuando se enfadó con Geoff y lo llamó Tío Remus?

—Y por eso no me pasan el correo. Creo que me escupe en la comida. Lo quiero todo, todo el correo atrasado que lleva un mes esperando. Después podrá trasladarme a otra celda.

—Eso no puedo hacerlo, Basil. Es por su propio bien.

—Supongo que no quiere saber nada —replica Basil.

—¿Qué tal si le prometo que tendrá su correo antes de que termine el día?

—Más vale que me lo entreguen o se acabará nuestra amistosa conversación acerca de La Tienda de Navidad. Estoy empezando a hartarme de su proyectito científico.

—La única tienda de artículos de Navidad que he encontrado es una que había en Las Olas, en la playa —dice Benton—. El cator-

ce de julio desaparecieron de allí Florrie Quincy y su hija de diecisiete años, Helen. ¿Le dice algo, Basil?

—No se me dan bien los nombres.

—Descríbame lo que recuerda de La Tienda de Navidad, Basil.

—Árboles con luces, trenes de juguete y muchos adornos —responde Basil, que ya no sonríe—. Ya le he contado todo eso. Dígame
qué ha encontrado dentro de mi cerebro. ¿Ha visto las imágenes?
—Se señala la cabeza—. Debería ver en ellas todo lo que quiere saber.
Mire, me está haciendo perder el tiempo. ¡Quiero mi maldito correo!

—Se lo he prometido, ¿no?

—También había un baúl en la parte de atrás, ya sabe, uno de
esos grandes. Era una jodida estupidez. Le dije que lo abriera y
dentro guardaba un montón de adornos fabricados en Alemania, en
cajas de madera pintada. Cosas como Hansel y Gretel, Snoopy y
Caperucita Roja. Los guardaba bajo llave porque eran muy caros
y yo le dije: «¿Para qué cojones? Lo único que tiene que hacer un
ladrón es llevarse el baúl entero. ¿De verdad cree que guardando
estas cosas aquí bajo llave va a impedir que se las roben?»

De pronto enmudece y se queda mirando fijamente la pared de
ladrillos de ceniza.

—¿De qué más habló con ella antes de matarla?

—Le dije: «Vas a palmarla, puta.»

—¿En qué momento le habló del baúl de la trastienda?

—No hice nada de eso.

—Pero acaba de decir que…

—En ningún momento he dicho que le hablara del baúl —replica Basil impaciente—. Quiero que me den algo. Por qué no puede
darme algo. No puedo dormir, no puedo estarme quieto sentado.
Me entran ganas de joderlo todo y luego deprimirme, y no puedo
levantarme de la cama. Quiero mi correo.

—¿Cuántas veces al día se masturba? —le pregunta Benton.

—Seis o siete. Quizá diez.

—Más que de costumbre.

—Usted y yo mantuvimos nuestra charla anoche y en todo el
día no he hecho otra cosa. No me he levantado de la cama más que
para mear y comer algo. No me he molestado en ducharme. Sé dónde está esa mujer —dice entonces—. Deme mi correo.

—¿La señora Quincy?

—Mire, estoy aquí dentro. —Basil se reclina en la silla—. ¿Qué tengo que perder? ¿Qué incentivo tengo para hacer lo correcto? Favores, un poquito de tratamiento especial, colaboración quizá. Quiero mi puto correo.

Benton se pone de pie y abre la puerta. Le dice a Geoff que vaya al cuarto del correo y averigüe qué ha pasado con el de Basil. Por la reacción del guardia, detecta que está perfectamente enterado de lo que ha sucedido con el correo de Basil y que no le hace ninguna gracia ocuparse de nada que le haga la vida más agradable. Así que probablemente es verdad: se lo han estado reteniendo.

—Necesito que lo haga ahora mismo —le dice Benton a Geoff, sosteniéndole la mirada—. Es importante.

Geoff afirma con la cabeza y se va. Benton cierra otra vez la puerta y vuelve a sentarse a la mesa.

Quince minutos después, Benton y Basil finalizan la conversación, un embrollo de desinformación y jueguecitos enrevesados. Benton está molesto pero lo disimula; experimenta una sensación de alivio cuando aparece Geoff.

—Tu correo te está esperando sobre la cama —dice Geoff desde la puerta, observando a Basil con la mirada inexpresiva y fría.

—Más te vale no haberme robado las revistas.

—A nadie le interesan tus putas revistas de pesca. Discúlpeme, doctor Wesley. —Y añade, dirigiéndose otra vez a Basil—: Tienes cuatro encima de la cama.

Basil lanza el sedal de una imaginaria caña de pescar.

—El que se escapa siempre es el más grande —dice—. Cuando era pequeño mi padre me llevaba a pescar. Cuando no estaba pegándole una paliza a mi madre.

—Te lo advierto —dice Geoff—. Te lo advierto delante del doctor Wesley. Si vuelves a joderme, Jenrette, tu correo y tus revistas de pesca no serán el único problema que vas a tener.

—Lo ve, a esto me refiero —le dice Basil a Benton—. Así es como me tratan aquí.

35

En el almacén, Scarpetta abre un maletín de recogida de pruebas que se ha traído del Hummer. Saca unos viales de perborato sódico, carbonato sódico y Luminol, los mezcla con agua destilada en un recipiente, lo agita y transfiere la solución a un pulverizador negro.

—No es exactamente así como pensabas pasar tu semana de vacaciones —dice Lucy mientras fija una cámara de treinta y cinco milímetros a un trípode.

—No hay nada como un poco de tiempo de calidad —responde Scarpetta—. Por lo menos hemos podido vernos.

Las dos van protegidas con monos blancos desechables, protectores para el calzado, gafas de seguridad, mascarillas y gorros. La puerta del almacén está cerrada. Son casi las ocho de la noche y, una vez más, Chulos de Playa ha cerrado antes de la hora habitual.

—Dame sólo un minuto para fotografiar el contexto —dice Lucy enroscando un disparador de cable al interruptor de encendido de la cámara—. ¿Te acuerdas de la época en que tú tenías que emplear un calcetín?

Es importante que el pulverizador no se vea en la fotografía y eso no es posible a no ser que el frasco y la boquilla sean negros o estén cubiertos con algo negro. Si no hay otra cosa a mano, un calcetín negro va a la perfección.

—Resulta agradable contar con más presupuesto, ¿verdad? —añade Lucy apretando el botón del disparador para abrir el objetivo—. Hacía mucho que no hacíamos juntas algo así. Sea como sea, los problemas de dinero no tienen gracia.

Encuadra una zona de las estanterías y del suelo de hormigón con la cámara fija en posición.

—No lo sé —dice Scarpetta—. Siempre nos las hemos arreglado. En muchos sentidos era mejor, porque los abogados defensores no tenían una lista interminable de preguntas a las que contestar de forma negativa: ¿utilizó usted un microscopio Mini-Crime? ¿Utilizó cinta métrica especial? ¿Utilizó marcadores de trayectoria por láser? ¿Utilizó ampollas de agua estéril? ¿Qué? ¿Que utilizó agua destilada embotellada y la compró dónde? ¿En un Seven-Eleven? ¿Compró artículos para recoger pruebas en una tienda abierta las veinticuatro horas?

Lucy toma otra fotografía.

—¿Comprobaste el ADN de los árboles, los pájaros y las ardillas del jardín? —continúa Scarpetta, poniéndose un guante de caucho negro encima del guante de algodón que ya lleva en la mano izquierda—. ¿Y rociaste el vecindario entero en busca de algún rastro?

—Me parece que estás de muy mal humor.

—Y a mí me parece que estoy cansada de que me evites. Sólo llamas en ocasiones como ésta.

—Ninguna mejor.

—¿Eso es lo que soy para ti? ¿Un miembro de tu plantilla?

—Me cuesta creer que me preguntes eso siquiera. ¿Lista para que apague la luz?

—Adelante.

Lucy tira de una cuerda y apaga la bombilla del techo. La habitación se queda completamente a oscuras. Scarpetta empieza por rociar con Luminol una muestra de sangre de control, una única gota de sangre seca sobre un cuadrado de cartón: resplandece un momento con un brillo azul verdoso y se desvanece. Entonces empieza a pulverizar a derecha e izquierda humedeciendo zonas de embaldosado que empiezan a brillar intensamente, como si el suelo entero estuviera en llamas, llamas de neón azul verdoso.

—Dios santo —exclama Lucy. El objetivo chasquea de nuevo y Scarpetta rocía un poco más—. Nunca había visto algo así.

La intensa luminiscencia azul verdosa se desvanece tras unos segundos al ritmo lento y fantasmal del rociador. Cuando éste se detiene, la oscuridad se la traga y Lucy enciende la luz. Scarpetta y ella estudian de cerca el suelo de hormigón.

—Yo no veo nada más que suciedad —dice Lucy, frustrada.

—Vamos a barrerlo antes de pisarlo más de lo que ya lo hemos pisado.

—¡Mierda! —exclama Lucy—. Ojalá hubiéramos probado antes con el microscopio Mini-Crime.

—Ahora mismo no, pero podemos hacerlo más tarde —dice Scarpetta.

Con ayuda de una brocha limpia, Lucy barre un poco de suciedad del suelo y la recoge en una bolsa de plástico para pruebas. Luego vuelve a colocar la cámara y el trípode. Toma más fotografías del contexto, ahora de las estanterías de madera; apaga la luz y esta vez el Luminol reacciona de un modo distinto. Se iluminan de azul eléctrico varias zonas emborronadas que bailan como chispas, y la cámara se dispara una y otra vez, y Scarpetta no deja de rociar, y el intenso azul palpita rápidamente, se ilumina y se apaga mucho más deprisa de lo que es normal en el caso de la sangre y de la mayoría de las sustancias que reaccionan a la luminiscencia química.

—Lejía —dice Lucy, porque varias sustancias dan falsos positivos y la lejía es una de ellas; su aspecto es característico.

—Será algo con un espectro diferente; desde luego se parece bastante a la lejía —contesta Scarpetta—. Podría ser un producto de limpieza que contenga una lejía con base de hipoclorito. Clorox, Drano, Fantastic, The Works, Babo Cleanser, por nombrar unos cuantos. No me sorprendería encontrar algo así en este lugar.

—¿Ya lo tienes?

—Otra vez.

La luz se enciende y ambas guiñan los ojos al duro resplandor de la bombilla del techo.

—Basil le dijo a Benton que había limpiado con lejía —apunta Lucy—. Pero el Luminol no va a reaccionar a la lejía al cabo de dos años y medio, ¿no?

—Quizá, si se filtró a la madera y se dejó tal cual. Y digo quizá porque no sé qué sucedió en realidad, no sé si alguien ha realizado alguna vez una prueba como ésta —dice Scarpetta buscando una lupa con luz en su bolsa. A continuación la pasa por los bordes de los estantes de contrachapado, atestados de equipo de buceo y camisetas—. Si te fijas bien —agrega—, distinguirás la madera un tanto descolorida aquí y allá. Posiblemente haya un dibujo en forma de salpicadura.

Lucy se pone a su lado y empuña la lupa.

—Creo que lo veo —anuncia.

Hoy ha estado entrando y saliendo y la ha ignorado por completo, excepto para traerle un sándwich de queso y más agua. Él no vive aquí. Nunca está por la noche, y si está es más silencioso que un muerto.

Es tarde, pero no sabe si mucho o poco, y al otro lado de la ventana rota la luna se ha ocultado detrás de unas nubes. Lo oye moverse por la casa. Se le acelera el pulso cuando escucha sus pisadas acercarse a ella y esconde la pequeña zapatilla de tenis rosa a la espalda porque se la quitará si descubre que tiene importancia para ella. En esto, aparece en forma de una sombra oscura que sostiene un largo dedo de luz. Lleva la araña encima de la mano. Es la araña más grande que haya visto en su vida.

Escucha por si oye a Kristin y a los niños mientras la luz sondea sus muñecas y sus tobillos hinchados y en carne viva. La luz sondea el mugriento colchón y la túnica sucia de color verde chillón que tiene echada sobre la parte baja de las piernas. Levanta las rodillas y los brazos en un intento de cubrirse cuando la luz toca partes privadas de su cuerpo. Se encoge sobre sí misma al notar que él la está mirando fijamente. No acierta a verle la cara. No tiene idea de cómo es. Siempre va vestido de negro. De día se tapa la cara con la capucha y se viste de negro de pies a cabeza; de noche no puede verlo en absoluto, sólo distingue una forma, porque le ha quitado las gafas.

Eso fue lo primero que hizo cuando entró por la fuerza en la casa.

—Dame las gafas —ordenó—. Vamos.

Ella estaba paralizada en la cocina. El terror y la incredulidad la habían dejado insensible. No podía pensar, se sentía como si la sangre hubiera escapado de su cuerpo. Entonces el aceite de oliva que había en la sartén comenzó a humear y los niños rompieron a llorar y él los apuntó con la escopeta. También apuntó a Kristin. Llevaba la capucha, la ropa negra, cuando Tony abrió la puerta trasera y él se coló. Todo sucedió muy deprisa.

—Dame las gafas.

—Dáselas —le aconsejó Kristin—. Por favor, no nos haga daño. Llévese lo que quiera.

—Si no cierras la boca os mato a todos.

Ordenó a los niños que se tumbaran boca abajo en el suelo del cuarto de estar y les dio un fuerte golpe en la nuca con la culata del arma para que no intentaran echar a correr. Después apagó todas las luces y ordenó a Ev y a Kristin que llevaran a rastras los cuerpos inertes de los niños por el pasillo y los sacaran por la puerta corredera del dormitorio principal. El suelo se manchó de sangre y no deja de pensar que alguien tiene que haber visto esa sangre. A estas alturas, alguien tiene que haber estado en la casa intentando averiguar qué les ha ocurrido y tiene que haber visto la sangre. ¿Dónde está la policía?

Los niños no se movieron del césped de la piscina y él los ató con cables de teléfono y los amordazó con toallas, aunque no se movían ni emitían ningún sonido. Acto seguido, obligó a Ev y a Kristin a ir caminando en la oscuridad hasta el monovolumen.

Ev se puso al volante.

Kristin se instaló en el asiento delantero y él se acomodó atrás, con el cañón de la escopeta apuntándole a la cabeza.

Su voz fría y apagada le dijo dónde debía ir.

—Voy a llevaros a vosotras a un sitio y después regresaré a buscar a los niños —dijo la voz fría y apagada mientras ella conducía.

—Pero llame a alguien —rogó Kristin—. Necesitan ir a un hospital. Por favor, no deje que se mueran ahí. Son niños.

—Ya he dicho que volveré a buscarlos.

—Necesitan ayuda. No son más que unos niños pequeños. Huérfanos. Sus padres han muerto.

—Bien, así nadie los echará de menos.

Su voz era fría e inexpresiva, inhumana, una voz sin personalidad ni sentimientos.

Recuerda haber visto señales en la carretera que indicaban Naples. Se dirigían al oeste, hacia Everglades.

- –No puedo conducir sin gafas —dijo Ev. El corazón le latía con tanta fuerza que creyó que iba a partirle las costillas. Apenas podía respirar. Llegó a salirse de la calzada y entonces él le entregó las gafas, pero volvió a quitárselas cuando llegaron a aquel lugar siniestro y horroroso en el que se encuentra desde entonces.

Scarpetta rocía las paredes de ladrillo del cuarto de baño, que resplandecen formando un dibujo de pasadas, barridos y salpicaduras invisibles con la luz encendida.

—Lo han limpiado —apunta Lucy a oscuras.

—Voy a dejarlo ya, no quiero correr el riesgo de destruir la sangre, si es que la hay. ¿Lo has fotografiado?

—Sí. —Enciende la luz.

Scarpetta saca un equipo de análisis de manchas de sangre y pasa un algodón por las áreas de la pared en las que ha visto reaccionar el Luminol, introduciendo la punta del algodón en el hormigón poroso ahí donde podría haber sangre incrustada, incluso después del lavado. Sirviéndose de un cuentagotas, vierte su mejunje químico sobre el algodón y éste se vuelve de un color rosa vivo, lo cual viene a confirmar que lo que ha resplandecido en la pared podría ser sangre, posiblemente sangre humana. Habrá que verificarlo en el laboratorio.

Si es sangre, no le sorprendería que fuera ya vieja, de hace dos años y medio. El Luminol reacciona a la hemoglobina de los glóbulos rojos y, cuanto más antigua es la sangre, más se oxida y más intensa es la reacción.

Continúa pasando el algodón empapado de agua destilada, recogiendo muestras y sellándolas dentro de cajas de pruebas que seguidamente etiqueta, con cinta y las iniciales.

Todo el proceso ha durado una hora, y ella y Lucy tienen calor con los trajes de protección. Oyen a Larry al otro lado de la puerta, moviéndose por la tienda. En varias ocasiones suena el teléfono.

Regresan al almacén y Lucy abre una robusta maleta negra y saca de ella una fuente luminosa forense para un microscopio Mini-

Crime, una unidad metálica portátil, cuadrada y con entradas laterales, y una lámpara halógena de alta intensidad con brazo flexible que parece una manguera de brillante acero provista de una luz de guía que permite cambiar la longitud de onda. Enchufa el microscopio, acciona el interruptor de corriente y empieza a zumbar un ventilador. Ajusta con el mando la intensidad y fija la longitud de onda en 455 nanómetros. Las dos se colocan unas gafas tintadas de anaranjado que aumentan el contraste y les protegen los ojos.

Una vez apagada la luz, Scarpetta carga con la unidad sosteniéndola del asa y va pasando lentamente la luz azul por las paredes, los estantes y el suelo. La sangre y otras sustancias que reaccionan al Luminol no reaccionan necesariamente a otra fuente luminosa, y las áreas que antes han resplandecido ahora permanecen oscuras. Pero aparecen varias manchas pequeñas en el suelo de un tono rojo intenso. Encienden la luz y Lucy vuelve a situar el trípode en posición y pone un filtro anaranjado sobre la lente de la cámara. De nuevo con la luz apagada, fotografía las marcas rojas fluorescentes. Con la luz otra vez encendida las manchas apenas son visibles, no son más que una sucia decoloración de un suelo sucio y descolorido, pero al mirarlo con aumento Scarpetta detecta un ligerísimo tinte rojo. Sea cual sea esa sustancia no se disuelve en agua destilada, y no quiere utilizar un disolvente y arriesgarse a destruirla, sea lo que sea.

—Necesitamos tomar una muestra. —Scarpetta estudia el hormigón.

—Enseguida vuelvo.

Lucy abre la puerta y llama a Larry, que se encuentra una vez más detrás del mostrador, hablando por teléfono. Cuando alza la vista y la ve cubierta de papel plastificado de pies a cabeza, se sorprende visiblemente.

—¿He sido transportado en un rayo luminoso a la estación espacial Mir? —pregunta.

—¿Tiene herramientas en este garito? Es para evitarme ir hasta el coche?

—Ahí detrás hay una caja de herramientas pequeña. En la estantería que está contra la pared. —Le indica la pared en cuestión—. Es una caja roja pequeña.

—Puede que tenga que estropearle un poco el suelo. Sólo un poco.

Parece que Larry va a decir algo pero cambia de opinión, se encoge de hombros y ella cierra la puerta. Saca un martillo y un destornillador de la caja y, con unos cuantos golpes, hace saltar esquirlas que contienen parte de las manchas rojas y las guarda en bolsas de plástico.

A continuación Scarpetta y ella se quitan los trajes protectores y los echan a un cubo de basura. Recogen su equipo y se van.

—¿Por qué haces esto? —Ev hace la misma pregunta siempre que aparece él, se lo pregunta con voz ronca mientras la apunta con la luz, que se le clava en los ojos igual que un cuchillo—. Por favor, apártame esa luz de la cara.

—Eres la cerda más gorda y más fea que he visto en mi vida —replica él—. No me extraña que no le gustes a nadie.

—Las palabras no pueden hacerme daño. Tú no puedes hacerme daño. Yo pertenezco a Dios.

—Mírate. Quién iba a querer estar contigo. Puedes estar agradecida de que yo te preste atención.

—¿Dónde están los otros?

—Di que lo sientes. Sabes perfectamente lo que has hecho. Los pecadores deben ser castigados.

—¿Qué has hecho con ellos? —Hace la misma pregunta de siempre—. Suéltame. Dios te perdonará.

—Di que lo sientes.

Le empuja los tobillos con las botas; el dolor es horrible.

—Dios santo, perdónale —reza Ev en voz alta—. No querrás ir al infierno —le dice a él, al malvado—. No es demasiado tarde.

36

Está muy oscuro, la luna se ve como una forma desvaída en una radiografía, de bordes imprecisos tras las nubes. Pequeños insectos revolotean alrededor de las farolas de la calle. El tráfico de la A1A no cesa en ningún momento y la noche está llena de ruido.

—¿Qué es lo que te molesta? —pregunta Scarpetta a Lucy, que va al volante—. Ésta es la primera vez que estamos las dos a solas desde no recuerdo cuándo. Por favor, háblame.

—Podría haber llamado a Lex. No era mi intención obligarte a venir a ti.

—Y yo podría haberte dicho que la llamaras. No era necesario que yo hiciera de socia tuya esta noche.

Las dos están cansadas y de mal humor.

—Pues aquí estamos —dice Lucy—. A lo mejor me he valido de este caso como una oportunidad para que nos pongamos al día. Podría haber llamado a Lex —repite, conduciendo con la vista fija al frente.

—No logro decidir si te estás riendo de mí.

—En absoluto. —Lucy se vuelve hacia ella sin sonreír—. Lamento algunas cosas.

—Y con razón.

—No hace falta que te des tanta prisa en mostrarte de acuerdo. Puede que no siempre sepas cómo es mi vida.

—El problema es que quiero saberlo. Pero tú me dejas fuera constantemente.

—Tía Kay, de verdad que no te conviene saber tanto como crees. ¿Alguna vez se te ha ocurrido que a lo mejor te estoy haciendo un favor? ¿Que quizá deberías disfrutar de mí tal como me conoces y olvidarte de lo demás?

—¿Qué es lo demás?

—Yo no soy como tú.

—En lo importante sí, Lucy. Las dos somos inteligentes, decentes, trabajadoras. Intentamos marcar una diferencia. Asumimos riesgos. Somos honradas. Lo intentamos, lo intentamos de verdad.

—Yo no soy tan decente como tú crees. Lo único que hago es herir a la gente. Se me da bien, voy mejorando con el tiempo. Y cada vez que lo hago me importa menos. Quizá me esté convirtiendo en un Basil Jenrette. Quizá Benton debería incorporarme a ese estudio suyo. Seguro que mi cerebro es como el de Basil, como el todos los demás putos psicópatas.

—No sé qué te pasa —dice Scarpetta quedamente.

—Yo creo que es sangre. —Lucy hace de nuevo uno de sus cortes bruscos, cambia de tema de una forma tan abrupta que resulta chocante—. Creo que Basil está diciendo la verdad. Creo que mató a esa mujer en la trastienda. Tengo la impresión de que resultará ser sangre lo que hemos encontrado.

—Esperemos a ver qué dicen en el laboratorio.

—Se ha iluminado el suelo entero. Eso es muy extraño.

—¿Y por qué iba Basil a contar nada? ¿Por qué ahora? ¿Por qué a Benton? —responde Scarpetta—. Eso me intriga. Me preocupa, de hecho.

—Con esas personas siempre hay un motivo. Por manipulación.

—Me preocupa.

—De modo que habla para conseguir algo que desea, para echar un polvo. ¿Cómo podría inventárselo?

—Podría estar enterado de la desaparición de esas personas de La Tienda de Navidad. Salió en el periódico y él era policía de Miami. A lo mejor se lo oyó contar a otros policías —sugiere Scarpetta.

Cuanto más hablan de ello, más le preocupa que Basil realmente haya tenido algo que ver con lo que les sucedió a Florrie y Helen Quincy. Pero no entiende cómo pudo violar y asesinar a la madre en la trastienda; cómo sacó de allí su cadáver ensangrentado, o los dos cadáveres, suponiendo que también hubiese matado a Helen.

—Lo sé —dice Lucy—. Yo tampoco lo entiendo. Y si las mató, ¿por qué no las dejó allí, simplemente? A menos que no quisiera que se supiera que habían sido asesinadas, a menos que quisiera que se las diera por desaparecidas, desaparecidas por voluntad propia.

—Eso me sugiere la existencia de un móvil —dice Scarpetta—. No un homicidio sexual compulsivo.

—Se me ha olvidado preguntártelo —dice Lucy—. Estoy dando por sentado que te llevo a casa.

—A estas horas, sí.

—¿Qué vas a hacer con lo de Boston?

—Tenemos que encargarnos del lugar del crimen de la señora Simister, y en este preciso momento no estoy para nada. Ya tengo suficiente por hoy. Y Reba probablemente también.

—Nos habrá dado permiso para entrar, supongo.

—Siempre que ella nos acompañe. Ya lo haremos por la mañana. Estoy pensando en no ir a Boston, pero eso no es justo para Benton. No es justo para ninguno de los dos —se queja Scarpetta, incapaz de eliminar de su tono de voz la frustración y la desilusión que siente—. Por supuesto, es siempre lo mismo. De repente a mí me surgen casos urgentes y de repente le surgen a él. No hacemos otra cosa que trabajar.

—¿Qué caso le ha surgido?

—Una mujer que han hallado cerca de la laguna de Walden, desnuda y con unos peculiares tatuajes falsos en el cuerpo. Sospecho que se los hicieron después de asesinarla. Unas huellas de manos de color rojo.

Lucy aferra el volante con más fuerza.

—¿A qué te refieres con eso de que son falsos?

—A que son pintados. Arte corporal, los llama Benton. Ha aparecido con una capucha en la cabeza, un casquillo de escopeta insertado en el recto, colocada en una postura especial, degradante, etcétera. No sé mucho al respecto, pero seguro que ya me enteraré.

—¿Saben de quién se trata?

—Saben muy poco.

—¿Ha sucedido algo similar en esa zona? ¿Homicidios parecidos? ¿Incluidas las huellas de manos?

—Puedes desviar la conversación todo lo que quieras, Lucy, pero no va a servir de nada. No eres tú misma. Has engordado y, para que suceda eso, tiene que pasar algo grave, muy grave. No es que te siente mal, en absoluto, pero yo sé cómo eres. Te cansas muy a menudo y no tienes muy buena cara. Me lo han comentado. Yo no he dicho nada, pero sé que te ocurre algo malo. Ya llevo un tiempo sabiéndolo. ¿Vas a contármelo?

—Necesito saber más sobre esas huellas de manos.

—Te he contado lo que sé. ¿Por qué? —Scarpetta no aparta los ojos del rostro tenso de Lucy—. ¿Qué es lo que te pasa?

Ella sigue mirando al frente y parece estar calibrando la forma de dar una respuesta adecuada. Se le da muy bien, es muy lista, muy rápida y sabe reorganizar la información hasta que sus invenciones terminan siendo más creíbles que la verdad, y rara vez alguien duda o pregunta. Lo que la salva es que ella no se cree sus propias distorsiones ni manipulaciones de la información, ni por un instante se olvida de cuáles son los hechos ni cae de bruces en sus propias trampas. Lucy siempre tiene un motivo racional para lo que hace, y a veces es un buen motivo.

—Debes de tener hambre —dice Scarpetta en ese momento. Lo dice en voz baja, con suavidad, igual que decía las cosas cuando Lucy era una niña imposible, siempre fingiendo porque ella la hacía sufrir mucho.

—Cuando ya no puedes conmigo, siempre me das de comer —dice Lucy con voz mansa.

—Antes funcionaba. Cuando eras pequeña, era capaz de convencerte de que hicieras lo que fuera a cambio de mi pizza.

Lucy guarda silencio, con el semblante serio y desconocido a la luz roja de un semáforo.

—¿Lucy? ¿Piensas sonreír o mirarme aunque sólo sea una vez?

—He estado haciendo el tonto. Rollos de una noche. He herido a personas. La otra noche en Ptown, volví a hacerlo. No quiero tener intimidad con nadie, quiero que me dejen en paz. Por lo visto, no puedo evitarlo. Esta vez quizás haya cometido una auténtica estupidez. Porque no he prestado atención. Porque a lo mejor me importa una mierda.

—Ni siquiera sabía que hubieras estado en Ptown —señala Scarpetta sin que suene a crítica.

No es la orientación sexual de Lucy lo que le preocupa.

—Antes tenías cuidado —dice Scarpetta—. Más que nadie.

—Tía Kay, estoy enferma.

37

La forma negra de la araña le cubre el dorso de la mano, que se acerca a ella flotando, atraviesa el haz de luz y se sitúa a pocos centímetros de su cara. Nunca le había acercado tanto la araña. Ha dejado unas tijeras sobre el colchón y las ilumina brevemente con la luz.

—Di que lo sientes —insiste—. Todo esto es culpa tuya.

—Abandona tu maldad antes de que sea demasiado tarde —contesta Ev, ya con las tijeras a su alcance.

A lo mejor está tentándola para que las coja. Apenas acierta a verlas, incluso bajo el haz de luz. Escucha por si oye a Kristin y a los niños, con la araña frente a la cara como una forma borrosa.

—No habría pasado nada de esto. Te lo has buscado tú misma. Ahora llegará el castigo.

—Esto puede remediarse —dice ella.

—Es la hora del castigo. Di que lo sientes.

Ev nota cómo le retumba el corazón, su miedo es tan intenso que siente ganas de vomitar. No piensa pedir perdón. No ha cometido ningún pecado. Si dice que lo siente, la matará. De alguna manera, lo sabe.

—¡Di que lo sientes! —exclama él.

Se niega a decirlo.

Le ordena que diga que lo siente y ella no quiere. Se pone a rezar. Reza esa jerga estúpida e insustancial acerca de su débil Dios. Si ese Dios suyo fuera tan poderoso, no estaría en el colchón.

—Podemos hacer como si esto no hubiera pasado —dice ella con su tono de voz ronco y exigente.

Nota su miedo. Él le exige que diga que lo siente. Por muchos sermones que le eche, está asustada. La araña la hace temblar, sus piernas dan brincos sobre el colchón.

—Serás perdonado. Serás perdonado si te arrepientes y nos dejas libres. No se lo diré a la policía.

—No, no lo harás. Jamás contarás nada. La gente que cuenta cosas es castigada, castigada de un modo que ni siquiera imaginas. Tiene unos colmillos capaces de atravesar un dedo, de clavarse en la uña hasta el fondo —dice, refiriéndose a la araña—. Hay tarántulas que muerden sin parar.

La araña casi toca la cara de Ev. Ésta echa la cabeza hacia atrás con una exclamación ahogada.

—Atacan una y otra vez, y no paran hasta que te las arrancas de encima. Si te muerden en una arteria importante, te mueres. Son capaces de lanzarte hilos a los ojos y dejarte ciego. Es muy doloroso. Di que lo sientes.

Puerco le ha ordenado que lo dijera, que dijera que lo sentía, y entonces ve que se cierra la puerta, la madera vieja con la pintura desconchada y el colchón sobre el suelo viejo y sucio; después oye el sonido de la pala cavando en la tierra porque le ha dicho a ella que no le contara a nadie la mala acción que había cometido y que las personas que cuentan cosas son castigadas por Dios, son castigadas de maneras inimaginables hasta que aprenden la lección.

—Pide perdón. Dios te perdonará.

—¡Di que lo sientes!

Enfoca con el haz los ojos de Ev, que los cierra de golpe y aparta el rostro de la luz, pero él la encuentra de nuevo.

No piensa llorar.

Cuando cometió aquella mala acción, ella lloró. Él le dijo que iba a llorar, claro, si alguna vez lo contaba. Y finalmente lo hizo. Lo contó, y entonces Puerco no tuvo más remedio que confesar porque era verdad que él había cometido aquella mala acción, y la madre de Puerco no se creyó ni una palabra, dijo que Puerco no podía haber hecho aquello, que no era posible, que estaba claro que se encontraba enfermo y trastornado.

Hacía frío y nevaba. Él no sabía que existiera un tiempo así, lo había visto por televisión y en el cine, pero no lo conocía por experiencia propia. Recuerda edificios antiguos de ladrillo, recuerda verlos por las ventanillas del coche cuando lo llevaron allí, recuerda el pequeño vestíbulo en el que se sentó con su madre a esperar al médico, un lugar muy iluminado en el que había un hombre sentado en una silla y moviendo los labios, poniendo los ojos en blanco, conversando con alguien que no estaba presente.

Su madre entró a hablar con el médico y lo dejó a él solo en el vestíbulo. Ella le contó al médico la mala acción que Puerco afirmaba haber cometido, dijo que no era verdad y que estaba muy enfermo, que se trataba de un asunto privado y que lo único que le importaba era que Puerco se pusiera bien y no fuera por ahí hablando de aquella manera, destrozando el buen nombre de la familia con sus mentiras.

Ella no creía que Puerco hubiera cometido la mala acción.

Le dijo a Puerco lo que pensaba decirle al médico: «Que no estás bien. Que no puedes evitarlo. Imaginas cosas y mientes y te dejas influir fácilmente. Voy a rezar por ti. Y lo mejor es que tú también reces por ti mismo, que le pidas a Dios que te perdone, di que sientes mucho haber causado daño a personas que no han hecho otra cosa que ser buenas contigo. Sé que estás enfermo, pero debería darte vergüenza.»

—Voy a ponértela encima —dice Puerco acercando la luz—. Si le haces daño como se lo hizo ella —le toca la frente con el cañón de la escopeta—, sabrás cuál es el verdadero significado de la palabra «castigo».

—Vergüenza debería darte.

—Ya te he dicho que no digas eso.

Empuja con más fuerza hasta golpearle el hueso con el cañón de la escopeta y ella grita. Dirige la luz hacia su rostro feo, rechoncho y lleno de manchas. Está sangrando. Le corre sangre por la cara. Cuando la otra tiró la araña al suelo, se le partió el abdomen y derramó su sangre amarilla. Puerco tuvo que recomponérselo con pegamento.

—Di que lo sientes. Ella dijo que lo sentía. ¿Sabes cuántas veces lo dijo?

Se la imagina sintiendo el movimiento de las peludas patas de la araña en el hombro derecho, se la imagina sintiendo cómo se mueve el animal por su piel, cómo se detiene y la aferra suavemente. Ella se sienta contra la pared y se estremece violentamente, mirando las tijeras que hay sobre el colchón.

—Todo el camino, hasta Boston. Fue un viaje muy largo y hacía frío en la parte de atrás, donde viajaba ella desnuda y maniatada. Ahí atrás no hay asientos, sólo un suelo de frío metal. Ella tenía frío. Le di algo en que pensar.

Recuerda los edificios antiguos de ladrillo y los tejados de pizarra gris. Recuerda cuando su madre lo llevó allí en coche después de que cometiera la mala acción, y de nuevo años más tarde, cuando regresó por su cuenta y vivió entre los ladrillos viejos y la pizarra pero no duró mucho. Por culpa de la mala acción, no duró mucho.

—¿Qué has hecho con los niños? —Ev intenta hablar con vigor, intenta no dar la impresión de tener miedo—. Suéltalos.

La pincha con la escopeta en sus partes privadas y ella brinca, y él se ríe y la llama fea, gorda y tonta, le dice que nadie más va a quererla, lo mismo que dijo cuando cometió la mala acción.

—No me extraña —continúa, mirando fijamente sus pechos caídos, su cuerpo grueso y fofo—. Tienes suerte de que te esté haciendo esto. Nadie más te lo haría. Eres demasiado tonta y repugnante.

—No se lo contaré a nadie. Suéltame. ¿Dónde están Kristin y los niños?

—Regresé a buscarlos, esos pobres huerfanitos. Tal como dije. Incluso volví a dejar tu coche en casa. Yo tengo un corazón puro, no soy un pecador como tú. No te preocupes. Los he traído aquí, tal como dije.

—No los oigo.

—Di que lo sientes.

—¿También los has llevado a ellos a Boston?

—No.

—En realidad no te llevaste a Kristin…

—Les he dado algo en que pensar. Estoy seguro de que él habrá quedado impresionado. Espero que se entere. Y pronto se enterará, de un modo o de otro. Ya no queda mucho tiempo.

—¿A quién te refieres? Conmigo puedes hablar, yo no te odio.
—Ahora parece solidaria.

Puerco sabe lo que intenta hacer. Ella cree que van a hacerse amigos. Si habla con él lo suficiente y finge que no tiene miedo, hasta el punto de incluso dar a entender que le aprecia, se harán amigos y él no la castigará.

—No va a funcionar —dice Puerco—. Lo intentaron todas y no les funcionó. Ha sido genial. Si lo supiera, se quedaría impresionado. Estoy manteniendo muy ocupados a los de allí arriba. Ya no queda mucho tiempo. Más te vale que lo aproveches al máximo. ¡Di que lo sientes!

—No sé de qué estás hablando —responde ella en el mismo tono hipócrita.

La araña se agita sobre su hombro; entonces él tiende una mano en la oscuridad y la araña vuelve a subirse a ella. Acto seguido cruza la habitación dejando las tijeras sobre el colchón.

—Córtate ese pelo asqueroso —dice—. Córtatelo todo. Si cuando vuelva no te lo has cortado, será peor para ti. Y no intentes cortar las cuerdas, no hay ningún sitio al que puedas huir.

38

La nieve resplandece a la luz de la luna tras la ventana del despacho de Benton, en la planta superior. Sentado frente a su ordenador, con la luz apagada, mira fotografías en la pantalla hasta que da con las que andaba buscando.

Hay ciento noventa y siete imágenes perturbadoras y grotescas. Ha sido un auténtico calvario dar con estas dos en particular porque está desconcertado con lo que tiene delante. Se siente inquieto. Percibe que hay algo más de lo que aparentemente ha sucedido y está sucediendo, y se siente personalmente molesto por ese caso, y a estas alturas, con su experiencia, cuesta creerlo. Distraído, no había anotado los números de serie, por lo que ha tardado casi media hora en encontrar las fotografías en cuestión, la 62 y la 74. Está impresionado con el detective Thrush, con la policía del estado de Massachusetts. En un homicidio, sobre todo uno como éste, nunca se puede hacer gran cosa.

En las muertes violentas nada mejora con el tiempo. El lugar del crimen desaparece o se contamina y no se puede volver a él. El cuerpo cambia con la muerte, sobre todo tras la autopsia, y no se puede volver atrás, la verdad es que no. Así que los investigadores de la policía del estado han puesto todo su empeño con las cámaras, y ahora Benton se siente abrumado por las fotografías y las grabaciones de vídeo que lleva estudiando desde que ha llegado a casa tras su visita a Basil Jenrette. En sus veintitantos años en el FBI, creía haberlo visto todo. Como psicólogo forense suponía que había visto todas las combinaciones posibles de excentricidades. Pero nunca ha visto nada parecido a esto.

Las fotografías 62 y 74 no son tan explícitas como la mayoría porque no muestran lo que ha quedado de la destrozada cabeza de esa mujer sin identificar. No la muestran en todo su horror, ensangrentada y sin rostro. La muerta le recuerda una cuchara, una cáscara vacía saliendo de un cuello, el cabello negro y cortado a trasquilones con pegotes de materia gris, tejido y sangre seca. Las fotografías 62 y 74, primeros planos del cadáver desde el cuello hasta las rodillas, le causan una impresión indefinible, la misma que experimenta cuando algo le recuerda un hecho perturbador que no logra recordar. Esas imágenes están intentando decirle algo que ya sabe pero que no consigue aprehender. ¿Qué? ¿De qué se trata?

En la 62 se ve el torso colocado boca arriba sobre la mesa de autopsias. En la 74 está boca abajo. Benton pasa repetidamente de una imagen a la otra, estudiando este torso desnudo, intentando encontrar alguna lógica a las huellas de manos de color rojo vivo y a la abrasión de piel entre los omóplatos, una zona de quince por veinte centímetros en carne viva con lo que parecen ser «astillas de madera y tierra» incrustadas, según el informe de la autopsia.

Ha valorado la posibilidad de que las huellas de manos hayan sido pintadas antes de la muerte, de que no tengan nada que ver con su asesinato. Quizá, por alguna razón, la víctima ya se había pintado esas huellas antes de encontrarse con su agresor. Tiene que reflexionar sobre ello, pero no lo cree. Lo más probable es que haya sido el asesino el que ha convertido el torso en una obra de arte, un cuadro que está degradándose y que sugiere violencia sexual, unas manos que le agarran los pechos y la obligan a abrirse de piernas, símbolos que el asesino le pintó en el cuerpo mientras la tenía prisionera, posiblemente cuando ella se encontraba indefensa o muerta. Benton no lo sabe, no puede asegurarlo. Ojalá este caso fuera de Scarpetta, ojalá hubiera ido ella al lugar del crimen y hubiera hecho ella la autopsia. Ojalá estuviera aquí. Pero, como de costumbre, ha surgido algo.

Repasa más fotografías e informes. Se calcula que la víctima tenía treinta y tantos o cuarenta y pocos años, y sus restos confirman lo que dijo el doctor Lonsdale en el depósito, que no llevaba mucho tiempo muerta cuando hallaron su cadáver en un paseo que cruza el bosque de Walden, no lejos del estanque, en la próspera ciudad de Lincoln. Las muestras físicas que se tomaron han dado negativo en cuanto a fluido seminal y la primera valoración de Benton es que el que la mató y colocó su cadáver en el bosque actúa empujado por fantasías sádicas, la clase de fantasías sexuales que hacen de la víctima un objeto.

Quienquiera que sea la víctima, para él no significaba nada. No era una persona, sino tan sólo un símbolo, una cosa para hacer lo que se le antojara con ella, y lo que se le antojó fue degradarla y aterrorizarla, castigarla, hacerla sufrir, obligarla a enfrentarse a su propia muerte inminente, violenta y humillante, probar el sabor del cañón de la escopeta en la boca y ver cómo él apretaba el gatillo. Tal vez la conociera o tal vez fuera una completa desconocida. Quizá la acechó y la secuestró. En toda Nueva Inglaterra no se ha dado parte de la desaparición de ninguna persona que coincida con su descripción, según asegura la policía estatal de Massachusetts. No se ha denunciado una desaparición como la suya en parte alguna.

Más allá de la piscina se encuentra el espigón. Es lo bastante grande para una embarcación de veinte metros, aunque Scarpetta no tiene ninguna ni nunca ha deseado tenerla, de ningún tamaño ni modelo.

Contempla los barcos, sobre todo de noche, cuando las luces de proa y de popa se mueven como las de los aviones a lo largo del oscuro canal, silenciosos salvo por el rumor de los motores. Si están encendidas las luces de los camarotes, observa cómo se mueve la gente de un lado para otro o cómo toma copas, ríe o está seria, o simplemente está, y no siente deseos de ser uno de ellos ni de ser como ellos ni de estar con ellos.

Nunca ha sido como ellos. Nunca ha querido tener nada que ver con ellos. De pequeña, cuando era pobre y se sentía marginada, no se parecía a ellos y no podía estar con ellos, y no por decisión propia. Ahora sí que es por propia decisión. Sabe lo que sabe, se encuentra aquí fuera inmiscuyéndose en unas vidas que no tienen interés para ella, que son deprimentes y vacías, que dan miedo.

Siempre ha temido que le ocurra algo trágico a su sobrina. Es natural que tenga pensamientos morbosos acerca de las personas a las que quiere, pero siempre ha tendido más a tenerlos acerca de Lucy. Scarpetta siempre ha tenido miedo de que Lucy sufra una muerte violenta. Jamás se le había ocurrido que pudiera enfermar, que la biología pudiera volverse contra ella.

—He empezado a tener unos síntomas absurdos —dice Lucy en la oscuridad, donde ambas están sentadas en sillones de teca, entre dos pilares de madera.

Sobre una mesa hay bebidas, queso y galletas saladas. No han tocado el queso ni las galletas. Van por la segunda ronda.

—A veces desearía ser fumadora —agrega Lucy alargando la mano para tomar su tequila.

—Qué cosas más raras dices.

—No te parecía raro todos los años que fumaste. Y sigues deseándolo.

—Lo que yo desee no importa.

—Eso es sólo una frase, como si tú estuvieras a salvo de tener los mismos sentimientos que otras personas —replica Lucy en la oscuridad, mirando el agua—. Claro que importa. Importa todo lo que uno desea. Sobre todo cuando no puede tenerlo.

—¿La deseas a ella? —pregunta Scarpetta.

—¿A quién te refieres?

—A la última mujer con la que has estado —le recuerda su tía—. Tu conquista más reciente. En Ptown.

—No las considero conquistas, las veo como breves evasiones. Como hierba para fumar. Supongo que eso es lo más deprimente. Que no significa nada. Sólo que esta vez puede que signifique algo, algo que no entiendo. Puede que me haya metido en algo. He sido una ciega y una imbécil.

Le habla a Scarpetta de Stevie, de sus tatuajes, de las huellas de manos. Le resulta duro hablar de ello, pero procura parecer indiferente, como si estuviera hablando de lo que ha hecho otra persona, como si estuviera hablando fríamente de un caso.

Scarpetta guarda silencio. Toma su vaso y trata de reflexionar sobre lo que acaba de decirle Lucy.

—Quizá no signifique nada —continúa Lucy—. Quizá sea

una coincidencia. Hay mucha gente que flipa con el arte corporal, se pintan encima toda clase de cosas raras, con pintura acrílica y látex.

—Ya estoy cansándome de las coincidencias. Últimamente ha habido muchas —dice Scarpetta.

—Este tequila es muy bueno. En este momento no me importaría fumarme un porrito.

—¿Intentas sorprenderme?

—El chocolate no es tan malo como tú piensas.

—Así que ahora eres médico.

—Venga. Es verdad.

—¿Por qué da la impresión de que te odias a ti misma, Lucy?

—¿Sabes una cosa, tía Kay? —Lucy se incorpora y se vuelve hacia ella, con una expresión tensa y marcada a las tenues luces del espigón—. En realidad, no tienes ni idea de lo que yo he hecho o lo que estoy haciendo. Así que no finjas saberlo.

—Eso parece una especie de acusación. Si te he fallado en algo, lo siento. Lo siento más de lo que puedas imaginar.

—Yo no soy tú.

—Naturalmente que no. Y no dejas de repetirlo.

—Yo no busco algo permanente, alguien que me importe de verdad, una persona sin la cual no pueda vivir. Yo no quiero tener un Benton, quiero gente de la que me pueda olvidar. Rollos de una sola noche. ¿Quieres saber cuántos he tenido? Porque yo no lo sé.

—Este año, prácticamente no has tenido ningún contacto conmigo. ¿Ha sido por eso?

—Es más fácil.

—¿Te da miedo que te juzgue?

—A lo mejor deberías.

—Lo que me molesta no es con quién te acuestas, sino todo lo demás. En la Academia te muestras muy reservada, no tienes contacto con los alumnos, prácticamente no estás nunca o, cuando estás, es matándote en el gimnasio o subida a un helicóptero o en la galería de tiro o probando algo, preferiblemente una máquina, una que sea bien peligrosa.

—Puede que sea con las máquinas con lo único que me llevo bien.

—Sea lo que sea lo que te falla, está fallándote, Lucy. Como bien sabes.

—También mi cuerpo.

—¿Y qué hay de tu corazón y tu alma? Qué te parece si empezamos por ahí.

—Fríos. Demasiado.

—Yo siento cualquier cosa menos frío. Y tu salud me importa más que la mía propia.

—Creo que ella preparó la jugada, sabía que yo estaba en el bar, se traía algo entre manos.

Vuelve a hablar de esa mujer, la de las huellas rojas tan parecidas a las del caso de Benton.

—Tienes que contarle a Benton lo de Stevie. ¿Cuál era su apellido? ¿Qué sabes de ella? —pregunta Scarpetta.

—Sé muy poco. Estoy segura de que no guarda relación, pero resulta extraño. Estaba allí al mismo tiempo que asesinaban a esa mujer y se deshacían de su cadáver. En esa zona.

Scarpetta no dice nada.

—Puede que haya por esa zona alguna secta —dice Lucy—. Puede que haya un montón de gente que se pinta huellas de manos por todo el cuerpo. No me juzgues. No hace falta que me digas lo imbécil e irresponsable que soy.

Scarpetta la mira en silencio.

Lucy se seca los ojos.

—No te estoy juzgando. Intento entender por qué le has vuelto la espalda a todo lo que te importa. La Academia es tuya, era tu ilusión. Tú odiabas la autoridad organizada, en particular a los federales. Así que creaste una unidad propia, tu propio pelotón. Y ahora tu caballo sin jinete deambula sin rumbo por el patio del desfile. ¿Dónde estás tú? Y todos nosotros, todas las personas que has atraído a tu causa nos sentimos abandonadas. La mayor parte de los alumnos del año pasado no llegó a conocerte y hay profesores que no te han visto nunca y que no te reconocerían si te vieran.

Lucy observa un velero con las velas arriadas que cruza por delante en la noche. Se seca otra vez los ojos.

—Tengo un tumor —anuncia—. En el cerebro.

39

Benton agranda otra fotografía, una que ha sido tomada en el lugar del crimen.

La víctima parece una repugnante creación de pornografía violenta, tendida de espaldas y abierta de brazos y piernas, con un pantalón blanco y ensangrentado alrededor de las caderas como un pañal y un par de bragas blancas ligeramente ensangrentadas y con manchas de heces sobre la destrozada cabeza, como una máscara, con dos aberturas para los ojos. Benton se reclina en su sillón, pensando. Sería una simpleza suponer que el que la ha dejado en el bosque de Walden lo ha hecho sólo para llamar la atención. Hay algo más.

Este caso le recuerda algo.

Medita sobre el pantalón doblado como un pañal. Está vuelto del revés, lo cual sugiere varias posibilidades. En un momento dado, la víctima podría haberse visto obligada a quitárselo ella misma y luego se lo volvieron a poner. También podría ser que el asesino se lo hubiera quitado después de muerta. Es de lino. En Nueva Inglaterra y en esta época del año, la gente no lleva nada de lino blanco. En una fotografía que muestra el pantalón extendido sobre una mesa de autopsias forrada de papel, el dibujo de las manchas de sangre resulta revelador. El pantalón está tieso de sangre oscura en la parte delantera, de la rodilla para arriba. De la rodilla para abajo hay unas cuantas manchas nada más. Benton se la imagina de rodillas en el momento del disparo. Se la imagina arrodillándose. Intenta localizar a Scarpetta por teléfono. No contesta.

Humillación. Control. Completa degradación, dejar a la víctima absolutamente desvalida, tan desvalida como un niño pequeño. Encapuchada como alguien a punto de ser ejecutado, posiblemente. Encapuchada como un prisionero de guerra al que torturar y aterrorizar, posiblemente. El asesino escenifica algo que forma parte de su propia vida. Probablemente de su infancia. Abusos sexuales, tal vez. Sadismo, quizá. Eso es muy frecuente. Haz a los demás lo mismo que te hicieron. De nuevo intenta contactar con Scarpetta, pero sin éxito.

Le viene a la mente Basil. Basil dejó a algunas de sus víctimas colocadas en cierta postura, reclinadas contra objetos, en un caso contra la pared de un aseo de señoras. Benton recuerda el lugar del crimen y las fotografías de la autopsia de las víctimas de Basil, las que conoce todo el mundo, y ve las caras ensangrentadas y sin ojos de los muertos. A lo mejor la similitud está en eso; las aberturas para los ojos de las bragas le traen a la memoria las víctimas sin ojos de Basil.

Pero claro, la clave podría estar en la capucha. Por alguna razón parece estar más bien en la capucha. Encapuchar a una persona es dominarla por completo, obviar toda posibilidad de huida y de lucha, atormentarla, aterrorizarla, castigarla. Ninguna de las víctimas de Basil apareció encapuchada, que se sepa, pero siempre hay muchas cosas que se desconocen respecto de lo que sucede en realidad durante un homicidio sádico. Y la víctima no va a contarlas.

A Benton le preocupa la posibilidad de que haya dedicado demasiado tiempo al cerebro de Basil.

Intenta una vez más localizar a Scarpetta.

—Soy yo —anuncia cuando ella contesta.

—Estaba a punto de llamarte —dice ella lacónicamente, fríamente, con voz temblorosa.

—Pareces alterada por algo.

—Tú primero, Benton —le responde en el mismo tono, impropio de ella.

—¿Has estado llorando? —Benton no entiende por qué se comporta así—. Quería hablarte del caso que tenemos entre manos.

—Ella es la única persona capaz de hacerle sentirse así, asustado—. Esperaba poder hablar contigo de él. Lo estoy estudiando en este preciso momento.

—Me alegro de que quieras hablar conmigo de algo. —Hace hincapié en la palabra «algo».

—¿Qué es lo que pasa, Kay?

—Es Lucy —responde ella—. Eso es lo que pasa. Tú lo sabes desde hace un año. ¿Cómo has podido hacerme esto?

—Te lo ha dicho ella —dice Benton, frotándose el mentón.

—Le hicieron un escáner en tu maldito hospital y tú no me dijiste nada. Bueno, pues ¿sabes una cosa? Lucy es sobrina mía, no tuya. No tienes derecho a…

—Ella me hizo prometérselo.

—Pues no tenía derecho.

—Por supuesto que lo tenía, Kay. Nadie podía hablar contigo sin su consentimiento. Ni siquiera los médicos.

—Pero a ti te lo dijo.

—Por una buena razón…

—Esto es grave. Vamos a tener que hablar en serio. No estoy segura de que pueda seguir fiándome de ti.

Benton suspira. Siente el estómago encogido como un puño. Rara vez se pelean y, cuando lo hacen, es terrible.

—Ahora voy a colgar —dice Scarpetta—. Ya hablaremos en serio de esto —repite.

Scarpetta cuelga sin despedirse y Benton se sienta en su sillón, incapaz de moverse durante unos instantes. Contempla con la mirada perdida una desagradable fotografía en la pantalla del ordenador y empieza a teclear ociosamente, repasando de nuevo el caso, leyendo informes, revisando el relato de los hechos que le ha escrito Thrush, intentando apartar de su mente lo que acaba de ocurrir.

Había marcas de arrastre en la nieve que iban desde una zona de aparcamiento hasta el punto donde se halló el cadáver. No hay huellas de pisadas que pudieran pertenecer a la víctima, sólo las de su asesino. Son aproximadamente de la talla nueve, de la diez quizás, y anchas, de alguna clase de bota de motorista.

No es justo que Scarpetta le eche la culpa a él. No tenía alternativa. Lucy le hizo jurar que guardaría el secreto, le dijo que no le perdonaría nunca si se lo decía a alguien, sobre todo a su tía y a Marino.

No hay gotas ni manchas de sangre a lo largo del rastro que dejó el asesino, lo cual sugiere que envolvió el cadáver en algo antes de arrastrarlo. La policía ha recuperado varias fibras de las marcas del suelo.

Scarpetta está proyectando, lo ataca a él porque no puede atacar a Lucy. No puede atacar el tumor de Lucy. No puede enfadarse con una persona enferma.

Entre las pruebas halladas en el cadáver hay fibras y residuos microscópicos debajo de las uñas y adheridos con la sangre a la piel arañada y al cabello. El análisis preliminar indica que en su mayor parte dichos residuos concuerdan con fibras de moqueta y de algodón; hay además minerales, fragmentos de insectos, de vegetación y de polen del suelo, lo que el forense denominó tan elocuentemente «suciedad».

Cuando suena el teléfono de la mesa de Benton, en el identificador de llamadas sale que es un número desconocido y Benton supone que se trata de Scarpetta. Así que se apresura a descolgar.

—Hola —saluda.

—Está hablando con la operadora del hospital McLean.

Titubea un momento, profundamente desilusionado y dolido. Ya podría haberlo llamado Scarpetta; no recuerda cuándo fue la última vez que le colgó el teléfono.

—Quisiera hablar con el doctor Wesley —dice la operadora.

Todavía se le hace raro que la gente lo llame así. Hace muchos años que tiene el título, desde su carrera en el FBI, pero nunca ha insistido en que la gente lo llame doctor.

—Al habla —contesta.

Lucy se incorpora en la cama del dormitorio de invitados de su tía. Las luces están apagadas. Llevaba demasiados tequilas encima como para conducir. Se fija en el número que aparece en la pantalla iluminada de su Treo, el que tiene el prefijo 617. Se siente un poco mareada, un poco borracha.

Piensa en Stevie, recuerda cómo fingió sentirse molesta e insegura y se marchó bruscamente de la casa. Piensa en cuando Stevie la siguió hasta el Hummer aparcado y se hizo otra vez la mujer seductora, misteriosa y segura de sí misma, igual que cuando la conoció en Lorraine's y, al pensar en ese primer encuentro en Lorraine's, siente lo que sintió entonces. No quiere sentir nada, pero lo siente y eso la desasosiega.

Stevie la desasosiega. A lo mejor ella sabía algo. Estaba en Nueva Inglaterra más o menos cuando asesinaron y dejaron en la laguna de Walden a esa mujer. Las dos llevaban huellas de manos de color rojo en el cuerpo. Stevie comentó que ella no se las había hecho, que había sido otra persona.

¿Quién?

Lucy pulsa la tecla de enviar, un poco dormida, un poco asustada. Debería haber investigado el número 617 que le dio Stevie, haberse enterado de a quién pertenece en realidad, si realmente es el número de Stevie o si se llama Stevie.

—Diga.

—¿Stevie? —Así que es su número—. ¿Te acuerdas de mí?

—¿Cómo iba a olvidarme de ti? Nadie podría.

Seductora. Su tono de voz es balsámico, profundo, y Lucy siente lo mismo que sintió en Lorraine's. Tiene que recordarse para qué está llamando. Las huellas de manos. ¿Dónde se las han hecho? ¿Quién?

—Estaba segura de que jamás volvería a saber nada de ti —dice la voz seductora de Stevie.

—Pues ya ves —responde Lucy.

—¿Por qué hablas tan bajito?

—Porque no estoy en mi casa.

—Supongo que no debo preguntar qué quiere decir eso. Pero lo cierto es que hago muchas cosas que no debería hacer. ¿Con quién estás?

—Con nadie —responde Lucy—. ¿Sigues ahí, en Ptown?

—Me marché justo después de que tú te fueras. Me hice el viaje en coche de un tirón. Estoy otra vez en casa.

—¿En Gainesville?

—¿Dónde estás tú?

—No me has dicho tu apellido —la sondea Lucy.

—¿En qué casa estás, si no es en la tuya? Doy por sentado que vives en una casa. Pero no lo sé.

—¿Alguna vez vienes al Sur?

—Puedo ir donde quiera. ¿Al Sur, dónde? ¿Estás en Boston?

—Estoy en Florida —dice Lucy—. Y me gustaría verte. Tenemos que hablar. Qué tal si me dices cómo te apellidas, ya sabes, para que no seamos dos desconocidas.

—¿De qué quieres hablar?

No quiere decirle a Lucy cuál es su nombre completo. No merece la pena preguntárselo otra vez; probablemente no se lo diga, por lo menos por teléfono.

—Hablemos en persona —dice Lucy.

—Eso siempre es mejor.

Le dice a Stevie que se reúna con ella en South Beach al día siguiente a las diez de la noche.

—¿Conoces un sitio que se llama Deuce? —le pregunta.

—Es bastante famoso —dice Stevie con su voz seductora—. Lo conozco bien.

40

La redonda cabeza de latón brilla como una luna sobre la pantalla.

En el Laboratorio de Armas de la Policía Estatal de Massachusetts, Tom, un forense especialista en armas de fuego, está sentado en medio de un conjunto de ordenadores y microscopios de comparación en una sala tenuemente iluminada en la que por fin la Red Nacional Integrada de Información sobre Balística, la NIBIN, ha respondido a su pregunta.

Observa con atención las imágenes aumentadas de las estrías y las raspaduras transferidas de las partes metálicas de una escopeta a las cabezas de latón de dos casquillos. Ambas imágenes están superpuestas, centradas, y las firmas microscópicas, como las llama Tom, perfectamente alineadas.

—Por supuesto, oficialmente, lo consideraré una coincidencia sólo posible hasta que pueda validarla con el microscopio de comparación —está explicándole por teléfono al doctor Wesley, el legendario Benton Wesley. «Esto es genial», no puede evitar pensar—. Lo cual quiere decir que el forense del condado de Broward tiene que enviarme su prueba. Afortunadamente, eso no constituye ningún problema —prosigue Tom—. De manera provisional, permita que le diga que no creo que se plantee la duda de que haya sido un acierto casual del ordenador; en mi opinión, y una vez más, de manera provisional, los dos casquillos han sido disparados por la misma escopeta.

Aguarda la reacción tenso, excitado, tan eufórico como si se hubiera tomado dos whiskis solos. Decir que ha sido un acierto es como decirle al investigador que le ha tocado la lotería.

—¿Qué sabe acerca del caso de Hollywood? —le pregunta el doctor Wesley sin ni siquiera una pizca de gratitud.

—Para empezar, que está resuelto —responde Tom, sintiéndose insultado.

—No estoy seguro de haberle entendido —dice el doctor Wesley en el mismo tono descortés.

Está mostrándose desagradecido y despótico, y es lógico. Tom no lo conoce personalmente, nunca había hablado con él y no tenía ni idea de lo que podía esperar. Pero ha oído hablar de él, ha oído hablar de su antigua carrera en el FBI, y todo el mundo sabe que el FBI se aprovecha, que explota a sus investigadores, los trata como si fueran inferiores y luego se atribuye el mérito de lo bueno que surja de un caso. Es un gilipollas prepotente. Lógico. No es de extrañar que Thrush lo haya obligado a hablar directamente con el legendario doctor Benton Wesley; Thrush no quiere tratar con él ni con nadie que esté o haya estado en el FBI.

—Se cerró hace dos años —está diciendo Tom, replegando su actitud amistosa.

Parece un lerdo. Eso le dice su mujer cuando herido en su ego reacciona de manera justificada. Tiene derecho a reaccionar, pero no quiere comportarse como un lerdo, como si le hubieran golpeado la cabeza con un tablón, como dice su mujer.

—En Hollywood hubo un robo, en una tienda de las que abren las veinticuatro horas —dice, procurando no parecer idiota—. Entra un tipo con una careta de goma apuntando con una escopeta. Le dispara a un muchacho que está barriendo el suelo y, acto seguido, el encargado del turno de noche le dispara a él en la cabeza con la pistola que guardaba bajo el mostrador.

—¿Examinaron el casquillo en Balística?

—Por lo visto sí, para ver si ese tipo de la careta guardaba relación con otros casos aún por resolver.

—No entiendo —repite el doctor Wesley impaciente—. ¿Qué ocurrió con el arma después de la muerte del tipo de la careta? Debería haberla recogido la policía. ¿Y ahora vuelven a utilizarla en un homicidio, aquí, en Massachusetts?

—Yo le he preguntado lo mismo al forense del condado de Broward —Tom intenta con todas sus fuerzas no parecer un obtuso—. Me ha dicho que después de efectuar una prueba de tiro con el arma la devolvió al Departamento de Policía de Hollywood.

—Bueno, pues puedo asegurarle que no está aquí —dice el doctor Wesley como si Tom fuera un simplón.

Tom se muerde un pellejo del dedo hasta hacerse sangre en la cutícula, una vieja costumbre que molesta muchísimo a su mujer.

—Gracias —dice el doctor Wesley retirándose del teléfono, despidiéndole.

La atención de Tom vaga hasta el microscopio de la NIBIN en el que está montado el casquillo en cuestión, uno del calibre doce, de plástico rojo, provisto de una cabeza de latón que presenta una inusual marca causada por el percutor. Ha hecho de este caso una prioridad. Se ha pasado el día entero sentado en su silla y también parte de la noche, empleando iluminación anular, iluminación lateral y las debidas orientaciones en las posiciones de las tres y las seis, y guardando cada imagen digitalizada, repitiendo el proceso una y otra vez con las marcas de la recámara, la impresión del percutor y la marca del eyector antes de buscar en la base de datos de la NIBIN.

Después ha tenido que esperar cuatro horas hasta tener los resultados, mientras su familia se iba al cine sin él. Luego Thrush ha salido a cenar y le ha pedido que llamase al doctor Wesley, pero se ha olvidado de darle un número de teléfono directo, de modo que ha tenido que llamar al servicio general del hospital McLean y permitir que al principio lo trataran como si fuera un paciente. Menos mal que a uno lo aprecian un poco. El doctor Wesley no se ha tomado la molestia de darle las gracias ni de decirle «ha hecho usted un buen trabajo» o «no puedo creer que tenga los resultados tan pronto o que tenga resultados siquiera». ¿Es que no sabe lo difícil que es examinar un casquillo de escopeta en la NIBIN? La mayoría de los investigadores ni siquiera lo intenta.

Se queda mirando el casquillo. Nunca había visto uno sacado del culo de un muerto.

Consulta el reloj y llama a Thrush a su casa.

—Sólo dígame una cosa —dice cuando contesta Thrush—.

¿Cómo es que me ha hecho hablar con ese doctor del puto FBI? Y no estaría de más que me diera las gracias.

—¿Está hablando de Benton?

—No, estoy hablando de Bond. James Bond.

—Es un tipo agradable. No sé a qué se refiere aparte de que parece que la tiene tomada con los del FBI, y eso lo convierte en lo que yo llamo un intolerante. Y ¿sabe otra cosa más, Tom? —continúa diciendo Thrush, un tanto achispado—. Voy a darle un consejo. La NIBIN pertenece al FBI, y por lo tanto usted también. ¿De dónde diablos cree que ha sacado todos esos bonitos equipos para trabajar y toda esa formación para poder estar ahí sentado y hacer lo que hace todos los días? ¿No adivina de dónde? Pues del FBI.

—En este momento no me interesa nada de eso —replica Tom con el teléfono metido debajo de la barbilla mientras teclea en el ordenador cerrando archivos, preparándose para irse a casa, a su casa vacía, mientras su familia disfruta del cine sin él.

—Además, como sabe, Benton dejó el departamento hace mucho y ya no tiene nada que ver con él.

—Ya, pues debería estar agradecido. Eso es todo. Es la primera vez que tenemos en la NIBIN una coincidencia en un casquillo de escopeta.

—¿Agradecido? ¿Está de coña o qué? Agradecido, ¿por qué? ¿Porque el casquillo que han sacado del culo de esa mujer coincide con el arma de un crimen que se supone que está bajo la custodia de la maldita policía de Hollywood o que a estas alturas habrá sido vendida como chatarra? —exclama Thrush en voz alta; cuando bebe tiende mucho a maldecir—. Mire, él no siente ningún maldito agradecimiento. Como a mí, lo único que le apetecerá hacer en este momento es mamarse hasta las cejas.

41

Hace calor dentro de la casa en ruinas, y el aire se siente pesado e inmóvil. Huele a moho, a comida rancia; el lugar apesta igual que una letrina.

Puerco se mueve en la oscuridad seguro de sí mismo, de una habitación a otra. Distingue por el olor y por el tacto dónde se encuentra exactamente. Es capaz de pasar ágilmente de un rincón al siguiente y, cuando hay luna, como esta noche, sus ojos captan el resplandor y ve con tanta claridad como si fuera mediodía. Ve más allá de las sombras, tanto que bien podrían no existir. Ve las marcas rojas que tiene la mujer en la cara y el cuello, su piel sucia y blanca reluciente de sudor, ve el miedo en sus ojos, su cabello cortado esparcido por el colchón y por el suelo, pero ella no puede verlo a él.

Camina hacia ella, hacia el apestoso colchón lleno de manchas tirado en el suelo de madera podrida; está sentada, apoyada contra la pared, con las piernas cubiertas por una túnica verde, extendidas frente a sí. Tiene el pelo que le queda de punta, como si hubiera metido los dedos en un enchufe, como si hubiera visto un fantasma. Ha tenido la sensatez de dejar las tijeras sobre el colchón. Él las recoge y, con la punta de la bota, coloca mejor la túnica verde oyéndola respirar, sintiendo su mirada, esos ojos semejantes a dos manchas húmedas sobre él.

Se llevó la hermosa túnica verde que estaba sobre el sofá. Ella acababa de traerla del coche, de la iglesia donde la había vestido horas antes. Se la llevó porque le gustó. Ahora está deslucida y arrugada, y le recuerda a un dragón muerto, desmadejado. Él ha capturado al dragón. Es suyo, y la decepción que lo invade al ver lo que ha quedado de él lo irrita y lo incita a la violencia. El dragón le ha fallado, le ha traicionado. Cuando el dragón verde se movía por el aire en completa libertad y la gente lo escuchaba y no podía apartar los ojos de él, lo codiciaba. Lo deseaba. Lo amaba, casi. Y míralo ahora.

Se acerca un poco más a ella y le da un puntapié en los tobillos cubiertos por la túnica y atados con alambre. La mujer apenas se mueve. Estaba más atenta hace un rato, pero la araña parece haberla dejado sin fuerzas. No le ha echado el sermón de costumbre con esa expresión justiciera. No ha dicho nada. Desde que él estuvo aquí, no hace ni una hora, ha orinado. El olor a amoníaco penetra con fuerza en sus fosas nasales.

—¿Por qué eres tan asquerosa? —dice Puerco, mirándola.

—¿Los niños están dormidos? No los oigo. —Habla como si delirase.

—Deja de hablar de ellos.

—Ya sé que no quieres hacerles daño, sé que eres una buena persona.

—No va a servirte de nada —replica Puerco—. Así que ya puedes cerrar el pico. Tú no sabes una mierda, ni sabrás nada nunca. Eres fea e idiota. Eres asquerosa. Nadie te creería. Di que lo sientes. Todo esto es por tu culpa.

Le propina otra patada en los tobillos, esta vez más fuerte, y ella grita de dolor.

—Qué gracia. Mírate. ¿Quién es ahora mi pequeña bonita? Eres una escoria, una mocosa malcriada, una desagradecida sabelotodo. Ya te enseñaré yo humildad. Di que lo sientes.

Le da otra fuerte patada en los tobillos y ella chilla y se le llenan los ojos de lágrimas que relucen como el cristal a la luz de la luna.

—Ahora no eres tan arrogante ni tan poderosa, ¿verdad que no? ¿Te crees mejor, mucho más lista que todos los demás? Mírate. Está claro que voy a tener que buscar una manera más eficaz de castigarte. Vuelve a ponerte los zapatos.

En los ojos de ella se lee confusión.

—Vamos a volver a salir. Es lo único a lo que haces caso. ¡Di que lo sientes!

Ella lo mira fijamente con sus ojos como cristales, muy abiertos.

—¿Quieres otra vez el tubo de bucear? ¡Di que lo sientes!

La pincha con la escopeta y sus piernas se estremecen.

—Vas a decirme cuánto lo deseas, ¿a que sí? Dame las gracias, porque eres tan fea que nadie más va a querer tocarte jamás. Esto es un honor para ti, ¿a que sí? —Lo dice bajando el tono de voz, sabe cómo asustarla.

La pincha de nuevo, esta vez en los pechos.

—Eres fea y tonta. Ponte los zapatos. No me has dejado otra alternativa.

Ella no dice nada. Él le da patadas en los tobillos, patadas fuertes, y ruedan las lágrimas por su rostro manchado de pegotes de sangre. Probablemente tiene rota la nariz.

Ella le rompió la nariz a Puerco, le dio una bofetada tan fuerte que la nariz le estuvo sangrando varias horas y Puerco comprendió que se la había roto. Nota la hinchazón en el puente de la nariz. Ella lo abofeteó cuando él cometió la mala acción, cuando se resistió al principio, la mala acción que tuvo lugar en la habitación de la puerta de pintura desconchada. Entonces su madre lo llevó a ese lugar en que los edificios son antiguos y nieva. Nunca había visto la nieve, nunca había pasado tanto frío. Ella lo llevó allí porque había mentido.

—Duele, ¿verdad? —dice Puerco—. Duele mucho cuando uno tiene los tobillos amarrados con perchas que se le clavan en el hueso y te dan una patada. Eso te pasa por desobedecerme. Por mentir. A ver, dónde está el tubo.

Vuelve a propinarle otro puntapié y ella deja escapar un gemido. Le tiemblan las piernas debajo de la ajada túnica verde, debajo del dragón verde muerto que la cubre.

—No oigo a los niños —dice ella, y su voz es cada vez más débil, está perdiendo energía.

—Di que lo sientes.

—Te perdono —responde ella con los ojos brillantes y muy abiertos.

Puerco levanta la escopeta y apunta a la cabeza de Ev, que mira fijamente el cañón, lo mira como si ya no le importara, y él arde de furia.

—Puedes perdonar todo lo que quieras, pero Dios está de mi parte —le dice—. Te mereces su castigo. Por eso estás aquí. ¿Lo entiendes? Es culpa tuya. Tú misma te has puesto estos carbones encendidos en la cabeza. ¡Haz lo que digo! ¡Dime que lo sientes!

Sus grandes botas crujen muy poco cuando se mueve en el aire denso y caliente, hasta que se detiene en el umbral de la puerta y mira de nuevo la habitación. El dragón muerto se agita y por la ventana rota pasa el aire tibio. La habitación está orientada hacia el oeste y por la tarde el sol se cuela por el agujero de la ventana y su luz toca el brillante dragón verde, que reluce y resplandece en llamas esmeralda. Pero no se mueve. Ya no es nada. Está roto y feo, y es por culpa de ella.

Puerco observa sus carnes pálidas, sus carnes blandas y yermas cubiertas de picaduras de insectos y de erupciones. Percibe su hedor, que alcanza hasta la mitad del pasillo. El dragón verde muerto se agita cuando se agita ella y lo pone enfermo recordar cuando capturó el dragón y descubrió lo que había debajo de él. Estaba ella. Fue un engaño. Es culpa de ella. Ella ha querido que ocurra esto, lo ha engañado. Es culpa suya.

—¡Di que lo sientes!

—Te perdono. —Sus ojos grandes y brillantes están fijos en él.

—Supongo que ya sabes lo que va a pasar ahora —dice Puerco.

Ev apenas mueve la boca y de ella no sale ningún sonido.

—Me parece que no lo sabes.

La mira fijamente, contempla su figura maltrecha y repugnante sobre el sucio colchón y siente frialdad en el pecho, y esa frialdad es callada e indiferente como la muerte, como si lo único que ha sentido en su vida estuviera tan muerto como el dragón.

—Me parece que en realidad no lo sabes.

Empuja hacia atrás el deslizador de la escopeta, que produce un sonoro chasquido en la casa vacía.

—Corre —le ordena.

—Te perdono —articula ella con los labios, con sus ojos grandes y acuosos fijos en él.

De pronto Puerco sale al pasillo, sorprendido por el ruido de la puerta principal al cerrarse.

—¿Estás ahí? —llama.

Baja la escopeta y va hacia la parte delantera de la casa con el pulso cada vez más acelerado. No la esperaba, todavía no.

—Te he dicho que no hagas eso —le saluda la voz de Dios, pero no puede verla, todavía no—. Sólo debes hacer lo que yo te diga.

Entonces se materializa en la oscuridad, su ser negro fluye hacia él. Es preciosa, y tan poderosa que la ama y ya no podría vivir sin ella.

—¿Qué crees que estás haciendo? —le pregunta ella.

—Sigue sin decir que lo siente. No quiere decirlo —intenta explicar Puerco.

—No es la hora. ¿Te has acordado de traer la pintura antes de entusiasmarte ahí dentro?

—No la tengo aquí. Está en el coche. Donde la utilicé con la última.

—Tráela. Primero hay que prepararse, siempre hay que prepararse. Uno pierde el control, y luego ¿qué? Ya sabes lo que tienes que hacer. No me decepciones.

Dios se acerca a él fluyendo. Posee un cociente intelectual de ciento cincuenta.

—Casi se nos ha terminado el tiempo —dice Puerco.

—No eres nada sin mí —dice Dios—. No me decepciones.

42

La doctora Self, sentada a su mesa, contempla la piscina, cada vez más nerviosa por la hora. Todos los miércoles por la mañana debe estar en el estudio a eso de las diez para prepararse para el programa de radio en directo.

—No puedo confirmárselo en absoluto —dice por teléfono; si no tuviera tanta prisa disfrutaría de esta conversación por todos los motivos inadecuados.

—No cabe ninguna duda de que usted le recetó Ritalin a David Fortuna —responde la doctora Kay Scarpetta.

La doctora Self no puede evitar pensar en Marino y en todo lo que le ha contado acerca de Scarpetta. No se siente intimidada. En este momento tiene ventaja sobre esta mujer a la que ha visto sólo en una ocasión y de la que oye hablar de forma incesante todas las semanas, sin falta.

—Diez miligramos tres veces al día —truena en la línea la fuerte voz de la doctora Scarpetta.

Parece cansada, tal vez deprimida. La doctora Self podría ayudarla. Así se lo dijo cuando se vieron el mes de junio pasado en la Academia, en la cena que dieron en su honor.

—Las mujeres sumamente motivadas y profesionales de éxito como nosotras debemos tener cuidado para no descuidar nuestro panorama emocional —le dijo a Scarpetta cuando coincidieron por casualidad en el baño de señoras.

—Gracias por las conferencias. Sé que los alumnos están disfrutándolas —repuso Scarpetta, y la doctora Self la caló enseguida.

Las Scarpetta que hay por el mundo son expertas en eludir el escrutinio personal o cualquier cosa que pueda dejar al descubierto su secreta vulnerabilidad.

—Estoy segura de que es usted una inspiración para los alumnos —dijo Scarpetta lavándose las manos en el lavabo como si estuviera preparándose para una operación—. Todo el mundo le agradece que haya encontrado tiempo en su apretada agenda para venir aquí.

—Veo que en realidad no siente lo que dice —le respondió la doctora Self con candidez—. La gran mayoría de mis colegas de profesión desprecian a todo aquel que ejerce en algún lugar que no sea detrás de unas puertas cerradas y sale a terreno abierto, por radio y televisión. La verdad, naturalmente, es que tienen envidia. Sospecho que la mitad de las personas que me critican vendería su alma al diablo por estar en el aire.

—Es probable que tenga razón —contestó Scarpetta secándose las manos.

Fue un comentario que se prestaba a interpretaciones muy diversas: la doctora Self está en lo cierto y la mayoría de sus colegas de profesión la desprecia, o la mitad de las personas que la critican es por envidia, o es verdad que sospecha que la mitad de las personas que la critican le tienen envidia lo cual quiere decir que a lo mejor no la envidian en absoluto. Por más que ha rememorado esta conversación del baño de señoras y por más que ha analizado ese comentario en particular no consigue decidir qué quiso decir la doctora Self y si la estaba insultando de manera muy inteligente y sutil.

—Habla usted como si estuviera preocupada por algo —le dice a Scarpetta por el teléfono.

—Y así es. Quiero saber qué le ocurrió a su paciente, David.
—Esquiva el comentario personal—. Hace poco más de tres semanas se le repusieron cien pastillas —agrega.

—Eso no puedo verificarlo.

—No necesito que lo compruebe; he recogido el bote correspondiente a la receta en casa de David. Sé que usted le recetó Ritalin y sé exactamente cuándo se ha repuesto el medicamento y dónde: en la farmacia del centro comercial donde está el templo de Ev y Kristin.

La doctora Self no confirma ese extremo, pero es cierto.

Lo que dice es:

—Desde luego, precisamente usted debe entender lo que es la confidencialidad.

—Pues yo esperaba que usted entendiera que estamos sumamente preocupados por el bienestar de David y de su hermano, y también por el de las dos mujeres con las que viven.

—¿Alguien ha considerado la posibilidad de que los chicos pudieran sentir nostalgia de Suráfrica? No estoy diciendo que la sintieran —añade—, simplemente planteo una hipótesis.

—Sus padres fallecieron el año pasado en Ciudad del Cabo —dice Scarpetta—. He hablado con el forense que...

—Sí, sí —la interrumpe la doctora Self—. Es una tragedia terrible.

—¿Los dos niños eran pacientes suyos?

—¿Se imagina lo traumático que fue eso? Según tengo entendido por comentarios que han llegado a mis oídos, aparte de por las sesiones que pueda haber tenido con ellos, su hogar adoptivo era provisional. Creo que siempre se dio por hecho que cuando llegara el momento apropiado regresarían a Ciudad del Cabo, a vivir con unos familiares que tuvieron que mudarse a una casa más grande o algo así antes de poder adoptar a los pequeños.

Probablemente no debería dar más detalles, pero es que disfruta demasiado de la conversación para ponerle fin.

—¿Cómo se los enviaron a usted? —pregunta Scarpetta.

—Se puso en contacto conmigo Ev Christian, que me conocía, por supuesto, por mis programas.

—Eso debe de sucederle muy a menudo. La gente la escucha y le entran ganas de ser paciente de usted.

—En efecto.

—Lo cual quiere decir que debe de rechazar a muchas personas.

—No me queda otro remedio.

—Y entonces, ¿qué la hizo decidirse a aceptar a David y tal vez a su hermano?

La doctora Self repara en que hay dos personas junto a su piscina. Dos hombres con polo blanco, gorra negra de visera y gafas oscuras observan los árboles frutales con las franjas rojas.

—Al parecer, tengo intrusos —dice en tono de fastidio.

—¿Perdón?

—Los malditos inspectores. Mañana mismo voy a tratar acerca de este tema en el programa, en mi nuevo programa de televisión. Pues mire, ahora sí que voy a ponerme agresiva de verdad ante el micrófono. Hay que ver con qué libertad entran en mi propiedad. Perdone, tengo que dejarla.

—Esto es de suma importancia, doctora Self. No la habría llamado si no hubiera un motivo para...

—Tengo muchísima prisa y, encima, esto. Ahora resulta que vuelven a venir esos idiotas, probablemente para acabar con todos mis preciosos frutales. En fin, ya veremos. No les voy a permitir que entren aquí con una tropa de zopencos armados con sierras de talar y tijeras de podar. Ya veremos —repite amenazadora—. Si desea que le proporcione más información tendrá que conseguir una orden judicial o un permiso del paciente.

—Es más bien difícil obtener un permiso de una persona que ha desaparecido.

La doctora Self cuelga y sale a la cálida y luminosa mañana para dirigirse con actitud resuelta hacia los hombres de polo blanco que, vistos más de cerca, llevan un logotipo en la parte delantera, el mismo que en la gorra. Los polos tienen en la espalda un rótulo en letras negras que dice: «Departamento de Agricultura y Servicios al Consumidor de Florida.» Uno de los inspectores sostiene una PDA y está haciendo algo con ella mientras el otro habla por su teléfono móvil.

—Discúlpenme —dice la doctora Self en tono agresivo—. ¿En qué puedo servirles?

—Buenos días. Somos inspectores de cítricos del Departamento de Agricultura —responde el hombre de la PDA.

—Ya veo quiénes son —replica la doctora sin sonreír.

Los dos llevan una placa verde con su fotografía, pero la doctora Self sin gafas no puede leer los nombres.

—Hemos llamado al timbre y hemos pensado que no había nadie en casa.

—De modo que entran en mi propiedad y proceden sin más —dice la doctora.

—Tenemos permiso para entrar en jardines abiertos y, como le digo, pensábamos que no había nadie. Hemos llamado al timbre varias veces.

—Desde mi consulta no oigo el timbre —dice ella, como si la culpa fuera de los otros.

—Discúlpenos. Pero teníamos que inspeccionar sus frutales y no nos hemos dado cuenta de que ya habían pasado por aquí los inspectores...

—Ya han estado aquí. Así que reconocen que ya han entrado sin permiso en otra ocasión.

—Nosotros concretamente, no. Lo que quiero decir es que nosotros no hemos inspeccionado su propiedad, pero alguien lo ha hecho. Aunque no haya constancia de ello —le dice el inspector de la PDA.

—Señora, ¿ha pintado usted esas franjas?

La doctora Self mira sin comprender las franjas de sus frutales.

—¿Para qué iba a hacer yo eso? He dado por supuesto que las habían pintado ustedes.

—No, señora. Ya estaban. ¿Quiere decir que no se había fijado en ellas?

—Naturalmente que sí.

—Si no le importa que se lo pregunte, ¿cuándo?

—Hace unos días. No estoy segura.

—Verá, las franjas indican que sus frutales están infectados con cancrosis y que habrá que eliminarlos. Llevan años infectados.

—¿Años?

—Debería haberlos arrancado hace mucho —explica el otro inspector.

—¿De qué demonios me están hablando?

—Hace un par de años que dejamos de pintar franjas rojas. Ahora empleamos cinta naranja. De modo que alguien marcó sus frutales para eliminarlos y, según parece, nadie se ha ocupado de hacerlo. No lo entiendo, pero de hecho estos frutales tienen cancrosis.

—Pues no desde hace mucho, me parece. No acabo de entenderlo.

—Señora, ¿no ha recibido usted un aviso, una nota de color verde que dice que hemos hallado síntomas y en la que se le ordena que llame a determinado número de teléfono gratuito? ¿Nadie le ha enseñado un informe de una muestra?

—No tengo ni idea de qué están hablando —contesta la doctora Self. De pronto se acuerda de la llamada anónima de ayer por la tarde, justo cuando se fue Marino—. ¿Y de verdad están infectados mis frutales?

Se acerca a un pomelo. Está cargado de fruta y le parece sano. Se inclina para mirar de cerca una rama en la que el dedo enguantado del inspector le señala varias hojas que presentan unas lesiones de color claro, apenas perceptibles, en forma de abanico.

—¿Ve estas zonas? —explica—. Indican una infección reciente, puede que de sólo unas semanas. Pero son peculiares.

—No lo entiendo —dice el otro inspector—. Si hacemos caso de las franjas rojas a estas alturas debería estar secándose el árbol y cayéndose la fruta. Tendría que contar los anillos para ver cuánto tiempo hace. Verá, hay cuatro o cinco brotes al año, así que si cuenta los anillos...

—¡Me importa un comino contar anillos ni ver fruta en el suelo! ¿Qué están diciendo? —exclama la doctora Self.

—Precisamente en eso estoy pensando. Si las franjas se pintaron hace un par de años...

—Tronco, estoy en blanco.

—¿Intenta hacerse el gracioso? —le chilla la doctora Self—. Porque a mí no me parece que esto tenga ninguna gracia. —Observa las lesiones de color claro y en forma de abanico y piensa de nuevo en la llamada telefónica de ayer—. ¿Por qué han venido ustedes hoy?

—Pues eso es lo extraño del caso —responde el inspector de la PDA—. No nos consta que sus frutales hayan sido inspeccionados, puestos en cuarentena ni programados para su erradicación. No lo entiendo. Se supone que todo queda registrado en el ordenador. Las lesiones de las hojas son peculiares. ¿Lo ve?

Toma una hoja, se la enseña a la doctora, y ésta se fija otra vez en la extraña lesión en forma de abanico.

—Normalmente no tienen esta forma. Tenemos que traer aquí a un patólogo.

—¿Por qué a mi maldito jardín, precisamente hoy? —exige saber la doctora Self.

—Nos han dicho por teléfono que sus frutales podrían estar infectados, pero…

—¿Por teléfono? ¿Quién?

—Una persona que realiza trabajos en los jardines de esta zona.

—Esto es una locura. Yo tengo jardinero y jamás me ha dicho que les pasara nada a mis frutales. Todo esto es absurdo. No me extraña que la gente esté furiosa. Ustedes no saben ni qué demonios hacen, se limitan a irrumpir en las propiedades privadas y ni siquiera son capaces de decidir qué árboles talar.

—Señora, comprendo su postura, pero la cancrosis no es ninguna broma. Si no atajamos el problema no quedará ningún cítrico…

—Quiero saber quién ha llamado.

—Eso no lo sabemos, señora. Aclararemos este asunto y desde luego le pedimos disculpas por las molestias. Quisiéramos explicarle lo que puede hacer. ¿Cuándo será un buen momento para que volvamos? ¿Va a estar en casa a otra hora? Traeremos a un patólogo.

—Pueden decirles a sus malditos patólogos y supervisores y a quien sea que no es la última vez que tendrán que vérselas conmigo. ¿Saben quién soy?

—No, señora.

—Pues ponga la radio hoy a las doce del mediodía. El programa *Hable de ello con la doctora Self*.

—Venga ya. ¿Es usted? —exclama uno de los dos inspectores, el de la PDA, impresionado, como debe ser—. Yo la escucho siempre.

—Y también tengo un programa en televisión. En la ABC, mañana a la una y media. Todos los jueves —explica la doctora, de repente complacida y sintiendo un poco más de compasión por ellos.

El ruido que se oye por la ventana rota es de alguien que cava, eso parece. Ev respira de forma superficial, acelerada, con los brazos levantados por encima de la cabeza. Respira y escucha.

Cree recordar haber oído el mismo ruido hace unos días, pero no recuerda cuándo. A lo mejor fue por la noche. Oye una pala, alguien que empuja una pala en la tierra, detrás de la casa. Cambia de postura en el colchón y, al hacerlo, siente un intenso dolor en las muñecas y en los tobillos, como si se los golpearan, y también una sensación de ardor en los hombros. Tiene calor y sed. Apenas puede pensar y probablemente tiene fiebre. Las infecciones son graves y todos los puntos sensibles le producen una quemazón insoportable. No puede bajar los brazos a menos que se ponga de pie.

Va a morir. Si él no la mata antes, de todas formas morirá. La casa está silenciosa y sabe que los demás han desaparecido.

Sea lo que sea lo que les ha hecho él, ya no están en la casa.

Ahora ya lo sabe.

—Agua —intenta decir.

Las palabras nacen en lo hondo de ella y se desintegran en el aire como burbujas. Habla en burbujas que suben flotando y se deshacen sin producir el menor sonido en el aire caliente y viciado.

—Por favor, oh, por favor. —Sus palabras no van a ninguna parte; entonces rompe a llorar.

Estalla en sollozos y las lágrimas caen sobre la destrozada túnica verde que tiene sobre las rodillas. Solloza como si hubiera ocurrido algo, algo definitivo, un destino que jamás hubiera podido imaginar, y se queda mirando las manchas oscuras que dejan sus lágrimas en la destrozada túnica verde, esa espléndida túnica que se ponía para predicar. Debajo de ella está la zapatilla deportiva de color rosa que alguien se dejó, marca Keds. Nota el tacto de la pequeña zapatilla contra el muslo, pero como tiene los brazos levantados no le es posible sostenerla ni esconderla mejor, y su aflicción aumenta.

Escucha de nuevo el ruido de excavación y empieza a notar el hedor.

Cuanto más se prolonga la tarea de cavar, más penetra en la habitación el hedor, un hedor distinto, temible, el tufo acre y pútrido de algo muerto.

«Llévame a casa —le pide a Dios—. Por favor, llévame a casa. Muéstrame el modo.»

Logra ponerse de rodillas y, de pronto, cesa el ruido de paletadas, que luego recomienza, se detiene. Se tambalea, casi se cae, pero empujada por el deseo de incorporarse se debate, cae y lo intenta de nuevo, sollozando, hasta que consigue ponerse de pie. El dolor es tan intenso que ve todo negro. Aspira profundamente y la negrura desaparece.

«Muéstrame el modo», reza.

Las cuerdas son finas, de nilón blanco. Una de ellas está atada a la percha retorcida que le sujeta las muñecas hinchadas e inflamadas. Cuando se pone de pie, la cuerda se afloja. Cuando está sentada, los brazos le quedan por encima de la cabeza. Ya no puede tumbarse. La última crueldad de su captor ha sido acortar la cuerda para obligarla a permanecer de pie todo el tiempo que pueda y apoyarse contra la madera de la pared hasta que ya no aguante más y termine sentándose, y entonces los brazos suben inevitablemente. Su última crueldad ha sido obligarla a cortarse el pelo y acortar la cuerda.

Mira las vigas del techo y las cuerdas pasadas sobre ellas, una atada a la percha que le sujeta las muñecas y la otra a la que le inmoviliza los tobillos.

«Muéstrame el modo. Por favor, Dios.»

En eso, cesa el ruido y el hedor tapa la luz de la habitación y le provoca picor en los ojos, y entonces comprende de qué se trata.

Ya no están. La única que queda es ella.

Levanta la vista hacia la cuerda atada a la percha que le amarra las muñecas. Si se pone de pie, la cuerda se afloja lo bastante para darle una vuelta alrededor del cuello. Nota el hedor y sabe lo que es, y reza otra vez, se pasa la cuerda por el cuello y las piernas le desaparecen detrás del cuerpo.

43

El aire es denso y ondulado, como el agua, y ofrece bastante resistencia, pero la V-Rod no se tambalea ni parece ir forzada. Lucy se agarra al sillín de cuero con los muslos y aumenta la velocidad hasta ciento noventa por hora. Mantiene la cabeza baja y los codos pegados como un yóquey para poner a prueba su última adquisición en la pista.

Hace una mañana luminosa e inusualmente calurosa y ya ha desaparecido todo vestigio de las tormentas de ayer. Vuelve a bajar hasta ciento treinta y nueve mil revoluciones por minuto, satisfecha de que la Harley, con sus ejes de leva y sus pistones más grandes, con su rueda de espigas trasera y el motor trucado, sea capaz de quemar el pavimento cuando es necesario; pero no quiere tentar demasiado la suerte. Incluso a ciento setenta y cinco va más deprisa de lo necesario para ver bien, y ésa no es una buena costumbre. Fuera de su inmaculada pista de pruebas hay carreteras públicas y, a semejantes velocidades, la más ligera imperfección del firme puede resultar mortal.

—¿Qué tal va? —resuena la voz de Marino dentro del casco integral.

—Como debe —responde ella bajando a ciento treinta, empujando ligeramente el manillar, virando alrededor de unos pequeños conos de color naranja fuerte.

—Es muy silenciosa. Casi no la oigo desde aquí —comenta Marino desde la torre de control.

«Es que se supone que tiene que ser silenciosa», piensa Lucy. La V-Rod es una Harley que no hace ruido, una moto de carreras que parece una moto de carretera y no llama la atención.

Lucy se echa hacia atrás en el sillín, reduce la velocidad a noventa y aprieta con el pulgar el tornillo de fricción para fijar el acelerador en una versión aproximada de un control de crucero. Se inclina para tomar una curva y saca una pistola Glock del calibre cuarenta de la funda que lleva incorporada al muslo derecho de su pantalón negro.

—Nadie a la vista —transmite.

—Tienes vía libre.

—Bien. Adelante.

Desde la torre de control, Marino observa cómo Lucy toma la cerrada curva que hay en el extremo norte de la pista, cuya longitud total es de un kilómetro y medio.

Recorre con la mirada los altos montículos de tierra, el cielo azul, los campos de tiro cubiertos de hierba, la carretera que pasa por el centro del terreno y, después, el hangar y la pista de despegue, como a ochocientos metros de distancia. Se cerciora de que en la zona no haya ningún miembro del personal, ni vehículos ni aviones. Cuando la pista se está utilizando no se permite la presencia de nadie en un kilómetro y medio a la redonda, ni siquiera en lo que concierne al espacio aéreo.

Marino experimenta una mezcla confusa de emociones cuando contempla a Lucy. Su valentía y sus notables habilidades lo impresionan. La ama pero al mismo tiempo le inspira resentimiento, en parte preferiría no sentir nada en absoluto por ella. Lucy es como su tía Kay: le hace sentirse inaceptable para el tipo de mujeres que le gustan pero a las que le falta valor para pretender. Contempla cómo Lucy acelera por la pista de pruebas maniobrando su nueva motocicleta, rápida como una bala, como si formara parte de ella, y piensa en Scarpetta, que está de camino al aeropuerto, de camino a reunirse con Benton.

—En acción dentro de cinco segundos —le dice al micrófono.

Al otro lado del cristal, la figura negra de Lucy a lomos de la estilizada motocicleta negra avanza a toda velocidad suavemente, casi sin hacer ruido. Marino detecta un movimiento del brazo derecho cuando Lucy aprieta la pistola contra su cuerpo, con el codo metido hacia la cintura para que el viento no le arranque el arma de la mano. Observa cómo pasan los segundos en el reloj digital incorporado a la consola y, tras contar hasta cinco, pulsa el botón de la Zona Dos. En el lado oriental de la pista se levantan unas dianas pequeñas y redondas que enseguida caen hacia atrás con un fuerte ruido metálico al ser alcanzadas por la andanada de balas del calibre cuarenta. Lucy no falla. Hace que parezca fácil.

—Larga distancia en la curva base. —La voz de Lucy llena el auricular.

—¿A favor del viento?

—Roger.

Sus pisadas rápidas y cargadas de emoción resuenan con fuerza por el pasillo. Oye lo que siente en la manera en que sus botas avanzan por la madera vieja y desgastada. Lleva la escopeta. También lleva la caja de zapatos con el aerógrafo, la pintura roja y la plantilla.

Viene preparado.

—Ahora sí que vas a decir que lo sientes —dice en dirección a la puerta abierta que hay al final del corredor—. Ahora vas a tener lo que te mereces —añade, caminando rápido.

Penetra en el hedor. Cuando traspasa el umbral, es como un muro, peor que fuera, junto a la fosa. Dentro de la habitación el aire no se mueve y el tufo a muerto se estanca. Se queda mirando, pasmado.

Esto no puede haber sucedido.

¡Cómo puede haber permitido Dios que suceda esto!

Oye a Dios en el pasillo, que atraviesa el umbral fluyendo, sacudiendo la cabeza en un gesto de negación.

—¡Me había preparado! —chilla él.

Dios mira a la muerta, la ahorcada, que se ha librado del castigo, y menea la cabeza otra vez. Es culpa de Puerco, es un imbécil, no lo ha previsto, debería haberse asegurado de que no pasara una cosa así.

La muerta no ha llegado a decir que lo siente, todas lo dicen al final, cuando tienen el cañón de la escopeta metido en la boca, hablan como pueden, intentan decir: «Lo siento. Por favor. Lo siento.»

Dios desaparece del umbral y lo deja a solas con su equivocación y con la zapatilla rosa de niña encima del colchón lleno de manchas. Puerco empieza a sacudirse por dentro, con una rabia tan intensa que no sabe qué hacer con ella.

Suelta un chillido, cruza rápidamente el suelo asqueroso, pegajoso y sucio de orina y de mierda y se pone a dar patadas con todas sus fuerzas al cuerpo desnudo, repugnante y sin vida. Ella se sacude con cada puntapié; se balancea colgando de la cuerda que le rodea el cuello, ladeado hacia el oído izquierdo. La lengua asoma como si se burlase de él. Su rostro tiene un color rojo oscuro y azulado, como si le estuviese gritando algo. Su peso se apoya sobre las rodillas, encima del colchón, y la cabeza está inclinada hacia delante, como si estuviera rezándole a Dios. Los brazos, atados, están levantados y las manos juntas, como si celebrase la victoria.

«¡Bien! ¡Bien!» Se balancea en la cuerda, victoriosa y con la zapatilla rosa a su lado.

—¡Cállate! —vocifera Puerco.

Y otra vez se pone a arrearle patadas con sus grandes botas, hasta que siente las piernas demasiado cansadas para continuar pateando.

Entonces la golpea una y otra vez con la culata de la escopeta, hasta que siente los brazos demasiado cansados para continuar golpeando.

44

Marino aguarda para activar una serie de siluetas humanas, dianas que surgirán de detrás de unos arbustos, una valla y un árbol en la curva base, o Curva del Muerto como la llama Lucy.

Observa la manga de viento, naranja chillón, que hay en el centro del campo y verifica que el viento sigue soplando del este a una velocidad aproximada de cinco nudos. Se fija en que el brazo derecho de Lucy enfunda la Glock y se desplaza hacia la parte de atrás en busca de una enorme maleta de cuero manteniendo una velocidad estable de noventa kilómetros por hora al tomar la curva que cruza el viento y entrar en la recta con el viento a favor. Luego saca con calma una carabina Beretta Cx4 Storm de nueve milímetros.

—En acción dentro de cinco segundos —anuncia Marino.

Fabricada en un polímero negro antirreflectante y provista del mismo perno telescópico que se emplea en un subfusil Uzi, la Storm es una de las pasiones de Lucy. Pesa menos de tres kilos, tiene una culata de pistola que facilita su manejo y la eyección puede cambiarse de izquierda a derecha. De modo que es ágil y práctica. Cuando Marino activa la Zona Tres, aparece Lucy y un montón de casquillos de latón relampaguean al sol, volando por detrás de ella. Mata todo lo que hay en la Curva del Muerto, lo mata todo más de una vez. Marino cuenta quince series de disparos. Todas las dianas han caído y aún le queda una serie.

Marino piensa en la mujer que se llama Stevie, en que Lucy va a encontrarse con ella hoy, en Deuce. El número con prefijo 617 que Stevie le dio a Lucy pertenece a un tipo de Concord, Massachusetts, llamado Doug. Afirma que hace varios días estuvo en un bar de Ptown y perdió el teléfono móvil. Dice que todavía no ha dado de baja el número porque por lo visto una mujer encontró el teléfono, llamó a uno de los números que tenía en la memoria y habló con uno de sus amigos, que le dio el teléfono de su casa. La mujer lo llamó, le dijo que había encontrado su móvil y le prometió que se lo enviaría por correo.

Hasta la fecha no se lo ha enviado.

Es un truco muy hábil, piensa Marino. Si encuentras o robas un teléfono móvil y prometes enviárselo a su dueño, es posible que éste no desactive inmediatamente su clave de identificación, de modo que puedas utilizar el teléfono algún tiempo hasta que el propietario se dé cuenta. Lo que Marino no acaba de entender es por qué Stevie, quienquiera que sea, va a querer tomarse tantas molestias. Si la razón es que no desea tener un contrato con una compañía de móviles como Verizon o Sprint, ¿por qué no se compra un teléfono de tarjeta?

Quienquiera que sea Stevie, constituye un problema. Lucy lleva tiempo viviendo demasiado cerca del precipicio, ya lleva así casi un año. Ha cambiado. Se ha vuelto descuidada e indiferente, y a veces Marino se pregunta si no estará intentando hacerse daño a sí misma, y con saña.

—Acaba de salir otro coche por detrás —le transmite por radio—. Eres historia.

—Tengo munición otra vez.

—Ni hablar. —No se lo puede creer.

De alguna manera Lucy se las ha arreglado para deshacerse del cargador vacío e introducir otro nuevo sin que él se haya dado cuenta.

Lucy aminora la velocidad hasta detenerse frente a la torre de control.

Marino deja el auricular sobre la consola y, para cuando llega al pie de la escalera de madera, Lucy ya se ha quitado el casco y los guantes y está abriéndose la cremallera del traje.

—¿Cómo has hecho eso? —le pregunta Marino.

—Con trampa.

—Lo sabía.

Guiña los ojos preguntándose dónde habrá dejado las gafas de sol.

Últimamente parece que se lo va dejando todo por ahí.

—Tenía un cargador de más aquí dentro. —Lucy se palmea el bolsillo.

—Ya. En la vida real, probablemente no lo tendrías. De modo que sí, has hecho trampa.

—El que sobrevive escribe las reglas.

—¿Cuál es tu opinión acerca del Z-Rod, acerca de convertirlos todos en Z-Rod? —le pregunta Marino, sabiendo ya lo que opina ella pero preguntándoselo de todos modos, con la esperanza de que haya cambiado de opinión.

No tiene sentido aumentar aproximadamente un trece por ciento un motor ya ampliado de 1.150 a 1.318 centímetros cúbicos y una potencia ya rompedora de 120 a 170 caballos para que la moto pueda ponerse de cero a doscientos en 9,4 segundos. Cuanto más peso pierda la moto, mayor será su rendimiento, pero eso implica sustituir el sillín de cuero y la defensa trasera por otros de fibra de vidrio y prescindir de las maletas, y de éstas no se puede prescindir. Espera que a Lucy no le interese hacer picadillo la nueva flota de motos de Operaciones Especiales. Espera que por una vez se conforme con lo que tiene.

—Que es poco práctico e innecesario —lo sorprende Lucy—. Un motor Z-Rod tiene una vida de sólo dieciséis mil kilómetros, así que imagínate los dolores de cabeza que causaría el mantenimiento, y si empezamos a quitar cosas llamará la atención. Y no digamos lo que va a aumentar el ruido debido al incremento de la toma de aire.

—Ahora qué pasa —dice Marino con un gruñido porque suena su teléfono móvil—. Sí —contesta en tono áspero.

Escucha un instante y luego pone fin a la llamada y dice «mierda» antes de explicarle a Lucy:

—Van a ponerse a examinar el monovolumen. ¿Te importa ir empezando sin mí en casa de la señora Simister?

—No te preocupes por eso. Me llevaré a Lex.

Lucy se desengancha del cinturón una radio bidireccional y conecta.

—Cero-cero-uno a establo.

—¿Qué puedo hacer por ti, cero-cero-uno?

—Echa gasolina a mi caballo. Voy a sacarlo a la calle.

—¿Necesitas algo especial bajo la silla de montar?

—Está bien tal como está.

—Me alegro de saberlo. Enseguida estará listo.

—Nos iremos a South Beach alrededor de las nueve —le dice Lucy a Marino—. Allí te veré.

—No sé si sería mejor que fuéramos juntos —propone él mirándola, intentando adivinar qué le ronda por la cabeza.

Pero nunca lo consigue, con una cabeza como ésa. Si Lucy fuera más complicada, necesitaría un intérprete.

—No podemos arriesgarnos a que ella nos vea en el mismo coche —dice Lucy quitándose la cazadora de tiro y quejándose de que las mangas son como esposas chinas.

—Puede que se trate de una secta —dice Marino—. De una pandilla de brujas que se pintan manos rojas por todo el cuerpo. Salem está por esta zona y hay allí toda clase de brujas.

—Las brujas se reúnen en aquelarres, no en pandillas —lo corrige Lucy clavándole un dedo en el hombro.

—A lo mejor ella lo es —insiste Marino—. A lo mejor nuestra nueva amiga es una bruja que roba teléfonos móviles.

—A lo mejor voy y se lo pregunto —contesta Lucy.

—Deberías tener cuidado con la gente. Es tu único defecto, la falta de criterio para escoger a quién ligarte. Me gustaría que fueras más cuidadosa.

—Supongo que los dos compartimos la misma disfunción. Por lo visto, tu criterio en esa materia es casi tan bueno como el mío. A propósito, tía Kay dice que en realidad Reba es una persona agradable y que tú te portaste muy mal con ella en casa de la señora Simister.

—Mejor haría la doctora en no haber dicho eso. Mejor haría en no decir nada.

—Pues no es lo único que ha dicho. Además asegura que Reba

es inteligente; novata, pero inteligente. Que no es más burra que un arado ni todos esos tópicos que a ti tanto te gustan.

—Chorradas.

—Debe de ser ella la chica con la que estuviste saliendo una temporada —dice Lucy.

—¿Quién te lo ha dicho? —explota Marino.

—Tú mismo.

45

Lucy tiene un macroadenoma. La glándula pituitaria, suspendida de un pedúnculo del hipotálamo, en la base del cerebro, tiene un tumor.

El tamaño normal de la pituitaria es aproximadamente el de un guisante. Se la conoce como glándula maestra porque transmite señales a la tiroides, a las glándulas suprarrenales y a los ovarios o los testículos para controlar la producción de hormonas que afectan drásticamente al metabolismo, la presión sanguínea, la reproducción y otras funciones vitales. El tumor de Lucy mide aproximadamente doce milímetros de diámetro. Es benigno, pero no va a desaparecer por sí solo. Sus síntomas son dolores de cabeza y un exceso de prolactina que le produce síntomas desagradables parecidos a los del embarazo. Por el momento controla su estado con un tratamiento que se supone que ha de reducir los niveles de prolactina y hacer que el tumor encoja. Su reacción no ha sido la ideal; Lucy odia tomarse la medicación y no sigue una pauta ordenada. Con el tiempo podría necesitar una intervención quirúrgica.

Scarpetta aparca el coche delante de Signature, la FBO del aeropuerto Fort Lauderdale, donde Lucy guarda su reactor en un hangar. Se apea del coche y saluda a los pilotos pensando en Benton. No sabe si podrá perdonarlo. Se siente tan profundamente dolida, tan furiosa que el corazón le va a cien por hora y le tiemblan las manos.

—Todavía están cayendo algunas nevadas allá arriba —dice

Bruce, el jefe de los pilotos—. Estaremos en el aire a eso de las dos y veinte. Tenemos un decente viento de proa.

—Ya sé que no quería catering, pero hemos conseguido una bandeja de quesos —dice su copiloto—. ¿Trae equipaje?

—No —responde ella.

Los pilotos de Lucy no llevan uniforme. Son agentes especialmente entrenados a gusto de ella: ni beben ni fuman ni toman ninguna clase de droga, están en muy buena forma y han recibido entrenamiento en defensa personal. Escoltan a Scarpetta hasta la pista de despegue en la que aguarda el Citation X, parecido a un enorme pájaro blanco con panza. A Scarpetta le recuera el vientre de Lucy, lo que le ha sucedido.

Una vez dentro del avión se acomoda en el gran asiento de cuero y, cuando los pilotos están ocupados en el interior de la cabina, llama a Benton.

—Llegaré sobre la una, una y cuarto —le dice.

—Por favor, procura entenderlo, Kay. Sé cómo debes de sentirte.

—Ya hablaremos de eso cuando llegue.

—Nunca dejamos las cosas así —responde él.

Es la norma, el antiguo principio: nunca dejes que se ponga el sol estando furioso, nunca te metas en un coche ni en un avión ni salgas de casa enfadado. Si hay alguien que sepa cuán rápidamente y al azar golpea la tragedia, ésos son Scarpetta y él.

—Feliz vuelo —le dice Benton—. Te quiero.

Lex y Reba pasean alrededor de la casa como si buscaran algo. Dejan de buscar cuando Lucy hace su espectacular aparición en el camino de entrada de Daggie Simister.

Apaga el motor de la V-Rod, se quita el casco integral negro y se baja la cremallera de la cazadora negra.

—Pareces Darth Vader —le dice Lex en tono jocoso.

Lucy jamás había conocido a alguien con felicidad crónica. Lex es todo un hallazgo. Cuando se graduó la Academia no quiso de ningún modo dejarla marchar. Es inteligente y cuidadosa y sabe cuándo quitarse de en medio.

—¿Qué estamos buscando aquí fuera? —inquiere Lucy recorriendo con la mirada el pequeño jardín.

—Esos frutales de ahí —contesta Lex—. No es que yo sea detective, pero cuando estuvimos en la otra casa, en la de la familia desaparecida —indica la vivienda anaranjada que se ve en la otra orilla del canal—, la doctora Scarpetta dijo algo acerca de un inspector de cítricos que andaba por aquí. Dijo que lo había visto examinar los árboles de la zona, quizás en el jardín de la casa del vecino. Desde aquí no se distingue, pero algunos de esos árboles tienen estas mismas franjas rojas. —Señala de nuevo la casa anaranjada de enfrente.

—Por supuesto, la cancrosis se contagia muy rápido. Si estos árboles están infectados, supongo que también lo estarán muchos de la zona. A propósito, soy Reba Wagner —dice dirigiéndose a Lucy—. Probablemente habrá oído hablar de mí a Pete Marino.

Lucy la mira a los ojos.

—¿Y qué es lo que podría haber dicho de usted?

—El reto mental que soy.

—Reto mental es una expresión que amplía su vocabulario hasta un punto inimaginable. Seguramente ha dicho que es retrasada mental.

—Ahí lo tiene.

—Vamos adentro —propone Lucy encaminándose hacia el porche de entrada—. Veamos lo que se le pasó por alto la primera vez —le dice a Reba—, ya que es mentalmente tan incapaz.

—Ni en broma —le dice Lex a Reba recogiendo el maletín de pruebas que había dejado junto a la puerta de la casa—. Antes de que hagamos nada —esto se lo dice también a Reba—, quiero comprobar que la casa ha estado precintada desde que vosotras limpiasteis el lugar.

—Desde luego que sí. Yo misma lo vi. Precintaron todas las puertas y ventanas.

—¿Hay sistema de alarma?

—Te asombraría saber cuánta gente de por aquí no tiene.

Lucy observa que hay pegatinas de la compañía de alarmas H & M en las ventanas y comenta:

—Se ve que de todos modos estaba preocupada. Probablemente

no se podía permitir una alarma de verdad, pero aun así quiso ahuyentar a los malos.

—El problema es que los malos ya se saben el truco —comenta Reba—. Pegatinas y carteles en los arriates. Un ladrón echa un vistazo a esta casa y calcula que lo más probable es que no disponga de sistema de alarma, que la persona que vive en ella no se lo puede permitir o es demasiado vieja para tomarse esa molestia.

—Hay mucha gente mayor que no se toma la molestia, es cierto —reconoce Lucy—. Además de que se olvidan del código. Lo digo en serio.

Reba abre la puerta y es recibida por una ráfaga de aire rancio, como si la vida que había en el interior hubiera huido hace mucho tiempo. Entra y enciende las luces.

—¿Qué se ha hecho hasta ahora? —pregunta Lex mirando el suelo de terrazo.

—Nada, salvo en el dormitorio.

—Muy bien, vamos a quedarnos un minuto aquí a pensar —dice Lucy—. Sabemos dos cosas. El asesino se las arregló para entrar en la casa sin tirar la puerta abajo y, después de matar a la víctima, se las arregló para salir. ¿También por una puerta? —le pregunta a Reba.

—Yo diría que sí. La casa tiene ventanas de celosía. No hay forma de colarse por una a no ser que seas de goma.

—En ese caso, lo que deberíamos hacer es rociar empezando por esta puerta y retrocediendo hasta el dormitorio en el que asesinaron a la anciana —dice Lucy—. Después haremos lo mismo con las demás puertas. Triangulando.

—Eso sería esta puerta, la de la cocina y las correderas del comedor que dan al porche, aparte de las del propio porche —les dice Reba—. Los dos juegos de puertas correderas no estaban cerradas con llave cuando llegó Pete, eso afirma él.

Entra en el vestíbulo seguida de Lucy y Lex. Cierran la puerta.

—¿Conocemos algún detalle más acerca del inspector de cítricos que usted y la doctora Scarpetta vieron por casualidad más o menos cuando mataron a la anciana? —inquiere Lucy; cuando trabaja jamás se refiere a Scarpetta como su tía.

—Yo he encontrado un par de cosas. En primer lugar, los inspectores trabajan por parejas. En cambio la persona que vimos estaba sola.

—¿Y cómo sabe que su compañero no se encontraba a la vista en aquel momento? A lo mejor estaba en el jardín delantero —sugiere Lucy.

—No lo sabemos. Pero sólo vimos a esa persona. Y no consta en ninguna parte que tuviera que haber inspectores en esta zona. Otra cosa: utilizó uno de esos recogedores de fruta, ya sabe, un tubo largo con una garra o algo así para arrancar fruta de la copa del árbol sin tener que subirse a él. Pero, según lo que me han dicho, los inspectores no utilizan nada parecido.

—¿Adónde quiere llegar? —pregunta Lucy.

—Ese tipo desmontó el recogedor y lo guardó en una bolsa grande de color negro.

—A saber qué más había en esa bolsa —comenta Lex.

—Una escopeta, quizá —sugiere Reba.

—No hay que descartar ninguna posibilidad —dice Lucy.

—Yo diría que se ha reído en nuestra cara —añade Reba—. Estoy totalmente a la vista en la otra orilla del canal. Soy policía. Estoy con la doctora Scarpetta y es evidente que estamos echando un vistazo, investigando, y él está ahí plantado, mirándonos, fingiendo que examina unos frutales.

—Es posible, pero no podemos estar seguras —responde Lucy—. No descartemos ninguna posibilidad —les recuerda una vez más.

Lex se acuclilla en el frío suelo de terrazo y abre el maletín. A continuación cierran todas las persianas de la casa y se ponen los trajes de protección. Luego Lucy instala el trípode, fija la cámara y el disparador de cable mientras Lex mezcla el Luminol y lo trasvasa a un vaporizador negro. Toman fotografías del área que rodea justo la entrada de la puerta principal, después apagan las luces y la suerte les sonríe al primer intento.

—Humo sagrado. —La voz de Reba resuena en la oscuridad.

La forma característica de unas pisadas resplandece verdiazul cuando Lex humedece el suelo; Lucy lo capta con su cámara.

—Debía de tener muchísima sangre en las botas para dejar un

rastro como éste después de recorrer la casa entera —comenta Reba.

—Estaría de acuerdo a no ser por una cosa —dice Lucy en la oscuridad—. Las pisadas van en dirección contraria. En vez de salir, entran.

46

Tiene un aspecto muy serio pero está fantástico con el abrigo largo de ante negro y el cabello plateado asomando por debajo de una gorra de béisbol de los Red Sox. Cada vez que Scarpetta pasa una temporada larga sin ver a Benton se queda impresionada con su refinada apostura, su estilizada elegancia. No desea estar enfadada con él, no lo soporta. La pone enferma.

—Como siempre, ha sido un placer volar con usted. Llámenos cuando sepa exactamente cuándo va a regresar —le dice Bruce, el piloto, estrechándole la mano con afecto—. Si necesita algo, no tiene más que decírmelo. Tiene todos mis números, ¿verdad?

—Gracias, Bruce —responde Scarpetta.

—Siento que haya tenido que esperar —le dice Bruce a Benton—. Soplaba un viento de proa de lo más incómodo.

Benton no tiene una actitud en absoluto amistosa. No le contesta. Observa cómo se va.

—A ver si lo adivino —le dice a Scarpetta—. Otro triatleta que ha decidido jugar a policías y ladrones. Es la única cosa que no me gusta de volar en los reactores de Lucy: sus pilotos cabeza hueca.

—Yo me siento muy segura con ellos.

—Pues yo, no.

Scarpetta se abotona el abrigo de lana y salen de la FBO.

—Espero que no haya intentado entablar conversación, que no te haya molestado. Me da en la nariz que es de ésos —comenta.

—Yo también me alegro de verte, Benton —responde Scarpetta caminando un paso por delante de él.

—Da la casualidad de que sé que no te alegras en absoluto.

Benton aprieta el paso. Le sostiene la puerta a Scarpetta para que pase y entra un viento frío que arrastra pequeños copos de nieve. Hace un día triste y gris, tan oscuro que se han encendido las luces del aparcamiento.

—Lucy contrata a tipos de éstos, todos muy guapos y adictos al gimnasio, y ellos se creen héroes de acción —comenta Benton.

—Ya has dicho lo que querías decir. ¿Vas a empezar una discusión antes de darme la oportunidad de decir algo?

—Es importante que te des cuenta de ciertas cosas, que no presupongas que alguien está limitándose a ser amable. Me preocupa que no captes señales importantes.

—Eso es ridículo —responde ella con cierto enojo—. Si acaso capto demasiadas. Aunque, obviamente, este año se me han pasado por alto algunas esenciales. Si querías pelea, ya la tienes.

Están cruzando el aparcamiento nevado y las farolas que iluminan el asfalto están difuminadas por la nieve. Todos los sonidos se oyen amortiguados. Normalmente van de la mano. Scarpetta no entiende cómo Benton puede haber hecho lo que ha hecho. Se le llenan los ojos de lágrimas. Tal vez sea por el viento.

—Me preocupa quién puede haber ahí fuera —dice Benton desbloqueando el Porsche, un modelo SUV cuatro por cuatro.

A Benton le gustan sus coches. A Lucy y a él les va la potencia. La diferencia estriba en que Benton se sabe poderoso y Lucy no tiene la sensación de serlo.

—¿Te preocupa en general? —le pregunta Scarpetta, suponiendo que habla de todas las señales que supuestamente ha dejado de captar ella.

—Estoy hablando de la persona que asesinó a la mujer de nuestro caso. La NIBIN tiene en su poder un casquillo de escopeta que parece haber sido disparado por la misma arma que se empleó para cometer un homicidio en Hollywood hace dos años: un caso de robo en una tienda de las que abren las veinticuatro horas. El tipo llevaba careta, mató a un chico de la tienda y después el encargado lo mató a él. ¿Te suena de algo?

Gira la cabeza hacia Scarpetta mientras se alejan del aeropuerto en el coche.

—He oído hablar de ese caso —responde ella—. Diecisiete años y sin otra arma que una mopa. ¿Alguien tiene alguna pista de por qué esa escopeta vuelve a estar en circulación? —pregunta mientras su resentimiento va en aumento.

—Todavía no.

—Últimamente ha habido muchas muertes por escopeta —comenta en tono frío y profesional.

Si Benton quiere así las cosas, por ella que no quede.

—Quisiera saber de qué va todo esto —añade con cierta indiferencia—. La que se utilizó en el caso de Johnny Swift desaparece y ahora la emplean en el caso de Daggie Simister. —Tiene que explicarle a Benton el caso de Daggie Simister. Él aún no está al corriente—. Una escopeta que se suponía que estaba bajo custodia o que se había destruido vuelve a utilizarse aquí —prosigue—. Y luego tenemos la Biblia encontrada en casa de esa familia desaparecida.

—¿Qué Biblia y qué familia desaparecida?

Eso también tiene que explicárselo, tiene que contarle lo de la llamada anónima de un individuo que se autodenomina Puerco. Tiene que contarle lo de la viejísima Biblia que encontraron en casa de las mujeres y los niños desaparecidos, decirle que estaba abierta por el libro de la Sabiduría, y que el versículo es el mismo que le recitó a Marino por teléfono aquel individuo llamado Puerco.

«Por esto, como a niños que no tienen uso de razón, habéis enviado un castigo que era una burla.»

—Estaba marcado con varias equis a lápiz —explica—. La Biblia era una edición de 1756.

—Es raro que tuvieran una Biblia tan antigua.

—En aquella casa no había ningún otro libro tan antiguo, según dice la detective Wagner. Tú no la conoces. Las personas que trabajaban con ellas en la parroquia dicen que nunca habían visto esa Biblia.

—¿Habéis buscado huellas y ADN?

—No contiene ni huellas ni ADN.

—¿Tienes alguna teoría sobre lo que puede haberles ocurrido? —pregunta Benton, como si la única y exclusiva razón de que Scarpetta haya acudido rápidamente en avión privado sea para hablar del trabajo.

—Nada bueno —contesta ella, cada vez más resentida.

Benton no sabe cómo ha sido su vida últimamente.

—¿Alguna prueba de un delito?

—Aún nos queda mucho por hacer en los laboratorios. Trabajan a toda máquina. Encontré huellas de una oreja en una puerta corredera del dormitorio principal. Alguien aplastó la oreja contra el cristal.

—Quizá de uno de los niños.

—Qué va —replica Scarpetta, ya furiosa—. Hemos conseguido el ADN de los niños, o el que supuestamente es el suyo, de la ropa, de los cepillos de dientes, de un bote de medicamentos.

—No me parece que las huellas de oreja sean algo muy científico precisamente para un forense. Se ha detenido a varias personas erróneamente por culpa de huellas de oreja.

—Son una herramienta más, como el polígrafo —dice Scarpetta casi atacando.

—No pienso discutir contigo, Kay.

—Obtenemos el ADN de una huella de oreja del mismo modo que lo obtenemos de una huella dactilar —dice Scarpetta—. Ya lo hemos analizado y es desconocido, por lo visto no pertenece a ninguna de las personas que vivían en la casa. Tampoco hemos encontrado nada en la CODIS. Les he pedido a nuestros amigos de DNAPrints Genomics de Sarasota que lo analicen para averiguar el sexo y la inferencia ancestral o la afiliación racial. Por desgracia, eso tardará unos días. En realidad me importa un comino encontrar la coincidencia entre la oreja de una persona y esa huella. —Benton no dice una palabra—. ¿Tienes algo de comer en casa? Además, necesito una copa. No me importa que sea mediodía. Y también necesito que hablemos de otra cosa, aparte del trabajo. No he venido hasta aquí en medio de una ventisca para hablar del trabajo.

—Todavía no es una ventisca —comenta Benton sombrío—. Pero lo será.

Scarpetta mira por la ventana mientras él conduce en dirección a Cambridge.

—En casa tengo un montón de comida. Y lo que te apetezca de beber —dice Benton en voz baja.

Y luego dice algo más. Scarpetta no está segura de haberlo oído correctamente; lo que cree haber oído no puede ser cierto.

—Perdona, ¿qué acabas de decir? —le pregunta, desconcertada.

—Que si quieres terminar, es mejor que me lo digas ahora.

—¿Si quiero terminar? —Lo mira con incredulidad—. ¿Así sin más, Benton? ¿Tenemos una discusión importante y ya hablamos de poner fin a nuestra relación?

—Sólo te estoy dando la opción.

—No necesito que me des nada.

—No he querido decir que necesites mi permiso. Es que no sé cómo va a funcionar lo nuestro si ya no confías en mí.

—Puede que tengas razón. —Scarpetta lucha por contener las lágrimas y desvía el rostro para mirar la nieve.

—Así que estás diciendo que ya no confías en mí.

—¿Y si te lo hubiera hecho yo a ti?

—Me sentiría muy dolido —contesta él—. Pero intentaría comprender tus motivos. Lucy tiene derecho a su intimidad, es un derecho legal. La única razón por la que estoy enterado de que tiene ese tumor es porque ella me dijo que tenía un problema y me preguntó si yo podría arreglarlo para que le practicaran un escáner en el McLean, si podía conseguir que no se enterase nadie, mantenerlo en absoluto secreto. No quería pedir cita en un hospital de por ahí, ya sabes lo especial que es. Sobre todo últimamente.

—Antes sabía cómo era Lucy.

—Kay. —Benton se gira hacia ella—. Lucy no quería que constara en un informe. Ya no queda nada que sea privado, no desde la entrada en vigor del Acta Patriótica.

—Bueno, eso no voy a discutírtelo.

—Uno tiene que asumir que su historial médico, los medicamentos que le recetan, las cuentas bancarias, los hábitos de compra, todo lo íntimo de su vida puede ser escudriñado por los federales con el fin de frenar a los terroristas. La polémica carrera de Lucy en el FBI y el ATF es una preocupación fundada. No se fía de que no haya algo que ellos no puedan descubrir y termine haciéndole una auditoría el IRS, o figurando en una lista de pilotos inhabilitados, acusada de manejar información privilegiada, víctima de algún escándalo en la prensa, Dios sabe qué.

—¿Y qué me dices de ti y de tu no muy halagüeño pasado en el FBI?

Benton se encoge de hombros y sigue conduciendo deprisa. Cae una nieve ligera que apenas parece tocar el cristal.

—No hay mucho más que puedan hacerme —responde—. Lo cierto es que probablemente yo les supondría una pérdida de tiempo. Me preocupa mucho más quién anda por ahí con una escopeta que debería estar en manos de la policía de Hollywood o haber sido destruida.

—¿Qué hace Lucy con la medicación que le han recetado? Si tanto le preocupa dejar cualquier rastro electrónico o en papel...

—Y con razón. Lucy no se hace ilusiones. Son capaces de hacerse casi con cualquier cosa que se les antoje. Aunque haga falta una orden judicial, ¿qué supones que ocurre en realidad si el FBI desea obtener una de un juez que da la casualidad de que ha sido nombrado por el Gobierno actual, un juez preocupado por las posibles consecuencias a las que se expone si no colabora? ¿Hace falta que te describa aproximadamente unas cincuenta posibilidades reales?

—Antes Estados Unidos era un lugar agradable para vivir.

—En el caso de Lucy nos hemos ocupado de todo nosotros mismos —dice Benton.

Continúa hablando acerca del McLean, le asegura que Lucy no podía haber acudido a un sitio mejor, que por lo menos en el McLean tiene a los mejores médicos y científicos del país, del mundo entero. Pero nada de lo que dice hace que Scarpetta se sienta mejor.

Ya han llegado a Cambridge y pasan por delante de las espléndidas mansiones antiguas de la calle Brattle.

—Lucy no ha tenido que pasar por los canales normales ni una sola vez, ni siquiera para las consultas médicas. No queda constancia de nada a no ser que alguien cometa un error o una indiscreción —está diciendo Benton.

—No hay nada infalible. Lucy no puede pasarse el resto de la vida con la paranoia de que la gente va a enterarse de que tiene un tumor cerebral y de que está tomando un inhibidor de la dopamina para mantenerlo a raya. O de que se ha operado, si llegara a darse el caso.

Le resulta duro decir eso. Con independencia de que las estadísticas digan que la extirpación quirúrgica de los tumores en la pituitaria casi siempre tiene éxito, cabe la posibilidad de que algo salga mal.

—No es cáncer —dice Benton—. Si lo fuera, probablemente yo te lo habría contado, dijera ella lo que dijera.

—Lucy es mi sobrina. La he criado como a una hija. Tú no tienes derecho a decidir qué es lo que constituye una amenaza grave para su salud.

—Tú sabes mejor que nadie que los tumores de pituitaria no son infrecuentes. Los estudios demuestran que aproximadamente el veinte por ciento de la población sufre tumores en la pituitaria.

—Eso depende de quién haga la encuesta. El diez por ciento, el veinte. Me importan un bledo las estadísticas.

—Estoy seguro de que los has visto en las autopsias. La persona ni siquiera sabía que lo tenía; un tumor en la pituitaria no ha sido el motivo de que terminara en tu depósito de cadáveres.

—Pero Lucy sí que sabe que lo tiene. Y los porcentajes se basan en personas que tenían micro, no macro, adenomas y permanecían asintomáticas. El tumor de Lucy, según el último escáner, mide doce milímetros y no es asintomático. Tiene que tomar medicación para reducir el nivel de prolactina, anormalmente alto, y es posible que tenga que pasarse el resto de su vida medicándose, a no ser que le extirpen el tumor. Sé que tú eres muy consciente de los riesgos; por lo menos del riesgo de que la operación no salga bien y haya que dejar el tumor donde está.

Benton se mete en el camino de entrada de su casa, apunta con el mando a distancia y abre la puerta del garaje, independiente de la vivienda, una cochera para carruajes del siglo pasado. Ninguno de los dos dice nada hasta que deja el SUV aparcado junto a su otro potente Porsche y cierra la puerta. Luego van andando hasta la entrada lateral de la mansión, una construcción victoriana de ladrillo rojo oscuro que da a la plaza Harvard.

—¿Quién es el médico de Lucy? —pregunta Scarpetta entrando en la cocina.

—En este momento, nadie.

Ella se lo queda mirando. Benton se quita el abrigo y lo deja con cuidado sobre una silla.

—¿No tiene médico? No lo dirás en serio. ¿Y qué diablos habéis estado haciendo con ella aquí? —exclama Scarpetta forcejeando para quitarse el abrigo y después arrojándolo con rabia sobre una silla.

Benton abre un armario de roble y saca una botella de whisky escocés de malta y dos vasos. Llena ambos con hielo.

—La explicación no te va a gustar nada —le advierte—. Su médico ha muerto.

La sala de pruebas forenses de la Academia es un hangar con tres puertas de garaje que se abren a una carretera de acceso que comunica con un segundo hangar en el que Lucy guarda helicópteros, motocicletas, todoterrenos militares blindados, lanchas rápidas y un globo aerostático.

Reba sabe que Lucy posee helicópteros y motocicletas, eso lo sabe todo el mundo. Pero no está tan segura de si debe creerse lo que le dijo Marino acerca de las demás cosas que se suponía que había dentro de ese hangar. Sospecha que Marino le estaba gastando una broma, una broma que no habría tenido ninguna gracia porque la habría hecho quedar como una idiota si se lo hubiera creído y hubiera ido repitiéndolo por ahí. Marino le ha mentido muchas veces. Le dijo que ella le gustaba. Le dijo que las relaciones sexuales que había tenido con ella habían sido las mejores de su vida. Le dijo que, pasara lo que pasara, siempre serían amigos. Y nada de eso era verdad.

Lo conoció hace varios meses, cuando ella estaba aún en la unidad motorizada y él se presentó un día montado en la Softail que conducía antes de comprarse su espectacular Deuce. Ella acababa de aparcar su Road King junto a la entrada trasera del Departamento de Policía cuando oyó el estruendo de los tubos de escape, y allí estaba él.

—Te la cambio —dijo Marino pasando la pierna por encima del sillín igual que un vaquero bajándose de su caballo.

Después se tironeó de los pantalones vaqueros y se acercó a inspeccionar la moto, mientras ella daba vuelta a la llave y sacaba unas cuantas cosas del maletero.

—No me cabe la menor duda —contestó.

—¿Cuántas veces te has caído de eso?

—Ninguna.

—Ya. Mira, sólo hay dos clases de motoristas: los que se han caído de la moto y los que se caerán.

—Hay una tercera clase —le respondió ella bastante satisfecha de su uniforme y de las botas altas negras—: el que se ha caído y no quiere decirlo.

—Ah, pero ése no es mi caso.

—No es eso lo que me han dicho —repuso ella para provocarlo, coqueteando un poco—. Lo que me han contado es que se te olvidó bajar la patilla de apoyo en la gasolinera.

—Chorradas.

—Y también me han contado que estabas participando en una carrera de obstáculos y te olvidaste de desbloquear el manillar antes de dirigirte a la barra siguiente.

—Ésa es la gilipollez más grande que he oído en mi vida.

—¿Y qué me dices de esa vez que le diste al interruptor de apagado en vez del intermitente derecho?

Marino rompió a reír y le preguntó si le apetecía ir con él a Miami a almorzar en Monty Tariner's, sobre el agua. Después de aquello hicieron varios viajes en moto, en una ocasión hasta Cayo Oeste, volando como pájaros por la autopista U.S.1 y atravesando el agua como si pudieran caminar sobre ella, con los viejos puentes del ferrocarril Flagler al oeste, un monumento ajado por la intemperie que lo transportaba a uno hasta un romántico pasado en el que el sur de Florida era un paraíso tropical de hoteles modernistas, Jackie Gleason y Hemingway... No todo al mismo tiempo, naturalmente.

Todo fue perfecto hasta hace poco menos de un mes, justo cuando la ascendieron a la división de detectives. Marino empezó por evitar el sexo. Se comportaba de un modo extraño al respecto. A Reba le preocupaba que aquello tuviera que ver con su ascenso. Quizá ya no la encontrara atractiva. Otras veces los hombres se habían cansado de ella, así que ¿por qué no podía estar sucediendo de nuevo? La relación entre ambos se rompió definitivamente un día que cenaban en Hooters, que no era precisamente su restaurante favorito, dicho sea de paso, y sin saber cómo surgió el tema de Scarpetta.

—La mitad de los tíos que hay en el Departamento de Policía están colados por ella —dijo Reba.

—Ah —contestó Marino cambiando de cara.

Así, sin más, se había transformado en otra persona.

—No tenía ni idea —dijo Marino, pero no se parecía en nada al Marino que tanto había llegado a gustarle.

—¿Conoces a Bobby? —le preguntó Reba, y ahora piensa que ojalá hubiera cerrado la boca.

Marino se echó azúcar en el café. Era la primera vez que Reba lo veía hacer eso; Marino le había dicho que no había vuelto a tocar el azúcar.

—En el primer homicidio en el que trabajamos juntos —continuó diciendo Reba—. Estaba allí la doctora Scarpetta y, cuando se disponía a transportar el cadáver al depósito, Bobby me susurró que se moriría de gusto si pudiera conseguir que ella le acariciara con las manos de arriba abajo. Y yo le dije: «Bueno, si te mueres me aseguraré de que ella te abra el cráneo con una sierra para ver si realmente tienes un cerebro dentro.»

Marino se tomó su café con azúcar mirando a una camarera de voluminosas tetas que se inclinaba para llevarse su plato de ensalada.

—Bobby se refería a Scarpetta —agregó Reba, no muy segura de que Marino lo hubiera pillado, deseando que sonriera o algo, cualquier cosa menos aquella expresión dura y distante que tenía en la cara, mirando las tetas y los culos que pasaban por delante—. Fue entonces cuando la conocí —continuó Reba hablando con nerviosismo—. Recuerdo que pensé que a lo mejor tú y ella estabais liados. Claro que luego me alegré mucho cuando me enteré de que no.

—Deberías trabajar en todos tus casos con Bobby. —Y a continuación Marino hizo un comentario que no tenía nada que ver con lo que Reba acababa de decir—. Hasta que sepas qué diablos haces, no deberías llevar ningún caso tú sola. De hecho, quizá deberías dejar la división de detectives. No creo que sepas dónde te has metido. No es como lo que se ve en televisión.

Reba recorre el lugar con la mirada y se siente avergonzada e inútil. Es primera hora de la tarde. Los de la científica llevan varias horas trabajando, el monovolumen gris está colocado en un elevador hidráulico, con las ventanillas opacas debido a los vapores del cianocrilato. Las alfombras ya han sido examinadas y aspiradas. Una cosa en la alfombrilla del conductor se ha iluminado; puede que sea sangre.

La policía científica está recogiendo restos de los neumáticos sirviéndose de unas brochas para eliminar el polvo y la tierra del dibujo y recogiendo dichos restos en unos papelitos blancos que a continuación doblan y sellan con cinta amarilla. Hace un minuto, uno de los científicos, una mujer joven y bonita, le ha dicho a Reba que no utilizan recipientes metálicos para las pruebas porque cuando pasan éstas por el SEM...

—¿El qué? —ha preguntado Reba.

—Un microscopio electrónico de barrido provisto de un sistema de energía dispersiva de rayos X.

—Oh —ha respondido Reba, y acto seguido la científica guapa ha procedido a explicarle que si se colocan las pruebas en recipientes metálicos y el barrido da positivo en hierro o en aluminio, ¿cómo sabe uno que no son partículas microscópicas del recipiente?

Un buen argumento, que jamás se le habría ocurrido a Reba. La mayor parte de lo que están haciendo allí no se le habría ocurrido a ella. Se siente inexperta y tonta. Se queda de pie a un lado, pensando en cuando Marino le dijo que no debería llevar ningún caso en solitario, pensando en la expresión de su cara y en su tono de voz cuando le dijo aquello.

Observa el camión grúa, otros elevadores hidráulicos y las mesas llenas de equipo fotográfico, microscopios Mini-Crime, brochas y polvos luminiscentes, aspiradoras de residuos, trajes protectores Tyvek y maletines de material para usar en los lugares donde se ha cometido un delito que parecen enormes cajas de equipo. En el extremo más alejado del hangar hay incluso un trineo y muñecos de los que se usan para hacer pruebas de choques, y en eso oye la voz de Marino. La oye clara como el día, dentro de su cerebro.

«No es como lo que se ve en televisión.»

No tenía derecho a decirle eso.

«Quizá deberías dejar la división de detectives.»

Entonces oye su voz nuevamente, y esta vez es real. Sorprendida, se da media vuelta.

Marino va caminado en dirección al monovolumen, y pasa justo por delante de ella con un café en la mano.

—¿Alguna novedad? —le dice Marino a la científica guapa, que está sellando con cinta un papel doblado.

Se queda contemplando el monovolumen subido al elevador, actuando como si Reba fuera una sombra en la pared, un espejismo de la autopista, algo que no significa nada.

—Puede que dentro haya sangre —está diciendo la científica guapa—. Es una sustancia que ha reaccionado al Luminol.

—Me voy por un café y mira lo que me pierdo. ¿Y había huellas?

—Aún no hemos abierto el coche. Estaba preparándome para ello, no quiero quemarlo en exceso.

La científica guapa tiene el pelo largo, brillante y de un tono castaño oscuro que le recuerda a Reba un alazán. También posee un cutis precioso, perfecto. Qué no daría Reba por tener una piel así, por retroceder todos los años que ha pasado al sol de Florida. Ya no merece la pena seguir preocupándose y, además, la piel con arrugas tiene un aspecto todavía peor cuando está pálida, de modo que ella se tuesta. Y sigue haciéndolo. Mira el cutis liso y el cuerpo juvenil de la científica guapa y le entran ganas de echarse a llorar.

El comedor tiene suelos de madera de abeto y puertas de roble y también una chimenea de mármol. Benton se agacha frente al hogar, prende una cerilla y al instante se elevan unas volutas de humo de la leña menuda.

—Johnny Swift se graduó en la Facultad de Medicina de Harvard, fue residente en el Mass General, entró como becario en el Departamento de Neurología del McLean —dice, incorporándose y volviendo al sofá—. Hace un par de años comenzó a ejercer en Stanford, pero también abrió una consulta en Miami. Enviamos a

Lucy a Johnny porque era muy conocido en el McLean, era excelente y lo tenía a mano. Fue su neurólogo, y creo que se hicieron muy buenos amigos.

—Lucy debería habérmelo dicho. —Scarpetta sigue sin comprenderlo—. Estamos investigando su caso, ¿y ella se guarda una cosa tan importante? —No deja de repetirlo—. Puede que lo hayan asesinado, ¿y ella no dice nada?

—Johnny era un candidato para el suicidio, Kay. No estoy diciendo que no lo asesinaran, pero cuando estaba en Harvard empezó a sufrir alteraciones del estado de ánimo, se convirtió en paciente externo del McLean, se le diagnosticó trastorno bipolar, que le controlaban con litio. Como te digo, era muy conocido en el McLean.

—No es necesario que sigas insistiendo en que era una persona cualificada y compasiva y no un médico escogido al azar.

—Estaba más que cualificado, y desde luego que no era un médico escogido al azar.

—Estamos investigando su caso, un caso muy sospechoso —repite Scarpetta—. Y resulta que Lucy no puede ser lo bastante sincera para decirme la verdad. ¿Cómo diablos puede ser objetiva?

Benton bebe un sorbo de whisky y contempla el fuego mientras las llamas juegan dibujando sombras en su rostro.

—No estoy seguro de que venga al caso. La muerte de Johnny no tiene nada que ver con Lucy, Kay.

—Y yo no estoy segura de que sepamos eso —responde ella.

47

Reba observa a Marino comerse con los ojos a la científica guapa, que deja la brocha sobre un papel blanco y limpio y abre la portezuela del conductor del monovolumen.

Marino se sitúa muy cerca de la guapa mientras ésta saca unos botes de cianocrilato del coche y los tira a un cubo de basura naranja para residuos peligrosos. Están hombro con hombro, ambos inclinados, mirando la parte delantera del interior del coche, después la parte de atrás, luego un lateral, luego el otro, diciéndose cosas que Reba no alcanza a oír. La científica guapa ríe por algo que ha dicho Marino y Reba se siente fatal.

—No veo nada en el cristal —dice Marino en voz alta, incorporándose.

—Yo tampoco.

Marino se pone en cuclillas y vuelve a inspeccionar el interior de la puerta que está detrás del asiento del conductor, sin darse ninguna prisa, como si hubiera reparado en algo.

—Ven aquí —le dice a la científica guapa como si Reba no estuviera presente.

Los dos están tan juntos que entre ellos no cabría ni una hoja de ese papel blanco.

—Bingo —dice Marino—. Aquí está la pieza metálica que se inserta en la hebilla.

—Parte de ella. —La científica guapa mira atentamente—. Ve una pequeña rebaba.

No encuentran ninguna otra huella, parcial ni de ningún otro tipo, ni siquiera manchas difusas, y Marino manifiesta su sospecha de que hayan limpiado el coche por dentro.

Cuando Reba intenta acercarse, no le deja sitio. El caso es suyo, no de él. Con independencia de lo que Marino piense o diga de ella, la detective es Reba y el caso es suyo.

—Discúlpeme —dice Reba con una autoridad que no siente—. ¿Qué tal si me hace un poco de sitio? —Y a continuación añade, dirigiéndose a la científica guapa—: ¿Qué ha encontrado en las alfombras?

—Estaban relativamente limpias, sólo había en ellas un poco de tierra, como cuando se sacuden o se limpian con una aspiradora que no absorbe bien. Puede que un poco de sangre, pero habrá que ver.

—Entonces es posible que este monovolumen se utilizara y después fuera devuelto a la casa. —Reba habla con audacia, y al rostro de Marino aflora de nuevo esa expresión dura y distante que tenía en Hooters—. Y no pasó por ningún peaje tras la desaparición de esas personas.

—¿De qué está hablando? —Marino la mira por fin.

—Hemos examinado el SunPass, pero eso no prueba nada de forma fehaciente. —Ella también posee información—. Hay muchas carreteras que no son de peaje. Quizás el coche fue por una de ésas.

—Eso es mucho suponer —comenta Marino eludiendo de nuevo su mirada.

—Las suposiciones no tienen nada de malo —contesta Reba.

—A ver qué tal le funciona eso en un juicio —dice él, negándose a mirarla—. Pruebe a utilizar suposiciones. Si dice «quizás» el abogado defensor se lo come a uno con patatas.

—Tampoco tienen nada de malo las hipótesis —dice Reba—. Ya sabe, como la de que una persona, o más de una, haya secuestrado a esta familia en este monovolumen y después lo haya vuelto a dejar en el camino de entrada, con las puertas desbloqueadas y parcialmente sobre el césped. Eso sería bastante inteligente, ¿no le parece? Si alguien hubiese visto que el coche salía de la casa, no le habría dado por pensar que fuese algo anormal. Y tampoco se hubiera extrañado de verlo regresar. Además, seguro que nadie vio nada, porque era de noche.

—Quiero que analicen inmediatamente esos residuos y que pasen las huellas dactilares por el AFIS. —Marino intenta reafirmar su dominio empleando un tono más prepotente todavía.

—Cómo no —dice con sarcasmo la guapa—. Enseguida vuelvo con mi cajita mágica.

—Siento curiosidad —le dice Reba—. ¿Es cierto que Lucy tiene en ese hangar de ahí vehículos todoterreno blindados, lanchas rápidas y un globo aerostático?

La científica guapa ríe, se quita los guantes y los echa a la basura.

—¿Quién demonios le ha dicho eso?

—Algún idiota —responde ella.

A las siete y media de la tarde, en casa de Daggie Simister están todas las luces apagadas, también la del porche.

Lucy sostiene el disparador de cable, preparada.

—Adelante —dice, y Lex rocía de Luminol el porche delantero de la vivienda.

No han podido hacerlo antes de que anocheciera. Aparecen unas huellas de pisadas que se desvanecen enseguida, esta vez con más intensidad. Lucy toma fotos y se va.

—¿Qué pasa? —inquiere Lex.

—Tengo una sensación muy rara —contesta Lucy—. Déjame el pulverizador.

Lex se lo entrega.

—¿Cuál es el falso positivo más común que obtenemos con el Luminol? —pregunta Lucy.

—La lejía.

—Otra cosa.

—El cobre.

Lucy comienza a rociar el huerto dando amplias pasadas, caminando al mismo tiempo. La hierba se vuelve de un color verde azulado, resplandece un instante y se apaga de nuevo allí donde la toca el Luminol, como un fantasmagórico océano luminiscente. Nunca ha visto nada igual.

—La única explicación es que hayan utilizado un fungicida —dice Lucy—. Fumigación con cobre. Lo que emplean con los cítricos para prevenir la cancrosis. Desde luego el método no es demasiado efectivo; testigo de ello son estos frutales marchitos con esa bonita franja roja alrededor.

—Las huellas indican que alguien cruzó el huerto y entró en la casa —dice Lex—. Alguien como un inspector de cítricos.

—Tenemos que averiguar quién fue —afirma Lucy.

48

Marino detesta los restaurantes de moda de South Beach y nunca aparca su Harley cerca de esas motos inferiores, en su mayoría juguetitos japoneses que no son más que un cohete en la entrepierna, que siempre adornan la pasarela de madera a esta hora del día. Circula por Ocean Drive con lentitud y mucho ruido, contento de que sus tubos de escape molesten a todos los que toman vino y martinis con diversos aderezos en las mesas iluminadas con velitas de las terrazas. ¡Qué modernos!

Se detiene a escasos centímetros del parachoques trasero de un Lamborghini rojo, mete el embrague y da un pequeño acelerón para revolucionar el motor unos instantes, con el fin de recordarle a todo el mundo su presencia. El Lamborghini avanza unos centímetros y Marino también, casi tocando el parachoques, y vuelve a acelerar el motor; el Lamborghini avanza de nuevo y Marino hace lo mismo. Su Harley ruge como un león mecánico. Por fin, por la ventanilla del Lamborghini sale bruscamente un brazo desnudo cuya mano le muestra el dedo corazón rematado por una uña roja larguísima.

Marino sonríe, acelera otra vez y se mete culebreando entre los coches para detenerse al lado del Lamborghini. Se asoma y descubre a la mujer de piel olivácea sentada al volante de aleación de acero. Por su aspecto tendrá unos veinte años. Viste un chaleco, un pantalón corto de tela vaquera y poco más. La mujer que va sentada a su lado es poco atractiva, pero lo compensa con un atuendo consistente en lo que parece un estrecho vendaje sobre el pecho y un pantalón corto que apenas cubre lo imprescindible.

—¿Cómo te las arreglas para escribir a máquina o hacer las cosas de la casa con esas uñas? —le pregunta Marino a la conductora por encima del estruendo de motores grandes y potentes, extendiendo sus enormes manos como las garras de un gato para hacerle ver que se refiere a sus uñas largas y rojas, postizas, de porcelana o como se diga.

La chica mantiene su bonito y presumido rostro mirando al frente, al semáforo, probablemente desesperada por que se ponga verde para salir disparada y librarse del zopenco vestido de negro, pero antes le dice:

—No toques mi coche, hijo de puta.

Lo dice con un marcado acento hispano.

—Esa forma de hablar no es propia de una señorita —replica Marino—. Acabas de herir mis sentimientos.

—Pues jódete.

—¿Qué os parece si os invito a la dos a una copa, nenas? Y luego podemos ir a bailar.

—Déjanos en paz de una puta vez —dice la conductora.

—¡Voy a llamar a la policía! —amenaza la que va vestida con la tira negra.

Marino se toca el casco, el decorado con calcomanías de orificios de bala y, en cuanto el semáforo se pone en verde, sale como una flecha delante de las chicas. Antes de que el Lamborghini haya puesto la segunda él ya ha doblado la esquina de la calle Catorce. Aparca junto a un parquímetro, frente a Tatuajes Lou y Scooter City, apaga el motor y desmonta de su máquina. Asegura la moto y cruza la calle camino del bar más antiguo de South Beach, el único que frecuenta por estos lares, Mac's Club Deuce, o simplemente Deuce, como lo llaman los clientes, que no hay que confundir con su Harley Deuce. Una noche «doble Deuce» dice Marino cuando va al Deuce en su Deuce. El local es un tugurio de mala muerte con suelo de baldosas blancas y negras, una mesa de billar y una lámpara desnuda de neón encima de la barra.

Rosie le sirve una Budweiser de barril. No tiene ni que pedirla.

—¿Esperas compañía? —le pregunta empujando sobre la vieja barra de roble el vaso alto rebosante de espuma.

—No la conoces. Esta noche no conoces a nadie.

—Vale, vale. —Rosie vierte una medida de vodka en un vaso de agua para un individuo mayor que está sentado en un taburete cercano—. No conozco a nadie de aquí, aparte de a vosotros dos. Perfectamente. A lo mejor no quiero conoceros.

—No me rompas el corazón —dice Marino—. ¿Por qué no le pones un poquito de lima, eh? —Le devuelve el vaso.

—Esta noche estamos caprichosos. —Echa unas cuantas rodajas—. ¿Te gusta así?

—Está estupendo.

—No te he preguntado si está estupendo. Te he preguntado si te gusta así.

Como de costumbre, los clientes habituales no les prestan atención. Los clientes habituales están repantigados al otro extremo de la barra, mirando hipnotizados un partido de béisbol en la televisión que en realidad no están siguiendo. Marino no los conoce por el nombre, pero no le hace falta. El tipo gordo de la perilla, la mujer gordísima que siempre se está quejando y su novio, que abulta un tercio de lo que ella y parece un hurón de dientes amarillos. A Marino le gustaría saber cómo diablos follan, y se imagina a un vaquero del tamaño de un yóquey zarandeándose igual que un pez encima de un toro que no deja de corcovear. Todos fuman. En una noche doble Deuce, Marino suele encender unos cuantos sin pensar en la doctora Self; lo que pasa aquí no sale de aquí.

Se lleva su cerveza con lima hasta la mesa de billar y elige un taco del variado surtido apoyado contra un rincón. Seguidamente ordena las bolas y da unos pasos alrededor de la mesa con un cigarrillo colgando de los labios, frotando el taco con tiza. Mira de reojo al hurón, ve que se levanta de su asiento para ir al aseo de caballeros con su cerveza. Siempre hace lo mismo porque teme que alguien le birle la bebida. Los ojos de Marino se fijan en todo y en todos.

En ese momento entra en el bar un individuo flaco con pinta de vagabundo, barba desaliñada, cola de caballo, moreno, con ropa Goodwill que no es de su talla, una mugrienta gorra de los Miami Dolphins y unas estrafalarias gafas de cristales rosados. Con gestos inseguros se sienta en una silla, cerca de la puerta, guardándose un paño de felpa en el bolsillo trasero del pantalón, oscuro y deformado. Fuera, en la acera, un muchacho sacude un parquímetro averiado que acaba de tragarse el dinero.

Marino, guiñando los ojos por el humo del cigarrillo, mete limpiamente dos bolas en los agujeros laterales.

—Eso es. Sigue metiendo las bolas en el agujero —le dice Rosie a voces mientras sirve otra cerveza—. Bueno, ¿y dónde has estado?

Rosie posee un cierto atractivo agresivo, es una muñeca con la que nadie que esté en su sano juicio se atrevería a jugar, por muy borracho que esté. Marino la vio en una ocasión romperle la muñeca a un tipo de ciento cuarenta kilos con una botella de cerveza porque no dejaba de sobarle el trasero.

—Deja de servir a todo el mundo y ven aquí —le dice Marino golpeando la bola ocho.

La bola va rodando hasta el centro del tapete verde y se detiene.

—Clávala —murmura; deja el taco apoyado contra la mesa y se acerca a la máquina de discos mientras Rosie abre dos botellines de Miller Lite y los deja enfrente del tipo gordo y del hurón.

Rosie siempre se mueve a un ritmo frenético, igual que un limpiaparabrisas a toda velocidad. Se seca las manos en la parte de atrás de los vaqueros mientras Marino escoge unos cuantos favoritos de una recopilación de los años setenta.

—¿Qué estás mirando? —le pregunta al hombre con pinta de vagabundo sentado junto a la puerta.

—¿Te apetece una partida?

—Estoy ocupado —responde Marino sin girarse, escogiendo discos de la máquina.

—No se puede jugar a nada sin pedir antes una consumición —le advierte Rosie al vagabundo, que está hundido en su asiento—. Y no quiero verte ahí tirado sin hacer nada, estando por estar. ¿Cuántas veces tengo que decírtelo?

—Se me ha ocurrido que a lo mejor este tipo querría echar una partida conmigo. —Saca el paño de felpa y empieza a retorcerlo con angustia.

—Voy a decirte lo mismo que te dije la última vez que entraste aquí para no consumir nada y usar el retrete: largo —le dice Rosie a la cara, con las manos en las caderas—. Si quieres quedarte, paga.

El tipo se levanta despacio de la silla, retorciendo el paño de felpa, y mira fijamente a Marino; sus ojos revelan cansancio y derrota, pero hay algo más en ellos.

—Se me ha ocurrido que a lo mejor te apetecía echar una partida —le dice a Marino.

—¡Fuera! —le chilla Rosie.

—Ya me encargo yo —se ofrece Marino, acercándose al otro—. Vamos, amigo, lo acompaño a la calle antes de que se tuerza la cosa. Ya sabe cómo se pone Rosie.

El hombre no opone resistencia. No huele ni la mitad de mal de lo que esperaba Marino, que lo acompaña al exterior del local, hasta la acera donde el idiota de antes sigue sacudiendo el parquímetro.

—Oye, que no es un manzano —le dice Marino al muchacho.

—Que te jodan.

Entonces Marino se acerca al chico en un par de zancadas y se planta frente a él erguido en toda su estatura. El otro abre unos ojos como platos.

—¿Qué has dicho? —le espeta Marino llevándose una mano a la oreja, inclinándose hacia él—. ¿He oído lo que he oído?

—He metido tres monedas de veinticinco.

—Vaya, pues qué pena. Te sugiero que te subas a tu mierdecilla de coche y saques el culo de aquí antes de que te detenga por causar daños en el mobiliario público —lo amenaza Marino, aunque en realidad ya no puede detener a nadie.

El individuo con pinta de vagabundo camina despacio por la acera, mirando hacia atrás como si esperase que Marino lo siguiera. Dice algo cuando el chico arranca el Mustang y sale pitando de allí.

—¿Está hablando conmigo? —pregunta Marino al vagabundo, yendo hacia él.

—Siempre hace lo mismo —responde en voz baja el vagabundo—. El mismo chico. Nunca mete ni cinco en los parquímetros de por aquí y se pone a sacudirlos sin parar hasta que se rompen.

—¡Qué quiere!

—Johnny vino aquí la noche antes de lo que ocurrió —dice el desarrapado con los zapatos de tacones gastados.

—¿De qué está hablando?

—Ya lo sabes. No se suicidó, qué va. Yo sé quién lo mató.

Marino experimenta una sensación curiosa, la misma que tuvo

cuando entró en casa de la señora Simister. En esto descubre a Lucy a una manzana de allí, haciendo tiempo en la acera, sin su habitual ropa holgada de color negro.

—Él y yo jugamos al billar la noche antes. Llevaba las muñecas entablilladas, pero no daba la impresión de que eso fuera un impedimento. Jugó bastante bien.

Marino observa a Lucy sin que se note. Esta noche, ella encaja perfectamente. Podría ser cualquier mujer de vida alegre de las que merodean por aquí, de estilo masculino pero atractiva con sus vaqueros caros, descoloridos y rasgados. Debajo de la cazadora negra de suave cuero lleva una camiseta blanca ajustada al pecho, y a él siempre le han gustado sus pechos, a pesar de que se supone que no debe fijarse en ellos.

—Lo vi justo la única vez que trajo aquí a su chica —está diciendo el vagabundo, mirando a su alrededor como si algo lo desasosegara, volviéndose hacia el bar—. Es una persona a la que deberías buscar. Eso es todo lo que tengo que decir.

—¿Qué chica es ésa y por qué va a importarme a mí? —pregunta Marino observando a Lucy. Se acerca un poco, recorriendo la zona con la vista, asegurándose de que nadie se haga una idea equivocada acerca de ella.

—Es guapa —dice el hombre—. De esas en las que se fijan tanto los hombres como las mujeres en este barrio. Viste muy sexy. Nadie la quería por aquí.

—Me da la impresión de que a usted tampoco le quieren. Acaban de echarlo a patadas.

Lucy entra en Deuce sin mirar, como si Marino y el vagabundo fueran invisibles.

—La única razón por la que no me echaron aquella noche fue porque Johnny me invitó a una cerveza. Estuvimos jugando al billar mientras la chica se quedaba sentada al lado de la máquina de discos, mirando alrededor como si nunca en su vida la hubieran llevado a un tugurio así. Entró en el lavabo un par de veces y lo dejó oliendo a hierba.

—¿Tiene usted la costumbre de entrar en el lavabo de señoras?

—Se lo oí decir a una mujer en la barra. Esa chica tenía pinta de ser de las que causan problemas.

—¿Tiene idea de cómo se llamaba?

—Qué va.

Marino enciende un cigarrillo.

—¿Qué le hace pensar que tiene algo que ver con lo que le ocurrió a Johnny?

—A mí no me gustaba. No le gustaba a nadie. Eso es lo único que sé.

—¿Está seguro?

—Sí, señor.

—No le cuente esto a nadie más, ¿estamos?

—No hay motivo.

—Haya motivo o no, mantenga la boca cerrada. Y ahora va a decirme cómo diablos sabía que yo iba a venir a Deuce esta noche y por qué diablos se le ocurrió que podía hablar conmigo.

—Tiene usted una moto espectacular. —El vagabundo vuelve la vista hacia el otro lado de la calle—. Cuesta no fijarse en ella. Por aquí hay mucha gente que sabe que usted antes era detective de homicidios y que ahora se dedica a hacer investigaciones privadas en algún centro de la policía o algo así, al norte de aquí.

—¿Qué? ¿Acaso soy el alcalde?

—Es cliente habitual. Yo lo he visto con algunos de esos de las Harley, llevo semanas buscándolo, esperando tener la oportunidad de hablar con usted. Siempre ando por aquí, hago lo que puedo. No me encuentro precisamente en el mejor momento de mi vida, pero no pierdo la esperanza de que la cosa mejore.

Marino saca la cartera y le da un billete de cincuenta dólares.

—Si averigua algo más acerca de esa chica que vio aquí, le compensaré por el esfuerzo —le dice—. ¿Dónde puedo encontrarlo?

—Cada noche estoy en un lugar diferente. Como le digo, hago lo que puedo.

Entonces Marino le da su número de móvil.

—¿Quieres otra? —pregunta Rosie a Marino cuando éste regresa al bar.

—Mejor ponme una sin plomo. ¿Recuerdas haber visto, en vísperas de Acción de Gracias, a un médico rubio y guapo que entró aquí con una chica? ¿Ese tipo al que acabas de echar y él jugaron una partida de billar esa noche?

Rosie adopta una expresión pensativa sin dejar de limpiar la barra y por fin niega con la cabeza.

—Aquí viene mucha gente y eso fue hace mucho. Antes de Acción de Gracias, pero ¿cuándo exactamente?

Marino vigila la puerta. Faltan pocos minutos para las diez.

—Puede que la noche anterior.

—Yo no estaba aquí. Ya sé que cuesta creerlo —comenta Rosie—, pero tengo una vida, no trabajo aquí todas las putas noches. En Acción de Gracias estaba fuera, en Atlanta, con mi hijo.

—Parece ser que había aquí una chica un tanto problemática, con el médico que te digo. Estuvo con él la noche anterior a su muerte.

—No tenía ni idea.

—¿Puede ser que viniera aquí esa noche con el médico cuando tú estabas fuera?

Rosie continúa limpiando la barra.

—No quiero problemas.

Lucy está sentada junto a la ventana, cerca de la máquina de discos, y Marino en otra mesa, en la punta opuesta del local, con el auricular puesto y enchufado a un receptor que parece un teléfono móvil. Bebe una cerveza sin alcohol y fuma.

Los clientes no le prestan ninguna atención. Nunca se fijan. Cada vez que Lucy acude a este bar con Marino encuentra a los mismos desgraciados sentados en los mismos taburetes, fumando cigarrillos mentolados y tomando cerveza de baja graduación. La única persona con la que hablan, aparte de las que forman su pequeño círculo de haraganes, es Rosie, que le dijo a Lucy en una ocasión que la mujer gordísima y su flaco novio habían vivido en una bonita urbanización de Miami con guarda de seguridad en la entrada y todas las comodidades hasta que al novio lo metieron en la cárcel por vender metanfetamina a un poli de paisano. Ahora la gorda tiene que mantenerlo con lo que gana como cajera de un banco. El gordo de la perilla trabaja de cocinero en una cafetería a la que

Lucy no irá nunca. Viene aquí todas las noches, se emborracha y luego de algún modo se las arregla para regresar conduciendo a su casa.

Lucy y Marino se ignoran mutuamente. Por veces que hayan representado esta escena, en diversas operaciones, siempre resulta incómodo, una intrusión. A ella no le gusta que la espíen, aunque la idea haya sido suya y con independencia de que sea lógico que Marino esté esta noche en el bar. Lucy se resiente de su presencia.

Comprueba el micrófono inalámbrico que lleva sujeto al forro de la cazadora de cuero. Se inclina hacia delante como si quisiera atarse los zapatos para que nadie la vea hablar.

—Nada de momento —transmite a Marino.

Pasan tres minutos de las diez.

Lucy aguarda. Se toma despacio una cerveza sin alcohol, con la espalda vuelta hacia Marino, y aguarda.

Consulta su reloj. Son las diez y ocho minutos.

En esto se abre la puerta y entran dos hombres.

Transcurridos dos minutos más Lucy le transmite a Marino:

—Algo va mal. Voy a salir a echar un vistazo. Quédate aquí.

Lucy atraviesa el distrito modernista siguiendo la avenida Ocean, buscando a Stevie entre la multitud.

Cuanto más tarde se hace, más ruidosos y borrachos son los parroquianos de South Beach, y tan abarrotada está la calle de coches que la recorren buscando aparcamiento que el tráfico apenas se mueve. Es irracional buscar a Stevie. No se ha presentado. Lo más probable es que se encuentre a un millón de kilómetros de aquí. Pero Lucy sigue mirando.

Recuerda que Stevie afirmó haber seguido sus pisadas en la nieve; la llevaron hasta el Hummer estacionado detrás del Anchor Inn. Se pregunta cómo creyó lo que dijo Stevie, cómo no lo puso en duda. Si bien es cierto que sus pisadas habrían sido muy claras justo a la salida de la casa, a lo largo de la acera se habrían mezclado con otras muchas. Lucy no era la única persona que había en Ptown aquella mañana. Piensa en el teléfono móvil perteneciente a un hombre llamado Doug, en las huellas de manos, en Johnny, y se desespera por haber sido tan descuidada, tan miope, tan autodestructiva.

Seguro que Stevie en ningún momento ha tenido intención de verse con ella en Deuce; le ha tomado el pelo, ha jugado con ella igual que hizo aquella noche en Lorraine's. Para Stevie nada es nuevo; es una experta en sus juegos, unos juegos enrevesados y enfermizos.

—¿La ves por alguna parte? —le suena la voz de Marino en el oído.

—Voy a dar la vuelta —responde ella—. Quédate donde estás.

Ataja por la calle Once y a continuación enfila hacia el norte por la avenida Washington, más allá de los juzgados, cuando de pronto pasa junto a ella un Chevy Blazer con las lunas tintadas. Aprieta el paso, nerviosa, de repente menos valiente, consciente de la pistola que lleva en una funda junto al tobillo y con la respiración agitada.

49

Otra tormenta invernal se abate sobre Cambridge y Benton a duras penas distingue las casas de la acera de enfrente. La nieve cae copiosamente en copos cortantes y el mundo que lo rodea se va tiñendo de blanco.

—Puedo hacer más café, si quieres —le dice Scarpetta cuando él entra en el salón.

—Ya he tomado bastante —contesta él, de espaldas.

—Yo también.

Benton la oye sentarse frente a la chimenea con una taza de café. siente sus ojos posados en él y se da la vuelta para mirarla, sin estar muy seguro de qué decir. Scarpetta tiene el pelo húmedo y se ha puesto una bata de seda negra. Debajo no lleva nada y la tela satinada le acaricia el cuerpo y deja ver la profunda hendidura que le separa los pechos debido a la postura en que está sentada, de lado, inclinada sobre sí misma, rodeándose las rodillas con sus fuertes brazos, mostrando una piel sin imperfecciones y muy tersa para su edad. El resplandor del fuego toca su cabello corto y rubio y su bellísimo rostro; el fuego y el sol aman su cabello y su rostro tanto como los ama él. Benton la ama, toda entera, pero en este preciso instante no sabe qué decir. No sabe cómo arreglar las cosas.

Anoche ella le dijo que pensaba abandonarlo. Habría hecho la maleta si hubiera tenido una, pero es que ella nunca trae maleta. Tiene cosas aquí. Éste también es su hogar y, toda la mañana, Benton ha escuchado el ruido de los cajones y las puertas del armario, por si la oía marcharse para no volver.

—No puedes conducir —le dice—. Supongo que te has quedado atrapada.

Los árboles desnudos semejan delicados trazos de pincel en contraste con la blancura luminosa, y no hay un solo coche circulando a la vista.

—Sé cómo te sientes y lo que quieres hacer —le dice—, pero hoy no vas a irte a ninguna parte. Nadie se moverá. En Cambridge hay algunas calles por las que no pasan las máquinas quitanieves enseguida. Y ésta es una de ellas.

—Tú tienes un coche con tracción a las cuatro ruedas —responde Scarpetta mirándose las manos apoyadas en el regazo.

—Se espera que caigan sesenta centímetros de nieve. Aunque pudiera llevarte hasta el aeropuerto, tu avión no va a ir a ninguna parte. Hoy no.

—Deberías comer algo.

—No tengo hambre.

—¿Qué tal una tortilla de queso cheddar de Vermont? Necesitas comer. Te sentirás mejor.

Scarpetta lo observa desde la chimenea, con la barbilla apoyada en una mano. Tiene la bata anudada firmemente a la cintura, de modo que su cuerpo parece esculpido en seda negra y brillante, y Benton la desea igual que siempre. La deseó la primera vez que se vieron, hará unos quince años. Los dos eran jefes. El feudo de Benton era la Unidad de Ciencias de la Conducta del FBI, el de ella el sistema forense de Virginia. Trabajaban en un caso especialmente atroz y ella entró en la sala de juntas. Todavía recuerda cómo iba vestida la primera vez que la vio, con una bata de laboratorio larga y blanca y varios bolígrafos en los bolsillos encima de un traje a rayas gris perla. Llevaba un montón de expedientes de casos en los brazos. Le llamaron la atención sus manos, fuertes y capaces pero elegantes.

Cae en la cuenta de que ella lo está mirando fijamente.

—¿Con quién hablabas por teléfono hace un rato? —le pregunta Benton—. Te he oído hablar con alguien.

Ha llamado a su abogado, supone. Ha llamado a Lucy. Ha llamado a alguien para decirle que va a dejarlo y esta vez va en serio.

—He llamado a la doctora Self —responde Scarpetta—. No estaba y le he dejado un mensaje.

Benton se queda perplejo y se le nota.

—Seguro que te acuerdas de ella —dice Scarpetta—. O a lo mejor la has oído por la radio —añade con ironía.

—Por favor...

—La escuchan millones de personas.

—¿Y para qué la has llamado? —inquiere Benton.

Scarpetta le habla de David Fortuna y de su medicación. Le dice que la doctora Self no la ayudó en absoluto la primera vez que la llamó.

—No me sorprende. Es una chiflada, una egomaníaca. Hace justicia a su apellido, Self.*

—En realidad, estaba en su perfecto derecho. Yo no tengo jurisdicción. Y que nosotros sepamos, no ha muerto nadie. De momento la doctora no está obligada a responder a ningún forense, y no estoy segura de que sea una chiflada.

—¿Qué tal furcia psiquiátrica? ¿La has escuchado últimamente?

—De modo que sí que sigues su programa.

—La próxima vez invita a hablar en la Academia a un psiquiatra de verdad, no a un fantoche de la televisión.

—No fue idea mía y dejé bien claro que estaba en contra. Pero la responsable es Lucy.

—Eso es ridículo. Lucy no soporta a las personas como ella.

—Creo que fue Joe el que sugirió que se trajese a la doctora Self como conferenciante invitada, fue su primer gran golpe cuando empezó como becario, fichar a una celebridad para la sesión de verano. Eso y salir en su programa como invitado fijo. De hecho, han hablado de la Academia por la radio, lo cual no me alegra en absoluto.

—Qué idiota. Se merecen el uno al otro.

—Lucy no estaba atenta. Por supuesto, jamás asistió a las conferencias. Le importaba un comino lo que hiciera Joe. Últimamente parece haber muchas cosas que han dejado de interesarle. No sé qué vamos a hacer.

* En inglés «uno mismo». (N. de la T.)

Ahora no está hablando de Lucy.

—No lo sé.

—Tú eres psicólogo. Deberías saberlo. Tú tratas todos los días con disfunciones y desgracias.

—Esta mañana me siento desgraciado yo —responde Benton—. En eso tienes razón. Supongo que si yo fuera tu psicólogo te sugeriría que desahogaras tu dolor y tu rabia conmigo porque no puedes desahogarlos con Lucy. No puedes enfadarte con una persona que tiene un tumor cerebral.

Scarpetta echa otro tronco al fuego que levanta una nube de pavesas y hace crepitar la leña.

—Lleva casi toda la vida poniéndome furiosa —confiesa—. Nunca ha habido una persona que ponga tan a prueba mi paciencia como ella.

—Lucy es hija única, criada por una madre que sufre un desorden de personalidad límite —dice Benton—. Una narcisista hipersexual. Tu hermana. Y a eso hay que añadirle que Lucy es superdotada. No piensa como el resto de la gente. Es lesbiana. Y todo eso da como resultado una persona que aprendió hace mucho tiempo a bastarse a sí misma.

—Una persona profundamente egoísta, quieres decir.

—Los insultos a nuestra psique pueden volvernos egoístas. Lucy tenía miedo de que si te enterabas de que tenía un tumor fueras a tratarla de manera distinta, y eso afectaría de lleno a su miedo secreto. Si lo sabes, de algún modo se convierte en algo real.

Scarpetta se queda mirando fijamente la ventana que hay detrás de Benton como si estuviera hipnotizada por la nieve. Ésta ya ha alcanzado al menos veinte centímetros de espesor y los coches aparcados en la calle empiezan a parecer ventisqueros; hasta los niños del vecindario se han quedado en casa.

—Gracias a Dios que fui a la compra —comenta Benton.

—Hablando de ese tema, déjame ver qué puedo preparar para almorzar. Deberíamos prepararnos un buen almuerzo. Deberíamos intentar pasar un buen día.

—¿Alguna vez has tenido un cuerpo pintado? —pregunta Benton.

—¿El mío o el de otro?

Benton esboza una sonrisa.

—Decididamente, el tuyo no. Tu cuerpo no tiene nada de muerto. Me refiero al caso que tenemos sobre la mesa, al cadáver de esa mujer pintado con unas huellas de manos. Me gustaría saber si se las pintaron cuando aún estaba viva o después de matarla. Ojalá hubiera una manera de distinguirlo.

Scarpetta lo mira un buen rato con el fuego de la chimenea a la espalda, siseando igual que el viento.

—Si el asesino se las pintó estando viva, nos enfrentamos a una clase de depredador muy distinta. Eso sería tremendamente humillante y aterrador —dice Benton—. Estar maniatada...

—¿Sabemos que estaba maniatada?

—Tiene marcas en las muñecas y en los tobillos. Zonas enrojecidas que el forense define como posibles contusiones.

—¿Posibles?

—Otra posibilidad sería un accidente *post mortem* —explica Benton—. Sobre todo teniendo en cuenta que el cadáver ha estado expuesto al frío. Eso dice ella.

—¿Ella?

—La jefa de aquí.

—Un resto del no muy glorioso pasado de la Oficina del Forense de Boston —dice Scarpetta—. Lástima. Ella solita ha echado a perder ese lugar.

—Te agradecería que le echaras un vistazo al informe. Lo tengo en disco. Quiero saber qué opinas de las pinturas del cadáver, de todo. Es realmente importante para mí saber si el asesino pintó a la víctima cuando estaba viva o cuando estaba muerta. Es una lástima que no hayamos podido hacerle un escáner cerebral para reconstruir lo sucedido.

Scarpetta se lo toma como un comentario en serio.

—Eso es una pesadilla por la que no estoy segura de que quieras pasar. Ni siquiera tú querrías ver algo semejante. Suponiendo que fuera posible.

—A Basil le gustaría que lo viera.

—Sí, el querido Basil —contesta Scarpetta, que no está nada contenta con la intrusión de Basil en la vida de Benton.

—Teóricamente —dice él—, ¿tú querrías verlo? ¿Querrías ver la reconstrucción, si fuera posible?

—Aun cuando hubiera un modo de reproducir los últimos momentos de una persona —responde ella desde la chimenea—, no estoy segura de que fuera muy fiable. Sospecho que el cerebro posee la notable capacidad de procesar los acontecimientos para garantizar la menor cantidad de dolor y trauma.

—Algunas personas disocian, sospecho —dice Benton, y en ese momento suena su teléfono móvil.

Es Marino.

—Llama a la extensión dos cuarenta y tres —ordena—. Ahora mismo.

50

La extensión 243 es el Laboratorio de Huellas Dactilares. También es el foro preferido de los altos mandos de la Academia, un lugar en el que reunirse para hablar de pruebas que requieren más de un tipo de análisis forense.

Las huellas dactilares ya no son sólo huellas dactilares. Pueden constituir una fuente de ADN, y no sólo del ADN de quien las ha dejado sino también del de la víctima tocada por el criminal. Pueden ser una fuente de residuos de drogas o del material que se encontraba en las manos de la persona, tal vez tinta o pintura. Hay que analizarlas con instrumentos tan rimbombantes como el cromatógrafo de gases, o el espectrofotómetro de infrarrojos, o por espectrofotometría infrarroja con «transformada de Fourier». En los viejos tiempos una prueba era una sola prueba; en la actualidad, gracias a la sofisticación y la sensibilidad de los instrumentos y de los procesos científicos, una sola se convierte en un cuarteto de cuerda o en una sinfonía. El problema radica en qué recoger primero, porque el análisis de una cosa puede eliminar otra. De modo que los científicos se juntan, normalmente en el laboratorio de Matthew, y allí debaten y deciden lo que se debe hacer y en qué orden.

Cuando Matthew recibió los guantes de látex del lugar del asesinato de Daggie Simister, se enfrentó a todo un abanico de posibilidades, ninguna de ellas sencilla. Podía ponerse unos guantes de algodón para examinar bajo los de látex vueltos del revés. Al servirse de sus propias manos para rellenar el látex, le resulta más fácil levantar y fotografiar las huellas latentes. Pero al hacerlo corre el riesgo de echar a perder cualquier posibilidad de rociar las huellas con cianocrilato o de buscarlas con una fuente de luz alternativa y polvos luminiscentes o de tratarlas con productos químicos tales como la ninhidrina o el diazofluoreno. Un tratamiento puede hacer inútil otro, y una vez hecho el daño no hay vuelta atrás.

Son las ocho y media, y en este momento en este pequeño laboratorio parece que se esté celebrando una miniconferencia del alto mando militar, con la presencia de Matthew, Marino, Joe Amos y tres científicos, todos congregados alrededor de una gran caja de plástico transparente, el tanque de cianocrilato. Dentro hay dos guantes de látex vueltos del revés, uno de ellos con manchas de sangre, que cuelgan de unas sujeciones. En el guante ensangrentado se han practicado unos pequeños orificios. A otras partes del látex, por dentro y por fuera, se les ha pasado un algodón para recoger el ADN de modo que no altere las posibles huellas. A continuación Matthew ha tenido que decidir la puerta número uno, la puerta número dos, la puerta número tres, que es como le gusta describir una deliberación que requiere tanto instinto, experiencia y suerte como saber científico. Ha decidido meter los guantes dentro del tanque con papel de aluminio, cianocrilato y un plato de agua templada.

Ha obtenido como resultado una huella dactilar visible, la de un pulgar izquierdo, conservada en cianocrilato duro blanquecino. La ha levantado con gel negro y la ha fotografiado.

—Está reunida toda la banda —le dice a Scarpetta por el manos libres—. ¿Quién quiere empezar? —les pregunta a los congregados alrededor de la mesa de exploración—. ¿Randy?

Randy, especialista en ADN, es un hombrecito peculiar de nariz grande y con un ojo vago. A Matthew nunca le ha caído demasiado bien y recuerda por qué justo cuando empieza a hablar.

—Bien. Me han sido entregadas tres potenciales fuentes de ADN —dice Randy con su típica pedantería—. Dos guantes y dos huellas de oreja.

—Eso son cuatro cosas —replica la voz de Scarpetta.

—Sí, señor, quería decir cuatro. Por supuesto, cabía la esperanza de hallar ADN en el exterior de uno de los guantes, el que tiene sangre seca, y tal vez ADN de la parte interior de ambos. Ya he obtenido ADN de las huellas de oreja —le recuerda a todo el mundo—. He conseguido tomarlo de forma no destructiva, evitando lo que podrían considerarse variaciones individuales de rasgos potencialmente característicos como la extensión inferior de la antihélice. Como saben, después de pasar ese perfil por la CODIS seguíamos con las manos vacías, pero lo que acabamos de descubrir es que el ADN de la huella de oreja coincide con el del interior de uno de los guantes.

—¿Sólo de uno? —pregunta la voz de Scarpetta.

—El que está manchado de sangre. Del otro no he obtenido nada. No estoy seguro de que haya sido usado siquiera.

—Eso es muy curioso —comenta la voz desconcertada de Scarpetta.

—Por supuesto, he contado con la ayuda de Matthew, dado que yo no estoy muy versado en anatomía de la oreja, y las huellas de todo tipo corresponden más a su departamento que al mío —agrega Randy, como si eso tuviera importancia—. Como acabo de señalar, hemos obtenido el ADN de la huella de oreja, específicamente de las zonas de la hélice y el lóbulo. Y no hay duda de que pertenece a la misma persona que se puso uno de los guantes, de manera que supongo que se podría conjeturar que quien apoyó la oreja contra el cristal de la casa de la que desapareció esa familia era la misma que llevaba al menos uno de los guantes de látex en el lugar del crimen.

—¿Cuántas veces has afilado tu puto lápiz mientras hacías todo eso? —susurra Marino.

—¿Cómo dice?

—No quisiera que omitieras ni uno solo de esos fascinantes detalles —dice Marino en voz baja para que no lo oiga Scarpetta—. Apuesto a que vas por la acera contando las grietas del suelo y a que pones el temporizador cada vez que te acuestas con alguien.

—Randy, continúa, por favor —lo insta Scarpetta—. Dices que no has encontrado nada en la CODIS. Eso es una lástima.

Randy prosigue hablando con su estilo cargado y farragoso, y confirma una vez más que la búsqueda que se ha realizado en la base de datos del Sistema de Índice de ADN Combinado, conocida como CODIS, ha resultado infructuosa. La persona que dejó el

ADN no figura en la base de datos, lo cual posiblemente sugiere que dicha persona no ha sido detenida nunca.

—También hemos salido con las manos vacías en el caso de la sangre encontrada en la tienda de playa de Las Olas. Pero hay varias de esas muestras que no son de sangre —dice Randy dirigiéndose al teléfono negro—. No sé de qué son. De algo que ha dado un falso positivo. Lucy ha mencionado la posibilidad de que sea cobre; ella opina que lo que ha reaccionado al Luminol puede que haya sido el fungicida utilizado para prevenir la cancrosis. Ya sabe, fumigación con cobre.

—¿Basándose en qué? —pregunta Joe, otro miembro de la plantilla al que Matthew tampoco soporta.

—En el lugar del asesinato de la señora Simister había gran cantidad de cobre, dentro y fuera de la casa.

—¿Concretamente qué muestras de la tienda Chulos de Playa eran sangre humana? —pregunta la voz de Scarpetta.

—Las del cuarto de baño. Las muestras del suelo del almacén no son de sangre. Otro falso positivo. También en este caso podría tratarse de cobre.

—¿Phil? ¿Estás por ahí?

—Aquí mismo —contesta Phil, el examinador de pruebas.

—Lo lamento de verdad —dice entonces la voz de Scarpetta, y parece sincera—. Pero quiero que los laboratorios trabajen a todo lo que den de sí.

—Creía que ya estábamos haciéndolo. De hecho, estamos a punto de pasarnos de rosca. —Joe no sería capaz de mantener la boca cerrada ni debajo del agua.

—Todas las muestras biológicas que aún no hayan sido analizadas, quiero que se analicen lo antes posible. —La voz de Scarpetta suena más inflexible—. Incluidas todas las fuentes potenciales de ADN tomadas en la casa de Hollywood de la que desaparecieron los dos niños y las dos mujeres. Está todo en la CODIS. Vamos a tratarlos a todos como si estuvieran muertos.

Los científicos, Joe y Marino se miran. Nunca habían oído a Scarpetta decir nada parecido.

—Eso sí que es optimismo por tu parte —señala Joe.

—Phil, por qué no pasas por el SEM-EDS los barridos de la

alfombra, los residuos del caso Simister y los del monovolumen, todos los residuos —dice la voz de Scarpetta—. Veamos si de verdad es cobre.

—Tiene que haberlo por todas partes.

—No, nada de eso —replica la voz de Scarpetta—. No lo utiliza todo el mundo. No todo el mundo tiene cítricos. Pero hasta ahora, en los casos que tenemos entre manos, es un denominador común.

—¿Y la tienda de la playa? No creo que haya cítricos por allí cerca.

—Tienes razón. Buena observación.

—En ese caso, digamos que algunos de esos residuos dan positivo en cobre...

—Eso será significativo —responde la voz de Scarpetta—. Tendremos que preguntarnos por qué. Quién lo metió en el almacén. Quién lo puso en el monovolumen. Y vamos a tener que volver a la casa de la familia desaparecida y buscar cobre en su interior, también. ¿Hay algo interesante acerca de la sustancia similar a pintura roja que encontramos en el suelo, de los trozos de hormigón que nos trajimos?

—Se trata de un pigmento de henna con base de alcohol, desde luego no es como el tinte de los abrigos y la pintura de las paredes —responde Phil.

—¿Y qué me decís de tatuajes de los que se van o de los dibujos corporales?

—En efecto, podría ser, pero si tienen una base de alcohol no lo detectaríamos. A estas alturas ya se habrían evaporado el etanol o el isopropanol.

—Resulta interesante que aparezca allí, donde por lo visto llevaba ya tiempo. Que alguien ponga al corriente a Lucy acerca de lo que estamos hablando. ¿Dónde está?

—No sé —contesta Marino.

—Necesitamos el ADN de Florrie Quincy y de su hija Helen —dice a continuación la voz de Scarpetta—. Para ver si la sangre que hay en la tienda de la playa es la suya.

—La del baño es de un solo donante —interviene Randy—. Desde luego no hay sangre de dos personas y, si la hubiera, sin duda alguna podríamos saber si entre ambas existía algún parentesco. Por ejemplo, si eran madre e hija.

—Me pondré a ello —dice Phil—. Me refiero a la parte del SEM.

—¿Cuántos casos hay? —inquiere Joe—. ¿Y das por hecho que todos están relacionados? ¿Es por eso por lo que debemos tratarlos a todos como si estuvieran muertos?

—No estoy dando por hecho que todos estén relacionados —responde la voz de Scarpetta—. Pero me preocupa que puedan estarlo.

—Como iba diciendo respecto del caso Simister, no hemos tenido suerte con la CODIS —prosigue Randy—, pero el ADN del interior del guante de látex no coincide con el de la sangre que hay por fuera. Lo cual no es de extrañar. Dentro del guante había células cutáneas descamadas de la persona que lo llevaba. La sangre del exterior será de otro individuo, al menos eso cabe suponer —explica.

Matthew se maravilla de que este tipo esté casado. ¿Quién es capaz de vivir con él? ¿Quién es capaz de soportarlo?

—¿La sangre pertenece a Daggie Simister? —pregunta directamente Scarpetta.

Al igual que los demás, es lógico que sospeche que el guante ensangrentado que se halló en casa de Daggie Simister está manchado de sangre de la anciana.

—Bueno, en realidad, la suya es la sangre de la alfombra.

—Se refiere a la alfombra que hay junto a la ventana, donde pensamos que tal vez la golpearon en la cabeza —aclara Joe.

—Yo estoy hablando de la sangre del guante. ¿Pertenece a Daggie Simister? —pregunta la voz de Scarpetta, que ya empieza a parecer un poco tensa.

—No, señor.

Randy le responde «no, señor» a todo el mundo, independientemente de su sexo.

—La sangre de ese guante no es de ella, definitivamente, lo cual no deja de ser curioso —explica el pesado de Randy—. Dado que cabría esperar que fuera suya.

«Oh, Dios, ya empieza otra vez», piensa Matthew.

—Tenemos unos guantes de látex hallados en la escena del crimen, y sangre en el exterior de uno de ellos, no en el interior.

—¿Y por qué iba a haber sangre en el interior? —Marino lo mira ceñudo.

—No la hay.

—Ya sé que no la hay, pero ¿por qué iba a haberla?

—Pues, por ejemplo, si el agresor se hirió de alguna forma y sangró dentro del guante. O si se cortó con los guantes puestos. Ya lo he visto en casos de acuchillamiento. El agresor lleva guantes, se hace una herida y sangra dentro del guante, y está claro que eso no sucedió en este caso. Lo cual hace que me plantee una pregunta importante. Si en el caso Simister la sangre es del asesino, ¿por qué se halla presente en toda la parte exterior de un guante? ¿Y por qué el ADN de esa sangre es distinto del que he encontrado dentro de ese mismo guante?

—Creo que la pregunta está clara —tercia Matthew, porque sólo le queda paciencia para aguantar el altanero y machacón monólogo tal vez un minuto, transcurrido el cual tendrá que salir del laboratorio fingiendo una visita al lavabo, ir y beberse un veneno.

—En el exterior del guante es donde cabría esperar encontrar sangre si el agresor tocó algo o a alguien ensangrentado —dice Randy.

Todos saben la respuesta, pero Scarpetta no. El discurso de Randy es ya toda una representación y nadie puede robarle el éxito: el departamento de ADN es suyo.

—¿Randy? —suena la voz de Scarpetta.

Es el tono de voz que emplea cuando Randy está confundiendo y fastidiando a todo el mundo, incluida ella misma.

—¿Sabemos de quién es la sangre de ese guante? —le pregunta.

—Sí, señor, lo sabemos. Bueno, casi. Pertenece a Johnny Swift o bien su hermano Laurel. Son gemelos. —Por fin lo ha dicho—. De modo que tienen el mismo ADN.

—¿Sigues ahí? —le pregunta Matthew a Scarpetta al final de un largo silencio.

Entonces Marino comenta:

—No termino de entender cómo puede ser la sangre de Laurel. No era su sangre la que quedó esparcida por todo el salón cuando le volaron la cabeza a su hermano.

—Bueno, yo, por mi parte, estoy completamente desconcertada —interviene Mary, la toxicóloga—. Johnny Swift fue asesinado en el mes de noviembre; entonces, ¿cómo puede ser que su sangre aparezca de pronto, al cabo de diez semanas, en un caso que no parece guardar ninguna relación con el suyo?

—Y ya que vamos a eso, ¿cómo es que su sangre ha aparecido en el lugar donde mataron a Daggie Simister? —La voz de Scarpetta llena la sala.

—Efectivamente, cabe dentro de lo posible que los guantes fueran dejados allí a propósito —apunta Joe.

—A lo mejor deberías afirmar lo que resulta de lo más obvio —salta Marino—. Y lo que resulta obvio es que quienquiera que le voló la cabeza a esa pobre anciana está diciéndonos que tuvo algo que ver con la muerte de Johnny Swift. Está jugando con nosotros.

—Acababan de operarlo…

—Chorradas —lo corta Marino—. No es posible que esos jodidos guantes procedieran de una operación del túnel carpiano. Por Dios. Qué manera de complicarse la vida. Le estáis buscando tres pies al gato.

—¿Qué?

—A mí me parece que el jodido mensaje está bien clarito —repite Marino caminando por el laboratorio, hablando a voces, con el rostro enrojecido—. El que mató a esa anciana está diciendo que también mató a Johnny Swift. Y los guantes son para jodernos.

—No podemos asegurar que esa sangre no sea de Laurel —dice la voz de Scarpetta.

—Si lo es, desde luego explicaría algunas cosas —dice Randy.

—No explicaría una mierda. Si Laurel mató a la señora Simister, ¿para qué diablos iba a dejar su ADN en el lavabo? —replica Marino.

—Entonces puede que sea la sangre de Johnny Swift.

—Cállate, Randy, o voy a empezar a tirarme de los pelos.

—Eres calvo, Pete —le contesta Randy muy serio.

—¿Quieres decirme cómo coño vamos a averiguar si la sangre es de Laurel o de Johnny, dado que supuestamente tienen el mismo ADN? —exclama Marino—. Esto es una cagada tan grande que ni siquiera resulta divertida.

Lanza una mirada acusadora a Randy, después a Matthew y luego a Randy otra vez.

—¿Estás seguro de no haberla mezclado con otra cosa cuando hiciste las pruebas? —Jamás se preocupa por quién lo está oyendo cuando pone en entredicho la credibilidad de una persona o cuando, simplemente, está siendo desagradable—. O puede que alguno de vosotros haya confundido los algodones o lo que sea —dice Marino.

—No, señor. De ninguna manera —replica Randy—. Matthew recibió las muestras y yo hice las extracciones y los análisis y los pasé por la CODIS. No hubo ninguna interrupción de la cadena, y el ADN de Johnny Swift se encuentra en la base de datos porque actualmente todo cadáver al que se practica una autopsia entra en la base de datos, y eso quiere decir que el ADN de Johnny Swift entró en la CODIS en noviembre pasado, si no me equivoco. ¿Sigue ahí? —le pregunta a Scarpetta.

—Aquí sigo… —empieza a decir ella.

—Desde el año pasado, la política que se aplica es la de registrar todos los casos, ya sean suicidios, accidentes, homicidios o incluso muertes naturales —pontifica Joe, interrumpiéndola como de costumbre—. El mero hecho de que alguien sea una víctima o de que su muerte no guarde relación alguna con un delito no significa que no pueda haberse visto involucrado en alguna actividad delictiva en algún momento de su vida. Y supongo que estamos seguros de que los hermanos Swift eran gemelos.

—Son iguales, hablan igual, visten igual, follan igual —le susurra Marino.

—Marino. —La voz de Scarpetta da fe de su presencia—. ¿Tomó la policía una muestra del ADN de Laurel Swift cuando tuvo lugar la muerte de su hermano?

—No. No había motivo para ello.

—¿Ni siquiera para excluir otras hipótesis? —pregunta Joe.

—¿Qué es lo que había que excluir? El ADN no venía al caso —le contesta Marino—. Habría ADN de Laurel por toda la casa. Él vive allí.

—Convendría que pudiéramos someter a análisis el ADN de Laurel —dice la voz de Scarpetta—. Matthew, ¿has aplicado productos químicos al guante ensangrentado, el de casa de Daggie Simister? ¿Has usado algo que pueda crearnos problemas si le hacemos unas cuantas pruebas más?

—He usado cianocrilato —contesta Matthew—. Y a propósito, también he analizado la única huella que encontré, pero nada. No hay nada en AFIS. No he podido emparejarlo con la muestra del cinturón del asiento del monovolumen. No había suficientes detalles.

—Mary, quiero que saques muestras de la sangre de ese guante.

—El cianocrilato no tiene por qué alterar nada, dado que reacciona a los aminoácidos presentes en la grasa de la piel y en el sudor, y no a los de la sangre —se siente obligado a explicar Joe—. No tiene por qué pasar nada.

—Con gusto proporcionaré yo una muestra —dice Matthew dirigiéndose al teléfono negro—. Ha quedado látex ensangrentado de sobra.

—Marino —llama la voz de Scarpetta—. Quiero que vayas a la Oficina del Forense y te traigas el expediente del caso de Johnny Swift.

—Eso puedo hacerlo yo —se apresura a decir Joe.

—Marino —insiste ella—, dentro del expediente deben estar sus tarjetas de ADN. Siempre hacemos más de una.

—Si tocas ese expediente, terminarás con la dentadura entera en la nuca —le susurra Marino a Joe.

—Puedes meter una de las tarjetas en un sobre de pruebas y enviárselo a Mary —está diciendo la voz de Scarpetta—. Mary, toma una muestra de la sangre de esa tarjeta y una muestra del guante.

—Me parece que me he perdido —dice Mary, y Matthew no se lo reprocha.

No se imagina qué va a poder hacer una toxicóloga con una gota de sangre seca de una tarjeta de ADN y una cantidad igualmente minúscula de sangre seca de un guante.

—Tal vez has querido decir Randy —sugiere Mary—. ¿Estás hablando de realizar más pruebas de ADN?

—No —contesta Scarpetta—. Quiero que busques la presencia de litio.

Scarpetta está lavando un pollo entero en el fregadero. Lleva el Treo en el bolsillo y el auricular en el oído.

—Porque en su momento no debieron de buscar ese componente en su sangre —le está diciendo a Marino por teléfono—. Si todavía estaba tomando litio, por lo visto su hermano no se molestó en decírselo a la policía.

—Deberían haber encontrado un frasco del medicamento en el lugar del delito —contesta Marino—. ¿Qué es ese ruido?

—Estoy abriendo unas latas de caldo de pollo. Es una lástima que no estés aquí. No sé por qué no encontraron litio —dice Scarpetta, vaciando las latas en una cazuela de cobre—. Pero es posible que su hermano recogiera todos los frascos de medicamentos que hubiera para que la policía no los encontrase.

—¿Y por qué? No es cocaína, ni nada parecido.

—Johnny Swift era un destacado neurólogo. Tal vez no quería que la gente supiera que sufría un trastorno psiquiátrico.

—Desde luego, yo no querría que me hurgara en el cerebro alguien que tuviera cambios de humor, ya que lo mencionas.

Scarpetta se pone a picar cebolla.

—En realidad, su trastorno bipolar probablemente no tenía ningún efecto sobre su capacidad como médico, pero el mundo está lleno de gente ignorante. Y, como digo, es posible que Laurel no quisiera que la policía ni nadie se enterase del problema que tenía su hermano.

—Eso no tiene sentido. Si lo que dijo es verdad, salió corriendo de la casa nada más encontrar el cadáver. No me parece a mí que anduviera por ahí recogiendo frascos de pastillas.

—Creo que vas a tener que preguntárselo.

—En cuanto tengamos los resultados del litio. Prefiero entrar en materia sabiendo a qué atenerme. Además, en este momento tenemos un problema más grave.

—No estoy segura de que nuestros problemas puedan agravarse aún más —dice Scarpetta troceando el pollo.

—Se trata del casquillo de escopeta —dice Marino—. El que localizaron los de Balística ahí, en el caso de la laguna de Walden.

—No he querido decir nada al respecto delante de los demás —le explica Marino por teléfono—. Tiene que ser alguien de dentro. No hay otra explicación.

Está sentado a la mesa de su despacho, con la puerta cerrada con llave.

—Esto es lo que ha ocurrido —continúa diciendo—. No he querido decirlo delante de los otros, pero esta mañana he mantenido una breve charla con un colega mío del Departamento de Policía de Hollywood que es el responsable de la sala de pruebas. Se puso al ordenador y tardó cinco minutos enteros en acceder a la información sobre la escopeta que se utilizó en el homicidio de esa tienda abierta las veinticuatro horas de hace dos años. Y adivina dónde se supone que tendría que estar la escopeta, doctora. ¿Estás sentada?

—Nunca me ha servido de nada sentarme —responde ella—. Dime.

—En nuestra puta colección de referencia.

—¿En la Academia? ¿En nuestra colección de armas de referencia de la Academia?

—El Departamento de Policía de Hollywood nos la donó hará cosa de un año, al mismo tiempo que otra colección de armas que ya no necesitaban, ¿no te acuerdas?

—¿Has entrado personalmente en el Laboratorio de Armas para cerciorarte de que no esté allí?

—No va a estar. Sabemos que acaba de ser utilizada para matar a una mujer, ahí, donde estás tú ahora.

—Ve a comprobarlo ahora mismo —ordena Scarpetta—. Y luego me llamas otra vez.

51

Puerco está haciendo cola detrás de una gorda vestida con un traje rosa chillón. Lleva las botas en una mano y un petate, el permiso de conducir y la tarjeta de embarque en la otra. Avanza unos pasos y pone las botas y la chaqueta en un recipiente de plástico.

A continuación pone el recipiente de plástico y el petate en la cinta negra y ambas cosas se alejan de él. Seguidamente se sitúa de pie encima de los dos pies dibujados en blanco en la moqueta y un agente de seguridad del aeropuerto le hace una seña con la cabeza para que pase por el arco de rayos X. Obedece, no le pita nada y enseña su tarjeta de embarque al agente. Acto seguido recoge las botas y la chaqueta y toma su petate. Echa a andar hacia la puerta veintiuno sin que nadie se fije en él.

Aún huele los cuerpos putrefactos. Por lo visto, no consigue quitarse el hedor de la nariz. Tal vez sea una alucinación olfativa, ya las ha tenido otras veces. Hay ocasiones en que huele la colonia, la colonia Old Spice que olió cuando cometió la mala acción en el colchón y lo enviaron allá lejos, donde había casas antiguas de ladrillo, donde nevaba y hacía frío, al lugar al que se dirige ahora. Está nevando; no mucho, pero sí un poco. Ha consultado el parte del tiempo antes de tomar un taxi para el aeropuerto. No quería dejar su Blazer en el aparcamiento de larga estancia, porque eso cuesta mucho dinero y no conviene que alguien mire en el interior del maletero. No lo ha limpiado muy bien.

En el petate lleva unas cuantas cosas, no muchas. Lo único que necesita es una muda de ropa, unos cuantos utensilios de aseo, unas botas que le queden mejor. No va a necesitar sus botas viejas mucho más tiempo ya; constituyen un peligro para el medio ambiente y esa idea le resulta divertida. Ahora que lo piensa y mientras esas botas caminan en dirección a la puerta de embarque, tal vez debiera guardarlas. Tienen su historia, han recorrido lugares como si fueran de su propiedad, se han llevado a gente como si fuera de su propiedad, han regresado a lugares y se han subido a cosas para espiar, han irrumpido en sitios con todo descaro, lo han llevado de una habitación a otra y de un lugar a otro, haciendo lo que ordena Dios. Castigando. Confundiendo a la gente. La escopeta. El guante. Para demostrárselo.

Dios tiene un coeficiente intelectual de ciento cincuenta.

Sus botas lo condujeron hasta el interior de la casa, y él llevaba puesta la capucha antes de que supieran siquiera lo que estaba ocurriendo. Esas estúpidas fanáticas religiosas. Y esos huerfanitos imbéciles. Ese imbécil de huerfanito entrando en la farmacia de la mano de la Mejor Mamá del Mundo para que le rellenaran el frasco de medicamentos. Lunática. Puerco odia a los lunáticos, a los putos fanáticos religiosos, odia a los niños pequeños, odia la colonia Old Spice. Marino lleva Old Spice, ese poli grande y memo. Puerco odia a la doctora Self, debería haberla puesto encima del colchón y haberse divertido con las cuerdas, debería haberla castigado por lo que hizo.

Pero se le acabó el tiempo. Dios no está contento.

No hubo tiempo para castigar al mayor pecador de todos.

—Vas a tener que volver —le dijo Dios—. Y esta vez con Basil.

Las botas de Puerco caminan hacia la puerta de embarque, lo llevan a Basil. Volverán a pasarlo bien, igual de bien que en los viejos tiempos, cuando él cometió la mala acción y fue enviado lejos, para luego regresar de nuevo y entonces conoció a Basil en un bar.

En ningún momento tuvo miedo de Basil, no le desagradó lo más mínimo desde el instante en que ambos se encontraron sentados el uno junto al otro, bebiendo tequila. Se tomaron juntos más de uno y Puerco vio que Basil tenía algo. Lo notó.

—Tú eres diferente —le dijo.

—Soy poli —contestó Basil.

Aquello ocurrió en South Beach, adonde solía acudir Puerco a darse una vuelta en busca de sexo y de drogas.

—No sólo eres poli —le dijo Puerco—. Lo noto.

—No me digas.

—Pues sí. Conozco a la gente.

—Qué te parece si te llevo a un sitio —propuso Basil, y Puerco tuvo la impresión de que Basil también se había fijado en él—. Tengo una cosa que puedes hacer por mí —le dijo Basil.

—¿Y por qué iba yo a hacer algo por ti?

—Porque te va a gustar.

Aquella misma noche Puerco se encontró en el coche de Basil, no en su coche patrulla sino en un Ford LTD blanco exactamente igual que un coche de policía sin distintivos pero que no lo era. Era su coche particular. No estaban en Miami y de ninguna manera podía conducir un coche con distintivos del condado de Dade, alguien podría recordar haberlo visto. Puerco estaba un poco desilusionado. Le encantan los coches patrulla, las sirenas y las luces. Todas esas luces y esos destellos le recuerdan a La Tienda de Navidad.

—Si hablas con ellos, no se lo pensarán dos veces —dijo Basil la primera noche que se vieron, después de haber dado una vuelta por ahí fumando crack.

—¿Por qué yo? —preguntó Puerco sin el menor asomo de miedo.

El sentido común debería haberle dicho que lo tuviera. Basil mata a quien le place, siempre ha sido así. Podría haberlo matado a él. Fácilmente.

Dios le dijo a Puerco lo que tenía que hacer. Eso fue lo que lo mantuvo a salvo.

Basil descubrió a la chica. Más tarde resultó que sólo tenía dieciocho años. Estaba sacando dinero de un cajero automático, con el coche cerca y el motor en marcha. Qué tonta. Nunca hay que sacar dinero de noche, sobre todo si eres una jovencita guapa y sola, vestida con pantalón corto y camiseta ajustada. Cuando eres una jovencita, y además guapa, suceden cosas malas.

—Dame tu navaja y tu pistola —le dijo Puerco a Basil.

Puerco se guardó el arma en el cinturón y se hizo un corte en el dedo pulgar con la navaja. Se manchó la cara con la sangre y a continuación se pasó al asiento de atrás y se tumbó. Basil se acercó al cajero automático, se apeó del coche y abrió la portezuela trasera para atender a Puerco, que parecía muy angustiado.

—Todo se arreglará —le dijo a Puerco. Y después se dirigió a la chica—: Por favor, ayúdanos. Mi amigo se ha hecho daño. ¿Dónde está el hospital más cercano?

—Oh, Dios mío. Deberíamos llamar al nueve-uno-uno.

Frenética, la chica se apresuró a sacar el móvil del bolso, y en ese momento Basil la empujó con fuerza al asiento trasero, donde Puerco le puso la pistola en la cara.

Y se fueron.

—Mierda —dijo Basil—. Eres muy bueno —exclamó eufórico, riendo a carcajadas—. Más vale que pensemos adónde ir.

—Por favor, no me hagan daño —lloraba la chica. Puerco sintió algo allí sentado, apuntándola con la pistola mientras ella lloraba y suplicaba. Le entraron ganas de joder.

—Cállate —le ordenó Basil—. No va a servirte de nada. Más vale que encontremos un sitio. Quizás el parque. No, lo patrullan.

—Yo conozco un sitio —dijo Puerco—. Nadie nos encontrará jamás, es perfecto. Podemos hacerlo sin prisas, con todo el tiempo del mundo.

Se sentía excitado. Quería sexo, lo deseaba con urgencia.

Condujo a Basil hasta la casa, la casa que está derrumbándose, que no tiene electricidad ni agua corriente, sólo un colchón y unas cuantas revistas sucias en la habitación del fondo. Fue Puerco el que ideó cómo atarlas para que no pudieran sentarse sin tener los brazos levantados.

—¡Manos arriba!

Como en los dibujos animados.

—¡Manos arriba!

Como en las antiguas películas del Oeste.

Basil dijo que Puerco era muy inteligente, el tipo más inteligente que había conocido en su vida, y después de haber llevado allí unas cuantas mujeres y haberlas tenido inmovilizadas hasta que empezaban a oler mal o ya estaban demasiado contaminadas o demasiado usadas, Puerco le habló a Basil de La Tienda de Navidad.

—¿La has visto alguna vez?

—No.

—Es imposible no verla. Está justo en la playa, en la A1A. La dueña es rica.

Puerco explicó que los sábados estaba ella sola con su hija. Casi nadie entraba en esa tienda. ¿Quién compra artículos de Navidad en la playa en el mes de julio?

—No me jodas.

No pensaría que iba a hacerlo allí dentro.

Entonces, antes de que Puerco supiera lo que estaba pasando, Basil ya la tenía tumbada de espaldas y estaba violándola y acuchillándola, con sangre por todas partes, mientras Puerco miraba y calculaba cómo iban a salir de aquélla.

El leñador de la puerta medía uno ochenta y estaba tallado a mano. Llevaba un hacha auténtica, una antigua con mango curvo de madera y hoja de brillante acero, la mitad pintada de rojo sangre. Fue a Puerco a quien se le ocurrió.

Aproximadamente una hora más tarde, Puerco sacó afuera las bolsas de basura y se aseguró de que no hubiera nadie en la calle. Las metió en el maletero del coche de Basil. Nadie los vio.

—Hemos tenido suerte —le dijo Puerco a Basil una vez de vuelta en su lugar secreto, la casa vieja, cavando una fosa—. No vuelvas a hacerlo.

Un mes después volvió a hacer algo, intentó raptar a dos mujeres a la vez. Puerco no lo acompañaba. Basil las obligó a entrar en el coche y entonces el maldito cacharro se averió. Basil nunca le habló a nadie de Puerco. Protegió a Puerco. Y ahora le toca a Puerco.

«Están llevando a cabo un estudio —le escribió Puerco—. La prisión está al corriente y han solicitado voluntarios. Será bueno para ti. Podrías hacer algo constructivo.»

Era una carta agradable e inocua. Ningún funcionario de la prisión pensó mal de ella. Basil le hizo saber al guarda que deseaba ofrecerse voluntario para un estudio que estaban realizando en Massachusetts, que quería hacer algo para expiar sus pecados, que si los médicos lograban aprender algo acerca de lo que les pasa a las personas como él tal vez sirviera de algo. Que el guardia de la prisión se tragara o no las manipulaciones de Basil es objeto de especulación. Pero este diciembre pasado Basil fue trasladado al hospital estatal Butler.

Y todo gracias a Puerco. La Mano de Dios.

Desde entonces, sus comunicaciones han tenido que ser más ingeniosas. Dios le ha enseñado a Puerco cómo decirle a Basil lo que quiere. Dios posee un coeficiente intelectual de ciento cincuenta.

Puerco encuentra un asiento frente a la puerta de embarque número veintiuno. Se sienta lo más lejos que puede de la gente, esperando el vuelo de las nueve. No lleva retraso. Aterrizará a las doce del mediodía. Abre la cremallera del petate y saca una carta que le escribió Basil hace más de un mes.

Ya tengo las revistas de pesca. Muchas gracias. Siempre aprendo mucho de esos artículos.

BASIL JENRETTE

P. D.: Van a meterme otra vez en ese maldito tubo, el jueves 17 de febrero. Pero me han prometido que será rápido: «Entrarás a las cinco y saldrás a las cinco y cuarto.» Promesas, promesas.

52

La nieve ha dejado de caer y el caldo de pollo borbotea. Scarpetta mide dos tazas de arroz italiano Arborio y abre una botella de vino blanco seco.

Se acerca a la puerta y llama a Benton:

—¿Puedes bajar?

—¿Puedes tú subir aquí, por favor? —contesta la voz de él desde el despacho que hay en lo alto de las escaleras.

Scarpetta pone un poco de mantequilla en una cazuela de cobre y empieza a dorar el pollo. A continuación vierte el arroz en el caldo. Suena el móvil. Es Benton.

—Esto es ridículo —protesta, mirando las escaleras que conducen al despacho del segundo piso—. ¿Puedes bajar, por favor?, estoy cocinando. En Florida se están complicando mucho las cosas. Necesito hablar contigo.

Toma una cuchara y rocía el pollo con un poco de caldo.

—Y yo necesito que eches un vistazo a esto —responde Benton.

Qué extraño se hace oír su voz arriba y por el teléfono al mismo tiempo.

—Esto es ridículo —dice otra vez.

—Déjame que te haga una pregunta —dice la voz de Benton por teléfono y desde el piso de arriba, como si fueran dos voces idénticas hablando a la vez—. ¿Por qué la víctima tenía astillas entre los omóplatos? ¿Por qué iba a tenerlas alguien?

—¿Astillas de madera?

—Hay una zona arañada de la piel con astillas clavadas. En la espalda, entre los omóplatos. Y quisiera saber si tú puedes distinguir si se le clavaron antes o después de la muerte.

—Si la arrastraron por un suelo de madera, o si la golpearon con un objeto de madera a lo mejor. Puede haber varios motivos, supongo. —Da vueltas al pollo con ayuda de un tenedor.

—Si la arrastraron y fue así como se le clavaron las astillas, ¿no las tendría también en otras partes del cuerpo? Suponiendo que estuviera desnuda cuando la arrastraron por un suelo viejo y astillado.

—No necesariamente.

—Quisiera que subieras aquí.

—¿Presenta heridas de haberse defendido?

—¿Por qué no subes?

—En cuanto tenga controlada la comida. ¿Agresión sexual?

—No hay pruebas de ello, pero desde luego había una motivación sexual. De momento no tengo hambre.

Scarpetta remueve un poco más el arroz y deja la cuchara sobre una servilleta de papel doblada.

—¿Hay alguna otra posible fuente de ADN? —pregunta.

—¿Como cuál?

—No sé. Quizá la víctima le dio un mordisco en la nariz o en un dedo y han encontrado ese trozo en su estómago.

—Hablo en serio.

—Saliva, pelo, sangre —contesta Scarpetta—. Espero que le hayan pasado el algodón de arriba abajo y se hayan puesto a analizarlo todo a conciencia.

—Por qué no hablamos de esto aquí arriba.

Scarpetta se quita el delantal y, sin dejar de hablar por el móvil, va hacia las escaleras pensando en lo tonto que es estar en la misma casa y comunicarse por teléfono.

—Voy a colgar —dice una vez que ha llegado arriba, mirando a Benton.

Está sentado en su sillón de cuero negro y las miradas de ambos se encuentran.

—Me alegro de que no hayas llegado hace un minuto —dice Benton—, porque estaba hablando por teléfono con una mujer increíblemente hermosa.

—Y menos mal que tú no estabas en la cocina para oír con quién hablaba yo.

Scarpetta acerca una silla y mira una fotografía que aparece en la pantalla del ordenador: una mujer muerta, boca abajo sobre una mesa de autopsias. Se fija en las huellas de manos de color rojo que tiene en el cuerpo.

—Puede que se las hayan pintado sirviéndose de una plantilla, seguramente con un aerosol —comenta.

Benton amplía la zona de piel que queda entre los omóplatos y Scarpetta estudia la profunda abrasión.

—Para responder a una de tus preguntas —le dice—, sí, es posible distinguir si una abrasión llena de astillas se ha producido antes o después de la muerte. Depende de si hay o no reacción de los tejidos. Y supongo que no tenemos el análisis histológico.

—Si hay dispositivas, yo no estoy informado —contesta Benton.

—¿Thrush tiene acceso a un SEM-EDS, un microscopio electrónico de barrido provisto de un sistema de energía dispersiva de rayos X?

—En los laboratorios de la policía estatal tienen de todo.

—Lo que me gustaría sugerirle es que obtuviera una muestra de las supuestas astillas, las ampliara de cien a quinientas veces y viera cómo son. Y también sería buena idea que buscara restos de cobre.

Benton la mira y se encoge de hombros.

—¿Por qué?

—Es posible que lo encontremos por todas partes. Hasta en el almacén de la antigua tienda de artículos de Navidad. Posiblemente procede de fumigaciones.

—La familia Quincy estaba metida en el negocio de la jardinería. Cabe suponer que muchos cultivadores de cítricos con fines comerciales usan cobre para fumigar. Tal vez la familia se lo llevó al almacén trasero de La Tienda de Navidad.

—Y es posible que haya también pintura para el cuerpo en el almacén donde hemos encontrado sangre.

Benton guarda silencio, algo más se le está ocurriendo.

—Es un común denominador de los asesinatos de Basil —dice—. Todas las víctimas, por lo menos aquellas cuyos cuerpos se recuperaron, tenían restos de cobre. En los cadáveres había cobre y también polen de cítricos, lo cual no quiere decir gran cosa dado que en Florida hay polen de cítricos por todas partes. A nadie se le ocurrió lo de las fumigaciones con cobre. A lo mejor Basil se llevó a sus víctimas a algún sitio en el que se fumigaba con cobre, algún sitio donde había cítricos.

Benton se asoma por la ventana para mirar el cielo gris y ve una máquina quitanieves trabajando ruidosamente en su calle.

—¿A qué hora tienes que salir? —Scarpetta pincha una fotografía de la zona de la espalda que presenta la abrasión.

—No tengo que hacerlo hasta esta tarde. Me toca Basil a las cinco.

—Estupendo. ¿Ves lo inflamada que está justo esta zona? —La señala—. Es una zona donde se ha levantado la capa epitelial frotándola con alguna superficie rugosa. Y si la amplías —hace lo propio— verás que antes de lavar el cadáver había fluido serohemático en la superficie de la abrasión. ¿Lo ves?

—De acuerdo. Tiene un poco el aspecto de una costra. Pero no en toda la zona.

—Si una abrasión es lo bastante profunda, se produce una pérdida de fluido de los vasos. Y tienes razón, no en toda la zona hay costra, lo cual me hace pensar que la abrasión está formada en realidad por varias abrasiones de diferente antigüedad, lesiones causadas por un contacto repetido con una superficie rugosa.

—Eso es raro. Estoy intentando imaginarlo.

—Ojalá tuviera la histología. Los glóbulos blancos polimorfonucleares indicarían que la herida tiene quizás entre cuatro y seis horas. Y por lo que se refiere a las costras de color pardusco, por lo general empiezan a verse cuando ha transcurrido un mínimo de ocho horas. La víctima vivió un rato después de que le hicieran estas heridas, estas raspaduras.

Scarpetta estudia más fotografías examinándolas detenidamente. Va tomando notas en un cuaderno.

Luego dice:

—Si te fijas en las fotografías 13 a 18, verás, aunque con dificultad, áreas de lo que parece una hinchazón roja y localizada en la cara posterior de las piernas y en las nalgas. A mí me parece que son picaduras de insectos que han empezado a curarse. Y si volvemos a la fotografía de la abrasión, vemos que hay hinchazón localizada y una hemorragia petequial apenas visible, lo cual puede asociarse con picaduras de araña.

»Si no me equivoco, por el microscopio se verá una congestión de los vasos sanguíneos y una infiltración de glóbulos blancos, principalmente eosinófilos, dependiendo de la reacción. No es muy exacto, pero podríamos analizar también los niveles de triptasa, por si tuvo una reacción anafiláctica. Pero me sorprendería. Desde luego, esta mujer no murió de una picadura de insecto. Ojalá tuviera el maldito análisis histológico, aquí podría haber mucho más que astillas. Pelos urticantes. Las arañas, concretamente las tarántulas, los lanzan, forman parte de su sistema de defensa. El templo de Ev y Kristin está al lado de una tienda de animales en la que venden tarántulas.

—¿Picores? —pregunta Benton.

—Si la araña le lanzó un pelo, seguramente sufrió unos picores tremendos —contesta Scarpetta—. Es posible que se frotara contra algo hasta despellejarse.

53

Sufrió.

—Fuera cual fuera el lugar donde la tuvo encerrada, sufrió mordeduras dolorosas e intensos picores —declara Scarpetta.

—¿De mosquitos? —sugiere Benton.

—¿Uno solo? ¿Una sola picadura entre los omóplatos? En ninguna otra parte del cuerpo hay abrasiones similares con inflamación, salvo en los codos y en las rodillas —continúa diciendo Scarpetta—. Abrasiones leves, raspaduras, como las que cabría esperar si una persona estuviera de rodillas o apoyada sobre los codos encima de una superficie rugosa. Pero esas abrasiones no tienen ese aspecto ni mucho menos.

Señala de nuevo la zona inflamada entre las dos paletillas.

—Mi teoría es que, cuando el asesino le disparó, ella se encontraba de rodillas —dice Benton.

—Para ello te basas en la forma de las manchas de sangre del pantalón. Cuando uno está arrodillado, ¿puede causarse abrasiones en las rodillas teniendo el pantalón puesto?

—Claro que sí.

—Entonces el asesino primero la mató y luego la desvistió. Eso plantea una situación muy distinta, ¿no? Si de verdad quería humillarla sexualmente y aterrorizarla, la habría obligado a desnudarse, a arrodillarse una vez desnuda, y después le hubiese metido el cañón de la escopeta en la boca y apretado el gatillo.

—Y qué me dices del casquillo encontrado en el recto.

—Podría ser un acto de rabia. A lo mejor el asesino quería que lo encontrásemos y lo relacionásemos con el caso de Florida.

—Estás sugiriendo que el asesinato de esta mujer podría haberse debido a un impulso, tal vez a un acceso de ira. Y también estás sugiriendo que existió un grado significativo de premeditación, de jugar a un juego, como si el asesino quisiera que relacionáramos este caso con aquel robo con homicidio. —Scarpetta lo mira.

—Todo tiene significado, al menos para él. Bienvenida al mundo de los sociópatas violentos.

—Bueno, una cosa está clara —dice ella—. Al menos durante un tiempo la víctima estuvo prisionera en un lugar en el que había actividad de insectos. Posiblemente hormigas rojas, quizás arañas, y las habitaciones de los hoteles normales no están infestadas de hormigas ni de arañas, al menos por aquí. Ni en esta época del año.

—Pero las tarántulas por lo general suelen ser mascotas, con independencia del clima —apunta Benton.

—La víctima fue raptada en otro lugar. ¿Exactamente dónde se halló el cadáver? —pregunta Scarpetta—. ¿Justo al lado de la laguna de Walden?

—Aproximadamente a quince metros de un sendero poco transitado en esta época del año. Lo encontró una familia que montaba en bicicleta por las inmediaciones del lago. Su perro, un labrador negro, se escapó hacia los árboles y empezó a ladrar.

—Qué cosa tan horrible para que le suceda a uno cuando está ocupado en sus cosas en la laguna de Walden.

Scarpetta examina el informe de la autopsia que aparece en pantalla.

—No llevaba mucho tiempo allí, dejaron el cadáver en ese lugar después de anochecer —dice—. Si lo que estoy leyendo aquí es correcto. Lo de después de anochecer tiene sentido. Y tal vez el asesino dejó el cadáver en ese sitio, fuera del sendero y no a la vista de todo el mundo, porque no quería arriesgarse a que lo vieran. Si de pronto hubiese aparecido alguien, aunque después de anochecer no era muy probable, él habría estado oculto entre los árboles con la víctima. Y todo esto —señala la capucha que cubre el rostro y lo que parece un pañal— se puede hacer en cuestión de minutos si uno lo tiene premeditado, ya ha hecho los agujeros para los ojos, el cadáver ya está desnudo, etcétera. Todo ello me hace sospechar que el asesino conocía la zona.

—Tiene lógica.

—¿Tienes hambre o piensas pasarte el día entero obsesionado aquí arriba?

—¿Qué has preparado? Según eso, decidiré.

—*Risotto alla Sbirraglia*. También conocido como arroz con pollo.

—¿*Sbirraglia*? —Benton la toma de la mano—. ¿Una exótica raza de pollo veneciano?

—Supuestamente el nombre proviene de la palabra *sbirri*, que es un término peyorativo que se aplica a la policía. Un poco de humor para un día que no tiene nada de gracioso.

—No entiendo qué tiene que ver la policía con un plato de pollo.

—Supuestamente, cuando los austríacos ocuparon Venecia, la policía se aficionó mucho a este plato en particular, si es que son de fiar mis fuentes de información culinaria. Y estaba pensando en abrir una botella de Soave o de Piave Pinot Bianco, que tiene más cuerpo. Tienes botellas de ambos en la bodega y, como dicen los venecianos, «el que bebe bien duerme bien, y el que duerme bien no piensa mal, no hace el mal y va al cielo», o algo así.

—Me temo que no existe en el mundo ningún vino capaz de impedirme pensar mal, o en el mal, mejor dicho —comenta Benton—. Y no creo en el cielo. Sólo en el infierno.

54

En la planta baja del espacioso edificio central de estuco de la Academia, los laboratorios tienen encendida por fuera la luz roja. Desde el pasillo le llega a Marino el sordo impacto de unos disparos. Entra sin preocuparse de que haya una galería de tiro en uso siempre que sea Vince el que dispara.

Vince toma una pistola pequeña de la boca del tanque horizontal de acero inoxidable para recuperar las balas, que, cuando está lleno de agua, pesa cinco toneladas, lo cual explica por qué el laboratorio está situado donde está situado.

—¿Ya has estado volando? —le pregunta Marino al tiempo que sube los peldaños de aluminio que conducen a la plataforma de tiro.

Vince lleva un traje de vuelo negro y botines negros. Cuando no está absorto en su mundo de marcas de herramientas y armas de fuego, es uno de los pilotos de helicóptero de Lucy. Tal como sucede con varios de los contratados por Lucy, su aspecto no guarda relación alguna con la actividad a la que se dedica. Vince tiene sesenta y cinco años, pilotó un Black Hawk en Vietnam y más tarde trabajó para el ATF. Tiene las piernas cortas y el pecho ancho, y lleva el pelo recogido en una coleta que afirma no haberse cortado en diez años.

—¿Has dicho algo? —pregunta Vince quitándose el protector de oídos y las gafas de disparar.

—Es un milagro que todavía puedas oír algo.

—Ya no tengo tan buen oído como antes. Cuando llego a mi casa estoy más sordo que una tapia, según mi mujer.

Marino reconoce la pistola que está probando Vince: es la Black Widow con culata de palo de rosa que se encontró debajo de la cama de Daggie Simister.

—Una monada del calibre veintidós —dice Vince—. He pensado que no pasaría nada por añadirla a la base de datos.

—A mí me da la impresión de que no se había disparado nunca.

—No me sorprendería. No te imaginas cuánta gente tiene una pistola para protegerse y no se acuerda de que la tiene, o de dónde la ha puesto, o ni siquiera se entera si le desaparece.

—Tenemos un problema con una cosa que ha desaparecido —dice Marino.

Vince abre una caja de munición y empieza a introducir balas del calibre veintidós en el cilindro.

—¿Quieres probar? —ofrece—. Es raro que tuviera esto una anciana para protegerse. Seguro que se la regalaron. Yo suelo recomendar algo más sencillo, como una Lady Smith del treinta y ocho o un perro pit bull. Tengo entendido que la encontraron debajo de la cama, fuera del alcance de la mano.

—¿Quién te ha dicho eso? —inquiere Marino; tiene la misma sensación que últimamente viene experimentando.

—El doctor Amos.

—No estuvo en el lugar del crimen. ¿Qué diablos puede saber él?

—Ni la mitad de lo que cree. Ronda por aquí constantemente, me pone furioso. Espero que la doctora Scarpetta no tenga la intención de contratarlo cuando se le acabe la beca. Si lo contrata, soy capaz de meterme a trabajar en un Wal-Mart. Toma.

Ofrece la pistola a Marino.

—No, gracias. A lo único que me apetece disparar en este momento es a él.

—¿A qué te refieres con eso de que ha desaparecido una cosa?

—Nos ha desaparecido una escopeta de la colección de referencia, Vince.

—No es posible —contesta él sacudiendo la cabeza.

Bajan de la plataforma y Vince deja la pistola en una mesa de pruebas atestada de otras armas de fuego con etiquetas, cajas de munición, una serie de blancos con diversos dibujos de la pólvora para determinar la distancia y el cristal destrozado de una ventanilla de coche.

—Una Mossberg 835 Ulti-Mag —dice Marino—. Se utilizó hace dos años en un robo con homicidio perpetrado aquí. El caso se aclaró de manera excepcional cuando el tipo que estaba detrás del mostrador se cargó de un tiro al sospechoso.

—Es curioso que menciones eso —dice Vince, perplejo—. No hará ni cinco minutos que me ha llamado el doctor Amos para preguntarme si podía venir a comprobar una cosa en el ordenador. —Va hasta un mostrador ocupado por varios microscopios de comparación, un medidor digital del recorrido de un gatillo y un ordenador. Teclea algo en el teclado con el índice, aparece un menú y selecciona de él la colección de referencia. Seguidamente, introduce la escopeta en cuestión—. Le he dicho que no, que en realidad no podía. Yo estaba efectuando unas pruebas de tiro y no podía dejarle venir. Le he preguntado qué era lo que quería comprobar y me ha dicho que no tenía importancia.

—No sé cómo puede haberse metido aquí —dice Marino—. ¿Cómo está enterado de esto? Un colega mío del Departamento de Policía de Hollywood lo sabe pero es una tumba. Y las otras dos personas a las que se lo he dicho son la doctora y, ahora, tú.

—Culata Camo, cañón de sesenta y un centímetros, mira anular de tritio —lee Vince—. Tienes razón, se utilizó en un homicidio. El sospechoso murió. Es una donación de la policía de Hollywood, marzo del año pasado. —Se vuelve hacia Marino—. Que yo recuerde, fue una de las diez o doce armas de fuego que eliminaron de su inventario, con la generosidad que les caracteriza. Siempre que nosotros les proporcionemos formación y asesoramiento gratuitos, cerveza y algún que otro detalle. Vamos a ver. —Va bajando por la pantalla—. Según dice aquí, desde que la recibimos sólo ha sido comprobada dos veces. La primera por mí, el ocho del abril, en la plataforma de tiro de larga distancia, para cerciorarme de que no le pasaba nada raro.

—Hijo de puta —dice Marino leyendo por encima de su hombro.

—Y la segunda por el doctor Amos el pasado veintiocho de junio, a las tres y cuarto de la tarde.

—¿Para qué?

—Quizá para hacer una prueba de tiro en gelatina reglamentaria. El verano pasado fue cuando la doctora Scarpetta empezó a darle clases de cocina. Entra y sale con tanta frecuencia, por desgracia, que me cuesta trabajo acordarme. Aquí dice que la utilizó el veintiocho de junio y la devolvió a la colección ese mismo día, a las cinco y cuarto. Y si busco esa fecha en el ordenador, aparece la entrada. Lo que quiere decir que yo efectivamente la saqué de la cámara y luego volví a meterla en ella.

—Entonces, ¿cómo salió la escopeta a la calle a matar gente?

—A no ser que este registro esté mal... —reflexiona Vince con el ceño fruncido.

—A lo mejor es para eso para lo que Amos quería mirar una cosa en el ordenador. Qué hijo de puta. ¿Quién se encarga del mantenimiento de los registros? ¿Tú o el usuario? ¿Alguien más toca este ordenador, aparte de ti?

—Electrónicamente, yo. Se hace una solicitud por escrito en ese libro de ahí —Vince indica un libro de registro que hay junto al teléfono— y después el solicitante firma cuando se lleva el arma y otra vez cuando la devuelve, todo de puño y letra y con nombre y apellidos. Después yo introduzco la información en el ordenador para verificar que se ha utilizado el arma y que ha sido devuelta a la cámara. Veo que tú nunca has jugado con armas aquí arriba.

—No soy un forense especializado en armas de fuego. Eso te lo dejo a ti. Maldito hijo de puta...

—En la solicitud hay que anotar qué clase de arma de fuego se solicita y para cuándo se desea reservar la galería de tiro o el tanque de agua. Voy a enseñártelo.

Vince abre el libro de registro por la última página escrita.

—Aquí está otra vez el doctor Amos —dice—. Pruebas de tiro con gelatina reglamentaria con una Taurus PT-145, hace dos semanas. Por lo menos esta vez se molestó en anotarlo. El otro día estuvo aquí y no anotó nada.

—¿Y cómo entró en la cámara?

—Se trajo su propia pistola. Colecciona armas, es un auténtico cazurro.

—¿Te importa decirme cuándo se introdujo en el ordenador la

anotación de la Mossberg? —pide Marino—. Ya sabes, como cuando se mira un archivo para saber la fecha y la hora en que se guardó por última vez. Lo que quisiera saber es si existe alguna manera de que Joe pueda haber alterado los datos posteriormente, registrado la escopeta para que pareciera que tú se la entregaste y después la devolviste a la cámara.

—Esto no es más que un programa de tratamiento de textos llamado Log. Así que voy a cerrarlo ahora sin guardarlo, para ver la última fecha registrada. —Se la queda mirando fijamente, asombrado—. Aquí dice que se guardó por última vez hace veintitrés minutos. ¡No puedo creerlo!

—¿Este bicho no está protegido por una contraseña?

—Naturalmente que sí. Yo soy la única persona que puede entrar. Excepto, por supuesto, Lucy. Pues ahora no entiendo por qué me ha llamado el doctor Amos para decirme que quería bajar a mirar en el ordenador. Si ha modificado el archivo, ¿para qué se molesta en llamarme?

—Muy sencillo. Si tú le abrieras el archivo y tú mismo volvieras a guardarlo al cerrarlo, eso explicaría el cambio de fecha y hora.

—Entonces es que es más listo que el hambre.

—Ya veremos si es tan listo.

—Esto es alarmante. Si ha hecho eso, es que sabe mi contraseña.

—¿La tienes escrita en alguna parte?

—No. Tengo mucho cuidado.

—Aparte de ti, ¿quién más tiene acceso a la combinación de la cámara? Esta vez voy a pillarlo. De un modo o de otro.

—Lucy. Ella puede entrar en todas partes. Venga, vamos a mirar.

La cámara es una sala a prueba de incendios dotada de una puerta de acero para cuya apertura se requiere un código. Dentro hay cajones archivadores que contienen miles de muestras de casquillos de bala y cartuchos conocidos, y también soportes y colgadores en la pared con cientos de rifles, escopetas y pistolas, todos etiquetados con un número de entrada.

—Una verdadera tienda de golosinas —comenta Marino mirando alrededor.

—¿No habías estado aquí nunca?

—No soy un pirado de las armas. He tenido alguna que otra experiencia desagradable con ellas.

—¿Como cuál?

—Como haber tenido que usarlas.

Vince recorre con la vista las filas de rifles, va sacando las escopetas, de una en una, y comprueba dos veces la etiqueta. Marino y él pasan fila por fila buscando la Mossberg. Pero no está en la cámara.

Scarpetta señala el dibujo en el *livor mortis*, el amoratamiento debido a una acumulación de sangre estancada por efecto de la gravedad. Las áreas claras o blanquecinas que se aprecian en la mejilla derecha de la víctima, en los pechos, el vientre, los muslos y la cara interior de los antebrazos se deben a que esas partes del cuerpo han estado contra una superficie dura, tal vez un suelo.

—Estuvo un tiempo tumbada boca abajo —dice Scarpetta—. Por lo menos horas, con la cabeza vuelta hacia la izquierda, por eso tiene pálida la mejilla derecha. Seguramente la tuvo aplastada contra el suelo o la superficie plana que fuera.

Pone otra fotografía en la pantalla, esta vez una en la que se ve a la víctima boca abajo en la mesa de autopsias después de haber sido lavada, con el cuerpo y el cabello mojados, las huellas de manos nítidas e intactas, evidentemente impermeables. Regresa a otra fotografía que acaba de ver y va alternando entre unas y otras, intentando enlazar todos los datos de la muerte de esta mujer.

—Así que quizá, después de matarla —dice Benton—, el asesino la tumbó boca abajo para pintarle las huellas de manos en la espalda y se pasó varias horas trabajando. La sangre de la muerta fue estancándose y comenzó a formarse la lividez, y por eso tenemos este dibujo.

—A mí se me ocurre otra hipótesis —responde Scarpetta—. El asesino la pintó primero boca arriba, después le dio la vuelta y le pintó la espalda, y ésa fue la posición en que la dejó. Desde luego no hizo todo eso al aire libre, a oscuras, sino en algún lugar en el que no corría el riesgo de que alguien oyera el disparo de la escopeta o lo viera intentando meter el cadáver en un vehículo. De hecho, puede que hiciera todo eso dentro del vehículo en el que la transportó, una camioneta, un todoterreno. Le disparó, la pintó y la transportó.

—Todo en el mismo sitio.

—Bueno, con eso disminuiría el riesgo, ¿no? La secuestra, la lleva a un lugar apartado y la mata dentro del vehículo, siempre que sea un vehículo con suficiente espacio en la parte trasera y, seguidamente, se deshace del cadáver —dice Scarpetta pasando más fotografías, hasta que se detiene en una que ya ha visto.

Esta vez la ve de forma diferente. Es la fotografía del cerebro de la víctima, lo que queda de él, colocado sobre una mesa de disección. La membrana rígida y fibrosa que reviste el interior del cráneo, la duramadre, tendría que ser de un color blanquecino. Pero en la fotografía tiene un tono amarillento. Entonces se acuerda de la instantánea de las dos hermanas, Ev y Kristin, con sus bastones de caminar, guiñando los ojos al sol, en la foto del tocador de su dormitorio. Recuerda el cutis más bien macilento de una de ellas y vuelve al informe de la autopsia para ver qué dice acerca de la esclerótica de la muerta, el blanco del ojo. Es normal.

Recuerda las verduras de la nevera de la casa de Ev y Kristin, las diecinueve bolsas de zanahorias, y piensa en las bragas de lino blanco que llevaba la muerta enrolladas como un pañal, una prenda propia de un clima cálido.

Benton la está mirando con curiosidad.

—Xantocromia cutánea —anuncia Scarpetta—. Una coloración amarilla que no afecta a la esclerótica. Posiblemente causada por una carotenemia. Es posible que sepamos quién es la víctima.

55

El doctor Bronson está en su despacho, dando la vuelta a una muestra en el portaobjetos de su complejo microscopio, cuando Marino da unos golpecitos en la puerta abierta.

El doctor Bronson es inteligente, competente y va siempre impecable, con su bata de laboratorio blanca y almidonada. Es un jefe decente, pero no es capaz de dejar atrás el pasado. Sigue haciendo las cosas tal como se hacían antes, incluso tiene el mismo modo de evaluar a las personas. Marino duda que se tome la molestia de estudiar la formación de alguien o de realizar cualquier otro tipo de escrutinio intenso que debería ser la práctica habitual en el mundo de hoy.

Llama de nuevo, esta vez más fuerte, y el doctor Bronson levanta la vista del microscopio.

—Pase, pase —dice sonriente—. ¿A qué debo este placer?

Es un hombre de otro mundo, educado y encantador, con una cabeza completamente calva y unos ojos grises y vagos. En el cenicero que hay sobre su ordenada mesa descansa una pipa de brezo ya fría, pero el débil aroma del tabaco aromático permanece flotando en el aire.

—Por lo menos aquí, en el soleado Sur, aún permiten fumar en el interior de los edificios —dice Marino acercando una silla.

—Bueno, en realidad no debería fumar —contesta el doctor Bronson—. Mi mujer no deja de repetirme que voy a pillar un cáncer de garganta o de lengua. Y yo le digo que si lo pillo, por lo menos no me quejaré mucho cuando me vaya.

En ese momento Marino recuerda que no ha cerrado la puerta. Se levanta, la cierra y vuelve a sentarse.

—Si me extirpan la lengua o las cuerdas vocales, me parece que no me va a quedar mucho con lo que quejarme —dice el doctor Bronson, por si Marino no ha captado el chiste.

—Necesito un par de cosas —empieza Marino—. En primer lugar, quisiera que se analizara una muestra del ADN de Johnny Swift. La doctora Scarpetta dice que tiene que haber varias tarjetas de ADN en su expediente.

—La doctora debería ocupar mi puesto, ¿sabe? No me importaría que fuera ella la que ocupase mi puesto —dice el médico, y por la forma de decirlo Marino se da cuenta de que probablemente sabe de sobra lo que opina la gente. Todo el mundo quiere que se jubile. Hace años que quieren que lo haga.

—Este lugar lo construí yo, ¿sabe? —prosigue—. Y no puedo permitir que venga cualquier Tom, Dick o Harry a echarlo todo a perder. No sería justo para la gente ni, desde luego, para mí. —Levanta el teléfono y pulsa un botón—. Polly, ¿te importa ir a buscar el caso de Johnny Swift y traérmelo a mi despacho? Habrá que hacer todo el papeleo necesario. —Escucha unos instantes—. Porque nos hace falta un recibo de una tarjeta de ADN para Pete. Van a trabajar con ella en los laboratorios.

Cuelga, se quita las gafas y se pone a limpiarlas con un pañuelo.

—Y bien, ¿debo suponer que ha habido algún progreso? —pregunta.

—Empieza a parecer que sí —contesta Marino—. Cuando tengamos alguna certeza, usted será el primero en saberlo. Pero se puede decir que se han descubierto algunos detalles que apuntan mucho a la posibilidad de que Johnny Swift fuera asesinado.

—Con mucho gusto cambiaré mi postura si puedes demostrar eso. Nunca he estado convencido de este caso. Pero, claro, no puedo negar lo evidente, y es que no ha habido nada significativo en la investigación que me permita estar seguro de nada. Yo creo más que nada en la hipótesis del suicidio.

—A no ser por el detalle de que la escopeta no se encontró en el lugar del crimen… —Marino no puede evitar recordárselo.

—Verás, ocurren muchas cosas extrañas, Pete. No te imaginas

cuántas veces me he presentado en el lugar donde se ha cometido un delito y me he encontrado con que la familia ha echado a perder completamente las pruebas en su afán de proteger la dignidad de su ser querido. Sobre todo en casos de asfixia autoerótica. Llego allí y no hay a la vista ni una sola revista pornográfica ni parafernalia sadomasoquista. Y lo mismo ocurre con los suicidios. Las familias no quieren que nadie se entere o pretenden cobrar el dinero del seguro, así que esconden el arma o el cuchillo. Hacen de todo.

—Tenemos que hablar de Joe Amos —dice Marino.

—Una decepción —dice el doctor, y su expresión, normalmente afable, se desvanece—. Lo cierto es que lamento haberlo recomendado para vuestra valiosa institución. Lo lamento sobre todo porque Kay se merece algo mucho mejor que un sinvergüenza tan arrogante como ése.

—A eso iba. ¿En qué se basó? ¿En qué se basó usted para recomendarlo?

—En su impresionante preparación y en sus referencias. Posee un currículum apabullante.

—¿Dónde está su expediente? ¿Aún conserva el original?

—Claro que sí. El original me lo quedé yo. A Kay le envié una copia.

—Cuando leyó esa impresionante preparación y esas referencias, ¿las comprobó para cerciorarse de que fueran auténticas? —Marino odia hacerle esta pregunta—. Actualmente la gente sabe falsificar un montón de cosas. Sobre todo gracias a los ordenadores, a Internet, a lo que sea. Ése es uno de los motivos por los que el robo de identidad se ha convertido en un problema.

El doctor Bronson gira en su sillón para alcanzar un armario y abre un cajón. Pasa los dedos por los expedientes pulcramente etiquetados y extrae uno que lleva el nombre de Joe Amos. Se lo entrega a Marino.

—Míralo tú mismo.

—¿Le importa que me siente un minuto?

—No sé por qué tarda tanto Polly —comenta el doctor Bronson girando de nuevo su sillón hacia el microscopio—. Tómate todo el tiempo que quieras, Pete. Yo voy a volver a mis muestras. Un caso muy triste, una pobre mujer hallada en la piscina. —Inclina la cabeza hacia el ocular y ajusta el foco—. La encontró su hija de diez años. La cuestión es si se ahogó o si sufrió algún otro accidente fatal, como un infarto de miocardio. Era bulímica.

Marino examina las cartas de recomendación de varios jefes de departamento de la Facultad de Medicina y otros patólogos para Joe Amos, y después lee someramente un currículum de cinco páginas.

—Doctor Bronson, ¿llamó usted a alguna de estas personas? —le pregunta Marino.

—¿Para qué? —No levanta la vista—. No hay cicatrices antiguas en el corazón. Claro que si sufrió un infarto y sobrevivió unas horas no voy a ver nada. He preguntado si podría ser que le hubieran hecho un lavado de estómago; eso destruye los electrolitos.

—Para informarse acerca de Joe —responde Marino—. Para asegurarse de que todos esos importantes doctores efectivamente lo conocían.

—Por supuesto que lo conocían. Me escribieron todas esas cartas.

Marino alza una carta hacia la luz. Observa una marca al agua: una corona con una espada que la atraviesa. Examina las demás cartas, una por una; todas tienen la misma marca al agua. Los encabezados de las cartas resultan convincentes, pero como no están en relieve ni en bajorrelieve, podrían haber sido escaneados o reproducidos con ayuda de alguna herramienta de infografía. Toma una carta, supuestamente del jefe de Patología del Johns Hopkins y llama al número que figura en ella. Contesta una recepcionista.

—Está de viaje —le informa.

—Llamo para preguntar por el doctor Amos —dice Marino.

—¿Quién?

Se lo explica. Y le pide que por favor mire en el archivo.

—Escribió una carta de recomendación para Joe Amos hace poco más de un año, el siete de diciembre —le dice Marino—. Aquí, al pie de la carta, dice que la persona que la escribió responde a las iniciales L. F. C.

—Aquí no hay nadie que responda a esas iniciales. Además, la persona que podría haber escrito algo así soy yo, y desde luego no son mis iniciales. ¿De qué asunto se trata?

—De un simple caso de fraude —responde Marino.

56

Lucy conduce una de sus V-Rod trucadas por la A1A en dirección norte, saltándose todos los semáforos en rojo que se encuentra en su camino hacia la casa de Fred Quincy.

Fred no dirige su negocio de diseño de páginas web en su casa de Hollywood. No espera la visita de Lucy, pero ella sabe que está, o al menos estaba cuando lo llamó hace media hora para venderle una suscripción al *The Miami Herald*. Ha sido con ella muy educado, mucho más de lo que sería Lucy si un vendedor se atreviera a llamarla por teléfono.

La casa de Quincy se encuentra dos manzanas al oeste de la playa. Debe de tener dinero porque el edificio es de dos plantas, con estucado verde claro y hierro forjado negro, y el camino de entrada tiene verja. Lucy detiene la moto delante de un telefonillo y pulsa el botón.

—¿En qué puedo servirle? —responde una voz masculina.

—Policía —dice Lucy.

—Yo no he llamado a la policía.

—Vengo a hablar de su madre y su hermana.

—¿De qué departamento de policía es? —Parece suspicaz.

—Del del sheriff de Broward.

Lucy saca la cartera y enseña sus falsas credenciales poniendo la placa frente a la cámara del circuito cerrado de vídeo. Suena un pitido y la verja de hierro forjado comienza a abrirse. Entonces mete la marcha en la moto y salta sobre el pavimento de granito para ir a aparcar delante de una gran puerta negra que se abre en el instante en que está apagando el motor.

—Eso sí que es una moto —comenta el hombre que supone que es Fred.

Es de estatura media, hombros estrechos y constitución esbelta. Tiene el pelo rubio oscuro y los ojos de un gris azulado. Resulta bastante guapo, de facciones más bien delicadas.

—No creo que haya visto nunca una Harley como ésa —dice, paseando alrededor de la moto.

—¿Usted conduce? —pregunta Lucy.

—No. Las cosas peligrosas se las dejo a los demás.

—Debe de ser Fred. —Lucy le estrecha la mano—. ¿Le importa que entre?

Cruzan el vestíbulo de suelo de mármol y pasan a un salón que da a un canal angosto de aguas turbias.

—¿Qué pasa con mi madre y con Helen? ¿Han averiguado algo?

Por la forma de decirlo, parece sentirlo de verdad. No es sólo curiosidad o paranoia; el dolor le nubla los ojos y en su tono de voz hay una cierta avidez, una ligera sombra de esperanza.

—Fred —dice Lucy—. Yo no trabajo en el Departamento del Sheriff del condado de Broward. Tengo investigadores y laboratorios privados y han solicitado nuestra ayuda.

—De modo que me ha mentido en la entrada —lo dice con una súbita expresión de animosidad en los ojos—. Eso no ha estado nada bien. Seguro que también es usted la que me ha llamado diciendo que era del *Herald*. Para ver si estaba en casa.

—Ha acertado en las dos cosas.

—¿Y se supone que debo hablar con usted?

—Lo siento —dice Lucy—. Eran demasiadas explicaciones para darlas por el telefonillo.

—¿Qué ha ocurrido para que esto haya vuelto a cobrar interés? ¿Por qué ahora, precisamente?

—Me temo que voy a tener que ser yo la que haga las preguntas —responde Lucy.

El Tío Sam te señala con el dedo y dice: QUIERO TUS CÍTRICOS.

La doctora Self hace una pausa teatral. Parece encontrarse muy cómoda y segura de sí misma sentada en un sillón de cuero, en el plató de *Hable de ello*. En este bloque del programa no tiene invitados. No los necesita. Dispone de un teléfono en el centro de la mesa, junto a ella, y las cámaras la enfocan desde diferentes ángulos mientras pulsa botones y dice: «Soy la doctora Self, está usted en el aire.»

—Dígame, ¿qué opina? —continúa diciendo—. ¿El Departamento de Agricultura está pisoteando los derechos que le asisten a usted en virtud de la Cuarta Enmienda?

Es un montaje fácil y está deseando lanzarse al cuello de la imbécil que acaba de llamar. Mira el monitor, satisfecha de que la iluminación y el ángulo la favorecen.

—Por supuesto que sí —dice la imbécil por el manos libres.

—¿Cómo ha dicho que se llama? ¿Sandy?

—Sí y...

—¿Quiere pensárselo antes de usar el hacha, Sandy?

—Er... ¿Qué...?

—¿Tío Sam con una hacha? ¿No es ésa la imagen que tiene la gente?

—Nos están engañando. Es una conspiración.

—Así que ésa es la opinión que tiene usted. El bueno del Tío Sam talando todos sus árboles. Hala, a cortar, a cortar.

Se fija en los cámaras, el productor está sonriendo.

—Esos cabrones han entrado en mi huerto sin permiso, y van y me dicen que van a talarme todos los árboles...

—¿Y dónde vive usted, Sandy?

—En Copper City. No me parece mal que a la gente le entren ganas de pegarles un tiro o de azuzarles los perros...

—Ocurre una cosa, Sandy. —Se prepara para lo que va a decir a continuación y las cámaras la enfocan más de cerca—. La gente no presta atención a los hechos. ¿Ha asistido usted a alguna reunión? ¿Ha escrito a los legisladores? ¿Se ha tomado la molestia de formular preguntas a quemarropa y de reflexionar acerca de que quizá, sólo quizá, las explicaciones que ha dado el Departamento de Agricultura podrían tener su lógica?

Su estilo consiste en adoptar justamente la postura contraria a la de su interlocutor, sea la que sea. Es famosa por ello.

—Bueno, todo eso acerca de los huracanes es una [*piiip*] —exclama la imbécil; la doctora Self sospechaba que no iba a tardar mucho en decir alguna obscenidad.

—No es una *piiip* —dice imitando el sonido—. Esto no tiene nada de *piiip*. Es un hecho —mira a la cámara— que el otoño pasado tuvimos cuatro huracanes importantes, y es un hecho que la cancrosis es una enfermedad bacteriana que se contagia por el viento. Cuando volvamos, exploraremos la realidad de esta temida plaga y hablaremos de ella con un invitado muy especial. No se vayan.

—Estamos fuera —dice un cámara.

La doctora Self toma un sorbo de su botella de agua con una pajita para que no se le corra el pintalabios y aguarda a que el encargado de maquillaje le retoque la frente y la nariz. Se impacienta cuando el tipo se pone a acicalarla con lentitud, se impacienta porque tarda en terminar de una vez.

—Está bien. Ya vale —dice levantando una mano para ahuyentar al encargado de maquillaje—. Esto va muy bien —le dice a su productor.

—Creo que en el próximo bloque debemos centrarnos en la psicología. Ésa es la razón por la que la gente ve tu programa, Marilyn. No es por la política sino por los problemas con la novia, con el jefe, con los padres.

—No necesito que me des lecciones.

—No era mi intención…

—Mira, lo que hace que mi programa sea único es la mezcla de temas de actualidad con nuestra reacción emocional.

—Por supuesto.

—Tres, dos, uno.

—Y aquí estamos otra vez —dice la doctora Self sonriendo a la cámara.

57

Marino está bajo una palmera, frente a la Academia, observando a Reba, que se acerca a su Crown Victoria sin distintivos. Repara en la actitud retadora de su forma de andar, intenta decidir si es auténtica o fingida. Se pregunta si lo habrá visto ahí de pie, bajo la palmera, fumando.

Reba lo llamó imbécil. Se lo han llamado muchas veces, pero jamás se le ocurrió que pudiera llamarle imbécil ella.

Reba abre el coche, pero parece dudar si subirse a él. No mira a Marino, pero éste tiene la sensación de que ella sabe que está ahí, a la sombra de la palmera, con su Treo en la mano, el auricular en la oreja y un cigarrillo encendido. Reba no debería haber dicho lo que dijo; no tiene derecho a hablar de Scarpetta. El Effexor fue lo que lo estropeó todo. Si no estaba deprimido antes, lo estuvo después, y luego ese comentario acerca de Scarpetta, acerca de todos esos polis que bebían los vientos por ella.

El Effexor fue una maldición. La doctora Self no tiene derecho a hacerle tomar un medicamento que ha destrozado su vida sexual. No tiene derecho a hablar todo el tiempo de Scarpetta, como si Scarpetta fuese la persona más importante para Marino. Reba tuvo que recordárselo; dijo lo que dijo para recordarle que no podía follar, para recordarle los hombres que sí podían y que querían hacerlo con Scarpetta. Lleva varias semanas sin tomar el Effexor y su problema está mejorando, salvo por el detalle de que se siente deprimido.

Reba tira de la palanca del maletero y, acto seguido, va hasta la parte de atrás y lo abre.

Marino se pregunta qué estará haciendo. Llega a la conclusión de que debería averiguarlo y ser lo bastante honrado para confesarle que no puede detener a nadie y que probablemente no le vendría mal que ella lo ayudase. Puede amenazar a la gente todo lo que quiera, pero legalmente no puede detener a nadie. Es lo único que echa de menos del hecho de ser policía.

Reba saca del maletero lo que parece una bolsa de ropa que arroja sobre el asiento trasero con gesto de fastidio.

—¿Llevas un cadáver ahí dentro? —le pregunta Marino acercándose a ella como por casualidad, tirando la colilla a la hierba.

—¿Sabes lo que es una papelera?

Reba cierra la portezuela de golpe sin apenas mirar a Marino.

—¿Qué llevas en esa bolsa?

—Tengo que ir a la tintorería. No he tenido tiempo en toda la semana, aunque no es asunto tuyo —contesta ocultándose detrás de unas gafas oscuras—. No vuelvas a tratarme como a una mierda, por lo menos delante de otras personas. Si quieres portarte como un imbécil, al menos hazlo discretamente.

Marino se vuelve a mirar su palmera como si fuera su lugar favorito, mira la silueta del edificio recortada contra el azul intenso del cielo, buscando una manera de decirlo.

—Bueno, tú me faltaste al respeto —dice.

Reba lo mira con expresión atónita.

—¿Yo? ¿De qué me estás hablando? ¿Te has vuelto loco? Que yo recuerde, dimos un agradable paseo en moto y tú me llevaste a Hooters sin preguntarme siquiera si a mí me apetecía ir, por cierto. De verdad que me dejó alucinada que se te ocurriera llevar a una mujer a un sitio como ése, lleno de tetas y culos. ¿Y tú hablas de faltar al respeto? ¿Estás de coña? ¡Después de haberme obligado a quedarme allí sentada mientras tú te comías con los ojos a todas las putitas que pasaban por delante contoneándose!

—No es cierto.

—Ya lo creo que sí.

—Te digo que no —insiste Marino, sacando el paquete de cigarrillos.

—Fumas demasiado.

—Yo no miraba nada. Estaba ocupado en mis asuntos mientras me tomaba el café y de repente tú empezaste con todas esas gilipolleces sobre la doctora, y ni de coña iba yo a escuchar toda esa sarta de faltas de respeto. —«Está celosa», piensa Marino, complacido. Dijo lo que dijo porque creía que él estaba mirando a la camarera de Hooters, y tal vez fuera verdad. Para dejar clara su postura—. Llevo un millón de años trabajando con ella y nunca he permitido que nadie hablara de ella de ese modo, y no pienso empezar ahora —continúa diciendo. Prende el cigarrillo, guiñando los ojos al sol, y se fija en un grupo de alumnos vestidos con mono de trabajo que cruzan la carretera y se encaminan hacia los coches estacionados en el aparcamiento, probablemente para ir al Centro de Formación de la Policía de Hollywood, para asistir a una demostración del equipo de artificieros.

Al parecer tenían programada esa actividad para hoy, jugar con Eddie, el robot RemoteTec, ver cómo se mueve sobre sus correas de tracción haciendo el mismo ruido que un cangrejo al bajar arrastrándose por la rampa de aluminio del camión, conectado a un cable de fibra óptica, exhibiéndose, y a *Bunky* el perro bomba exhibiéndose también, y a los bomberos en sus grandes camiones, también exhibiéndose, y a unos tipos vestidos de artificieros exhibiéndose también con dinamita, cables detonadores y rompedores de explosivos, quizás haciendo volar por los aires un coche.

Marino se lo perderá. Está cansado de que lo dejen al margen.

—Lo siento —dice Reba—. No era mi intención decir nada irrespetuoso acerca de ella. Lo único que dije fue que algunos de los tipos con los que trabajo…

—Necesito que detengas a una persona —la interrumpe Marino consultando su reloj, sin interés alguno por oírla repetir lo que le dijo en Hooters, sin interés por tener que afrontar el hecho de que parte de la culpa ha sido suya. La mayor parte ha sido suya.

El Effexor. Reba lo habría descubierto más temprano que tarde. Aquel maldito medicamento le había destrozado la vida.

—Quizá dentro de una hora. Si puedes dejar para otro momento lo de la lavandería —está diciendo.

—Es limpieza en seco, imbécil —salta ella con una hostilidad muy poco convincente.

Le sigue gustando.

—Tengo en casa lavadora y secadora —añade—. Yo no vivo en una autocaravana. —Marino marca el número de Lucy en el móvil al tiempo que le dice a Reba—: Tengo una idea. No estoy seguro de que funcione, pero puede que tengamos suerte.

Lucy contesta y le dice que no puede hablar.

—Es importante —insiste Marino mirando a Reba, acordándose del fin de semana que pasaron juntos en Cayo Oeste, cuando él no estaba tomando Effexor—. Sólo cinco minutos.

Se da cuenta de que Lucy está hablando con alguien, diciendo que tiene que atender la llamada y que enseguida estará de vuelta. Una voz de hombre dice que no hay problema. Marino oye que Lucy da unos pasos. Mira a Reba y se acuerda de cuando se emborrachó con ron Captain Morgan en el Salón Paraíso del Holiday Inn y de cuando contemplaron las puestas de sol y se dieron aquellos baños calientes por la noche, cuando él no tomaba el Effexor.

—¿Estás ahí? —le está preguntando Lucy.

—¿Me sería posible hacer una llamada a tres con dos teléfonos móviles y uno fijo y sólo dos personas? —le pregunta.

—¿Qué es esto, una pregunta del Trivial Pursuit?

—Lo que quiero es que parezca que estoy hablando contigo por el teléfono de mi despacho, pero en realidad estar hablando por el móvil. ¿Oiga? ¿Estás ahí?

—¿Estás sugiriendo que es posible que alguien esté escuchando tus llamadas desde un teléfono multilínea conectado al sistema de la centralita?

—Desde el maldito teléfono de mi despacho —dice Marino mirando a Reba, que lo está mirando a él, para ver si está impresionada.

—Eso es lo que quiero decir. ¿Quién? —dice Lucy.

—Intentaré averiguarlo, pero estoy casi seguro de saberlo.

—Nadie podría hacer algo así sin la contraseña del administrador del sistema, que soy yo.

—Pues creo que hay alguien que la tiene. Eso explicaría muchas cosas. ¿Se puede hacer lo que te he dicho? —le pregunta de nuevo—. ¿Puedo llamarte por el teléfono de mi despacho, después entrar en conferencia desde mi móvil y luego dejar la línea de mi despacho abierta para que parezca que estoy hablando desde ahí?

—Sí que podemos —responde Lucy—. Pero en este preciso momento, no.

La doctora Self pulsa un botón luminoso del teléfono.

—Nuestra siguiente llamada… en fin, lleva ya varios minutos esperando y tiene un apodo curioso. ¿Puerco? Le pido perdón. ¿Sigue ahí?

—Sí, señora —dice una suave voz que llena el estudio.

—Está usted en antena —dice ella—. Bien, Puerco, ¿por qué no nos habla primero de ese apodo suyo. Estoy segura de que todo el mundo siente mucha curiosidad.

—Así es como me llamo.

Se hace el silencio y la doctora Self lo llena inmediatamente. Cuando se está en el aire no puede haber tiempos muertos.

—Bien, Puerco entonces. Llama para contarnos una historia sorprendente. Usted trabaja en el sector de la jardinería y ha estado en determinado barrio en el que ha detectado cancrosis en el jardín de una casa…

—No. No, qué va, en absoluto.

La doctora Self siente una punzada de irritación. Puerco no sigue el guión. Cuando llamó el pasado martes por la tarde fingiendo ser otra persona, dijo con toda claridad que había descubierto cancrosis en el jardín de la casa de una anciana de Hollywood, en un solo naranjo, pero que ahora había que talar todos los cítricos de ese jardín y de todo el barrio, y que cuando le explicó el problema a la dueña de aquel árbol infectado en particular la anciana lo amenazó con suicidarse si daba parte de dicha infección al Departamento de Agricultura. Amenazó con pegarse un tiro con la escopeta de su difunto esposo.

El marido de la anciana plantó los frutales cuando se casaron. Ahora está muerto y esos frutales son lo único que le queda a ella, la única cosa viva. Talarlos equivale a destruir una preciada parte de su vida que nadie tiene derecho a tocar.

—Erradicar esos árboles supone obligarla a que por fin acepte su pérdida. —La doctora Self le está explicando todo esto a su audiencia—. Y al aceptarla considera que ya no le queda nada por lo que vivir. Desea morirse. Sí que es un buen dilema para usted, ¿no, Puerco? Es jugar a ser Dios —dice dirigiéndose al manos libres.

—Yo no juego a ser Dios. Yo hago lo que Dios me dice. No finjo nada.

La doctora Self se siente confusa pero sigue adelante.

—Menuda decisión se le planteó a usted. ¿Obedeció lo que dispuso el Gobierno o hizo caso a su corazón?

—Pinté unas franjas rojas en esos frutales —contesta Puerco—. Y ahora la anciana está muerta. Usted era la siguiente. Pero no hubo tiempo.

58

Están sentados en la cocina, a una mesa situada frente a la ventana que da al canal angosto de aguas turbias.

—Cuando tomó parte la policía —está diciendo Fred Quincy—, me pidieron unas cuantas cosas que podían contener ADN: cepillos para el pelo, cepillos de dientes, no recuerdo qué más. Jamás supe qué hicieron con esas cosas.

—Probablemente no llegaron a analizarlas —dice Lucy, pensando en la conversación que acaba de tener con Marino—. Es posible que todavía estén en el cuarto de pruebas. Podemos preguntar, pero preferiría no esperar.

La sugerencia de que alguien tenga acceso a su contraseña de administradora del sistema resulta increíble. Es algo enfermizo. Marino debe de estar equivocado. No puede quitárselo de la cabeza.

—Obviamente, este caso no es prioritario para ellos. Siempre han estado convencidos de que, simplemente, huyeron. No había signos de violencia —dice Fred—. Dijeron que para investigar tenía que haber algún indicio de lucha o alguien que hubiese visto algo. Ocurrió a media mañana, había gente por la calle. Y el coche de mi madre había desaparecido.

—Me han dicho que estaba allí. Un Audi.

—Pues no es verdad. Además, mi madre no tenía un Audi. Lo tenía yo. Alguien debió de ver mi coche cuando llegué más tarde, buscándolas. Mi madre tenía un Chevy Blazer, lo utilizaba para transportar cosas. Ya sabe que a la gente le da por distorsionarlo todo. Después de haber pasado el día entero llamando por teléfono, por fin fui a la tienda. Habían desaparecido el bolso y el Blazer de mi madre, y no había rastro de ella ni de mi hermana.

—¿Vio alguna señal de que hubieran estado dentro de la tienda?

—No había nada encendido. Y el cartel de cerrado estaba quitado.

—¿Faltaba algo?

—No que yo viera. Desde luego, nada que me llamara la atención. La caja estaba vacía pero eso no significa mucho. Si mi madre dejó dinero la noche anterior, no sería mucho. Algo ha tenido que pasar para que de pronto ustedes necesiten el ADN.

—Ya se lo contaré —dice Lucy—. Es posible que tengamos una pista.

—¿No puede decírmelo?

—Le prometo que se lo contaré. ¿Qué fue lo primero que se le ocurrió cuando fue a buscarlas a la tienda?

—¿La verdad? Pensé que a lo mejor no habían ido por allí siquiera, que se habían largado a alguna parte.

—¿Y por qué pensó eso?

—Habíamos tenido muchos problemas. Altibajos económicos, problemas personales. Mi padre tuvo un tremendo éxito en su negocio de jardinería.

—En Palm Beach.

—Allí es donde estaban las oficinas centrales, pero además tenía viveros y granjas en otros lugares, alguno por aquí cerca. A mediados de los ochenta se arruinó por culpa de la cancrosis. Hubo que arrancar hasta el último de los cítricos, tuvo que despedir a casi todos sus empleados y anduvo muy cerca de declararse en quiebra. Eso fue muy duro para mi madre. Luego él se recuperó y tuvo más éxito que antes, y eso también resultó muy duro para mi madre. Verá, no estoy seguro de que deba contarle todo esto.

—Fred, estoy intentando ayudarlo. Pero no podré hacerlo si no habla conmigo.

—Empezaré por contarle cuando Helen tenía doce años —dice Fred—. Yo estaba empezando mi primer curso en la universidad. Soy mayor que ella, obviamente. Helen se fue a vivir con el hermano de mi padre y su esposa unos seis meses.

—¿Por qué?

—Fue algo muy triste. Una chica tan guapa y con tanto talento… Entró en Harvard con sólo dieciséis años y no duró ni siquiera un semestre, le dio un bajón y volvió a casa.

—¿Cuándo?

—Debió de ser el otoño anterior a que desaparecieran mi madre y ella. Sólo duró hasta noviembre… en Harvard.

—¿Ocho meses antes de que desaparecieran su madre y ella?

—Sí. A Helen le repartieron unas cartas genéticas realmente horribles. —Hace una pausa como si estuviera intentando decidir si continuar o no, y entonces dice—: Está bien. Mi madre no era la mujer más estable del mundo precisamente. Es posible que ya se hayan dado cuenta de ello por esa obsesión que tenía con la Navidad. Le daban chifladuras, una tras otra, desde que yo puedo recordar. Pero la cosa empeoró de verdad cuando Helen cumplió los doce años. Mi madre hacía cosas bastante irracionales.

—¿Acudía a un psiquiatra?

—Al mejor que se pudiera conseguir con dinero. Fue a ésa tan famosa, la doctora Self, que en aquella época vivía en Palm Beach. Le recomendó que ingresara en un hospital. Ésa fue la verdadera razón de que enviase a Helen a vivir con nuestros tíos. Mi madre estaba hospitalizada y mi padre andaba muy ocupado y no estaba por la labor de cuidar él solo de una niña de doce años. Luego mi madre volvió a casa, y Helen también, y a partir de aquel momento ninguna de las dos se comportó de un modo… en fin, normal.

—¿Fue Helen a un psiquiatra?

—En aquella época, no —contesta Fred—. Simplemente estaba rara; no inestable como mi madre, sino rara. En el colegio le iba bien, bien de verdad, pero luego fue a Harvard y se estrelló. La encontraron en el vestíbulo de una funeraria. No sabía quién era. Después, por si las cosas no estaban ya bastante mal, murió mi padre. Mi madre entró en una espiral y verdaderamente cayó en picado. Los fines de semana se iba por ahí sin decirme dónde, lo cual me desquiciaba los nervios. Fue horroroso.

—¿De manera que la policía pensó que era una persona inestable y que le daba por desaparecer, y que tal vez había huido con Helen?

—Yo mismo lo llegué a pensar. Y todavía me pregunto si mi madre y mi hermana no estarán en alguna parte.

—¿Cómo murió su padre?

—Se cayó de una escalera de mano en la biblioteca de libros raros. La casa de Palm Beach tenía tres pisos, todo de mármol y baldosas.

—¿Se encontraba solo en casa cuando ocurrió?

—Helen lo encontró en el rellano del primer piso.

—¿Era la única que estaba en casa en aquel momento?

—Con un novio, quizá. No sé quién.

—¿Cuándo sucedió eso?

—Un par de meses antes de la desaparición. En aquel momento Helen tenía diecisiete años y era una chica precoz. Bueno, a decir verdad, cuando regresó de Harvard estaba completamente descontrolada. Siempre me he preguntado si no fue como reacción a mi padre, a mi tío, a los familiares paternos. Eran gente sumamente seria y religiosa, Jesús esto, Jesús lo otro, siempre yendo a la iglesia. Eran diáconos, daban clases de catequesis, siempre estaban intentando «dar testimonio» a los demás.

—¿Conoció usted a alguno de los novios de Helen?

—No. Helen se iba por ahí, desaparecía unos cuantos días. Siempre causando problemas. Yo no habría venido a casa si no me hubiera visto obligado. La obsesión de mi madre con la Navidad no deja de tener su gracia: en nuestra casa nunca era Navidad, todo era siempre horroroso.

Se levanta de la mesa.

—¿Le importa que me tome una cerveza?

—Usted mismo.

Saca una Michelob, le quita el tapón de rosca, cierra el frigorífico y vuelve a sentarse.

—¿Alguna vez estuvo Helen hospitalizada? —pregunta Lucy.

—En el mismo sitio que mi madre. Estuvo internada un mes, justo después de abandonar Harvard. El Club McLean lo llamaba yo. La maravillosa genética familiar.

—¿El McLean de Massachusetts?

—Así es. ¿Usted nunca toma notas? No sé cómo puede acordarse de todo esto.

Lucy toca con los dedos el bolígrafo que tiene en la mano. La pequeña grabadora está encendida, invisible en su bolsillo.

—Necesitamos el ADN de su madre y el de su hermana —dice.

—No tengo la menor idea de cómo vamos a conseguirlo ahora. A no ser que aún lo tenga la policía.

—Nos servirá el de usted. Considérelo el ADN del árbol genealógico —responde Lucy.

59

Scarpetta mira por la ventana la calle fría y blanca. Son casi las tres y lleva casi todo el día al teléfono.

—¿Qué tipo de filtrado tiene? Debe de contar con un sistema para controlar qué personas salen por antena —dice.

—Naturalmente. Uno de los productores habla con la persona y se asegura de que no es un loco. —Palabras muy fuertes en boca de una psiquiatra—. En este caso yo ya había tenido una conversación con ese hombre, el del servicio de jardinería. Es una historia muy larga. —La doctora Self habla deprisa.

—Cuando habló usted con él la primera vez, ¿dijo que se llamaba Puerco?

—No le di importancia. Mucha gente tiene apodos estrambóticos. Pero es que tengo que saberlo. ¿Ha aparecido muerta de repente alguna anciana, en un suicidio? Usted lo sabría, ¿no es así? Ese tipo me ha amenazado con matarme.

—Me temo que son muchas las ancianas que aparecen muertas —contesta Scarpetta evasiva—. ¿Podría darme algún otro detalle? ¿Qué dijo exactamente?

Acto seguido, la doctora Self relata la historia de los cítricos infectados que tenía la anciana en el jardín, su pena por la pérdida del marido, la amenaza de suicidarse si el tipo del servicio de jardinería, el tal Puerco, talaba sus árboles. En esto entra Benton en el salón con dos cafés y Scarpetta pasa la llamada a la posición de manos libres.

—Y entonces ha amenazado con matarme —repite la doctora

Self—. O me ha dicho que iba a hacerlo pero que había cambiado de idea.

—Hay una persona aquí conmigo que necesita oír esto —dice Scarpetta, y a continuación presenta a Benton—. Dígale lo que acaba de contarme a mí.

Benton toma asiento en el sofá mientras la doctora Self responde que no comprende por qué a un psicólogo forense de Massachusetts le interesa un suicidio que puede haber tenido o no lugar en Florida. En cambio puede que tenga una opinión válida sobre el hecho de que alguien la haya amenazado de muerte y le encantaría tenerlo en su programa de televisión. ¿Qué clase de persona sería capaz de amenazarla de esa forma? ¿Se encuentra en peligro?

—¿Su estudio de televisión lleva un registro de las personas que llaman al programa mediante un sistema de identificación de llamadas? —pregunta Benton—. ¿Se guardan los números, aunque sea durante un tiempo?

—Creo que sí.

—Quisiera que averiguase eso inmediatamente —le pide Benton—. A ver si podemos determinar desde dónde hicieron esa llamada.

—Lo que sí sé es que no aceptamos llamadas de personas que no se identifican, porque en cierta ocasión me llamó una loca que me amenazó estando en antena. No es la primera vez que sucede. Esa llamada entró como no identificada. Nunca más.

—Entonces está claro que ustedes ven el número de la persona que llama —razona Benton—. Lo que quisiera es una lista de los números de todas las personas que han llamado al programa de hoy. ¿Qué me dice de esa primera conversación que tuvo con el jardinero? Acaba de decir que tuvo una conversación con él. ¿Quedó anotado su número en algún registro?

—Fue el martes por la tarde. Yo no tengo identificador de llamadas. Tengo un número que no figura en la guía, por eso no lo necesito.

—¿Ese hombre se identificó?

—Como Puerco.

—¿La llamó a casa?

—A mi consulta. Atiendo a los pacientes en la consulta que tengo detrás de la casa. En realidad es un pabellón para invitados con una piscinita.

—¿Cómo pudo haber obtenido su número?

—No tengo ni idea, ahora que lo dice. Naturalmente lo tienen mis colegas, todas las personas con las que trabajo, mis pacientes.

—¿Cabe alguna posibilidad de que ese hombre fuera uno de sus pacientes?

—No reconocí su voz. No se me ocurre nadie que pueda ser él. Aquí está pasando algo. —Adopta una actitud más agresiva—. Creo que tengo derecho a saber si hay algo más de lo que parece a simple vista. En primer lugar, usted no me ha confirmado si hay alguna anciana que se haya suicidado con una escopeta porque tuviera los árboles enfermos.

—No sabemos de nada parecido. —Es Scarpetta quien habla—. Pero un caso muy reciente se parece mucho a lo que usted acaba de describir: una anciana cuyos frutales habían sido marcados para su eliminación muerta de un disparo de escopeta.

—Dios mío. ¿Y eso ocurrió después de las seis de la tarde del martes pasado?

—Probablemente antes —responde Scarpetta, bastante segura de saber por qué lo pregunta la doctora Self.

—Eso es un alivio. O sea que ya estaba muerta cuando me llamó ese jardinero, el tal Puerco. Llamó aproximadamente cinco o diez minutos pasadas las seis y pidió salir en mi programa, me contó la historia de la anciana que amenazó con suicidarse. De modo que ya debía de haberse suicidado. No quisiera pensar que la muerte de esa anciana tuvo algo que ver con el hecho de que ese hombre quisiera salir en mi programa.

Benton le dirige a Scarpetta una mirada que dice «vaya una tía narcisista e insensible» y a continuación le habla al manos libres:

—En este momento intentamos averiguar otras muchas cosas, doctora Self. Y nos sería de gran ayuda que nos proporcionara información acerca de David Fortuna. Usted le recetó Ritalin.

—¿Va a decirme ahora que también le ha ocurrido a él algo espantoso? Ya estoy enterada de su desaparición. ¿Ha habido alguna novedad?

—Existen sobrados motivos de preocupación. —Scarpetta repite lo que ya le dijo—. Tenemos razones para estar muy inquietos por él, por su hermano y por las dos mujeres que vivían con ellos. ¿Cuánto tiempo hace que David es paciente suyo?

—Desde el verano pasado. Creo que la primera vez que vino a verme fue en julio, aunque también podría haber sido a finales de junio. Sus padres habían fallecido en un accidente y él estaba acusándolo profundamente, fracaso escolar. Su hermano y él recibían las clases en casa.

—¿Con qué frecuencia lo veía usted? —inquiere Benton.

—Normalmente una vez por semana.

—¿Quién lo llevaba a las sesiones?

—A veces Kristin, otras veces Ev. De vez en cuando lo traían las dos, y en más de una ocasión me reuní con los tres juntos.

—¿Quién envió a David a su consulta? —Es Scarpetta la que pregunta—. ¿Cómo terminó acudiendo a usted?

—Bueno, resulta bastante conmovedor. Kristin llamó a mi programa. Por lo visto, lo escucha a menudo y decidió que a lo mejor así podía hacer que me interesara por el caso. Me llamó a la radio y me dijo que estaba cuidando de un niño surafricano que acababa de perder a sus padres y que necesitaba ayuda, etcétera, etcétera. Fue una historia bastante emotiva y acepté en antena verlo. Se sorprendería usted de la cantidad de cartas que recibí de mis oyentes después de aquello. Y aún sigo recibiéndolas de gente que quiere saber cómo le va al pequeño huérfano surafricano.

—¿Tiene una grabación del programa al que se está refiriendo? —pregunta Benton—. ¿Un corte de audio?

—Tenemos grabaciones de todo.

—¿Cuánto tardaría en hacerme llegar esa grabación y una del programa de televisión de hoy? Me temo que aquí estamos bloqueados por la nieve, por lo menos de momento. Hacemos lo que podemos a distancia, pero nos limita mucho.

—Sí, ya me he enterado de que ahí tienen un buen temporal. Espero que no se corte el suministro eléctrico —comenta la doctora Self, como si llevaran media hora de placentera conversación—. Puedo llamar inmediatamente a mi productor para que les envíe las grabaciones por correo electrónico. Estoy segura de que querrá hablar con ustedes de la posibilidad de traerlos a mi programa.

—Y los números de teléfono de los que llamaron —le recuerda Benton.

—Doctora Self —interviene Scarpetta, mirando por la ventana con desaliento, porque está empezando a nevar otra vez—. ¿Qué me dice de Tony, el hermano de David?

—Se peleaban mucho.

—¿También trataba a Tony usted?

—No llegué a conocerlo —responde la doctora.

—Ha dicho que conoce a Ev y a Kristin. ¿Alguna de ellas sufría un desorden alimentario?

—Yo no trataba a ninguna de las dos. No eran pacientes mías.

—Imagino que sabría distinguirlo con sólo mirarlas. Una de ellas seguía una dieta a base de zanahorias.

—A juzgar por su aspecto físico, sería Kristin —responde la doctora Self.

Scarpetta mira a Benton. Nada más descubrir el color amarillento de la duramadre ha pedido al laboratorio de ADN de la Academia que se pusiera en contacto con el detective Thrush. El ADN de la mujer que han encontrado muerta aquí coincide con el encontrado en unas manchas amarillentas de una blusa que Scarpetta encontró en la casa de Ev y Kristin. El cadáver que hay en el depósito de Boston es muy probablemente el de Kristin, y Scarpetta no tiene intención de darle dicha información a la doctora Self, dado que sería muy capaz de contarlo en antena.

Benton se levanta del sofá para echar otro leño al fuego y Scarpetta cuelga el teléfono. Observa la nieve; cae con rapidez a la luz de las farolas de la verja de la casa.

—Se acabó el café —dice Benton—. Tengo los nervios destrozados.

—¿Aquí no hace otra cosa que nevar?

—Lo más seguro es que las calles principales ya estén limpias. Se dan una prisa increíble. No creo que los niños tengan nada que ver con esto.

—Sí que tienen algo que ver —dice Scarpetta acercándose a la chimenea para sentarse frente al fuego—. Han desaparecido. Y parece ser que Kristin está muerta. Probablemente lo estén todos.

60

Marino llama a Joe. Reba está sentada en silencio no muy lejos de él, enfrascada en reconstrucciones de crímenes.

—Tengo unas cuantas cosas que comentarte —le dice Marino a Joe—. Hay un problema.

—¿Qué problema? —dice el otro con cautela.

—Tienes que enterarte de ello por mí. Tengo que devolver unas cuantas llamadas en mi despacho y hacer unos cuantos recados. ¿Dónde vas a estar durante la próxima hora?

—En la ciento doce.

—¿Estás ahí ahora?

—Voy para allá.

—A ver si lo adivino —dice Marino—. ¿No estarás preparando otra reconstrucción que me hayas robado a mí?

—Si es de eso de lo que quieres hablar conmigo…

—No es de eso —lo corta Marino—. Es de algo mucho peor.

—Eres increíble —le dice Reba a Marino volviendo a dejar en la mesa el expediente de las reconstrucciones—. Son muy buenas. Son extraordinarias, Pete.

—Vamos a hacer esto en cinco minutos, para darle tiempo a que llegue a su despacho. —Ahora tiene a Lucy al teléfono—. Confía en mí. ¿Qué hago?

—Vas a colgar y yo también. Después, pulsa el botón de conferencia de tu teléfono fijo y marca mi número de móvil. Cuando te conteste, pulsa otra vez conferencia y marca el número de tu móvil. Luego puedes poner en espera tu teléfono fijo para mantener la línea abierta o, simplemente, dejarlo descolgado. Si hay alguien controlando tu llamada, supondrá que estás en el despacho.

Marino aguarda varios minutos y seguidamente hace lo que le ha indicado Lucy. Reba y él salen del edificio mientras Marino y Lucy mantienen una conversación por el móvil, una conversación auténtica. Marino espera fervientemente que Joe esté escuchando. Hasta el momento están teniendo suerte, la recepción es buena; la voz de Lucy suena como si ella estuviera en la habitación de al lado.

Charlan sobre las nuevas motocicletas. Charlan sobre toda clase de cosas mientras Marino y Reba caminan.

El motel Última Parada es una autocaravana de doble ancho modificada: se ha dividido en tres habitaciones que se utilizan para representar escenas de crímenes. Cada sección consta de una puerta individual con un número. La habitación 112 es la del centro. Marino advierte que la ventana delantera tiene la cortina echada y oye el zumbido del aire acondicionado. Prueba la puerta, que está cerrada con llave, y la abre de un puntapié con su enorme bota Harley. La puerta barata choca contra la pared. Joe está sentado a la mesa con el receptor en la oreja y una grabadora conectada al teléfono. En su rostro se dibuja una expresión primero de sorpresa y luego de terror. Marino y Reba se lo quedan mirando.

—¿Sabes por qué este motel se llama Última Parada? —pregunta Marino acercándosele. Lo agarra y lo levanta de la silla como si no pesara nada—. Porque estás más muerto que el coronel Custer.

—¡Suéltame! —vocifera Joe.

No consigue apoyar los pies en el suelo porque Marino lo sostiene por las axilas, con la cara a escasos centímetros de la suya. Por fin lo empuja contra una pared.

—¡Suéltame! ¡Me haces daño!

Marino lo deja caer. Joe se golpea el trasero contra el suelo.

—¿Sabes por qué viene ella conmigo? —Indica a Reba—. Para detenerte, capullo.

—¡Yo no he hecho nada!

—Falsificación de datos, hurto mayor, quizás homicidio, ya que obviamente has robado una escopeta que se ha usado para volarle la cabeza a una anciana. Ah, y también fraude —agrega Marino a la lista sin preocuparse de que todo ello sea válido o no.

—¡No es cierto! ¡No sé de qué me estás hablando!

—Deja de chillar. No estoy sordo. Verás, la detective Wagner es una testigo.

La aludida asiente con una expresión dura en el semblante. Marino no la ha visto nunca tan impresionante.

—¿Me ha visto ponerle un dedo encima? —le pregunta Marino.

—Desde luego que no —responde ella.

Joe está tan asustado que bien podría mearse en los pantalones.

—¿Quieres contarnos por qué robaste esa escopeta y a quién se la regalaste o se la vendiste? —Marino acerca la silla del escritorio, le da la vuelta y se sienta en ella a horcajadas, apoyando sus enormes brazos sobre el respaldo—. O a lo mejor fuiste tú el que le voló la cabeza a esa anciana. A lo mejor estás llevando a la práctica reconstrucciones de crímenes, sólo que ésa no la he escrito yo. Has debido de robársela a otro.

—¿Qué anciana? Yo no he matado a nadie. Ni he robado una escopeta. ¿Qué escopeta?

—La que registraste el pasado veintiocho de junio a las tres y cuarto de la tarde. La que pertenece al registro informático que acabas de actualizar, falsificando ese dato también.

Joe tiene la boca abierta y los ojos como platos.

Marino se lleva una mano al bolsillo de atrás, saca un papel, lo desdobla y se lo da a Joe. Es una fotocopia de una página del libro de registro que demuestra el momento en que Joe firmó al llevarse la escopeta Mossberg que supuestamente devolvió más tarde.

Joe mira fijamente la fotocopia. Le tiemblan las manos.

—Juro por Dios que no me la llevé —dice—. Me acuerdo de lo que pasó. Estaba haciendo más investigaciones con gelatina reglamentaria y quizá la disparé una vez a modo de prueba. Luego me marché para hacer algo en la cocina del laboratorio, creo que para comprobar unos cuantos bloques que acababa de hacer, los estábamos utilizando para simular pasajeros en un accidente de avión. ¿Recuerdas cuando Lucy se sirvió de aquel helicóptero tan grande para dejar caer desde el cielo un pedazo de fuselaje de avión, para que los alumnos...?

—¡Ve al grano!

—Cuando volví, la escopeta ya no estaba. Supuse que Vince había vuelto a guardarla en la cámara. Ya era muy tarde, probablemente la guardó porque estaba a punto de irse a casa. Recuerdo que me fastidió mucho porque quería dispararla un par de veces más.

—No me extraña que tengas que robarme las reconstrucciones —dice Marino—. No tienes ni pizca de imaginación. Prueba otra vez.

—Estoy diciendo la verdad.

—¿Quieres salir de aquí esposado? —exclama Marino señalando con el pulgar a Reba.

—No puedes probar que lo haya hecho yo.

—Puedo probar que has cometido un fraude —replica Marino—. ¿Quieres que hablemos de todas esas cartas de recomendación que falsificaste para que la doctora te admitiera como becario?

Joe se queda un instante sin habla. Luego recobra la compostura y, una vez más, adopta su habitual expresión de sabelotodo.

—Demuéstralo —le desafía.

—Todas y cada una de esas cartas están escritas en el mismo papel con la misma marca al agua.

—Eso no prueba nada. —Joe se incorpora y se frota los riñones—. Voy a demandarte —amenaza.

—Bien. En ese caso, da igual que te haga un poco más de daño —contesta Marino acariciándose el puño—. Podría romperte el cuello. No me ha visto tocarlo, ¿verdad, detective Wagner?

—Ni un pelo —responde Reba, y añade—: si usted no se llevó la escopeta, ¿quién fue? ¿Había alguien con usted aquella tarde en el laboratorio de armas de fuego?

Joe recapacita unos segundos y al fin se lee algo en sus ojos.

—No —contesta.

61

Veinticuatro horas al día los guardias de la sala de control vigilan a los internos considerados suicidas potenciales.

Vigilan a Basil Jenrette. Observan cómo duerme, cómo se ducha, cómo come. Observan cómo utiliza el retrete de acero. Observan cómo se vuelve de espaldas a la cámara del circuito cerrado y alivia su tensión sexual debajo de las sábanas de su estrecha cama de acero.

Basil se los imagina riéndose de él. Se imagina lo que dicen en la sala de control observándolo en los monitores. Se burlan de él frente a los otros guardias, lo adivina por la sonrisita satisfecha que ponen cuando le traen la comida o cuando lo sacan de la celda para que haga ejercicio o realice una llamada telefónica. A veces hacen comentarios. A veces se plantan en la puerta de su celda justo cuando se está masturbando e imitan el ruido que hace, y lanzan risotadas y golpean la puerta.

Basil, sentado en la cama, mira hacia la cámara montada en la parte de arriba de la pared de enfrente. Hojea el número de este mes de *Campo y Río* mientras piensa en la primera vez que conversó con Benton Wesley y cometió el error de responder con sinceridad a una de sus preguntas.

—¿Alguna vez piensa en hacerse daño a sí mismo o a los demás?

—Ya he hecho daño a los demás, así que supongo que eso quiere decir que sí que pienso en ello —respondió Basil.

—¿Qué clase de pensamientos tiene, Basil? ¿Podría describir lo que imagina cuando piensa en hacer daño a otras personas o a usted mismo?

—Pienso en hacer lo de siempre. Ver a una mujer y sentir la necesidad urgente. Meterla en mi coche patrulla, sacar la pistola y tal vez mi placa y decirle que voy a detenerla, y que si se resiste a que la detenga, si toca la puerta siquiera, no me quedará más remedio que dispararle. Todas colaboraron.

—Ninguna se le resistió.

—Sólo las dos últimas. Por culpa de una avería en el coche. Qué idiotez.

—Las otras, antes de esas dos, ¿se creyeron que era usted policía y que iba a detenerlas?

—Se creyeron que era poli. Pero sabían lo que estaba pasando. Yo quería que lo supieran. Se me ponía dura. Les demostraba que se me había puesto dura, las obligaba a tocarme con la mano. Iban a morir. Qué idiotez.

—¿Qué es una idiotez, Basil?

—Una idiotez. Lo he dicho mil veces. Usted me ha oído decirlo, ¿no? ¿No preferiría que le pegase un tiro ahí mismo, en el coche, a que lo llevara a otro sitio para hacer lo que se me antojara con usted? ¿Para qué iba a permitirme llevarlo a un lugar oculto y atarlo allí?

—Cuénteme cómo las ataba, Basil. ¿Siempre de la misma forma?

—Sí. Tengo un método realmente genial. Es absolutamente singular. Lo inventé cuando empecé con las detenciones.

—Por detenciones se refiere a secuestrar y agredir a mujeres.

—Cuando empecé a hacerlo, sí.

Basil sonríe sentado en la cama, recordando la emoción de amarrar los tobillos y las muñecas de sus víctimas con perchas metálicas y luego pasar por ellas una cuerda para poder colgarlas del techo.

—Eran mis marionetas —explicó al doctor Wesley durante aquella primera entrevista, preguntándose qué haría falta para provocar en él una reacción.

Dijera lo que dijera, el doctor Wesley mantenía la mirada serena y escuchaba sin dejar que se revelara en su semblante nada de lo que pudiera estar sintiendo. A lo mejor es que no siente nada. A lo mejor es igual que Basil.

—Verá, en ese sitio que tenía yo había unas vigas a la vista en una parte en que había cedido el techo, sobre todo en el dormitorio del fondo. Yo pasaba las cuerdas por encima de las vigas y así podía tensarlas o aflojarlas a voluntad, dejándolas largas o cortas.

—¿Y ellas nunca se resistían, ni siquiera cuando se daban cuenta de lo que iba a sucederles cuando usted las llevaba a aquel edificio? ¿Qué clase de edificio era? ¿Una casa?

—No me acuerdo.

—¿Se resistieron, Basil? Me da la impresión de que debía de resultar difícil sujetarlas de una manera tan complicada sin dejar de apuntarlas con el arma.

—Siempre he tenido la fantasía de que alguien me esté mirando. —Basil no respondió a la pregunta—. Y después follar una vez que ha terminado todo. Follar durante horas con el cuerpo, allí mismo, sobre el mismo colchón.

—¿Follar con el cadáver o con otra persona?

—Eso no me ha gustado nunca. No es para mí. Me gusta oírlas, quiero decir, tenía que dolerles mucho. A veces se les dislocaba un hombro. Yo les daba suficiente cuerda para que usaran el baño. Ésa es la parte que no me gustaba. La de vaciar el cubo.

—¿Y qué me dice de los ojos, Basil?

—Pues… veamos. No es mi intención hacer un juego de palabras.

El doctor Wesley no se rió y eso molestó un poco a Basil.

—Yo las dejaba bailar atadas a la cuerda, tampoco es un juego de palabras. ¿Es que usted no sonríe nunca? Venga, hombre, esto tiene su gracia.

—Estoy escuchándolo, Basil. Estoy escuchando todo lo que dice.

Eso estaba bien, por lo menos. Y así era. El doctor Wesley escuchaba y pensaba que cada palabra era importante y fascinante, pensaba que Basil era la persona más interesante y más original que había entrevistado en toda su vida.

—Justo cuando iba a follar con ellas —prosiguió—, entonces era cuando les hacía lo de los ojos. Verá, si yo hubiera nacido con una polla de un tamaño decente, no habría hecho falta nada de esto.

—Estaban conscientes cuando las dejó ciegas.

—Si hubiera podido darles un poco de gas y haberlas dejado inconscientes mientras les hacía la cirugía, lo habría hecho. No me gustaba demasiado que gritaran y se agitaran como locas. Pero es que no podía follármelas hasta que estuvieran ciegas. Ya se lo he explicado. Les decía: siento mucho tener que hacerte esto, ¿vale? Me daré toda la prisa que pueda. Va a dolerte un poco.

»¿A que tiene gracia? "Va a dolerte un poco." Cada vez que alguien me dice eso ya sé que va a hacerme un daño de cojones. Después les decía que iba a desatarlas para que pudiéramos follar. Les decía que si intentaban escapar o hacer alguna tontería les haría cosas peores que las que ya les había hecho. Y ya está. Luego follábamos.

—¿Cuánto tiempo duraba eso?

—¿Se refiere a lo de follar?

—¿Cuánto tiempo las mantenía vivas y se acostaba con ellas?

—Depende. Si me gustaba follar con ellas a veces las mantenía allí varios días. Creo que lo máximo fueron diez días. Pero no salió bien porque la chica pilló una infección grave de verdad y fue repugnante.

—¿Les hacía alguna cosa más? ¿Aparte de dejarlas ciegas y acostarse con ellas?

—Experimentaba. Un poco.

—¿Alguna vez practicó la tortura?

—Yo diría que sacarle los ojos a alguien… en fin —contestó Basil, y ahora desearía no haber dicho eso.

Porque abrió toda una nueva línea de interrogatorio. El doctor Wesley se empeñó en distinguir lo bueno de lo malo y en comprender el sufrimiento que estaba causando Basil a otro ser humano, que si sabía que determinada cosa era tortura, entonces era consciente de lo que estaba haciendo en el momento en que lo hacía y también al reflexionar. No fue exactamente así como lo dijo, pero eso era lo que pretendía decir. El mismo soniquete que oía siempre en Gainesville cuando los loqueros intentaban averiguar si era competente para afrontar un juicio. No debería haber permitido que supieran cómo era. Aquello también fue una idiotez. Un hospital psiquiátrico forense es un hotel de cinco estrellas comparado con la cárcel, sobre todo si uno está en el corredor de la muerte y se pasa el día sentado en una celda minúscula y claustrofóbica sintiéndose como un payaso con un pantalón a rayas azules y blancas y una camiseta naranja.

Basil se levanta de su cama de acero y se estira. Finge no tener el menor interés por la cámara de la pared. No debería haber reconocido que a veces ha fantaseado con la idea de matarse, que su método favorito sería cortarse las venas y verlas sangrar, gota a gota, contemplar el charco que se iría formando en el suelo, porque eso le recordaría sus anteriores ocupaciones placenteras con... ¿cuántas mujeres? Al doctor Wesley le ha dicho que han sido ocho. ¿O habrán sido diez?

Se estira un poco más. Utiliza el inodoro de acero y regresa a la cama. Abre el número más reciente de *Campo y Río* y busca la página 52. En ella hay una supuesta columna acerca del primer rifle del calibre 22 de un cazador y los felices recuerdos que tiene éste de cuando cazaba conejos y zarigüeyas y pescaba en Misuri.

Esta página 52 no es la auténtica. La página 52 original ha sido arrancada, escaneada y copiada en un ordenador. Seguidamente, empleando un tipo de letra y un formato idénticos, se ha insertado una carta en el texto de la revista. La página 52 escaneada ha sido incorporada de nuevo a la revista con ayuda de un poco de pegamento. Lo que parece una columna de comentarios sobre caza y pesca es una comunicación clandestina dirigida a Basil.

A los guardias no les importa que los internos reciban revistas de pesca. No es probable que las hojeen siquiera porque son aburridas, sin pizca de sexo ni de violencia.

Basil se mete bajo las mantas y se tiende sobre el costado izquierdo en el eje diagonal de la cama, tal como hace cuando necesita aliviar su tensión sexual. A continuación mete una mano bajo el delgado colchón y saca unas tiras de algodón de dos pares de calzoncillos blancos que lleva toda la semana haciendo jirones.

Bajo las sábanas desgarra la tela con los dientes y va tirando de ella. Luego anuda las tiras a lo que se ha convertido en una cuerda de nudos de casi dos metros. Le queda tela suficiente para dos tiras más. Desgarra con los dientes y tira. Respira con fuerza y se mueve un poco, como si estuviera masturbándose, y va tirando y anudando, hasta que por fin anuda la última tira.

62

En la sala de ordenadores de la Academia, Lucy, sentada frente a tres grandes pantallas de vídeo, lee correos que recupera del servidor.

Lo que han descubierto Marino y ella hasta el momento es que, antes de iniciar su período como becario, Joe Amos mantenía contactos con un productor de televisión que afirmaba estar interesado en crear otra serie forense para una de las cadenas por cable. A cambio de su aportación, a Joe le prometieron cinco mil dólares por episodio, suponiendo que la serie llegara a emitirse. Por lo visto, Joe empezó a tener ideas brillantes a finales de enero, más o menos cuando Lucy se sintió indispuesta mientras probaba uno de sus helicópteros, se fue corriendo al aseo de señoras y se dejó olvidado el Treo. Al principio actuó de manera sutil, plagiando reconstrucciones de crímenes; pero después se volvió descarado y empezó a robarlas abiertamente, entrando en las bases de datos y hurgando en su contenido.

Lucy recupera otro correo, éste fechado el diez de febrero, hace un año. Es de una alumna del verano pasado, Jan Hamilton, la que se pinchó con la aguja y amenazó con demandar a la Academia.

Estimado doctor Amos:

La otra noche lo oí en el programa de radio de la doctora Self y me quedé fascinada por lo que dijo usted sobre la Academia Nacional Forense. Parece un lugar asombroso y, a propósito, le felicito por haber obtenido esa beca. Es impresionante. Tal vez pudiera ayudarme a conseguir que me admitan como alumna en prácticas este verano. Estoy estudiando biología nuclear y genética en Harvard y quiero ser forense especialista en ADN. Le adjunto un archivo con mi fotografía e información personal.

JAN HAMILTON

P. D.: La mejor manera de contactar conmigo es en esta dirección. Mi cuenta en Harvard está protegida por un cortafuegos y no puedo utilizarla si no estoy en el campus.

—Mierda —dice Marino—. Qué puta mierda.

Lucy recupera más mensajes, abre docenas de ellos, mensajes entre Joe y Jan, cada vez más personales, luego románticos y al final lascivos. Dichos mensajes continuaron a lo largo del período de prácticas de ella en la Academia, hasta culminar en uno que le envió él a primeros de julio en el que le sugería que probase a aportar un poco de creatividad en una reconstrucción programada para ser llevada a cabo en la Granja de Cuerpos. Joe lo organizó todo de manera que la chica pasara por el despacho de él a recoger agujas hipodérmicas y «cualquier otra cosa que te apetezca clavarte».

Lucy no ha visto nunca la filmación de aquella desafortunada reconstrucción. Nunca ha visto filmaciones de ninguna. Hasta ahora, no le interesaban.

—¿Cómo se llama ese lugar? —pregunta, ya un poco frenética.

—La Granja de Cuerpos —responde Marino.

Encuentra el vídeo y lo pone.

Ven a los alumnos caminando alrededor del cadáver de uno de los individuos más obesos que Lucy haya visto en su vida. Se encuentra en el suelo, completamente vestido con un traje barato de color gris, probablemente el que llevaba cuando se desplomó a causa de un repentino infarto. Está empezando a descomponerse. Tiene la cara invadida de gusanos.

La cámara enfoca a una bonita joven que rebusca en el bolsillo de la chaqueta del muerto, se vuelve hacia el objetivo y aparta la mano con un chillido… porque acaba de pincharse con algo a través del guante.

Es Stevie.

Lucy intenta localizar a Benton. No contesta. Prueba con su tía y tampoco. Entonces llama al Laboratorio de Imágenes Neuronales y la doctora Susan Lane se pone al teléfono. Le dice a Lucy que Benton y Scarpetta están a punto de llegar porque tienen cita con un paciente, Basil Jenrette.

—Voy a enviarte un vídeo —dice Lucy—. Hará unos tres años practicaste un escáner a una joven paciente llamada Helen Quincy. Y quisiera saber si podría ser la misma persona que aparece en el vídeo.

—Lucy, se supone que no debo hacer eso.

—Lo sé, lo sé. Por favor. Es muy importante.

BONG... BONG... BONG... BONG...

La doctora Lane tiene a Kenny Jumper dentro del imán. Está a mitad del barrido estructural del sujeto y en el laboratorio reina el estruendo de costumbre.

—¿Podrías entrar en la base de datos? —le pregunta la doctora Lane a su ayudante de investigación—. Mira a ver si hemos explorado a una paciente llamada Helen Quincy, posiblemente hace tres años. Josh, no te pares —le dice al técnico—. ¿Puedes seguir sin mí un momento?

—Lo intentaré —sonríe él.

Beth, la ayudante de investigación, teclea en un ordenador situado al fondo. No tarda mucho en dar con Helen Quincy. La doctora Lane tiene a Lucy al teléfono.

—¿Tienes una foto suya? —pide Lucy.

WOP. WOP. WOP. WOP. El ruido de los gradientes adquiriendo imágenes le recuerda a la doctora Lane el sónar de los submarinos.

—Sólo de su cerebro. No tomamos fotografías de los pacientes.

—¿Has visto el vídeo que acabo de enviarte? Puede que te aclare algo.

Por la voz, Lucy parece frustrada, desilusionada.

TAP-TAP-TAP-TAP-TAP...

—No cuelgues. Pero no sé qué crees que puedo hacer yo con eso —replica la doctora Lane.

—A lo mejor recuerdas cuándo estuvo ahí. Hace tres años trabajabas ahí. La escaneaste tú o alguien. Por esa fecha también estaba Johnny Swift de becario, y puede que él también la viera, que revisara su escáner.

La doctora Lane no está muy segura de haber entendido.

—A lo mejor la exploraste tú —insiste Lucy—. Puede que la vieras en aquel entonces y te acuerdes de ella si vieras una foto...

La doctora Lane no se acordará. Ha visto muchísimos pacientes, y tres años es mucho tiempo.

—No cuelgues —repite.

BAUN... BAUN... BAUN... BAUN...

Se traslada a un terminal de ordenador y entra en su correo electrónico sin sentarse. Abre el archivo del vídeo y lo reproduce varias veces. Ve a una joven bonita de cabello rubio oscuro y ojos castaños que levanta la vista del cadáver de un individuo enorme con el rostro lleno de gusanos.

—Cielo santo —dice la doctora Lane.

La joven bonita del vídeo vuelve la cabeza, directamente hacia la cámara, y mira de frente a la doctora Lane. Acto seguido mete la mano en el bolsillo de la chaqueta gris del muerto. Al llegar a ese punto se interrumpe el vídeo, pero la doctora Lane lo reproduce una vez más porque ha reparado en algo.

Mira más allá del plexiglás, donde se encuentra Kenny Jumper, cuya cabeza, que queda en el otro extremo del imán, apenas alcanza a ver. Es un hombre menudo y delgado, con ropa holgada oscura, botas que no son de su talla y un aspecto como de vagabundo. Pero en cambio posee un rostro de facciones delicadas y lleva el cabello rubio oscuro recogido en una coleta. Tiene los ojos oscuros y la revelación que ha tenido la doctora Lane cobra intensidad. Kenny se parece tanto a la joven del vídeo que podrían ser hermanos, tal vez gemelos.

—Josh —dice la doctora Lane—. ¿Podrías hacer tu truco favorito con la opción SSD?

—¿Con él?

—Sí. Ahora mismo —ordena la doctora tajante—. Beth, dale el CD del caso de Helen Quincy. Ahora mismo.

63

A Benton le parece un poco raro que haya un taxi aparcado frente al Laboratorio de Imágenes Neuronales. Es un coche tipo SUV de color azul, y no hay nadie dentro. Quizá sea el taxi que debía recoger a Kenny Jumper en la funeraria Alfa y Omega pero ¿por qué está aparcado ahí fuera y dónde está el taxista? Junto a él se encuentra la camioneta blanca de la prisión que ha traído a Basil para su cita de las cinco. No se encuentra nada bien, dice que tiene pensamientos suicidas y que quiere dejar el estudio.

—Hemos invertido mucho en él —le dice Benton a Scarpetta mientras ambos se dirigen al laboratorio—. No tienes ni idea del trastorno que supone que estas personas abandonen. Sobre todo Basil. Maldita sea. A lo mejor tú influyes positivamente en él.

—No pienso hacer el más mínimo comentario —responde ella.

Hay dos guardias delante de la salita en la que Benton va a hablar con Basil para intentar convencerlo de que no abandone el estudio PREDATOR, de que no se suicide. Esa sala forma parte del laboratorio de IRM, es la misma que Benton ha utilizado en otras ocasiones para hablar con Basil. Le recuerda a Scarpetta que los guardias no van armados.

Ella y Benton entran en la sala de interrogatorios. Basil está sentado a la pequeña mesa. No va esposado, ni siquiera con esposas de plástico. A Scarpetta le gusta menos todavía PREDATOR, y eso que pensaba que no era posible tal cosa.

—Le presento a la dotora Scarpetta —le dice Benton a Basil—.

Forma parte del equipo de investigación. ¿Le importa que nos acompañe?

—No estaría mal —responde Basil.

Los ojos de Basil dan vueltas sin parar, inspiran un poco de miedo. Se posan en Scarpetta, inquietos.

—Bueno, cuénteme qué le pasa —dice Benton tomando asiento.

—Ustedes dos están juntos —dice Basil mirando a Scarpetta—. No se lo reprocho —se dirige a Benton—. He intentado ahogarme en el retrete y, fíjese qué gracioso, los guardias ni siquiera se han dado cuenta. Sí que tiene gracia la cosa. Tienen una cámara que me espía todo el tiempo y cuando intento matarme resulta que no lo ve nadie.

Basil va vestido con vaqueros, zapatillas deportivas y una camisa blanca. No lleva cinturón ni anillos ni reloj. No es en absoluto como se lo imaginaba Scarpetta. No es corpulento sino pequeño e insignificante, de constitución menuda y cabello rubio y ralo. No es que sea feo, sino simplemente insignificante. Supone que cuando se acercaba a sus víctimas, éstas probablemente sentían lo mismo que ella ahora, por lo menos al principio. Lo único que destaca en él son los ojos. En este preciso momento tienen una expresión extraña e inquietante.

—¿Le importa que le haga una pregunta? —le dice Basil.

—Adelante. —No se muestra especialmente amable con él.

—Si me tropezara con usted en la calle y le dijera que se metiera en mi coche o de lo contrario le pegaría un tiro, ¿usted qué haría?

—Dejar que me disparase —contesta Scarpetta—. No me metería en su coche.

Basil mira a Benton y le dispara con el dedo como si fuera una pistola.

—Bingo —dice—. Sabe parar los goles. ¿Qué hora es?

En la sala no hay reloj.

—Pasan once minutos de las cinco —contesta Benton—. Tenemos que hablar de por qué tiene ganas de suicidarse, Basil.

Dos minutos después, la doctora Lane tiene la visualización con sombreado de la superficie de Helen Quincy en la pantalla del ordenador.

Y al lado tiene la visualización del presunto sujeto normal, el que se encuentra dentro del imán.

Kenny Jumper.

No hace ni un minuto que él ha preguntado por el intercomunicador qué hora era. Y, acto seguido, ni un minuto después, ha empezado a agitarse y a quejarse.

BUONG-BUONG-BUONG... es lo que se oye dentro del laboratorio mientras Josh hace rotar la cabeza de Kenny Jumper, pálida, calva y sin ojos. La imagen se interrumpe bruscamente justo por debajo de la mandíbula, como si lo hubieran decapitado, debido a que ahí termina la señal de la bobina. Josh hace rotar la imagen un poco más en la pantalla, intentando reproducir la posición exacta de la cabeza decapitada, calva y sin ojos de Helen Quincy que se ve en otra pantalla.

—Vaya, vaya.

—Me parece que necesito salir —suena la voz de Kenny por el intercomunicador—. ¿Qué hora es?

—Vaya, vaya —dice Josh dirigiéndose a la doctora Lane al tiempo que gira un poco más la imagen, mirando alternativamente a una y otra pantalla.

—Tengo que salir de aquí.

—Un poco más en esa dirección —está diciendo la doctora Lane mirando de una pantalla a la otra, comparando las dos cabezas pálidas, calvas y sin ojos.

—¡Necesito salir!

—Ya está —dice la doctora Lane—. Dios mío.

—¡Toma!

Basil se muestra cada vez más inquieto y no deja de mirar hacia la puerta cerrada. Pregunta una vez más qué hora es.

—Las cinco y diecisiete —responde Benton—. ¿Tiene que ir a alguna parte? —añade con ironía.

¿Adónde va a tener que ir Basil? En su celda no se encuentra bien. Tiene suerte de estar aquí; no se lo merece.

En esto, Basil se saca un objeto de la manga. En un primer momento Scarpetta no distingue de qué se trata y no entiende lo que sucede, pero al instante siguiente Basil se ha levantado de la silla, se ha colocado en el lado de la mesa en que está ella y le ha puesto algo alrededor del cuello. Algo largo, blanco y fino.

—¡Si intentas cualquier cosa, apretaré! —amenaza Basil.

Scarpetta advierte que Benton se pone de pie y le chilla a Basil. Siente cómo le late el pulso. Entonces se abre la puerta. Basil tira de ella hacia el exterior. El pulso le late con fuerza. Se lleva las manos al cuello. Él se lo tiene sujeto con ese objeto largo y blanco y no deja de tirar de ella. Benton grita. También gritan los guardias.

64

Hace tres años, en el McLean, a Helen Quincy se le diagnosticó un trastorno de identidad disociativo.

Puede que no tenga quince o veinte personalidades distintas y autónomas, sino sólo tres o cuatro u ocho. Benton continúa explicando un desorden que se debe al hecho de que una persona se aparta de su personalidad primaria.

—Es una reacción de adaptación a un trauma terrible —dice Benton mientras él y Scarpetta viajan en coche en dirección oeste, hacia el Everglades—. El noventa y siete por ciento de las personas diagnosticadas han sufrido abusos sexuales o físicos, y las mujeres tienen nueve veces más posibilidades que los hombres de padecer dicho trastorno.

El sol se refleja en el parabrisas y Scarpetta guiña los ojos deslumbrada, a pesar de las gafas de sol.

Muy por delante de ellos va el helicóptero de Lucy, suspendido en el aire por encima de un huerto de cítricos abandonado, una parcela que todavía es propiedad de la familia Quincy, concretamente del tío de Helen. Adger Quincy. La cancrosis atacó el huerto hará cosa de veinte años y todos los pomelos fueron talados y quemados. Desde entonces la parcela ha quedado tal como estaba, invadida por la maleza, con la casa en ruinas; una inversión, un posible proyecto de urbanización. Adger Quincy aún vive. Es un hombre menudo, de aspecto físico poco impresionante y sumamente religioso: un forofo de la Biblia, como lo llama Marino.

Adger niega que ocurriera nada fuera de lo normal cuando Helen tenía doce años y se fue a vivir con él y su esposa mientras Florrie estaba hospitalizada en el McLean. De hecho, afirma que fue bastante atento con aquella jovencita descarriada e incontrolable «que necesitaba ser salvada».

—Yo hice lo que pude, todo lo que pude —dijo cuando Marino grabó la conversación mantenida con él ayer.

—¿Cómo se enteró ella de la existencia de su viejo huerto y su casa? —Fue una de las preguntas que le formuló Marino.

Adger no se sentía inclinado a hablar mucho de eso, pero dijo que de vez en cuando llevaba a la pequeña Helen al huerto viejo y abandonado para comprobar las cosas.

—¿Qué cosas?

—Para cerciorarme de que no lo habían destrozado o algo así.

—¿Qué había allí que se pudiera destrozar? ¿Cuatro hectáreas de árboles quemados y de maleza y una casa semiderruida?

—No hay nada de malo en comprobar las cosas. Y además me ponía a rezar con ella. Le hablaba del Señor.

—El hecho de que lo dijera de esa forma —comenta ahora Benton al volante mientras el helicóptero de Lucy parece descender flotando igual que una pluma, a punto de tomar tierra a bastante distancia del huerto abandonado que aún pertenece a Adger— indica que sabe que hizo algo malo.

—Es un monstruo —dice Scarpetta.

—Probablemente no llegaremos a saber nunca exactamente qué le hicieron él y otras personas a esa niña —comenta Benton con gesto deprimido y la mandíbula en tensión. Está enfadado. Está muy molesto por lo que sospecha—. Pero hay una cosa evidente —continúa—. Las diferentes identidades de Helen, sus otras personalidades, fueron su reacción adaptativa a un trauma insoportable que sufrió cuando no tenía nadie a quien recurrir, lo mismo que se aprecia en algunos supervivientes de campos de concentración.

—Es un monstruo.

—Es un hombre muy enfermo. Y ahora tenemos a una mujer muy enferma.

—No debería irse de rositas.

—Me temo que ya lo ha conseguido.

—Pues espero que se vaya al infierno —dice Scarpetta.

—Probablemente ya vive en él.

—¿Por qué te empeñas en defenderlo? —Scarpetta se vuelve hacia Benton y se frota el cuello con aire ausente.

Lo tiene dolorido. Aún lo nota sensible, y cada vez que se lo toca se acuerda de que Basil se lo lastimó con una ligadura casera de tela blanca que obstruyó brevemente los vasos que suministran sangre, y por lo tanto oxígeno, al cerebro. Se desmayó. Ahora se encuentra bien. No sería así si los guardias no le hubieran quitado de encima a Basil con tanta rapidez.

Él y Helen se encuentran a buen recaudo en Butler. Basil ya no es el perfecto sujeto del estudio PREDATOR para Benton. Basil ya no visitará nunca más el hospital McLean.

—No estoy defendiéndolo. Estoy intentando explicarlo —responde Benton.

Va frenando para tomar una salida de la Sur 27 que lleva hasta una parada de camioneros CITGO. Gira a la derecha por una carretera sin asfaltar y detiene el coche. La carretera está bloqueada por una cadena gruesa y oxidada y se ven muchas rodadas de neumáticos. Benton se apea y desengancha la cadena, que cae a un lado produciendo un ruido metálico. Pasa con el coche, se detiene otra vez, se apea y vuelve a enganchar la cadena tal como estaba. La prensa, los curiosos, no saben aún lo que pasa aquí. No es que una cadena oxidada vaya a frenar a los intrusos, pero no puede hacer daño a nadie.

—Hay quien dice que una vez que se ha visto un caso de personalidad disociativa ya se han visto todos —dice Benton—. Ocurre que yo discrepo, pero para tratarse de un trastorno tan increíblemente complicado y raro, los síntomas son notablemente constantes. Se produce una transformación espectacular cuando una personalidad da paso a otra, a otra conducta dominante, determinante. Cambios faciales, cambios en la postura, en la manera de andar, los gestos, incluso alteraciones llamativas en el timbre de voz, en el tono, en el habla. Es un desorden a menudo asociado con la posesión demoníaca.

—¿Tú crees que las otras personalidades de Helen, Jan, Stevie, la persona que se paseó fingiendo ser un inspector de cítricos y matando a la gente a tiros y Dios sabe quién más, se conocen entre sí?

—Cuando estuvo en el McLean, negó tener personalidad múltiple, incluso cuando varios miembros importantes del personal fueron testigos varias veces de cómo se transformó en otras personas delante de ellos. Sufría alucinaciones auditivas y visuales. En alguna ocasión una personalidad hablaba con otra delante mismo del médico. Y luego volvía a ser de nuevo Helen Quincy, sentada en su silla en actitud afable y cortés, actuando como si el loco fuera el psiquiatra por creer que ella tenía personalidad múltiple.

—Me pregunto si alguna vez volverá a emerger Helen —dice Scarpetta.

—Cuando Basil y ella mataron a su madre, cambió su identidad por la de Jan Hamilton. Eso fue una maniobra práctica, no una personalidad alternativa, Kay. Ni siquiera te plantees a Jan como una personalidad, si entiendes lo que estoy diciendo. No era más que una identidad falsa detrás de la que se escondían Helen, Stevie, Puerco y quién sabe quién más.

Avanzan dando tumbos por la carretera sin asfaltar, levantando una nube de polvo. A lo lejos se divisa una casa desvencijada, rodeada de maleza y matorrales.

—Sospecho que, hablando en sentido figurado, Helen Quincy dejó de existir a los doce años —dice Scarpetta.

El helicóptero de Lucy ha aterrizado en un pequeño claro y las aspas siguen girando mientras ella apaga el motor. Estacionados cerca de la casa hay una camioneta de un servicio de mudanzas, tres coches patrulla con distintivos, dos SUV de la Academia y el Ford LTD de Reba.

El Complejo Turístico Brisa Marina se encuentra demasiado tierra adentro para que llegue a él la brisa del mar y no es un complejo turístico. Ni siquiera tiene piscina. Según el individuo del mostrador de la lóbrega oficina de recepción, provista de un ruidoso acondicionador de aire y adornada con varias plantas de plástico, los huéspedes de larga estancia obtienen descuentos especiales.

Afirma que Jan Hamilton tenía horarios extraños, desaparecía durante varios días, sobre todo últimamente, y a veces se vestía de forma muy rara. Podía ir de lo más sensual y de repente aparecía vestida con andrajos. «¿Mi lema? Vive y deja vivir», ha dicho el tipo cuando Marino le ha seguido la pista a Jan hasta este lugar.

No ha sido difícil. Después de escabullirse del imán y de que los guardias tuvieran a Basil inmovilizado en el suelo y todo hubiera terminado, se acurrucó en un rincón y rompió a llorar. Ya no era Kenny Jumper, jamás había oído hablar de él, negó tener la menor idea de qué le hablaba todo el mundo, incluido el hecho de conocer a Basil, incluido el motivo por el que estaba en el suelo del laboratorio de IRM del hospital McLean en Belmont, Massachusetts. Estuvo muy educada y colaboradora con Benton, le dio su dirección, le dijo que trabajaba de camarera a media jornada en South Beach, en un restaurante llamado Rumores, propiedad de un hombre encantador llamado Laurel Swift.

Marino se pone en cuclillas delante del armario abierto, sin puerta. No tiene más que una barra para colgar la ropa. Sobre la mugrienta moqueta hay montones de prendas cuidadosamente dobladas. Las examina con los guantes puestos. Le pican los ojos por el sudor, porque el sencillo aparato de aire acondicionado no funciona demasiado bien.

—Un abrigo negro con capucha —le dice a Gus, uno de los agentes de Operaciones Especiales de Lucy—. Me resulta familiar.

Le entrega el abrigo plegado a Gus, que lo mete en una bolsa de papel marrón y seguidamente anota la fecha, el artículo y el lugar donde ha sido encontrado. A estas alturas ya tienen decenas de bolsas de papel marrón, todas precintadas con cinta adhesiva que las identifica como muestras. Ocupan toda la habitación de Jan. Marino redactó la orden: «Mételo todo dentro, la casa entera si hace falta», fueron sus palabras.

Sus grandes manos enguantadas examinan más prendas de vestir, la ropa holgada de hombre, un par de botas con los tacones desgastados, una gorra de los Miami Dolphins, un polo blanco con el rótulo «Departamento de Agricultura» en la espalda, sin más, no Departamento de Agricultura y Servicio al Consumidor de Florida, sino Departamento de Agricultura a secas, con letras impresas a mano con ayuda de alguna plantilla.

—¿Cómo pudiste no darte cuenta de que en realidad era una chica? —le pregunta Gus mientras precinta otra bolsa.

—Tú no estabas allí.

—Tendré que fiarme de ti —dice Gus tendiendo la mano, esperando el siguiente objeto, un par de medias negras.

Gus va armado y vestido con un mono de trabajo, porque así es como visten siempre los agentes de Operaciones Especiales de Lucy, aun cuando no sea necesario, y hoy, con treinta grados en la calle y estando el sospechoso, una muchacha de veinte años, bien a salvo en un hospital estatal de Massachusetts, probablemente no era necesario mandar a cuatro agentes de Operaciones Especiales al Complejo Turístico Brisa Marina. Pero eso quería Lucy y eso han hecho sus agentes. Por detallada que haya sido la explicación de Marino acerca de lo que le ha contado Benton de las diferentes personalidades, o álter ego, como las llama él, los agentes no acaban de creerse que no haya otras personas peligrosas rondando por ahí, y además es posible que Helen tuviera cómplices (como Basil, señalan) reales.

Dos de los hombres examinan un ordenador situado en una mesa junto a una ventana que da al aparcamiento. Hay también un escáner, una impresora en color, varios paquetes de papel satinado y media docena de revistas de pesca.

Los tablones del suelo del porche delantero están combados, algunos de ellos podridos, otros han desaparecido y ha quedado al descubierto el suelo arenoso sobre el que se eleva la casa de madera, de una sola planta y con la pintura desconchada. El lugar no está muy lejos de Everglades.

Reina el silencio, roto apenas por el sonido del tráfico lejano que recuerda el viento racheado y por el roce y el golpeteo de las palas. El aire está infestado de muerte que en el calor de la tarde parece resplandecer flotando suavemente en oleadas más penetrantes conforme uno va acercándose a las fosas. Los agentes, la policía y los científicos han encontrado cuatro. A juzgar por lo accidentado del terreno y la coloración del suelo, habrá más.

Scarpetta y Benton se encuentran en el vestíbulo que hay justo al otro lado de la puerta delantera, donde descubren en un acuario una araña grande muerta, encogida sobre una piedra. Apoyada contra la pared hay una escopeta Mossberg del calibre doce y cinco cajas de cartuchos. Scarpetta y Benton observan cómo dos hombres, sudando dentro de sus trajes encorbatados y provistos de guantes de nitrilo azules empujan una camilla que transporta los restos hinchados de Ev Christian. Al llegar a la puerta abierta de par en par, se detienen un momento.

—Cuando la dejen en el depósito —les dice Scarpetta—, necesito que vuelvan inmediatamente.

—Ya nos lo imaginábamos. Creo que es lo peor que he visto en mi vida —le dice uno de los hombres.

—No estás hecho para este trabajo —dice el otro.

A continuación pliegan las patas de la camilla con un sonoro chasquido y se llevan a Ev Christian a la camioneta azul marino.

—¿Cómo va a terminar esto en los tribunales? —pregunta uno de los ayudantes desde el pie de las escaleras—. Quiero decir, si esta mujer se ha suicidado, ¿cómo se puede acusar a alguien de su asesinato?

—Hasta dentro de un rato —los despide Scarpetta.

Los hombres dudan un instante, pero luego continúan. Scarpetta ve que en ese momento aparece Lucy por detrás de la casa. Lleva ropa protectora y gafas oscuras, pero se ha quitado la mascarilla y los guantes. Va corriendo hacia el helicóptero, el mismo en el que se dejó el Treo no mucho después de que Joe Amos iniciara su etapa como becario.

—En realidad, no se puede afirmar que ella no es la autora de esta muerte —comenta Scarpetta a Benton abriendo unos paquetes de ropa protectora desechable, uno para ella y otro para él. Está refiriéndose a Helen Quincy.

—Y tampoco se puede afirmar que lo es. Tienen razón. —Benton contempla la camilla y su triste carga mientras los ayudantes despliegan de nuevo las patas de aluminio para tener las manos libres y poder abrir la parte posterior de la camioneta—. Un suicidio que es un homicidio y un criminal que sufre personalidad múltiple. El abogado lo va a tener peliagudo.

La camilla se bambolea sobre el suelo arenoso y asfixiado por la maleza, y Scarpetta teme que vaya a volcar. Ya ha sucedido otras veces que un cadáver hinchado caiga al suelo; resulta muy inapropiado, muy poco respetuoso. A cada momento que pasa está más nerviosa.

—Probablemente la autopsia revelará que ha sido una muerte por ahorcamiento —dice, contemplando la tarde luminosa y calurosa y la actividad que la rodea, observando cómo Lucy saca algo de la parte posterior del helicóptero, una neverita.

El mismo helicóptero en el que se dejó olvidado el Treo, un despiste que en muchos sentidos fue el inicio de todo y ha conducido a todo el mundo hasta este siniestro agujero, esta fosa apestosa.

—Seguramente ésa será en apariencia la única causa de la muerte —está diciendo Scarpetta—. Lo demás es otra historia.

Lo demás es el dolor y el sufrimiento de Ev, su cuerpo desnudo, atado con cuerdas a una viga del techo, una de ellas alrededor de su cuello, cubierta de picaduras de insectos y de ronchas, con las muñecas y los tobillos invadidos por fulminantes infecciones. Cuando Scarpetta le ha palpado la cabeza ha notado fragmentos de huesos rotos bajo los dedos, el rostro machacado, el cuero cabelludo lacerado, contusiones por todo el cuerpo, zonas erosionadas y enrojecidas por abrasiones producidas en el momento de la muerte o muy cerca del mismo. Scarpetta sospecha que Jan o Stevie o Puerco, o quienquiera que fuera cuando torturó a Ev en esta casa, pateó con furia y repetidamente el cuerpo de Ev al descubrir que ésta se había ahorcado. En la parte baja de la espalda, en el vientre y en las nalgas se aprecian ligeras impresiones en forma de zapato o de bota.

En ese momento aparece Reba por un lado de la casa y sube con cuidado los escalones podridos del porche mirando con cuidado dónde pisa. Va toda de blanco con su ropa protectora. Se aparta la mascarilla de la cara. Lleva una bolsa de papel marrón cuidadosamente doblada por la parte de arriba.

—Hemos encontrado varias bolsas de basura, de plástico negro —dice—. En una tumba aparte, a poca profundidad. Y dentro un par de adornos de Navidad. Están rotos, pero parece que son un Snoopy con gorro de Papá Noel y tal vez una Caperucita Roja.

—¿Cuántos cadáveres hay? —inquiere Benton, que ha adoptado su actitud habitual.

Cuando tiene la muerte en el semblante, incluso la muerte más vil de todas, no se inmuta lo más mínimo. Se muestra calmado y racional, casi impasible, como si Snoopy y Caperucita Roja fueran simplemente más información que archivar.

Es posible que se muestre racional, pero no está calmado. Scarpetta ha visto cómo estaba en el coche hace apenas unas horas, y también más recientemente, en la casa, cuando han empezado a comprender con mucha más claridad la naturaleza del crimen original, el que se cometió cuando Helen Quincy tenía doce años. En la cocina hay un frigorífico oxidado lleno de batidos de chocolate, refrescos de naranja y de uva y un cartón de leche con cacao, todo caducado hace ocho años, cuando Helen tenía doce años y la obligaron a vivir con sus tíos. Hay decenas de revistas pornográficas de esa misma época, lo que sugiere que el devoto y religioso maestro de catequesis Adger seguramente no trajo aquí a su joven sobrina en una única ocasión sino con cierta frecuencia.

—Bueno, los dos niños —está diciendo Reba moviendo la mascarilla apoyada en la barbilla al hablar—. A mí me parece que tienen la cabeza destrozada. Pero ése no es mi departamento —le dice a Scarpetta—. También han aparecido unos restos mezclados. Parecen estar desnudos, pero también hay ropa, no sobre los cadáveres sino en la fosa, como si hubieran arrojado dentro a las víctimas y después se hubieran limitado a echar también la ropa que llevaban.

—Resulta evidente que ha matado a más personas de las que afirma —dice Benton mientras Reba abre la bolsa de papel—. A unas las dejó al aire libre y a otras las enterró.

Reba sostiene la bolsa abierta para que Scarpetta y Benton vean el tubo de buceo y la zapatilla deportiva rosa, de talla infantil, que contiene.

—Hace juego con la zapatilla que había sobre el colchón —informa Reba—. Ésta estaba en un hoyo en el que suponíamos que iba a haber más cadáveres. Pero no hemos encontrado nada más que esto. —Indica el tubo y la zapatilla rosa—. Lo ha encontrado Lucy. Yo no tenía ni idea.

—Me temo que seguramente yo sí —contesta Scarpetta tomando el tubo y la zapatilla con las manos enguantadas, imaginando a la pequeña Helen encerrada en ese hoyo mientras le echan tierra encima y con el tubo de buceo como único medio para respirar, mientras la tortura su tío.

—Meter a los niños en baúles, encadenarlos en sótanos, enterrarlos sin otra cosa que un tubo que llega hasta la superficie —dice Scarpetta a Reba, que la mira fijamente.

—No me extraña que Helen tenga personalidad múltiple —comenta Benton, ya no tan estoico—. El muy hijo de puta.

Reba se da la vuelta para mirar a otra parte y traga saliva. Consigue dominarse y se pone a doblar de nuevo la bolsa de papel, con movimientos lentos y esmerados.

—En fin —dice por fin, aclarándose la garganta—. Tenemos bebidas frías. No hemos tocado nada. Tampoco hemos abierto las bolsas de basura que hay dentro de la fosa con el adorno en forma de Snoopy, pero a juzgar por el olor y por el tacto, contienen restos humanos. Una de las bolsas tiene una rasgadura por la que se ve algo que parece pelo rojo mate, de ese color que da la henna. Un brazo y una manga. Creo que ese cadáver está vestido, los demás seguro que no. Hay Coca-Cola light, Gatorade y agua. Estoy tomando pedidos. O si quieren alguna otra cosa, podemos enviar a alguien a buscarla. Bueno, tal vez no.

Se vuelve hacia la parte posterior de la casa, hacia las fosas. Sigue tragando saliva y parpadeando y le tiembla el labio inferior.

—Aunque no creo que ninguno de nosotros esté muy presentable en este momento —añade, aclarándose de nuevo la garganta—. No deberíamos entrar en un Seven Eleven oliendo así. No sé cómo… Si esto lo ha hecho ese tipo, debemos atraparlo. ¡Deberían hacerle a él lo mismo que le ha hecho a esa mujer! ¡Enterrarlo vivo y no dejarle ningún tubo de buceo para que respire! ¡Cortarle las putas pelotas!

—Vamos a vestirnos —le dice Scarpetta en voz baja a Benton.

Despliegan los trajes desechables y empiezan a ponérselos.

—No hay manera de probarlo —dice Reba—. Ninguna manera.

—No esté tan segura de eso —responde Scarpetta tendiendo a Benton protectores para los zapatos—. Ese tipo ha dejado muchas cosas ahí dentro, en ningún momento pensó que fuéramos a venir nosotros.

Se cubren el cabello con unos gorros y, a continuación, bajan los abombados peldaños, se ponen los guantes y se protegen el rostro con las mascarillas.

OTROS TÍTULOS
DE LA COLECCIÓN

EL LOBO DE SIBERIA

James Patterson

Alex Cross, que ha abandonado el cuerpo de policía de Washington para convertirse en agente del FBI, se enfrenta a uno de los casos más complejos de su carrera. En numerosos lugares de Estados Unidos hombres y mujeres son secuestrados a la luz del día sin dejar rastro. Cross comienza a indagar y descubre que no han sido capturados con la intención de exigir un rescate por ellos, sino que son víctimas de un siniestro mercado de compra y venta de seres humanos. A medida que avanza en su investigación, Cross tiene la creciente sospecha de que detrás de todo ello pueda hallarse la siniestra figura de El Lobo, uno de los cerebros del crimen organizado más temido por la policía.

Exasperado por la lentitud con la que considera que se mueve el FBI, el investigador decide ir por su cuenta tras los pasos de El Lobo con la intención de liberar a aquellas víctimas que puedan seguir con vida.

A nivel personal, las cosas tampoco son fáciles para Cross: su ex mujer ha regresado a su vida, pero no por las razones por las que él hubiera deseado que lo hiciera.

«La obra de Patterson es adictiva.» Stephen King